ハヤカワ文庫 JA
〈JA1549〉

マルドゥック・アノニマス 8

冲方　丁

早川書房
8943

マルドゥック・アノニマス8

ケイト・ホロウ・ザ・キャッスル……他者の人格をコピーする
ハザウェイ……ケイトのパートナー、カラスの大群を率いる大ガラス
リディア・マーヴェリック・ザ・クリメイター……プラズマの炎を操る
デビル……リディアのパートナー、疑似重力の壁を作り出す黒豹
マヤ・ノーツ・ザ・ダークネス……人を無気力にするガスを放つ
デイジー……マヤのパートナー、自在に大きさを変える白蛇
ミランダ・マーシー・ザ・パニッシャー……雹を降り注がせる
リリー……ミランダのパートナー、高性能レーダーの八つの目を持つ白馬

〈ガーディアンズ〉
ホスピタル……グループのリーダー。治癒と毒の能力を持つ
ストレッチャー……物を浮かばせる能力を持つ
モルチャリー……人体を自在につなぎ合わせる

〈ビリークラブ〉
メイプル・ザ・スラッガー……グループのリーダー。拳闘を得意とする肉体強化者
スピン(スピナッチ・ザ・ファルクス)……キックを得意とする肉体強化者
バトン・ザ・ホルダー……抱き締めを得意とする肉体強化者
チェリー・ザ・ブロウ……フィンガー・スナップを放つ肉体強化者

〈ホワイト・キープ〉
ショーン・フェニックス……バロットの兄。プッティの介護者
プッティ・スケアクロウ……電子戦を得意とするカトル・カールの生き残り

〈マリーン・ブラインダーズ〉
トロイ・モルガナイト……ピンクの髪を持ち、ウミヘビに似た姿になる
アーチボルト・スフェーン……青い髪を持ち、ウミウシに似た姿になる
ディロン・パール……白髪で、シャコ貝に似た鎧をまとう
アスター・トパーズ……金髪で、カジキに似た姿になる
バンクス・ツァボライト……緑の髪を持ち、トビウオに似た姿になる
フローレス・ダイヤモンド……代謝性の金属繊維で覆われた巨大なウミガメ

characters

■マルセル島のエンハンサーたち

〈クインテット〉

ハンター……グループのリーダー。他者に共感をもたらす針を生成する
バジル……ロープ状の物体を操る
ラスティ……錆を操る
シルヴィア……体内で電気を発生させる
オーキッド……音響探査能力を持つ
エリクソン……肉体を砂鉄状にして変化させる
ジェミニ……電子的干渉能力を持つ双頭の犬
ナイトメア……再生能力を持つ黒い犬
シルフィード……姿を消す能力を持つ白い犬

〈ファウンテン〉

ヘンリー・ザ・ディガーマン……トンネルを掘る能力を持つ

〈シャドウズ〉

ジェイク・オウル……体の塩分を回転ノコギリのように操る
ビリー・モーリス……超人的な聴覚を持つ
トミー・ノッカー……愛用のハンマーを操る
ジム・ロビン……弾丸同士を引き寄せる能力を持つ
ミック・キャストマン……粘着性のワイヤー・ワームを操る

〈プラトゥーン〉

ブロン・ザ・ビッグボート……グループのリーダー。体からガスバーナーの火柱を発する
キャンドル・ザ・ビッグバッグ……宙に浮かぶ能力を持つ斥候狙撃兵
オズボーン・ザ・ビッグホーン……額と下顎の角の感覚器官で精密射撃を行う
ドハティ・ザ・ビッグイーター……物を透明化する能力を持つ
ザ・ビッグ・ファングアス……ドハティのパートナー、水の結晶を操るイタチの一種
アンドレ……〈ハウス〉の運転手。摩擦係数をゼロにする皮膚を持つ

〈ウォーウィッチ〉

ヨナ・クレイ……グループのリーダー。体を千変万化させるシェイプシフター

ウェイン・ロックシェパード……ウフコックの亡きパートナー
イーサン・スティールベア（スティール）……体内で爆薬を製造するエンハンサー
エイプリル・ウルフローズ……イースターの秘書兼パートナー。検屍担当
ダーウィン・ミラートープ（ミラー）……骨格を変化させるエンハンサー
ウォーレン・レザードレイク（レザー）……皮膚を変化させるエンハンサー
ウィスパー……合成植物

■オフィスの周辺人物
ルーン・バロット・フェニックス……ウフコックの元パートナー
トレイン……電子的干渉能力を持つエンハンサーの少年
サム・ローズウッド……スラム専門の弁護士。ハンター一派に殺害される
ケネス・クリーンウィル・オクトーバー……サムの依頼人。企業の内部告発を試みている。検察局捜査官となる
アビゲイル・バニーホワイト（アビー）……ナイフを操るエンハンサー
メイフュー・ストーンホーク（ストーン）……高速移動するエンハンサー
トビアス・ソフトライム（ライム）……冷気を操るエンハンサー

■オフィスの協力者
クレア・エンブリー……刑事
ライリー・サンドバード……刑事。クレアの部下
ベルスター・モーモント……市議会議員
ローダン・フォックスヘイル……市警察委員長
ヴィクター・ネヴィル……検事補
ダニエル・シルバーホース……シルバーホース社ＣＥＯ
レイ・ヒューズ……元ギャング。通称ロードキーパー
アシュレイ・ハーヴェスト……カジノ協会幹部

■ネイルズ・ファミリー
アダム・ネイルズ……ファミリーのボス
ラファエル・ネイルズ……アダムの弟
ベンジャミン・ネイルズ……カジノ協会幹部

〈スネークハント〉
バリー・ギャレット……グループのリーダー。電子的干渉を行うトランス・トラッカー
アラン・ギャレット・ザ・ヘイズマン……バリーの息子。存在を消すシグナルを発する
ミッチェル・キャッシュ・ザ・スピットバグ……体内で殺人寄生虫を生成する

〈クライドスコープ〉
トーディ……皮膚をゴム状にして姿を変える
スコーピィ……皮膚を投映装置にして姿を変える

〈Mの子たち(チルドレン・オブ・M／ザ・マン)〉
サディアス・ガッター……グループのリーダー。人々を睡眠障害にする
トーイ……水を操るオランウータン
リック・トゥーム……電子的干渉で人を殺すトランス・トラッカー
マクスウェル……神速の射撃を誇る隻腕のガンマン

〈ポイズンスカッド〉　元〈ウォッチャー〉
ノルビ・トラッシュ……体内で毒ガスを生成する
ベン・ドーム……肉体を蟻塚と化す
クライル・コヒー……肉体を蜂の巣と化す

〈ミートワゴン〉　元〈ウォッチャー〉
カーチス・ツェリンガー……鋭い手足を持つシェイプシフター
パーシー・スカム……複数の顎を持つシェイプシフター
ジョン・ダンプ……全身を消化器官と化すシェイプシフター
タウンリー・ジョナサン……球体の鎧で身を守るシェイプシフター

■イースターズ・オフィス
(現場捜査、証人保護、法的交渉、犯人逮捕を行う組織)
ウフコック=ペンティーノ……万能兵器のネズミ
ドクター・イースター……オフィスのリーダー
アレクシス・ブルーゴート(ブルー)……体内で薬物を製造するエンハンサー

ピット・ラングレー……メリルの部下。マクスウェル一派に殺害される
トーチ……クインテットの拷問係
ゴールド兄弟……化学の天才。麻薬製造者
サラノイ・ウェンディ……三博士の一人、現在は植物状態にあるマザー・グース
キドニー・エクレール……マザーたちから生まれた合成ベビー。通称〈エンジェルス〉の一人

■バロットの周辺人物
アルバート・クローバー……大学教授。集団訴訟の弁護士
オリビア・ロータス……クローバーのパートナー。辣腕の弁護士
ベル・ウィング……元カジノディーラー。現在はバロットの保護者
ベッキー……バロットの友人
ジニー……バロットの友人
レイチェル……バロットの友人

■クォーツ一家
ベンヴェリオ・クォーツ……コルチ族の長老

■円卓（反市長派連合）
サリー・ミドルサーフ……判事。通称キング
ノーマ・ブレイク・オクトーバー……エンハンサー生産計画の実行者。通称ブラックキング
ハリソン・フラワー……弁護士事務所フラワー・カンパニーの所長。通称ナイト
ルシウス・クリーンウィル・オクトーバー……オクトーバー社財務管理部。ケネスの兄。通称クイーン
ドナルド・ロックウェル……銀行家兄弟の弟。通称ルーク
メリル・ジレット……十七番署刑事部長。通称ビショップ。マクスウェル一派に殺害される

■シザース
ヴィクトル・メーソン……市長
ネルソン・フリート……市議会議員
マルコム・アクセルロッド……連邦捜査官
スクリュウ・ワン……シザースの連絡役
ナタリア・ボイルド……シザースのゆらぎを司る少女

■楽園
フェイスマン……三博士の一人。〈楽園〉の最高管理者
トゥイードルディ……完全個体
トゥイードルディム……電子干渉を行うイルカ

■その他の登場人物
マーヴィン・ホープ……ホワイトコーブ病院院長
ドクター・ホィール……三博士の一人。クリストファー・ロビンプラント・オクトーバー
ビル・シールズ……ヒロイック・ピルの生みの親。エンハンサー生産計画を担う
ダンバー・アンバーコーン（コーン）……フラワーの雇う０９法案従事者
ウィラード・マチスン……メリルの部下。マクスウェル一派に殺害される

マルドゥック市勢力図

イースターズ・オフィス側勢力】
オフィスメンバー）
ウフコック
イースター
ブルー
コック■
スティール
エイプリル
ミラー
ンザー
バロット（非正規検診者）
トレイン
アビー
ストーン
ライム

市警察、市議会、検察】
クレア・エンブリー
ライリー・サンドバート
エイブラハム・オックス■
ヴィクター・ネヴィル

アンダーグラウンド関係者】
レイ・ヒューズ
アダム・ネイルズ
ラファエル・ネイルズ
ベンジャミン・ネイルズ

協力者】
トム・ローズウッド■
ミルスター・モーモント
ダニエル・シルバー

依頼人】
アネス・クリーンウィル・オクトーバー

■＝死亡

対立
ウフコック拉致

【中立】

【楽園】
フェイスマン
トゥイードルディ
トゥイードルディム

表向き支援

ヴィクトル・メーソン市長
＝実はシザース
表向きは市長派。独自の勢力拡大をはかり、両陣営を陰でコントロールする

権力闘争

【クインテット側勢力】
（クインテットメンバー）
ハンター
ラスティ
バジル
トレヴァー■
シルヴィア
ジェミニ
ナイトメア
シルフィード
オーキッド
エリクソン
バルーン■
ハイドラ■
ホスピタル
ストレッチャー
ヘンリー
デイモン
ショーン・フェニックス
プッティ・スケアクロウ
ダンスロップ・ザ・ビッグダディ■
ペイトン・クック■
ランドール
ジェイク・オウル
ブロン・ザ・ビッグボート
アンドレ
ケイト・ザ・キャッスル
ハザウェイ
マクスウェル

【クォーツ一族】
ベンヴェリオ・クォーツ
ロミオ・クォーツ■

【円卓：反市長派】
サリー・ミドルサーフ

（オクトーバー社）
ノーマ・ブレイク・オクトーバー
ルシウス・クリーンウィル・オクトーバー

ハリソン・フラワー
ドナルド・ロックウェル
メリル・ジレット■

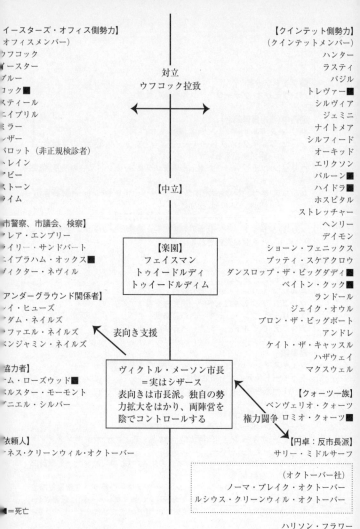

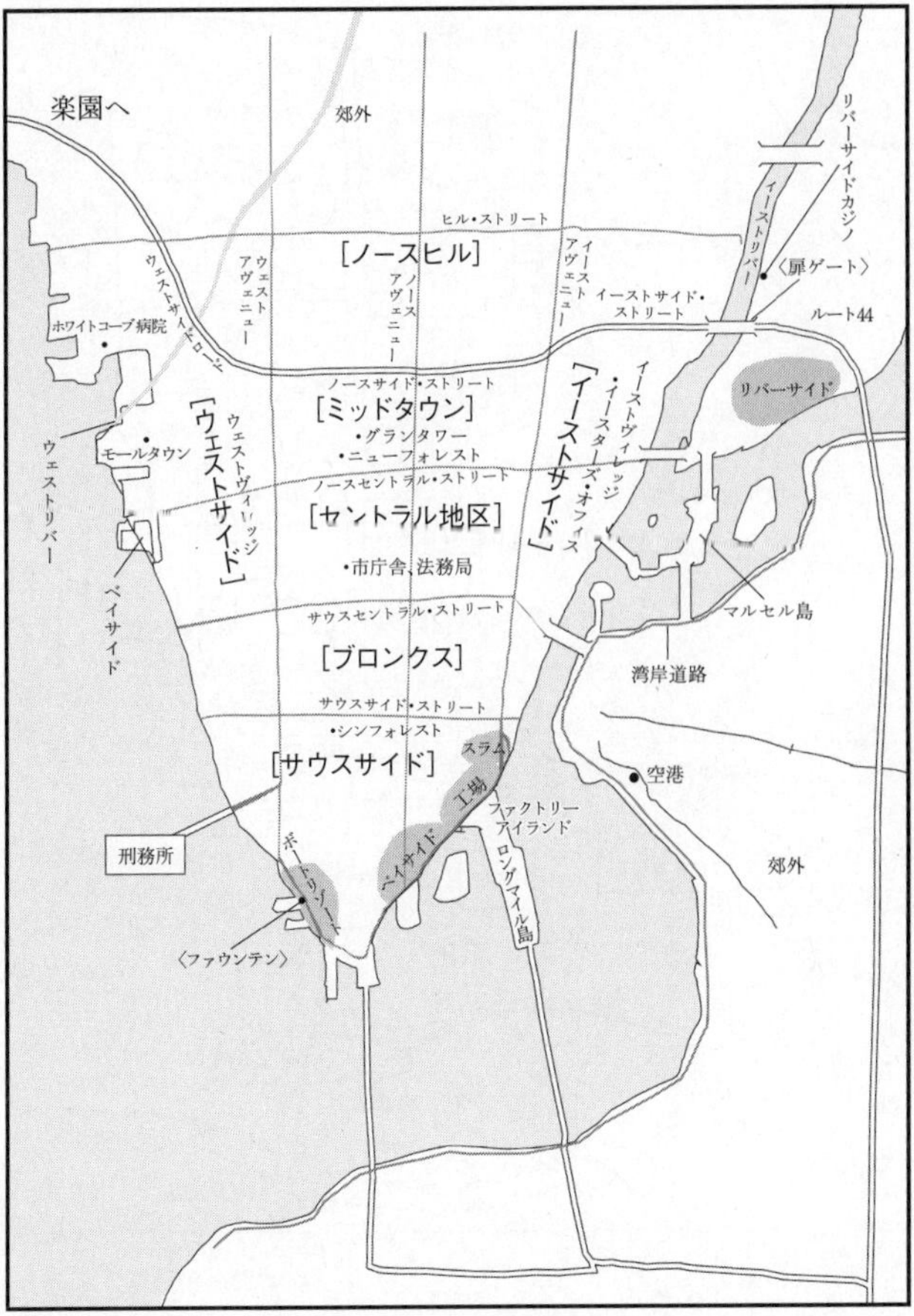
楽園へ
郊外
リバーサイドカジノ
ヒル・ストリート
イーストリバー
［ノースヒル］
ウエストアヴェニュー
ノースアヴェニュー
イーストアヴェニュー
〈扉ゲート〉
ウエストサイドロード
イーストサイド・ストリート
ルート44
ホワイトコーブ病院
ノースサイド・ストリート
リバーサイド
［ミッドタウン］
［イーストサイド］
［ウエストサイド］
ウエストヴィレッジ
・グランタワー
・ニューフォレスト
イーストヴィレッジ
・イースターズ・オフィス
ウエストリバー
・モールタウン
ノースセントラル・ストリート
［セントラル地区］
・市庁舎、法務局
ベイサイド
サウスセントラル・ストリート
マルセル島
［ブロンクス］
湾岸道路
サウスサイド・ストリート
・シンフォレスト
スラム
［サウスサイド］
空港
工場
ファクトリーアイランド
刑務所
ボートリバー
ベイサイド
ロングマイル島
郊外
〈ファウンテン〉

リバーサイド
イースト
サイド
ヨットクラブ・
ストリート
ティビア・
アヴェニュー
乗馬
クラブ
マルセル・
ヨットクラブ
P
北マルセル港
ケーフ・
アヴェニュー
モーテル
モーテル
ウォーターズ・ハウス
ボート
ハウス
バレット・パーク
学校
シンパッド・
アヴェニュー
マルセル島警察
トレーラー
ハウス・
パーク
〈ディープ・リーフ〉
消防署
ブラザーランド墓地
イースト・ファクトリー・
アイランド
アルブローニ
衣料品店
P
アンクル・ストリート
バス
ロータリー
アンクル・ベイ・パーク
ガス
スタンド
マルセル・ボートクラブ
リデンプション
教会
インステップ・
ドライブ
コニー・
アイランド
ビッグトゥー・
ドライブ
テンドン・
ドライブ
倉庫街
バス
整備所
南マルセル港
DCF
P
ブリッジ・ストリート
ガソリン
貯蔵所
病院
P
ヒール・アヴェニュー
アーチ・ドライブ
ビッグトゥー・パーク
タイヤ廃棄場
湾岸道路

第八章

1

マルセル島は、左に爪先を向けた長靴の形をしていることで知られ、通りの名もそれにちなんだものが大半だ。中央を南北に貫く大通りは脛骨《ティビア》・アヴェニューで、それと平行する西側の通りは、観光客向けの土産物店や飲食店が並ぶ小綺麗なすね当て《シンパッド》・アヴェニュー、東側の通りは、住民向けのダイナーや雑貨屋が軒を連ねるごみごみとしたふくらはぎ《ケーフ》・アヴェニュー、長靴のくるぶしあたりを東西に走るのは足首《アンクル》・ストリートだ。

長靴のかかとにある南マルセル港へ行く道は二つで、一つはそのものずばり、かかと《ヒール》・アヴェニューで、もう一つは沿岸のくねくねした道であり、対岸のイースト・ファクトリー・アイランドのガスコンテナや白煙を噴く工場を一望できるアキレス腱《テンドン》・ドライブだ。

島の南部を時計回りに一周したければ、アンクル・ストリートの東の橋のたもとからヒール・アヴェニューを南下し、南岸沿いに弧を描く土踏まず《アーチ》・ドライブに出て、西の岬でカーブする足の親指《ビッグトゥー》・ドライブを西の橋のたもとまで進んでから、途中ボートクラブがある平坦な足の甲《インステップ》・ドライブを北上すれば、アンクル・ストリートの西端に戻れる。

夕暮れ時、アンドレが運転する〈ハウス〉が滑らかに入ってきたのは、マルセル島の足の爪先に架けられたコニー＝マルセル橋の、コニー・アイランド側のたもとにある、がらんとした駐車場だった。観光客向けのバスの停留所はがら空きで、ベンチに人の姿はなく、売店は閉められ、吹き荒《すさ》ぶ冷たい潮風が「オフシーズン！」とわめいている。

マルセル島の外から島の西岸を一望できる位置に停車した〈ハウス〉の中には、いつもの中央のシートに座るハンター、三頭の猟犬、運転席と背中合わせの席に座るバジルのほか、横長のシートにぽつんと座る患者服姿の男と、特別に運び込むことを許された送受信機と端末群に囲まれ、安楽椅子に横たわるバリーの姿があった。

患者服姿の男は、シザースからスクリュウ・ワンと呼ばれていた人物で、ノーマが請け合ったとおり解剖もされず、〈天使たち《エンジェルス》〉に遊び半分でずたずたにされてもいない。

男をホワイトコーブ病院から連れ出す手続きは、朝食の席で、ハンターがノーマに念を入れ、そのあとバジルが院長のマーヴィン・ポープと電話で話しただけで済んだ。

「シザース狩りが上手くいくよう祈っているわ」

ノーマは、欲情と殺意を同時にたたえるような熱い視線をハンターに送って言った。

「例のスクリュウを自由に使わせてもらえることに感謝する。あなたが定めるタフガイの基準に達することが、今のおれの目標だ」

ハンターが真顔で言うと、ノーマは鈴でも転がすような声で笑った。光沢のある唇や肌と同じく、ひどく人工的な声だ。ハンターは微笑み返し、ノーマの肉体に関する点についてはなんであれ一切反応しないよう努めた。若く美しい娘としての姿を、あらゆる手段を尽くして保とうとする凶悪なけだものの尾を、うっかり踏まないために。

ノーマは上機嫌にハンターを送り出した。ホワイトコーブ病院で〈天使たち《エンジェルス》〉が現れて妨害することもなかった。監禁されていた男は抵抗せず、バジルの指示に機械のように動いた。本名は今も不明で、シザースとなって都市内を放浪する前は、何をしていた人物かもわからない。〈スネークハント〉が発見したときに比べ格段に清潔な姿だが、表情はなく、目は何も見ておらず、周囲に対する関心を何も持たない様子だ。

バリーのほうはトランス状態になっており、白目を剝《む》いてぶるぶる震え、しきりとメモ用紙にペンを走らせ、おかしな記号や模様を書き殴っている。

ハンターとバジルは、男がときたまこぼす、キ……キ……という弱々しい鳴き声や、バリーの忙《せわ》しない様子も気にせず、窓越しにマルセル島の西岸を注意深く観察していた。

「市内にいると、まだ夏が続くと勘違いしちまうな」

バジルが、鳴りをひそめたヨットクラブやボートクラブに目を向けて言った。夏どころか秋が訪れており、あらゆる観光ビジネスが温かな屋内へと場を移している。

「大学での、課題の提出期限や中間試験といったものが気になるか？」

「そっちは余裕がある。それよりホームカミング・パーティなんてものがあってな」

「確か、卒業生が母校を訪れるというやつだったか？」

「ああ。現役の弁護士や検事どもがぞろぞろ来て、模擬裁判のゲームをやるらしい。参加するには面談とテストをクリアしなきゃだが、勝った側についた場合、評価順位に従って、賞金と単位を取るときの優遇措置がプレゼントされる」

「お前が見事に優勝するところが思い浮かぶな」

「勘弁してくれ。法律が世界の全部だと信じる連中の手口を知るいい機会ってだけだ」

「ミズ・フェニックスを通じて〈イースターズ・オフィス〉の動向を探ることもできる。彼女がアソシエートとして働く、集団訴訟の原告団の様子も」

「そうだ。ゲームでの評価順位より、そっちを期待してくれ」

「どちらも期待で胸が膨らむな。ミズ・フェニックスの様子はどうだ？」

「集団訴訟については、下っ端の兵隊見習いをする代わりに学費を免除されてるだけで、肝心なことは何も知らされてない。ただ、あの澄ましづらの先輩が大学に顔を出さなくなったら、何か動きがあると考えていい」

「ギャングの下っ端が、急にストリートでの見張りをやめたときのように。ボスから緊急の用件を命じられたに違いない、というわけだ」

「ああ。ボスの教授の命令でなきゃ、〈イースターズ・オフィス〉からの依頼とかな」

「法律の世界ではまだ一兵卒ですらないミズ・フェニックスとはいえ、コーンが告げたとおり、やはりあのオフィスにおける最強のエンハンサーと目《もく》すべきだ。オーキッドとエリクソンがサウス・ベイサイドの保安官事務所で聞き知ったところでは、マクスウェルとの一対一のガンファイトで勝利を収めたそうだ。その後まんまとマクスウェルに逃げられたとはいえ、あのオフィスとその協力者たちはずいぶん勢いづいたことだろう」

ハンターが焚《た》きつけにかかると、バジルが、にやっと強気な笑みを返した。

「なのに、おれたちときたらネズミを取り返され、〈黒い要塞《ブラック・キープ》〉を失い、〈スパイダーウェブ〉は使い物にならねえときた。だが少なくとも、あんたは目覚めたし、おれたちの〈評議会《カウンセル》〉はびくともしてねえ。それに、トラブルメーカーのマクスウェルを大人しくさせるってことについちゃ、少なくともこのおれは、あの先輩に負ける気はしねえよ」

「その意気やよしだ、バジル」

ハンターが、バジルに対する全幅の信頼を込めてうなずいてみせたところで、オーキッドが乗るバイクを先頭に、多数のバイクと乗用車が続々と駐車場に入ってきた。〈クインテット〉の面々と、彼らが率いる、二つのグループからなる兵士たちだ。

グループの一つはハンターの命名で〈見張り台《ロッジタワー》〉と呼ばれていた。〈クインテット〉傘下の多数の組織からバジルが選《よ》りすぐった非エンハンサーの元ギャング・メンバー十二名の男女からなる実働《タスク》フォースだ。全員〈クインテット〉の命令に忠実で、銃器や車輌の扱いに長《た》け、頭が回り、慎重に行動し、冷徹にやるべきことをやってのける。

もう一つのグループは、シザースの疑いをかけられたベンヴェリオ・クォーツが、ハンターとの和解のため送り込んだ十名の殺し屋たちだった。全員コルチ族の男で〈短剣《ダガーズ》〉の異名を持ち、ベンヴェリオいわく〝とびきりの血の雨を降らせる者《スーパー・ブラッド・レイン・メイカー》〟で、報酬と重火器を与えられたら、どちらも使い尽くさずにはおれない生粋《きっすい》の荒くれ者の集団だ。

バジルは、異なる戦力を適切に運用するため、オーキッドに手綱《たづな》を握らせることにした。そのオーキッドが報告する相手はバジルで、バジルはハンターの判断に従い命令を下す。

現場指揮官たるオーキッドがバイクを降りると、エリクソンが四輪駆動のピックアップトラックから、ラスティとシルヴィアがそれぞれの車から降りた。みな〈ハウス〉へ集まり、バジルが後部ドアを開いて、彼らを迎え入れた。

「ハイ、兄貴。大学の椅子より、やっぱりそこのほうが座り心地いいんじゃないの？」

ラスティがそう口にしながらどっかり座ってスクリュウの肩に腕を回した。バジルはもっとみなと一緒にいるべきだという主張を共感《シンパシー》の輪に響かせようとしていた。

だが肝心のバジルや、輪の中心にいるハンターをはじめ、〈クインテット〉の誰もが、ラスティの主張を子どもじみたものとみなして受け流してしまった。

「座り心地で椅子を選んでられる立場じゃねえんだよ」

バジルが、たしなめるというより、弟分を慰《なぐさ》めるように言った。だがラスティは納得しない様子で、無反応のスクリュウから腕を離し、両脚を投げ出した。

「ムショ務めが早く終わるといいな」

自分の主張は筋違いじゃないと強調するために言ったが、やはり誰も同意しなかった。

「ムショと違って、自由に会えるんじゃないか？」

エリクソンが真面目くさって意見を述べたが、ラスティはそっぽを向いて無視した。

「思ったより人がいない。襲撃する側としてはありがたいな」

オーキッドが話を変えるために窓の外へ顎をしゃくり、シルヴィアがうなずいた。

「観光客のふりをした殺し屋がいないのはありがたいわ。〈ダガーズ〉は喜んで無関係の観光客ごと殺して、その後始末をこっちに押しつけるでしょうから」

バジルが、意味ありげにシルヴィアに向かって首を縦に振ってみせた。

「そうなりゃリバーサイドの観光ビジネスも割を食う。マクスウェルを操ってるやつは、わざわざオフシーズンを狙って、ちょっかいを出してきたってことだ」

確信のこもったバジルの口調に、シルヴィアやオーキッドが目をみはった。エリクソンがぽかんとし、ラスティがとても信じられないというようにわめいた。

「〈Mの子たち《チルドレン・オブ・M》〉のクソどもが調子に乗ってめちゃくちゃやり出したり、〈ウォッチャー〉が倉庫のブツ持って消えたり、っていうか、そもそもマクスウェルがグループを割り始めたあと、しくじってあの島に逃げ込んだのも、全部計算ずくだってのか？」

ハンターがみなへうなずきかけた。

「そうだ。シザースは何段構えもの計画を立てて大勢を操る。全てを見通し、あらゆる勢力《パワー》を使い、誰にも悟られぬまま、自分たちだけが利益《ゼロサム》の享受者となるよう仕向ける」

真剣な顔つきになる四人を、バジルがシートに背を預けて悠然と眺めて笑った。

「相手にとって不足はねえさ。何しろ市長が親玉だ。政治にしろビジネスにしろ、おれたちが知らねえ手口を、連中は山ほど持ってる。それをこっちのものにするために、おれたちでこの薄気味の悪いくそったれの黒幕どもを、残らず均一化《イコライズ》してやろうじゃねえか」

バジルの頼もしい言葉に、シルヴィアが最も強く共感《シンパシー》を示した。もとから組織のナンバーツーとしてのバジルをシルヴィアは高く評価していた。見事にハンターと組織を守り抜いてみせたバジルに対するシルヴィアの信頼の念は、これまでになく高まり、初期の〈クインテット〉においてハンターに対して抱いたのと同様の域に達していた。

その信頼の念は、みなの共感《シンパシー》の輪にも心地よく浸透した。シルヴィアがほとんど無意識に手を伸ばしてバジルの膝の上に置いたことを誰も不自然と思わなかったほどだ。さらにバジルもそうするのが当然という気分で、シルヴィアの手に自分の手を重ねた。そこで初めて、親しさが過ぎるのではないかと二人とも思い直して手を引っ込めた。

ハンターは、そんな彼らを微笑ましく見ていたが、オーキッドとエリクソンとラスティは、いつから二人はこれほど親密になったのかと不思議に思っていた。

「二重能力《ダブル・ギフト》を身に備えた者たちは、どこでその能力《ギフト》を使うか、独自に判断を下せ」

ハンターが言うと、シルヴィアとラスティが顔を引き締めた。彼らの戦意の匂いを嗅いだ猟犬たちも身を起こした。

「どのような能力《ギフト》も、適切な応用がその力を倍増させ、不適切な濫用は災難を招く。冷静に、柔軟に、自分自身を応用しろ。シザースが今なおそうすることで、都市を呑み込もうとしているように。やがて彼らをおれたちが呑み込むために」

共感《シンパシー》の波を通して、誰もが無言のうちに今日という日を戦い抜くことを誓っていた。

「我々は今日、より強固になる。シザースがもたらした亀裂を克服し、結束という最大の武器を手に入れる。そのために離反した者を残らず捕らえ、背後にいるシザースを均一化《イコライズ》し、そしてここから見えるあのマルセル島を、おれたちのものにする」

2

〈ハウス〉から意気揚々と外へ出たのは、オーキッド、エリクソン、シルヴィア、ラスティと、シルフィードおよびナイトメアの二頭の猟犬だ。

「あなたの相棒を借りる気分よ」

シルヴィアがナイトメアの逞《たくま》しい背を撫で、後部ドアに手をかけるバジルへ言った。

「まあ、キング・ベイツの金庫を襲ったときもそうだが、一緒に動くことが多かったからな。おい、相棒。シルヴィアと仲良くやれよ」

バジルが言うと、ナイトメアが鼻息を鳴らして応じ、シルヴィアの脚に額をぶつけるようにしてから、彼女の車へ鼻面を向けた。さっさと行こうと言うのだ。

バジルとシルヴィアが顔を見合わせて小さな笑みを浮かべた。

「無茶はするなよ。ハンターも言ってたが、冷静《クール》にやってくれ」

「目一杯暴れて、あなたとハンターに、最高《スーパー・クール》にすごいって言わせたいわね」

「おいおい」

「冗談よ。それじゃ」

シルヴィアはきびすを返そうとしたが、バジルと信頼なり親愛の情なりを示すことをすべきではという共感《シンパシー》の念がわいていた。さりとて何をすべきか決めていたわけでもなく、二人ともまごついた末に、互いの右拳を軽く打ち合うことで、よしとした。

「閉めるぞ」

バジルが〈ハウス〉の後部ドアを閉め、シルヴィアが今度こそ車に向かった。シルヴィアの満足げな匂いを嗅いだナイトメアが、手間がかかる二人だと呆れるような鼻息を鳴らし、彼女のあとについていった。

「兄貴って意外にモテんのかな。いっつも仏頂面なのに」

ラスティが、シルフィードのために車のドアを開きつつ呟《つぶや》いた。

「ハンターの次に信頼できる男であることは確かだ」

オーキッドが真面目に言った。

「シルヴィアは貫禄があって頼れる男が好みなんだろう。そのうちシルヴィアから誘って、バジルと二人で美術館に行くようになるんじゃないか」

エリクソンがいつものように勝手な私見を述べたが、このときばかりはオーキッドもラスティも否定できず唸《うな》った。

「ちぇっ。おれがホスピタルを誘っても、断られてばっかだってのに」

「お前はそろそろ諦めろ、ラスティ」

「ホスピタルは、ハンター神を崇める修道女だぞ。他の男には見向きもしないだろう」

オーキッドとエリクソンが親切心から忠告したが、ラスティの耳には声は届かず、「もっとホスピタル好みの店とか調べねえとな」などと呟きながら車に乗った。

そのとき、〈ハウス〉の車内スピーカーが、バリーの電子音声を放った。

《マクスウェルが、潜伏中のトレーラーハウスを出ました。〈ウォーターズ〉の下っ端に車を運転させてケーフ・アヴェニューを南へ向かうようです》

ハンターとバジルは、車内のモニターに目を向けた。モニターにはマルセル島の地図と、仲間の現在地が青の点と名前の頭文字で、制圧すべき相手の現在地が赤の点と同じく名前の頭文字で表示されている。

島の形を長靴になぞらえれば、ふくらはぎの下部にあたる場所にトレーラーハウスが列をなす低所得層が集まる一画があり、そこからマクスウェルの現在地を示す赤い点が出発して、ケープ・アヴェニューを南下していった。

向かう先は、イースト・ファクトリー・アイランドとの間にあるファクトリー＝マルセル橋のたもとだ。そこからアンクル・ストリートを西へ行くか、ストリートを渡ってヒール・アヴェニューを南へ進むか、ぐねぐねした沿岸道のテンドン・ドライブに入るか、さもなくば橋を渡って〈シャドウズ〉と〈プラトゥーン〉が配下の兵士たちとともにいるイースト・ファクトリー・アイランドへ向かうかだった。

「こっちを挑発してやがるな」

バジルは運転席との間の壁から有線マイクを取ると、操作盤のナンバーを素早く入力して通信スイッチを押し、〈シャドウズ〉と〈プラトゥーン〉に通信した。

「マクスウェルを乗せた車が、アンクル・ストリートへ向かってる。誰も動くな」

《オーケイ》とジェイク。

《了解。こっちに来るのか？》とブロン。

「まだわからん。いや——西に折れた。橋とは逆方向に進んでる」

「アルブローニ衣料品店の前で止まったたな」

ハンターが言った。アンクル・ストリートの東側、ティビア・アヴェニューにやや近い場所にある大型の店舗で、衣料品だけでなくスナックや酒やポストカードなども売るほか、島で売りさばく麻薬を隠すための地下倉庫を備えている。店のすぐ裏手にある家が、離反したエンハンサー三名の住み処《すか》であることをバリーがその能力《ギフト》で確認していた。

《店から元〈ウォッチャー〉のノルビ・トラッシュが出てきました》

モニターの隅に、向かいの釣具店にある安っぽい監視カメラの映像が表示された。バリーの能力《ギフト》が自動生成するプログラムがやっているのだ。

ピックアップトラックの荷台に乗ったマクスウェルが、店から出てきた男と何か話し始めた。黒い革の上下を着た、バイカーふうの男だ。格好は〈シャドウズ〉の一員のようだが、青黒くむくんだ顔が、商品であるべき薬物に手を出していることを物語っている。

《音声を拾えるかやってみますか？》

「いや。口の動きで、異常がないか確認しているだけだとわかる。今は可能な限り気配を隠せ。アルブローニ衣料品店の中にある電子機器や、マクスウェルたちの携帯電話といったものに侵入しようとすれば、リック・トゥームに嗅ぎつけられるだろう」

《ですがそれでは、本当に建物の中にいるのか、こちらから確認できません》

バリーがなおも言った。もし地下トンネルなどの抜け道があれば、いつの間にか移動されている可能性もあるのだ。しかしハンターはその提案をきっぱりと退《しりぞ》けた。

「いいや、バリー。おれはお前を評価するように、リック・トゥームを正しく警戒すべきだと思っている。自身をプログラムの高速自動生成システムと化すトランストラッカーは、百人のハッカーより厄介だ。〈白い要塞《ホワイト・キープ》〉と〈華麗なる海運業者《マリーン・ブラインダーズ》〉が配置につき、頼もしい海の女神を招いて万全の対処が可能となるまで、今以上のことをしてはならない」

《了解しました、ハンター》

「〈スネークハント〉のアランとミッチェルか、〈クライドスコープ〉のトーディとスコーピィが、リック・トゥームを見つけてくれるだろうが、時間がかかりそうだな」

バジルが言い、モニターの地図に目を向けた。

「あるいは、〈戦魔女《ウォーウイッチ》〉のリーダーであるヨナ・クレイが。先んじて島に潜入した者たちの働きに期待しよう」

ハンターが言った。映像の中でマクスウェルが運転席の屋根をノックするように叩き、ピックアップトラックが発進した。ノルビ・トラッシュは店の中に戻っていった。

モニターから監視カメラの映像が消え、地図上の赤い点が、ティビア・アヴェニューに出て南へ向かった。さらに東へ折れて路地の一角に入ったところで、パーキングの監視カメラの白黒映像がモニターに現れた。

パーキングにピックアップトラックが停められ、荷台からマクスウェルが降りる映像だ。運転手ともう一人の男が車を降り、マクスウェルとともに、島のくるぶしの位置にあるリデンプション教会へ歩いていったところで、映像が消えた。

教会には、すでに赤い点が二つ重なっている。〈M〉のリーダーであるサディアス・ガッターと、エンハンスメント動物であるオランウータンのトーイがいるのだ。

バジルが、モニターの地図を指さした。

「マクスウェルの野郎、エンハンサーを一箇所に集める気はねえらしい。ファクトリー＝マルセル橋を渡った先のアルブローニ店に、元〈ウォッチャー〉の三人。ここからコニー＝マルセル橋を渡った先の〈ダ《D》ンデリオン・コ《C》ンテインメント・フ《F》ァシリティ〉と、向かいのDCF病院に二人ずつ。間にある教会にマクスウェルとサディアスで、こっちは南のショア＝マルセル橋を渡ってまっすぐのところだ」

「こちらが島を包囲したことを察知し、彼らの重要な拠点を残らず守ろうとしているように見えるな。すんなり信じるわけにはいかないが」

ハンターが言った。バジルがうなずいて同意を示した。

「マクスウェルは正面からぶつかるように見せて、死角を衝《つ》くのが得意だ。わざわざ歩き回って、こっちに姿を見せてるのもブラフだろう」

《ハンター、北で検問が始まりました》

バリーの電子音声が告げた。モニターの地図で、島の北端にあるリバーサイド＝マルセル橋の島側に、緑の点がいくつも現れた。

《リバーサイド警察がマルセル島警察と無線でやり取りしています。銃を持った人間をリバーサイドに来させないようにすることが目的のようです》

ハンターが口元に笑みを漂わせた。

「ネルソン・フリート議員の意向だろう。城門の跳ね橋を上げて、戦場が城内に及ばないようにした、といったところだな。リバーサイド側からの出入りは？」

地図上で、西北端のマルセル・ヨットクラブに多数の緑の点が出現した。長靴でいうすね当ての一番上のところに人が集まっているのだ。

《リバーサイド・ギャングがヨットクラブに入り、〈ウォーターズ〉の幹部が出迎えています。フリート家所有のボートまで来ました。ネルソン・フリート議員がいます》

モニターに、ヨットクラブの監視カメラの映像が現れた。かなり遠間だが、高価な大ぶりのボートのデッキに立つネルソン・フリートの姿があるのが見て取れた。

「シザースが戦争見物に来やがったか」

バジルが呟いた。モニターの中の議員が、シザースであることを疑わない口調だ。

「市長からおれと対決するよう命じられたのだろう。サディアス・ガッター、マクスウェル、ネルソン・フリート議員。攻略すべき相手が三人とも島に揃ってくれた」

そのとき新たに乗用車が一台、駐車場に入ってきた。多数のカラスの群が現れ、ひときわ巨体のハザウェイが〈ハウス〉の近くの柵にとまり、そこらじゅうの木々や建物の屋根に他のカラスたちが舞い降りた。乗用車の運転席から降りたのは〈ファウンテン〉の管理者たるヘンリー・ザ・穴掘り人《ディガーマン》であり、助手席から降りたのはいつもの赤いドレスに身を包んだケイト・ホロウだ。二人はバイクのそばに立つオーキッドに軽く会釈してから〈ハウス〉に歩み寄ると、バジルが後部ドアを開いた。

ヘンリーが深々と頭を下げ、いつもはオーキッドがいる位置に座って言った。

「なんという光栄。玉座のそばにはべる名誉をありがとうございます、ハンター」

「頼もしく思う、ヘンリー。この島の地下に張り巡らされた下水路に関して、ぜひともお前の助けが必要となるだろう」

「お任せください。この〈穴掘り人《ディガーマン》〉は、あらゆるトンネルを知り、穴をあけてきました。銀行の金庫室へ、プラザの集金室へ、ドラッグストアの倉庫へ。もちろん刑務所でも」

ハンターはうなずき、ケイトへ顔を向けた。ケイトは、虚ろな顔のスクリュウと並んで、横長のシートに腰を下ろしている。いつもラスティがいる位置だ。

「ケイト・ホロウも、助力に感謝する。マクスウェルの意図を素早く知りたい」

するとケイトの姿勢と顔つきが早くも一変した。前屈みになり、低い位置から昏《くら》い目でハンターを見据え、マクスウェルそっくりの口調で言った。

「マクスウェルは、以前と大して変わっていない。やつは周到に抜け目なく〈Mの子た《チルドレン・オブ》ち《・M》〉や不満を持つグループを子飼いにし、グループを割るきっかけを求めた。〈評議会《カウンセル》〉

をのっとるためではない。刑事時代に警察署といくつものストリートを支配していたように、自分の言うことを聞いてくれるボスの陰で、悪徳の限りを尽くしたいのだ」

「シザースがマクスウェルにどのような命令をしているかも読み取れるか？」

「やつらしくない判断や行動を見て取ることができたら、それは誰かに命じられてやっているということだ。そうであれば、すぐにわかる」

「頼りにしている、ケイト・ザ・キャッスル」

挨拶がひと段落したところへ、バジルが言った。

「残りのグループも、ぼちぼち配置につく頃だ」

モニターの地図上で光点が次々に表示された。長靴のかかとに架かる南のショア＝マルセル橋の湾岸道路側に、〈戦魔女《ウォーウィッチ》〉の三人、〈ビリークラブ〉の四人、〈ガーディアンズ〉の検診用バスである〈アーク〉が道路脇の空地に集合した。長靴のアキレス腱の部位にあたる南マルセル港には〈白い要塞《ホワイト・キープ》〉と護衛の〈華麗なる海運業者《マリーン・ブラインダーズ》〉が入った。

「グループごとに話を聞こう。バジル、マイクを」

バジルが握ったままのマイクをハンターに渡した。

「〈白い要塞《ホワイト・キープ》〉のショーンにつないでくれ」

バジルが手早く操作盤のナンバーを入力してスイッチを入れた。誰の通信機にどのナンバーを割り振ったか、きっちり覚えているのだ。

「ショーン・フェニックス、聞こえるか？」
《こちらショーン。無事に港に入れたよ。〈マリーン〉が言うには湾岸警察に賄賂《キャンディ》を渡して話をつけたから、こっちには来ないってさ》
「何よりだ。ことを始める前に、おれに言っておきたいことはあるか？」
《特にないよ。殺しのプログラムを駆除する仕事だってんでプッティがやる気出してる》
《おもちろおおおおおーい！》
「リック・トゥームを抑えるには、お前たちが必要だ。何かあれば通信しろ」
《了解》
ハンターがうなずきかけると、バジルが通信をオフにした。
「〈マリーン〉のトロイにつないでくれ」
バジルがパネルを操作してうなずいた。
「トロイ・モルガナイト、聞こえるか？」
《ハイ、ハンター。よく聞こえてる》
「ことを始める前に、おれに言っておきたいことはあるか？」
《報告しろということであれば、首尾よく賄賂を配り、マルセル島での抗争の噂を広めたから、湾岸警察も海上警察も来ない。連中にとっては〈ウォーターズ〉が〈M〉に置き換わり、〈M〉が別の組織に置き換わるだけのことだからな。ことが終わったあとの褒美についてであれば、もちろん南北のマルセル港でのビジネスに噛ませてくれ、ということになる。また、引き続きおれたちに、あの海の宝物、フローレス・ダイヤモンドを任せてほしい。あと、〈シャドウズ〉のように保安官や海上警察になれというのは御免こうむる。書類仕事ばかりでちっとも海に出られなくなるうえに、賄賂しかうまみがなくなる》
「希望は叶うと言っておこう。現時点での要望は？」
《港に出入りする〈ウォーターズ〉や〈M〉のエンハンサーたちを〈白い要塞《ホワイト・キープ》〉に近づかせないという仕事についてであれば、特にない。やり甲斐のある務めだと思っている》
「海のつわものたちの助力に感謝する」
ハンターがうなずき、バジルが通信をオフにした。
「〈シャドウズ〉のジェイクにつないでくれ。ジェイク・オウル、聞こえているか？」
《こちらジェイク。聞こえてるぜ、ハンター》
「いよいよ戦いの火蓋が切られる前に、おれに話しておきたいことはあるか？」
《一つだけだ。〈ウォッチャー〉どもは、おれたちがきっちり落とし前をつける》
「お前たちならできるだろう。だが能力《ギフト》の確保と、警察との取引のために、生け捕りにする必要がある」
《わかってる。たっぷり後悔させてやるためにも生かしておくさ。もう一つあるとすれば、あんたが号令をかけたら、おれたちは火の玉みたいにすっ飛んでいって、阿呆どもを叩き

潰して回るぜってことくらいだ》

「勇ましい限りだ。頼んだぞ」

ハンターがうなずき、バジルが通信をオフにして苦笑した。

「思った通り、〈シャドウズ〉は逸《はや》ってるぜ。手下だった〈ウォッチャー〉に裏切られたんだからな。〈プラトゥーン〉を後詰めにつけて正解だ」

「その〈プラトゥーン〉のブロンにつないでくれ。ブロン・ザ・ビッグボート、聞こえているか？」

《感度良好《ラウド・アンド・クリア》》

「戦いの夜を迎える前に、おれに話しておきたいことがあれば聞いておこう」

《二つある。一つは、独自の偵察報告にもとづいて行動したい。リック・トゥームのような電子的干渉系《インターフェランス》エンハンサーがいるのだから、なおさらそうすべきだろう》

ブロンが言った。なんでも体系的にしたがる〈プラトゥーン〉は、独自に能力《ギフト》を系統づけているのだ。ハンターもそれを有用とみなし、バジルの人員配置に活用させていた。

「具体的には？」

《キャンドル・ザ・ビッグバッグを斥候に出し、背後に気を配り、慎重に進みたい》

「ぜひそうしてくれ。もう一つは？」

《〈シャドウズ〉と足並みを揃えられるとは限らない。理由を述べていいか？》

「むろんだ。聞かせてくれ」

《イースト・ファクトリー・アイランドから〈ルート44〉へ流れるヤクは〈ウェブ〉の流出品だと思っていたが、量が多すぎる。上物のゴールデンダストが箱詰めで運ばれている》

「ゴールド兄弟の最新ブランドにして、史上最高と名高いブツだな」

《そうだ。当然、〈シャドウズ〉も知っているはずだ。つまり市内のどこかで〈シャドウズ〉がひそかにゴールド兄弟に命じてヤクを製造させ、マルセル島を経由して稼ぎを独占しているか、さもなくばマルセル島のどこかにゴールド兄弟がいて、勝手にヤクを作り、〈M〉に資金源を提供しているかだ。おれは、後者だと思う》

ハンターとバジルが、ケイト＝マクスウェルが微笑んだ。マクスウェルの仕業に違いない、というのだ。

ケイト＝マクスウェルを見た。

ハンターはマイクに向かって言った。

「マクスウェルは、麻薬倉庫の番人である〈ウォッチャー〉だけでなく、製造者であるゴールド兄弟も引き抜いたようだ」

《兄弟のほうから〈M〉に接触した可能性もある。何しろあの兄弟の趣味は、〈M〉のような連中のそれと相通ずるのだから。ジェイクたちにとってあの兄弟は、生贄《いけにえ》を献げることで金を生み出す異形の神だ。長年、〈クック一家〉からそのように教育されてきた〈シ

ャドウズ〉が、作戦の妨げとなるような行動を取るかもしれない》
「懸念はわかる。だが手に入れねばならないものは、ヤクでもその料理人でもない。全員の結束だ。それが勝利の鍵となることをお前が示してやってほしい」
《おれの仲間を危険にさらさないためにも、そうすべきだと考えている》
「信じているぞ、ブロン」
ハンターがうなずき、バジルが通信をオフにした。
「〈ガーディアンズ〉のホスピタルにつないでくれ。ホスピタル、聞こえているか？」
《はい、ハンター。私だけでなく、ストレッチャーとモルチャリーにも聞こえています》
「激しい戦いが始まる。今のうちに、おれに話しておきたいことがあれば聞こう」
《ありがとうございます。実は、モルチャリーがこう主張しています。島の南端にいては、仲間の命を守ることも、捕らえた者の能力《ギフト》を素早く封じることにも支障があると》
「具体的に、〈アーク〉をどこに移動させたいと考えている？」
《南マルセル港がいい、とモルチャリーは言っています》
ハンターとバジルが、ちらりと目を見交わした。
「安全が確保されてからだ。マクスウェルがなんとしても攫《さら》いたい相手は、おれか、さもなくば、エンハンサーにとっての生命線である〈ガーディアンズ〉に他ならない」
《ストレッチャーもそう言って移動に消極的です。ただモルチャリーは〈ビリークラブ〉

や〈魔女〉がいる限り安全で、港には〈マリーン〉もいるはずだと言っています》
「では、南マルセル港に移動するタイミングはこちらが指示する。ただし〈ビリークラブ〉と〈魔女〉の意向を聞いたうえでだ。いいか、ホスピタル？」
《はい。ありがとうございます、ハンター》
ハンターがうなずき、バジルが通信をオフにして言った。
「どっちから先に話す？」
「〈ビリークラブ〉だ」
バジルがナンバーを入力して通信した。
「メイプル・ザ・スラッガー、聞こえているか？」
《んー？　どうしたんだい、ハンター。何か変更が？》
「これから苛烈な戦いに赴《おもむ》くうえで、おれに話しておきたいことはあるか？」
《ああ、そういや、モルチャリーから護衛してくれって強く頼まれたよ》
「〈ビリークラブ〉としての意向は？」
《あんたがグループの頭脳なら、〈ガーディアンズ〉は心臓だ。いざってときに命を救ってくれる守護天使を誰かが守るべきだし、あたしらをここに置くのはそのためだろ？》
「〈ガーディアンズ〉は南マルセル港へ行くことで、よりよく働けると言っている」
《ここだろうと、どこだろうと、あたしらは〈ガーディアンズ〉をガードする》

「ありがとう、メイプル。お前たちという鉄壁ほど頼もしいものはない」
《光栄だ。孫にもそう言われたかったね。じゃ、そういうことで》
ハンターがうなずき、バジルが通信をオフにすると、何も言われないままナンバーを入力した。
「リディア・マーヴェリック、聞こえているか？」
《こちらリディア。あんたの声がよく聞こえる、ハンター》
「マルセル島へ攻め入る前に、おれに話しておきたいことはあるか？」
《一つある。〈ガーディアンズ〉には余計なことはせず引っ込んでいてほしい》
「彼らから護衛を頼まれたか？」
《そうさ。のちのちファシリティの管理について口出しできるよう、ここでひと働きしてみせたいってのが〈ガーディアンズ〉の本音だ。でもあの島のファシリティは、私らに管理させると、あんたはヨナ・クレイに約束した。そうじゃないか？》
「その通りだ、リディア」
《私たちにとって、あの島は特別だ。私やマヤやヨナは、キャリアーに乗る労働者の子どもだった。DCFの世話になり、親がキャリアーのバスに乗るのを毎朝見てきた。家賃が払えないときは家族で倉庫暮らしだ。小さい頃から、春と夏は観光客相手に働き、秋と冬はファクトリー・アイランドで働いた。大人になってからは島をまともな場所にするために戦った。ファシリティを牛耳《ぎゅうじ》るギャングや、ギャングを利用する警察や政治家どもと。ケイトやミランダも市のいろんなファシリティを頼って生きたし、ファシリティを支配する連中の餌食《えじき》にされても、抵抗してきた。私たちにとって、これはずっと続けてきた戦いだ。どんなときも安全な場所にいた〈ガーディアンズ〉に出しゃばられる筋合いはない》

「お前たちの崇高な戦いも、不退転の決意も知っている。おれがお前たちの意向を尊重すると信じたからこそ、ヨナ・クレイが島のどこかにいて、ケイトがここにいる」

《じゃ、私たちは〈M〉の阿呆を叩き、DCFを正しい姿にするために行動するってことでいいか？　〈ガーディアンズ〉の護衛なんていう、ちゃちな仕事はごめんだ》

「承知した。〈魔女〉の助けがあってこそ五つの福祉施設を手中に収め、ファイブ・ファシリティ構想を実現させられる。だがそのために得るべきは今日の勝利であり、それをつかむために必要なのは結束だ。お前たちだけであの島を手に入れることはできない。そのことは理解しているな？」

《ああ。くどくどと悪かった。〈クインテット〉がDCFをアタックするとき、私たちがDCF病院をアタックする。お互い協力し合って、〈M〉を潰す。それでいいか？》

「そうだ。DCFで決着がつかなければ、さらに結束して侵攻することになる」

《オーケイだ。あんたは耳を傾けてくれた。それで十分だ。他にはない》

「決してお前たちの言い分をおろそかにはしない」

　ハンターがうなずき、マイクをバジルに差し出した。バジルが通信をオフにし、マイクを受け取った手で、自分の膝をとんとん叩き、横目でケイトを見て言った。

「さっそく〈ガーディアンズ〉が〈魔女〉と張り合い始めたな」

　ケイトは、マクスウェルであることをやめ、彼女自身の人格を現して言った。

「モルチャリーが野心的になっていると私たちは思っています。〈パレス〉の経営でも、〈ガーディアンズ〉を関与させようとしているのはモルチャリーです」

　バジルが鼻息をついてマイクを壁に戻し、ハンターへ言った。

「実際、〈パレス〉の従業員たちは〈魔女〉に従ってはいるが、モデルたちはホスピタルに忠実だ。ほとんどタダで、安全に整形してもらえるんだからな」

　そこへ、ヘンリーがおもむろに口を挟んだ。

「〈魔女〉としては、〈ガーディアンズ〉が彼女たちのテリトリーを侵しつつあるように思えるのでしょうね。ホスピタルとストレッチャーはさておき、モルチャリーの野心を私も感じています。おっと、差し出がましいことを口にしてしまい失礼しました」

「いいや、〈ファウンテン〉の管理人ならではの意見は大変有用だ、ヘンリー」

　ハンターは、組み合わせた両手の指を、開いたり閉じたりしながら続けた。

「能力《ギフト》を与え、そしてまた奪うことが自分の役目であるとモルチャリーは主張してきた。グループを〈ガーディアンズ〉と名付け、バスを〈アーク〉と呼ぶことも彼の発案だ。とはいえ、野心的であってはならないなどとは誰にも言えないだろう」

　バジルが、同意の笑いをこぼした。

「ホスピタルやストレッチャーみたいに、必要なとき以外、大人しく引っ込んでるなんてのは滅多にいない。モルチャリーが何か言い出そうとも、他のグループと同じように、きっちり配置して手綱を握りゃいい」

　ハンターは、我が意を得たりというように両手を開き、膝の上に置いた。

「野心は均一化《イコライズ》のための糧に過ぎず、咎《とが》めるべきものではない。敵の術中に陥り、結束を阻まれ、これ以上、グループに同士討ちをさせないことが肝要だ」

　ケイトが、再びマクスウェルの人格を現して、陰鬱そうに首肯した。

「そうさ、ハンター。やつは政治が得意で、戦争が上手だ。その二つに半生を費やしてきた。〈シャドウズ〉を独走させて〈プラトゥーン〉と反目《はんもく》させるために〈ウォッチャー〉とゴールド兄弟を引き込んだ。〈魔女〉と〈ガーディアンズ〉の反目を期待してマルセル島を抗争の舞台にした。だがお前は、さらにこう考えている。これは、果たしてマクスウェル個人の企みなのか、と。背後で糸を引いている者たちがいるはずだと」

「そうだ。マクスウェルはシザースが選んだ策士《ルーサー》の一人に過ぎない。シザースからすれば自分たちが征服した敗者《ルーザー》だ。おれもその一人だったから、よくわかる。ここでの勝利のもう一つの鍵は、北の橋を封鎖し、子飼いの兵士に囲まれ、おれたちの抗争をとっくり見守る気でいる、ネルソン・フリート議員との対決だ」

ハンターのその言葉に、誰もが賛意を示してうなずいた。市議会の大物を敵に回すべきだろうかとか、むしろマクスウェルを排除して自分たちが議員と手を組むべきではないかといった消極的な意見は一つも出なかった。

「君と仲間たちのシザース化のほうも着々と進行しているといった感じだな」

だしぬけに、それまで虚ろな顔をしていたスクリュウが声をあげた。自分がそこに存在していることにさえ気づいていないような抜け殻めいていた様子は一変し、活発な好奇心と知性をたたえた眼差しでハンターに微笑みかけている。

ハンターは、いつの間にか自分の膝の上に現れたクーラーボックスを見ながら、男の声を認識しているのが自分だけであることを、バジルたちの無反応さから見て取った。

「私のことを、スクリュウと呼ぶより、ホィールと呼ぶべきだと考えているな。私の人格のもとになった人物にちなんで名付けるというのはいい考えだ。馴染みがない呼び方より、ずっとゆらぎをコントロールしやすくなるからな」

なるほど、ゆらぎか、とハンターは思った。お前は、おれ自身のゆらぎと思考を増幅し、その中に仲間たちを招き入れるツールと化しているのだな。

「そう。君が望むなら、仲間に私を認識させることができる。メリットがあるかは疑問だがね。抗争の最中に、おお、この男は今、自分たちの共感《シンパシー》をより高度なものにする同時接続の増幅中継機みたいな機能を司《つかさど》っているぞ、なんて考えていたら気が散るだろう。私を使うタイミングはもっと先に訪れるはずだ」

おれがノーマやメーソン市長に匹敵し、全てを均一化《イコライズ》するうえでの、第一歩となるわけだなとハンターは思い、男と自分の膝の上のクーラーボックスを見るのをやめた。それらは目で認識すべきものではなかった。常に自分の内側に存在しているものだった。

やがて新月の暗い夜が訪れた。島の西岸に、ぽつぽつとオレンジ色の街灯がともったが、人を危険から守る役に立つようには見えないほど弱々しかった。冷たい海風と潮騒がいっそう音高く響いたとき、ハンターが全てのグループに向かって声を発した。

「時間だ。結束の意思をもって、容赦なく、狡猾に、勝利を収めろ」

3

マルセル島に架かる東西南北の四つの橋のうち北を除く三つを、ハンターの手勢が渡った。まさに総力を挙げての討伐といった様相を呈し、エンハンサーの人数は09《オー・ナイン》法案成立初期の比ではなく、過去、市内で起きたあらゆる抗争を上回る規模であるのは明らかだ。

周辺の警察組織はもとより、噂を聞いた密売人や運び屋も、マルセル島と二つの河口《ツイン・リバー・マウス》でのビジネスは停止し、今夜だけは決して島には近づくな、と口を揃えて言い合った。

いかなる無法も許される最悪の危険地帯と化したマルセル島へ最初に乗り込んだのは、激しいエンジン音をたてるバイクの一団だ。横一列にバイクを並べ、堂々と先駆けるジェイクら〈シャドウズ〉と、〈モーターマン〉を名乗る非エンハンサーの運び屋で、いつでも殺し屋になれる気質の男たちだ。みなジェイクに従って麻薬の運搬という〈クック一家〉に必要不可欠な仕事を請け負い、危険と隣り合わせの生活を送り、裏切り者や密告者への拷問や処刑を通して信頼を育んできた荒くれ者たちだった。

彼らに続くのは、四台もの防弾仕様の四輪駆動ピックアップトラックを走らせるブロンたちだ。運転するブロンの隣には馬鹿でかい拳銃をこれみよがしに両脇と腰のホルスターに四挺も装備した大男がおり、荷台では中世の騎士の槍を思わせるほど巨大なライフルを抱えた男が座っている。ブロンをリーダーとする〈プラトゥーン〉のエンハンサーは五名だが、〈ハウス〉の運転手として働くアンドレを含む二名の姿は見えなかった。

三台のピックアップトラックに乗ってブロンたちを追うのは、〈ルート44〉のビジネスを長いこと守ってきた〈ビッグ・ショップ〉と呼ばれる実働部隊だ。どんな銃でも用意できることからその名を冠し、昨今では足のつかないパーツを仕入れて組み立てる、追跡不能のゴーストガンと総称される銃器を主力商品としている。当然ながら、彼ら自身もその商品を好んで使うことで、逮捕者を激減させることに成功していた。

行動を共にするよう命じられたジェイクたちもブロンたちも、誰もが、この抗争を避けては通れないものとみなしていた。

ジェイクたちにとって配下だった〈ウォッチャー〉の離反は許してはならない大罪だ。ブロンたちにとって、イーストヴィレッジから湾岸道路全域にかけては、テリトリーである〈ルート44〉が各所に通じており、どこもビジネスを行ううえで重要な地域だ。そこでの抗争は〈クック一家〉と〈ルート44〉がことを起こして以来であり、テリトリーの境界線をいっそう都市内へ食い込ませることができる滅多にないチャンスだった。

両グループともに強い使命感をもって抗争に臨んでいたが、アンクル・ストリートに入るや否や、両者の行動原理の違いがあらわになった。

彼らが目指すのは、ストリートにあるアルブローニ衣料品店と、その裏手の一軒家だ。ただちに包囲し、離反したエンハンサーを見つけ、始末をつける。ジェイクもブロンも同じように考えていたが、遅滞なく店の横手に勢揃いしたのは〈シャドウズ〉で、一軒家を取り囲んだのは〈モーターマン〉たちだった。

その二百メートルほど後方で、ブロンはピックアップトラックを停車させた。残りの三台が、ブロンのピックアップトラックを守って、前方と左右に停まった。

「偵察を開始する。行け、キャンドル・ザ・ビッグバッグ」

ブロンが、訝《いぶか》しむジェイクたちにも聞こえるチャンネルで、通信した。

「イエッサー！　ムー、ハー！　ハー！　ハー！」

ブロンのピックアップトラックの荷台にいたキャンドルが、迷彩化粧を施した顔で笑い、すっくと立ち上がった。だぼっとした大きすぎる迷彩服が、内側から急激に膨らんでいくや、その足が、すーっとピックアップトラックから離れて宙に浮かんだ。

特大のライフルを抱えたキャンドルが、人間アドバルーンとなって夜空へ昇っていって姿を消すさまを、ジェイクたちが呆れ顔で見送った。

《これより付近の偵察を行います！　ムー、ハー！》

空に浮かぶ風船型の斥候狙撃兵となったキャンドルが、その場にいる全員へ通信した。ライフルを構え、温度検知機能を持つスコープで周囲を限《くま》なく見てゆき、一階が飲食店だったり花屋だったり釣具店だったりする建物の周辺に誰か潜んでいないか調べるのだ。

見通しのよいストリートとあって、キャンドルは苦労することなく、ふわふわと上空で円を描くように偵察した。ほとんど全ての建物の窓とカーテンが閉めきられ、住民が家の中と外を可能な限り遮断しようとする様子が窺えたが、中には興味深いものもあった。

ストリートの左右にある建物のうち、広々とした屋上があるものを見ると、その一つに何人かが低い壁から顔を出して、アルブローニ衣料品店のほうを見ているのだ。現時点では野次馬か伏兵かわからないが、キャンドルはすぐにブロンに報告した。

「よし。そのまま偵察を続けてくれ」

ブロンが命じたとき、その胸ポケットで携帯電話がコール音を発した。ブロンはハンドルの中央に並ぶボタンの一つを操作し、スピーカー接続で応答した。

「こちら、ブロン」

ジェイクが携帯電話を耳に当てながらバイクから降り、ブロンに向かって手を振った。

「ヘイ！　何やってんだ！　そこで見学か!?」

「マクスウェルの基本戦術は、波状攻撃と、不意打ちによる挟撃だ。あいつの兵隊は死角から来る。おれたちは入念に偵察し、トラップを仕掛けながら進む」

「お前らが爆弾やらトラバサミやらを、どっさり仕掛けるまで待ってろってのか!?」

「待てとは言っていない。そちらはそちらのやり方で進めばいい」

「そうさせてもらうぜ」

ジェイクは通信を切って携帯電話を懐《ふところ》に戻し、腹立たしげに唸った。〈シャドウズ〉の四人が、ジェイクの周りに集まってきた。

「軍隊ごっこ野郎どもは放っておいて行くぞ。ビリー、何か聞こえるか？」

ビリー・モーリスが、アルブローニ衣料品店のほうへ顎をしゃくってみせ、

「店のほうで階段を降りる足音がした。音からしてノルビ・トラッシュだな。家のほうからはベン・ドームとクライル・コヒーの足音だ」

「よし。ビリーはここにいろ。おれとトミーは店、ジムとミックは家のほうだ。ジム、〈モーターマン〉どもに周りを囲ませとけ。行くぞ！」

ジェイクが大股で歩道へ出て行き、大きなハンマーを担いだトミー・ノッカーが続いた。マシンピストルを抜くジム・ロビンとともに、ミック・キャストマンが、いつでも能力《ギフト》を行使して粘着性のワイヤー・ワームの網を放てるよう両手を開いて体の前で構えながら、二階建ての家の玄関へ向かった。

ジェイクは、明かり一つついていない店のガラス戸の前に立つと、プッシュバーをつかんで押した。鍵がかかっており、『閉店』の看板が揺れた。

ジェイクの手が輝いた。塩の結晶が手の周囲を高速で回転し、鉄をも引き裂く回転ノコギリと化して、プッシュバーごとドアの錠を粉々にした。

ジェイクはドアの残りの部分を蹴り開き、店の床にばらまかれたガラスの破片をブーツで踏み砕きながら怒号をあげた。

「ノルビ・トラッシュ！　寝返りものの汚えつらを出しやがれ！」

返事はなかった。ジェイクがトミーを見て、頭を店の奥へ傾けてみせた。

トミーが軽々とハンマーを投げ放った。ハンマーが回転しながら飛び、事務所のドアを吹っ飛ばして奥の壁に突き刺さると、ひとりでに宙を戻り、トミーの手に握られた。

ジェイクは店内の明かりをつけ、両手を輝かせて、キャッシュレジスターとカウンターを粉砕し、誰もいないことを確かめた。ついで、いくつも並ぶ衣服の棚を回り、ハンガーにかけられた服の陰に誰かいないか確かめるため残らず引き裂いた。

その間にもトミーは事務所、倉庫、トイレと順番に見て回り、ハンマーで机や棚や仕切り板など死角となるものを全て吹っ飛ばして誰もいないことを確認した。

トミーは事務所に戻って室内を見回し、緑の人工芝のターフが敷かれている一角を見つめた。ゴルフのパター練習のための品だ。

それを引っ剝がしたところ、床に設けられたトラップドアが現れた。トミーがハンマーを振り下ろすと、トラップドアが弾け飛んで、地下への階段が現れた。

一分足らずで店内を引き裂き尽くしたジェイクへ、トミーが歩み寄って言った。

「事務所の床にトラップドアだ」

「くそったれ」

ジェイクが携帯電話を取り、ビリーにコールした。

《地下に逃げられたな。家のほうでも、ジムとミックが地下室でドアを見つけたって話してるのが聞こえるぜ》

「わかった。バジルと話す」

ジェイクが通話を切り、すぐに〈ハウス〉にコールした。

《おれだ》

「店と家は空っぽだ。地下への抜け道がある。入っていって追いかけるか？」

《駄目だ。地下に入るとお前らと通信できなくなる。たとえマクスウェルがいるのがわか

ったとしても勝手に地下には入るな。ハンターの命令だ》
「わかった。〈ウォッチャー〉はどこに消えた？」
《調べてる。いや、今、ティビア・アヴェニューとアンクル・ストリートの交差点で、ノルビ・トラッシュがマンホールから出るのをバリーが見つけた。ベン・ドームとクライル・コヒーも一緒だ。三人で、バス・ロータリーに入っていった》
「バスに乗って逃げる気か？」
《入っていったのは事務所だ。バスじゃない》
「行って確かめる。〈プラトゥーン〉は偵察だの何だの言って来ないかもしれねえが」
《ブロンに、ついていくよう言っとく。お前らも勝手に進むな》
「ああ、わかった」
通話を切ったジェイクを、トミーが手招きした。
「ジェイク。見てほしいもんがある」
倉庫は棚という棚が倒され、地震の後のような有様だ。トミーが床に散らばった細長いガラス管に入った試験薬を拾って差し出すや、ジェイクの顔が険しくなった。
「純度九十九％のゴールデンダストだ。ブツは？」
トミーが衣料品を吊るすためのアルミ製のハンガーラックを蹴り倒し、ハンマーを振り下ろした。ハンガーラックのパイプが砕けて、ビニールに包まれた白い粉が現れた。

「見ろ、ジェイク。〈ウェブ〉のブツじゃねえ。やっぱりこの島で作ってやがる。〈ウォッチャー〉のくそどもが、ゴールド兄弟を〈M〉とマクスウェルに引き合わせたんだ」

「ちくしょうども。おれたちで兄弟を見つけるぞ」

「ブロンがもたもたしてるのは好都合だな。問題はあの兄弟がどこにいるかだ」

「くそ広くて綺麗な部屋に高価な機械を並べてヤクを作るのと、血みどろになって遊ぶのが好きな二人だ。全部揃ってるのは、〈M〉がここに配置換えになる前に、〈ウォーターズ〉が根城にしてたっていう、海辺の豪邸だけだって気がしねえか？」

「北の港のそばの？　そりゃ確かに第一候補だな」

「兄弟の前に、逃げたノルビ・トラッシュどもをとっ捕まえる。行くぞ、トミー」

倉庫から二人が出たとき、ふいにコール音が鳴り響いた。

ジェイクが粉砕したカウンターの奥の壁に設置された電話が鳴ったのだ。かと思うとすぐに留守番電話に切り替わり、嘲笑《あざわら》いをふくんだ声を発した。

《ヘイヘイ、情けねえざまだ。トラッシュたちにブツごと逃げられちまうなんてな》

ジェイクとトミーは、店内の監視カメラを一瞥《いちべつ》したが、大して気に留めなかった。

「リック・トゥームだ。あの阿呆の始末は、おれたちの仕事じゃない。行くぞ」

「マスカキ野郎め、〈白い要塞《ホワイト・キープ》〉にボコボコにされな」

ジェイクがさっさと出口へ向かい、トミーが監視カメラへ中指を立てながら続いた。

《てめえら、この野郎！　おれを舐めるな！　舐めるんじゃねえ！》

リック・トゥームの怒号とともに、配線という配線がショートして火花を噴いた。ジェイクが引き裂いた衣服に引火して燃え、出入り口のシャッターが自動的に降りてきた。

「だるいことしやがって」

ジェイクは両手を光らせ、輝ける無形の回転ノコギリの範囲を広げて全身を覆わせた。光のレインコートを着たような姿でまっすぐ進み、一瞬でシャッターを粉砕して歩道へ出た。バラバラになって簾《すだれ》のように垂れるシャッターを、トミーがハンマーで跳ね上げ、同じく外へ出たとき、どん、と爆発音が轟《とどろ》き、店の裏手で炎と黒煙が噴き上がった。

ジェイクが光を消し、トミーとともにビリーがいる場所へ駆け戻った。

「ジムとミックは無事か⁉」

わめくジェイクへ、ビリーが何でもないというように手を振った。

「無事だ。外に出るようおれが連絡した。リック・トゥームのくそプログラムでガス管が爆発したが怪我人はいない。それより、くそ騒がしいバスが二台、こっちに来る」

ジェイク、トミー、ビリーが歩道に出て、ぽかんとなった。まるでジェイクの能力《ギフト》に対抗するかのように、車体にびっしり電飾を施し、ぴかぴか光る二台のバスがいた。

キャリアーと呼ばれるバスだ。〈ウォーターズ〉が所有し、労働者の運搬に用いられ、今は〈M〉が自由に使っている。運転するのは〈ウォーターズ〉の息のかかった運転手たちで、たいてい二人ひと組で、借金漬けの労働者を各地域へ運び、誰も逃げ出さないよう目を光らせる監視役を兼ねている。憂鬱な沈黙とともに走るのが常であるそれらが、どういうわけか電飾をまとって音楽を鳴り響かせるパーティバスと化し、車体側面をジェイクたちに向けて並び、四車線のストリートをすっかり塞いだ。車体のサイドにもフロントにも巻きつけられた大量の電飾のせいでよく見えないが、どうやら大勢の人間を乗せているようだ。

バスの窓は手動で上下に開け閉めできるもので、どの窓も半ばまで開かれている。そのため車内で鳴り響く激しいテンポの音楽や、録音されたものであろうサディアス・ガッターの「説教」の声を、外にいてもはっきり聞くことができた。

《〈M〉の召命《コール》に応じよ！　さすれば光がお前たちの中に入ってゆく！　流される血から光が溢れ出し、お前たちの中に入ってゆく！　〈M〉の聖なる理法《オーダー》に従い、光を授かれ！》

「お前たちは、戻ってバスの反対側に回り込め」

ジェイクが命じ、自分は足を止めず道路へ出ながら、再び光を現し全身に広げた。

見たところ、バスの中にいる人々はみな額に「M」の字を赤く記し、目を血走らせ、不慣れな手つきで銃を抱えている。サディアスの能力《ギフト》によって正気を失ったDCFの哀れな労働者たちだ。運転手の「撃て！」という号令に従い、一斉に窓と電飾の隙間から大小様々な銃を突き出し、狂乱のわめき声をあげながら引き金を引いた。

ジェイクは、多数の銃撃を受け入れるように両手を広げ、道路の真ん中に立ち続けた。その身を回転しながら覆う無数の光の粒が、迫る弾丸を難なく砕き散らした。ジェイクは光をいっそう激しく輝かせ、銃撃の火花をまといながら、バスに向かって駆け出した。

運転席と助手席の男が、「もっと撃て！　撃て！」と怒鳴った。労働者たちは興奮でぶるぶる震える手で懸命に弾丸を装塡し、撃ちまくっている。

ジェイクは止まらず、運転席のドアを粉々に引き裂きながら中へ跳び込んだ。運転席と助手席に座っていた男二人の肉体は、ミキサーに放り込まれた柔らかい果実のような有様となって飛び散った。ジェイクは返り血一滴浴びず、バスの車体を粉砕しながら反対側の道路に降りた。車内の労働者たちが慌てて銃を窓から引っ込め、逆側の窓へ向かった。そこへジェイクの仲間のバイクがフェンスを倒し、踏み潰しながらストリートに飛び出した。ジェイクは、もう一つのバスの助手席側へ走り、先ほどと同様、触れるもの全てを粉砕しながら車体を通過して反対側の道路に出た。背後で、運転席と助手席にいた人間がシートごと無数の破片となって舞い散るのをよそに、店の横手へ駆け足で戻った。

うっかり自慢のバイクを粉砕しないよう全身の光を消し、エンジンをかけて走らせた。仲間たちが倒したフェンスをタイヤで踏みつけてストリートに戻ると、〈シャドウズ〉と〈モーターマン〉がバスから距離を取って待機していた。

ジェイクは彼らの前でバイクを止め、バスを見た。二台とも電気は消え、音楽も音声も止まり、命じる者が消えた車内では労働者たちが何もせずぼんやりしている。

「〈プラトゥーン〉のやつら、マジでまだ動かねえぞ」

ビリーが言った。ジェイクは携帯電話を取り出し、ブロンにかけた。

「ヘイ、お前ら何してんだ？　トーチカでも建ててんのか？」

《伏兵が来る。それがマクスウェルの戦術だ。お前たちも備えろ》

「そうかい。それより、この先のバス・ロータリーの事務所に、ノルビ・トラッシュたちが逃げ込んだ。ひとっ走り行って、とっ捕まえてくるぜ」

《相互に支援できなくなるほど離れるな》

「あんたらが前に進みゃいい話じゃないか？　じゃあ行くぜ」

ジェイクは呆れて通話を切り、仲間たちにうなずきかけ、五百メートルほど先の交差点へ顔を向けた。島の中央を南北に縦断するティビア・アヴェニューと、東西に横断するアンクル・ストリートが交わる、島で最大の交差点だ。その北西の角には島の特徴である巨大なバス・ロータリーがあった。

ジェイクがバイクを走らせて先頭に出ると、十四台のバイクが次々に続いた。四車線を目一杯使った三列横隊で交差点を右折し、バス・ロータリーの入口側の前で止まった。

一見して敷地内に人の姿はなかった。事務所がある建物は明かり一つなく、二十台余りのバスには誰も乗っていないように見えた。だが、ビリーの耳はごまかせなかった。

「前方のバス四台に、けっこうな人数が隠れてやがる。事務所から、ノルビ・トラッシュたちの呼吸音が聞こえるぜ」

「息だけでわかるのか？」

ジムが、マシンピストルを右手に持ちながら念を押した。撃ったら無関係の誰かだった、というのが嫌なのだ。バイクで走り抜けざまターゲットを始末するライディング・キルを得意とするジムにとって、相手を確認している余裕はない。

「声を聞くのと同じくらい確かだ。ブラインドの隙間からこっちを見てる音がする」

ビリーが請け合うと、ジェイクが敷地の北側の細いストリートを指さして言った。

「〈モーターマン〉は、あっちを固めろ。おれたちは正面から行くぞ」

ジェイクが指示した直後、ビリーがわめいた。

「北の橋で検問中の警察のチョッパーが二つ、急にこっちへ向かって来た！」

その言葉通り、すぐにバタバタと激しく空気をかき回すヘリコプターのローター音が迫った。一機が、ジェイクたちがいるティビア＝アンクル交差点の上空からサーチライトを浴びせかけた。さらに一機が東側の〈プラトゥーン〉がいるあたりを照らしていた。

《こちらはリバーサイド警察だ！　武器を捨てて腹這いになれ！》

ジェイクは降り注ぐ光に顔をしかめながら手を振って〈モーターマン〉を行かせた。

「行け！　構うな！　行け！」

そうしながらジェイクがバイクを出し、四人の仲間たちとともに移動を始めたところで、バス・ロータリー駐車場で四台のバスが一斉にヘッドライトを点灯させシートの陰に潜んでいた者たちが起き上がった。先ほどと同じく、運転手を除いた全員が「M」の字を額に記された労働者で、雄叫びをあげながら銃を窓の隙間から突き出し、ろくに狙いも定めずアヴェニューやその向かいにある建物に弾丸の雨を降らせた。

だがジェイクたちは、とっくにUターンしてその場を去るだけでなく、ジムがマシンピストルを横ざまに掃射した。彼が放つ弾丸は、能力《ギフト》によって互いに引き寄せ合う性質を持っている。最初の掃射でタイヤに当たった弾丸が、続いて掃射された弾丸を引き寄せることで、バスの八つのタイヤをあっという間に貫いていた。片方のタイヤがいっぺんに破裂したことで四台とも斜めに傾ぎ、中にいる労働者が次々に倒れ込んだ。

「ストリートから入るぞ！」

ジェイクが先頭になってわめいた。ロータリー出口側から再侵入するのだ。しかし頭上から追うヘリに照らされる彼らが、格好の標的となるのをビリーの一声が防いだ。

「やめろ！　まっすぐ行け！　狙われてる！」

この警告に従い、ジェイクはバイクを止めずストリートを直進し、残りも従った。

直後、交差点の南西角にあるガススタンドから男たちが十何人も走り出て、道路際に片膝をつき、ライフルやマシンガンを構えて〈シャドウズ〉を撃とうとした。

バス・ロータリーに入る〈シャドウズ〉を背後から撃つ奇襲部隊だ。しかし〈シャドウズ〉がその目の前を走り過ぎたため、すぐに立ち上がってガススタンドの洗車場に駆け込み、そこに隠してあった乗用車三台に分乗することとなった。

「リバーサイド・ギャングだ！　おれたちを逃したことを電話で仲間に報告してる！」

ビリーが、ジェイクの隣にバイクを並べてわめいた。

「次のアヴェニューを右だ！　右へ曲がれ！」

ジェイクが、前方の交差点を指さして叫んだ。五台のバイクが右折し、長靴の脛の側にあるシンパッド・アヴェニューに入った。その前方で、バス・ロータリーの敷地からピックアップトラックが飛び出し、猛スピードで同じアヴェニューを北上するのが見えた。

「あれにノルビ・トラッシュどもが乗ってるぞ！」

ビリーが叫んだ。ジェイクがまた次の交差点を指さした。

「追え！　ミック、〈モーターマン〉を呼んでこい！」

ミック・キャストマンが右折し、バス・ロータリーの北側のストリートを固める〈モーターマン〉へ「こっちだ！　来い！」と叫びながらUターンした。

ミックのあとを追う〈モーターマン〉の一団が、シンパッド・アヴェニューに出たとき、ジェイクたちの前でピックアップトラックが左に折れ、煉瓦塀と鋳鉄の柵で囲まれた敷地に逃げ込んだ。ジェイクたちは敷地のゲート前でいったん停まり、ろくに明かりもない真っ暗な車道へ、ピックアップトラックのテールランプが消えるのを見守った。

ミックが〈モーターマン〉を連れて合流し、

『ブラザーランド墓地《セメタリー》』と、ゲート上部に溶接された鋳物《いもの》文字を見上げ、楽しげに口笛を吹いて言った。

「自分たちをここに埋めてほしいらしいな」

かと思うと、さんざん彼らを照らしていたヘリコプターが旋回して北へ戻り始めた。

「チョッパーのパイロットが、機体の不具合がどうとか言ってる。〈白い要塞《ホワイト・キープ》〉がヘリを追っ払った「代わりに車が三台、こっちに来る」

ビリーが言った。その耳は空飛ぶヘリコプターのパイロットの声すら聞き取るのだ。

「ここに入っていったやつらと、こっちに来るやつら、どっちもここで始末するぞ」

ジェイクが言って、バイクを墓地の車道へ乗り入れた。続いて十四台が二列縦隊となって、ヘッドライトの明かりを難なく呑み込む黒々とした闇の中を果敢に進んだ。

4

ジェイクたちが早々に去ったあとも、ブロンたちはリバーサイド警察のヘリコプターが放つまばゆい光や「武器を捨てて腹這いになれ」という声にも動じず、その場に踏みとどまり、周囲を警戒し続けた。彼らの基本戦術は、拠点を設け、それを死守し、前進し、新たな拠点を設けることにある。それこそが〈ルート44〉という長大なテリトリーで、十三もの基地であり取引の場であるモーテルを守り続けられる秘訣なのだ。

前方では運転席を粉砕された二台のバスが壁を作り、中にいる労働者たちは今のところ何もしていない。アルブローニ衣料品店と裏手の家が炎に包まれているというのに、消火を試みる者とておらず、消防車のサイレンの音も聞こえなかった。銃声が、いかにたやすく都市の機能を消し去ってしまうかを雄弁に物語るばかりだ。

やがて誰がどう命じたものか労働者たちがバスを降り、ストリートの真ん中に陣取る〈プラトゥーン〉に慌ただしく近づき、左右の街路樹や建物の陰に隠れて撃ち始めた。

ブロンがハンドルのボタンを操作し、仲間に通信した。

「迎撃せよ。ただし、DCFの労働者は可能な限り殺すな」

前方と左右を守るピックアップトラックから〈ビッグ・ショップ〉のつわもの数名が素早く降り、防弾のドアを盾にして撃ち返した。労働者たちが怯《ひる》んだ隙に、別の数名が歩道を走って家屋の陰に隠れながら進み、グレネードを放ってくれる小型携帯ランチャーで音響閃光弾を立て続けに放り込み、哀れな労働者たちをパニックに陥らせた。

そこへ、空飛ぶ斥候狙撃兵キャンドルから報告が来た。

《ムー、ハー。後方、テンドン・ドライブ側から車輛三台が接近中。乗員の武装を確認》

「了解。各員、迎撃態勢《インターセプション》」

ブロンが言うと、助手席の男が笑顔を浮かべ、拳を交互に握ってぼきぼき鳴らした。

「おれはどこで撃つ？　ここか、車の外か？」

「外だ。左翼車輌に乗り、砲手《ガンナー》となれ。オズボーン・ザ・ビッグホーン」

「ウー、ラー！」

オズボーンが助手席から飛び出し、すぐ隣のピックアップの荷台にひらりと乗ると、仁王立ちとなって両脇のホルスターからビッグサイズの拳銃を抜いた。

グリップにユニコーンの彫刻が施された彼のための銃だ。千回もの調整と手入れを経たそれらは彼の肉体の一部に等しく、握れば銃の調子がいいか悪いかが伝わってくる。不思議なことに、どんな銃も、その日によってコンディションが微妙に異なるものなのだ。今日オズボーンがおのれの銃を握ったところ、どちらも絶好調であることが感じられた。

ついでオズボーンは、その額と下顎から、めりめりと音をたててドリルのような形状をした長大で象牙色の角を生やしていった。一メートル以上伸びるそれらは正確には角ではなく、ワイヤー・ワームの繊維とエナメル質が絶妙にブレンドされた牙だ。

イッカクの牙と酷似したそれらは、あらゆるものを感じ取るセンサーとして機能し、温度、湿度、気圧、空気の流れはもとより、周囲で動くものを塵《ちり》一つ残らず感知する。

彼は〈プラトゥーン〉流に言えば、〈イースターズ・オフィス〉のルーン・フェニックスや、隻腕《せきわん》のガンマンたるマクスウェル同様、超高感度センサー系エンハンサーであり、その能力《ギフト》を射撃のため存分に活用するのだ。まずオズボーンは、ピックアップトラックの運転席の屋根越しに流れるように銃撃を放ち、労働者たちが不器用に遮蔽物から覗かせる頭や手足に命中させていった。彼らを昏倒させ、あるいは激痛でおののかせ、しいられた苦役から解放するための銃撃であり、この世から強制退去させるためではない。

オズボーンは両脇に吊るす二つの銃を、ホーン・ワンと名付けていた。低致死性《ロー・リーサル》の電弾を装填することを常とする、慈悲深き銃たちだ。彼はそれらの銃をホルスターに戻すと、ついで片膝をついて車の後方を向き、腰の左右の銃を二つとも抜いて構えた。

それらはホーン・ツーであり、きわめて無慈悲な銃たちだ。装填されるのは人類の最新の叡智《えいち》と破壊の意思が実現させた、徹甲炸裂傷痍弾の拳銃弾バージョンだ。大変高価だが驚異的な破壊力を有し、罪深き人類が「汝《なんじ》、殺すなかれ」という聖なる言葉に対し、いかに激しく唾《つば》を吐きかけられるかを探求した逸品といえた。しかも拳銃一つにつき九発も装填できるのだから、ホーン・ツーを握れば生ける戦車になったも同然だった。

オズボーンは、その二つの拳銃も手の中で「ラー！　おれたち絶好調！」と告げるのを感じながら、後方のぐねぐねした海岸線から現れた三台の車を、額と顎下の二つの牙で精密に感覚し、ためらいなく右手で三発、左手で三発、立て続けに撃った。

六つの弾丸は狙い過《あやま》たずフロントガラスを砂糖菓子のように貫き、運転席と助手席に座る者の胸のど真ん中に命中して爆発し、炎を噴き上げた。撃たれた者たちの胸部は例外なくシートごと跡形もなく消し飛び、それまで強固に肉と骨でつながっていたはずの頭と両肩が、ばらばらになって宙を舞った。後部座席に陣取っていた者たちからは、目の前の仲間が、突然、胸のあたりで炸裂弾のピンを抜いて自爆したように見えたことだろう。

三台の車輌は、もつれ合うようにして橋のたもとにある駐車場のフェンスを倒し、車止めブロックに乗り上げて次々に横転した。

こうしてオズボーンが慈悲と無慈悲の両方の銃を駆使する間、他のメンバーも、それぞれの能力《ギフト》と技能とをもって迫る敵を迎撃していった。

左右の建物の屋上に現れ、ブロンたちを銃撃せんとする者たちを、空飛ぶキャンドルが片っ端から素早く狙撃していった。頭上からの銃撃だと悟った者は少数で、その者たちも屋内に退避する前に一人残らず倒れ、おのれの血の海に沈んだ。

近くの釣具店のバックドアからは、十人もの男たちが現れ、身を低めながら忍び足でストリートに近づいていった。物陰からブロンたちの側面に攻撃を加えんとする伏兵だが、誰も目的を達成できなかった。彼らを待っていたのは、いくつもの透明なワイヤーだった。触れるだけで人の皮膚と肉をチーズのように切り裂く鋭利で目に見えない糸が、いつの間にか木々やフェンスや建物の壁の間に張り巡らされていたのだ。

男たちは、手足や顔をすぱっと切られ、苦痛の呻《うめ》きをこぼし、感触からワイヤーだと気づいたものの、それが何でできているか理解した者はいなかった。

それは水だった。正確にいえば水の結晶だが、氷ではない。氷は、水が不揃いに結晶化したものであり、たやすく砕ける。しかし完璧なまでに均一に結晶化した水でできたワイヤーは、髪の毛より細くできるうえに、驚くほど強靭で、しかも透明であるため日中でもその存在に気づくのは難しい。

引っかかって初めてワイヤーに気づいた男たちは、ライフルの銃身でそれらを押しやったり、あるいはナイフで切ろうとしてぐいぐい押し下げたりした。

結果、小さな金属音が、いくつも彼らの耳を打った。水のワイヤーの何本かがピンにつながっており、それらが次々に抜けたのだ。何の音か誰にもわからなかったのは、これまた目に見えなかったからだ。地面に固定された対人地雷も、壁や柱にダクトテープで貼りつけられた手榴弾も、全て薄く柔らかな膜《フィルム》で覆われ、透明にされていた。

それらが目に見えるようになるのは、熱や衝撃で膜が破れたときだが、対人地雷が無数のボールベアリングを発射し、手榴弾が炸裂したあとでは、誰も見て取ることはできなかった。激しい爆圧がもたらす破壊の渦に巻き込まれ、生きるうえで重要な肉体の部位のどこかを、あるいは大半を、吹き飛ばされるばかりだ。

ブロンは、右手で爆発が起こるのを見て、ドアを開き、荷台へ声をかけた。

「三時方向のトラップが功を奏した、ドハティ・ザ・ビッグイーター。九時方向から来る敵をオズボーン・ザ・ビッグホーンに任せ、六時後方からの敵を一掃せよ」

透明な何かが身を起こして荷台が揺れ、がしゃっ、と金属音が響いた。

ブロンがドアを閉めた。左手では、建物の二階の窓から撃とうとした男たちが、オズボーンが放つホーン・ツーの早撃ちによって無慈悲に粉砕されていった。

後方では、先ほど駐車場に突っ込んだ三台から、生き残った男たち六人が出てきてストリートに何かを運ぼうとしていた。長大な鉄骨じみた一挺のヘビーマシンガンだ。それを道路に設置し、苛烈な報復をもたらそうと躍起になっていた。

その彼らの主力兵器が設置される前に、ブロンのピックアップトラックの荷台で、熾烈な連射の輝きが勃発した。透明な巨漢が、荷台に搭載された、透明な固定ピラー付きヘビーマシンガンの連射を浴びせたのだ。貫通力という点ではオズボーンの無慈悲の弾丸の威力をも上回る徹甲弾の雨が、報復の念に燃える男たちをまとめてなぎ倒した。

銃撃の熱と衝撃で透明化の膜が破れ、まずヘビーマシンガンとそれを支える鉄の柱が、そしてそれを両手で操作する、漆黒の肌をした巨漢が姿を現した。

その男の面持ちは瞑想的に落ち着き払い、重火器を扱っているというより平和なビーチで釣り糸を垂れているかのようだ。強力な武器の使用時にありがちな無駄撃ちをせず、ターゲットを二秒で吹き飛ばすと、がしゃっと音をたててセイフティをロックした。

そこへ焦げ茶色の体毛を持つ小型の獣が荷台に跳び込んできた。長い尾をくねらせ、ドハティの脚に取りついてするする登り、逞しい左肩に乗ると、しゃっ、と鋭く鳴いた。フィッシャーと呼ばれるイタチの一種で、多くの中間捕食者がそうであるように、獰猛《どうもう》さは折り紙付きだ。しかもそいつは牙と爪だけでなく、手足から水のワイヤーを放つ能力《ギフト》と、かなりの知能を有している。地雷の解体も設置も、すぐにやり方を覚えたほどだ。

ドハティは、仲間のあだ名には「ビッグ」をつけるという〈プラトゥーン〉の流儀に従い、〈大した牙野郎《ザ・ビッグ・ファングアス》〉と名付けた小さなパートナーの背にキスしてやった。そいつが、ドハティの皮膚から生成される透明化フィルムで覆ったトラップを仕掛けてくれたのだ。

感謝のキスに対し、ファングアスは、しゃっ、とまた牙を剝いて鳴いた。〝さっさと次の誰かをぶっ殺そうぜ〟と急《せ》かしているのだ。〈プラトゥーン〉で最も凶暴なメンバーは間違いなくこの小さな獣であると誰もが認めていた。生物的な性質上、一日に十数時間もドハティにくっついて、すやすやと愛らしく眠るのが習慣であるとしてもだ。

ドハティは、この手の生き物が好きだった。いつか肉食動物だけの動物園の経営を夢見るほどに。ファングアスと一緒にインターネットで肉食動物の飼育方法を勉強するのがドハティの趣味だった。ファングアスもその夢に賛同してくれていると信じていた。運営する側で。ファングアスがいれば、どんな猛獣も大人しくいうことを聞くに違いない。

そんな見果てぬ夢はさておき、ドハティは肩にファングアスを乗せたまま荷台を降りて歩いて行くと、道路に設置した透明なものを手で探り当てて持ち上げた。

透明化フィルムが破れ、スパイクストリップ、タイヤシュレッダーなどと呼ばれる道具が現れた。蛇腹式に展開し、多数の棘《とげ》で、車のタイヤをパンクさせるためのものだ。

敵車輛の接近を防ぐために設置したが、無用だった。使うまでもないと予想はしていたが、もちろん、ないよりあるほうがいい。城壁は一重よりも二重、二重よりも三重あるほうが優れている。ドハティはスパイクストリップをたたみ、荷台に戻って床に置いた。透明化フィルムは脆《もろ》いが、ドハティからシグナルを受けると、ただちに増殖を開始する。スパイクストリップ程度ならすぐに覆い尽くせるし、ピラー付きヘビーマシンガンのほうは早くもフィルムが修復を開始している。ビッグイーターの名に恥じず、その能力《ギフト》は、たとえピックアップトラック全体であっても、すっかり呑み込んで透明にしてしまうのだ。

ふいに、ヘリコプターがこちらを照らすのをやめて離れ始めた。

《ムー、ハー。チョッパーが離脱。いつスナイパーが顔を出すかと思ってたぜ》

自分がそいつを撃っていたのに、というニュアンスを込めてキャンドルが言った。

「リバーサイド警察は戦闘には参加しないらしい。チョッパーを撃墜する必要がなくて幸いだ。無関係の者が犠牲になる可能性が高い」

ブロンがハンドルのスイッチを操作してみなへ告げた。こちらは、ヘリコプターの一つや二つ、いつでも落とせるという静かな自信を込めての言葉だった。

そのブロンは、ここでの戦闘が収束に向かっているのを見て取った。前方で撃ちまくっていた労働者たちは、マクスウェルの戦法に従えば、賑々しく騒ぐ〈ラバーネッカー〉で、大半が散り散りに逃げ去っている。

　左右と後方からは、腕利きのギャングたちで構成され、粛々と銃撃を加える〈ファイアリング・パーティ〉と、忍び寄って必殺の一撃を放つ〈スニーカーズ〉が迫っていたが、〈プラトゥーン〉の激烈な迎撃により、誰がどの役を担っていたか不明なまま、ほぼ全員が死に絶えている。エンハンサーが襲ってくる様子も、今のところはない。

　ブロンは、バジルに通信した。

「状況報告《シットレップ》だ。アンクル・ストリートでの戦闘を終了した。エンハンサーはいない」

《わかった。〈シャドウズ〉はブラザーランド墓地《セメタリー》だ。早いところ合流しろ》

「彼らが望んでいないのでは？　こちらが道を塞がれた隙に走り去ってしまった」

《別行動はなしだ。ジェイクにも言っておく。いいな》

「了解」

　ブロンは通信を切り替え、仲間たちへ告げた。

「ブラザーランド墓地《セメタリー》へ行き、〈シャドウズ〉を探す。東のケーフ・アヴェニューまで後退し、このブロックを迂回する」

　周囲を警戒していた〈ビッグ・ショップ〉が戻って乗車した。オズボーンが助手席のドアを開いてするりと乗り込んだ。ブロンがピックアップトラックをバックさせたとき、荷台に寝転んでいるのか、それとも透明化フィルムに覆われたのか、搭載したヘビーマシンガンともどもドハティとファングアスは姿を消していた。

四台のピックアップトラックが後退して橋のたもとまで戻り、右折して北へ向かった。上空のキャンドルが、秩序だって行動する一個小隊《プラトゥーン》をふわふわ追い、彼らの背後では二つの建物が燃え続け、倒れた者たちと路上に流れる血を、何か素晴らしいものででもあるかのように輝かせていた。

5

ジェイクとブロンたちが東から島へ入るのと、ときを合わせ、西からは長靴の足先に架かるコニー＝マルセル橋を、オーキッドを先頭にして〈クインテット〉、二つのグループ、そして最後尾の〈ハウス〉が渡った。

全員が無事にブリッジ・ストリートに入り、左手の広大なバス整備所とガソリン貯蔵所の前を通り過ぎると、〈ハウス〉だけ手前で右折し、南西端のビッグトゥー・パークの駐車場で停車した。すぐにハザウェイとカラスの大群が追ってきて周囲を警戒してくれた。

そこに自分が位置したことを、マクスウェルやネルソン・フリート議員はすぐに知るとハンターにはわかっていた。島のいたるところに〈M〉の信徒たちがおり、見知らぬ者が現ればすぐにサディアス・ガッターや〈M〉のメンバーに伝わるのだ。

ハンターの思考は、いかにしてマクスウェルらエンハンサーを無力化し、島にいるはずのネルソン・フリート議員を均一化《イコライズ》するか、ということに振り向けられている。いずれも決してたやすいことではなく、こちらも相応の打撃を覚悟せねばならないという思いが、共感《シンパシー》の念となって島にいる仲間たちへと放たれていた。

ジェイクたちがアルブローニ衣料品店に到着し、ブロンたちが迎撃準備に取りかかった頃、〈クインテット〉と二つのグループが四手に分かれ、通りに沿ってDCFの敷地を包囲しにかかった。

先頭のオーキッドが〈ロッジタワー〉の六名を連れて左へ折れ、DCFの事務所がある東棟の出入り口がある通りに陣取った。

シルヴィアとナイトメア、同グループ六名が、ブリッジ・ストリート側のDCF中央玄関の前で車を停めた。東棟と西棟をつなぐ三階建てのロビー用ビルディングで、その中にある集会所は選挙の投票所や、予防接種の会場としても用いられる。

シルフィードをつれたラスティとエリクソンが、〈ダガーズ〉の十名とともに手前で左へ折れ、DCFの収容施設がある西側、北側の出入り口を、それぞれ固めた。

かくして二十六名と二頭もの集団で囲んだのだが、いびつなH形をしたDCFの建物は常に四十世帯余もの行き場のない人々を抱えているとあって六階まであり、公営団地なみに大きかった。

そこへ遅れて軽快なエンジン音が近づいてきた。南から島に入ったリディア・マーヴェリックが、暗闇でも光を放ちそうな真珠色のスーツをまとい、深紅のスポーツカーを飛ばして来たのだ。寒風が吹きつけるにもかかわらず車体の屋根カバーは展開せず、助手席にはリディアのパートナーである黒豹が、後部座席には、白い蛇をマフラーのように首にかけ、弔問者であるかのように黒いヴェールで顔の上半分を覆い、黒いドレスに身を包んだ、盲目のマヤ・ノーツが乗っている。

そのスポーツカーの後ろに、八つの目を持つ白馬を駆るミランダ・マーシーが、カーキ色の服とカウボーイハットに乗馬ブーツ、目には電子モニターつきの防風ゴーグルといった、現代の騎馬警官ふうの出で立ちで現れた。

リディアが車を左折させ、〈クインテット〉が包囲するDCFの向かいにあるDCF病院の駐車場に入れた。ミランダが、オーキッドと互いのカウボーイハットの縁を下げ合って挨拶を交わしながらあとに続いた。DCF病院の隣には健康保険組合の事務所があるが、今は機能しておらず、建物も廃墟じみている。

オーキッドがバイクから降り、インカムに手を当ててバジルに通信した。

「〈魔女〉が到着。DCFと病院の中の様子が知りたい。〈白い要塞〉《ホワイト・キープ》から情報は？」

《DCF東棟の屋上に三人、二階の東側通路に五人、〈ウォーターズ〉の連中が銃を持って隠れてる。病院のほうは屋上に二人、二階に四人。〈M〉のエンハンサーの位置はわからん。隠れてるか、抜け道があって逃げたかだ》

「敵はそれだけか？　西棟は？」

《管理人とガキどもだけだ。親はバスに乗ったままどっかに運ばれたんだろう》

そのとき、まさに労働者を満載したバスが、二方向から飛び出した。

一つは、通過したばかりのバスの整備所だった。三台のバスがブリッジ・ストリートに出て、二台が猛然と直進してシルヴィアがいるDCF正面で縦に並んで停まり、一台が左折してラスティがいる西側に走り込んできてストリートへの出入り口を塞いだ。

もう一つは、北にある倉庫街からだ。二台のバスが突進してきて街路樹にぶつかりそうになりながら、一台がオーキッドのいる東側へ、一台がエリクソンがいる北側で横向きに、通りを塞ぐかたちで停車した。

こうしてDCFの四方に位置した人々は、バスによる即席の壁で分断され、乗車する労働者から一斉に銃を向けられることとなった。

さらにはタイミングを合わせ、DCFと病院に潜んでいた〈ウォーターズ〉の殺し屋たちが身を起こし、屋上と二階の窓から銃を構えた。

二十六名を、二百名弱の労働者で逆に取り囲み、建物からも銃で狙うという数の力にものを言わせた罠だ。これがギャング同士の抗争であれば、決着がついたも同然だろう。

だがむろん、そうはならなかった。エンハンサーたちのみならず、〈ロッジタワー〉と〈ダガーズ〉も襲撃を予期していたし、どう動くべきかをわきまえていた。

「建物に入れ！」

オーキッドは〈ロッジタワー〉の六人に鋭く命じ、自分はバイクの横に立って両手で腰の銃を抜き、右手の銃をバスに向け、左手の銃を東棟の二階と屋上にいる男たちへ向けた。

そして一秒弱で、得意の音響探査による精密射撃をお見舞いした。

弾丸はバス内の労働者たちの手から銃を弾き飛ばすだけでなく、ポールに当たって跳ね、運転席と助手席にいる〈ウォーターズ〉の男たちの頭に突き刺さって絶命させた。

東棟にいた八人の男たちの手からも武器を弾き飛ばし、こちらも残りの二発を窓枠に当てて跳弾にし、二階にいた五人のうち二人の脳天を撃ち抜いて倒した。

オーキッドは空の銃を腰に戻し、両脇のホルスターから別の銃を抜きながら、大騒ぎで乱射する労働者たちをよそに〈ロッジタワー〉を追って屋内に入った。

「建物に入りなさい！」

シルヴィアも同様に〈ロッジタワー〉へ命じながら、車を急発進させてハンドルを回し、縦に並んだ二台のうち、後ろ側のバスの後輪のあたりにフロントを激突させた。バスが斜めになって前のバスにバンパーをぶつけ、二台とも大きく揺れ、労働者たちが銃を構え直すまで三秒ほどの空白が生まれた。その隙に〈ロッジタワー〉が車から出て、ロビーの窓やガラス扉を銃撃で砕き、屋内に入った。

二台のバスに乗る労働者たちが、突っ込んできた車へ、銃撃の雨を浴びせかけた。

全身黒いプロテクター姿のシルヴィアと、漆黒の大型犬が、銃撃をものともせず車を降りた。シルヴィアのプロテクターは弾丸の衝撃であっという間に帯電し、その拳が後方のバスに叩き込まれた。まばゆい火花が飛び散り、バス内の人々が電撃で昏倒した。

ナイトメアは路上で撃たれては再生し、背や肩を青白く発光させた。その身から塩を主成分とした無数の結晶を現して回転させ、背に浮かぶ光の環《わ》を作るや、遠心式《ドレッド》マシンガンと化して弾幕《バレッジ》を放った。亡きピット・ラングレーのものであった能力《ギフト》により、前方のバスの運転席と助手席にいた者たちが車体とシートごと引き裂かれ、ドアが破壊されて落ちた。

ナイトメアがバスに乗り込むと、恐怖の声をあげる労働者たちが撃ってきたので、そちらへも掃射を食わせたが、威力は弱めていた。ハンターから「マルセル島はマルドゥック市のいたる所に労働者を送り込む、都市の心臓だ。市に送られる血たる労働者を、可能な限り抗争から守らねばならない」と命じられていたからだ。

労働者が打撃に倒れ、さらに電撃に襲われ、全員が気を失った。ナイトメアが光を消してバスを降り、シルヴィアへ鼻面を向けた。

「さっそく二重能力《ダブル・ギフト》を使ったのね。異常はなさそう？」

ナイトメアが、ふうっと鼻息をこぼして建物を見た。問題ないから次の仕事に取りかかろうというのだ。

「私も負けてられないわね」

シルヴィアが微笑み、ナイトメアとともに建物へ入った。

ラスティのほうも、バイクに乗る〈ダガーズ〉の五名を建物の中へ待避させつつ、車外に出てタイヤを背にし、釘打ち器で地面に釘を打ち込んだ。

釘に付着させた錆《さび》が増殖するまでの間、時間を稼いでくれたのはシルフィードだ。姿を消した猟犬が車から飛び出してバスの反対側へ回り込み、銃撃する労働者の背後で、その喉元を青白く光らせ、新たな能力《ギフト》を発揮した。

咆哮とともに強烈な音波攻撃が放たれ、バスの窓ガラスが全て砕け、労働者たちやギャングたちの耳のみならず三半規管に痛烈な打撃を与えた。バス内にいる者は例外なく銃を取り落とし、膝をつき、めまいを起こして失神したり、げえっと吐く者もいた。

その間にラスティの錆は猛スピードで増殖してバスへ迫り、タイヤを覆ってぼろぼろにしながらバス内に侵入して天井から降り注ぎ、労働者の銃の撃鉄や引き金を急激に酸化させて破壊する一方で、運転手と助手席にいた二人の男の頭部を覆い尽くした。絶叫する二人の顔面がたちまち崩れ果て、眼球が黒く萎《しぼ》んで眼窩《がんか》から垂れ下がった。歯茎は溶けて歯がばらばらと床にこぼれ落ち、二人とも頭から白い煙を上げながら絶命した。

エリクソンのほうは、砂鉄状の皮膚と筋肉をプロテクターに変え、正面から撃たれるのも構わずバスへ歩み寄ると、車体の下に手を差し込み、両脚をジャッキに変えた。車体が持ち上げられ、みるみる斜めになり、そして横倒しになった。

労働者がひっくり返って狼狽する隙に、〈ダガーズ〉の五名がバイクに乗ったまま、横向きのバスの運転席で折り重なってもつれ合うキャリアーの運転手とその相棒に過剰なまでの弾丸を浴びせて、手早く、完膚なきまでに始末した。

エリクソンは両脚を元に戻して倒れた車体の上に乗り、両手に五つずつハンドガンの銃口と銃身を作り出すと、体内に蓄えておいた電撃弾を装塡し、花火のように銃火を閃《ひらめ》かせた。数秒でバスの窓を全て撃ち砕き、車内にいる残り全員を昏倒させた。

同様に〈魔女〉たちも、DCFと病院の間に入り込んだバスに乗る者たち、病院にいる男たち、さらには健康保険組合の建物に潜んでいた伏兵を、次々に撃退している。

まずスポーツカーの運転席でリディアが、黒豹と仲間へ、こう指示した。

「デビル、弾を防げ《ブレット・プルーフ》！　ミランダ、こっちに来い！」

ミランダが白馬をスポーツカーのそばに寄せ、黒豹が助手席ですっくと立ち、ごう、と吠えざま周囲に疑似重力《フロート》の壁を展開した。これにより周囲から放たれた弾丸は全て見えざる壁によって軌道を逸《そ》らされ、駐車場のあちこちで火花を散らした。

「リリー、ターゲットを教えて」

リディアが言った。白馬の八つの目が一瞬で銀色のワイヤー・ワームの塊《かたまり》と化し、

〈プラトゥーン〉流に言う電子的干渉系《インターフェランス》および超高感度センサー系の能力《ギフト》を発揮した。周囲で銃撃する者の正確な位置と、リディアの位置と、リディアが上空に展開させたものとの角度を算出し、リディアのモニター機能つきゴーグルに情報を表示させたのだ。

リディアが右拳を宙に掲げて親指を突き出し、それを下に向け、快活に言った。

「ファック、ゼム、オール」

そして上空から、何かが一斉に降り注いだ。

リディアの身で生成されて浮遊し、積乱雲の雲頂である一万三千メートルの高さに上昇した塩とワイヤー・ワームを主成分とした結晶が、大気中の水分と結合して拳大の雹《ひょう》と化し、リリーが示すターゲットに次々に命中した。〈プラトゥーン〉の系統づけに従えば、自身を兵器化《ウエポナイズ》するエンハンサーの中でも亡きピット・ラングレーと同種の射出系《シュート》と呼ぶべき能力《ギフト》だ。当然、センサー系の能力《ギフト》を有するリリーとのパートナーシップは、ミランダ・ザ・〈処罰者《パニッシャー》〉の能力《ギフト》に、精密なターゲティングという強力な支援を与えてくれる。

これにより小さな隕石といっていい雹がバスの屋根を貫通し、運転席と助手席にいた男の頭を粉々に砕き、病院の屋上から地上へ銃を向ける男たちの背に大きな穴をあけた。

バスの窓から労働者たちが構える銃や、病院の二階の窓から〈ウォーターズ〉の男たちが突き出していた銃にも雹が激突し、銃身をひん曲げて使い物にならなくなった。

この時点で初期の襲撃を防いだが、ごう、とデビルが吠え、別の攻撃が加えられていることをリディアに告げた。廃墟然としていた健康保険組合の建物の窓から、弾丸が飛んできてはデビルが張り巡らす不可視の防壁によって軌道を逸らされているのだ。

「リバーサイド《R》・ギャング《G》の連中ね。『M』の印をつけてないってリリーが言ってる」

ミランダが、右拳をそちらへ突き出し、親指を下へ向けた。天から降り注ぐ雹が、健康保険組合の建物に潜む男たちの銃に命中して手から吹っ飛ばした。

銃声がやみ、リディアが車外へ出ながらミランダに尋ねた。

「RGは何人？」

「八人」

ミランダがゴーグルの表示を確認して言った。

「そいつらの他には誰かいる？」

「いないわ。武器を持ったギャングだけ。そうよね、リリー？」

リリーが、銀色の八つの目をぎょろぎょろ動かし、念入りに探査したから間違いない、というように、かつかつと前脚の蹄を鳴らした。

「あっちのRGは私とデビルで片付ける。マヤ、病院を頼む。来い、デビル」

デビルが、するりと助手席から運転席へ、そしてリディアの足元へ移動した。

「行きましょう、デイジー」

マヤが手探りでドアノブを引き、ドアを開いて白蛇を首に巻きながら外へ出た。

「ミランダとリリーはここにいな。建物から出て来たやつがいたらぶっ殺して」

ミランダが、にっこりして両手の親指を上に向けてみせた。

リディアとデビルが健康保険組合の建物へ、マヤが病院へ向かった。二人とも、身を屈めて遮蔽物沿いに移動するといったことはせず、背筋を伸ばして堂々と歩んだ。

リディアが近づくと、埃だらけの両開きのドアが押し開かれた。デビルが疑似重力《フロート》で押したのだ。暗い通路の奥からレーザーポインターが放つ赤い光の筋が現れ、リディアとデビルに狙いをつけようとした。だがデビルが張り巡らす壁が、レーザーごと飛んできた弾丸を全て逸らした。リディアもデビルもセンサー系の能力《ギフト》も技術も持ち合わせていない。だが相手のほうからレーザーポインターなど使って自分の居場所を知らせてくれていた。なるべく正確に狙いをつけたいと考えるのは殺し屋どもには当然のことだろう。

その点、リディアの能力《ギフト》は当たる当たらないといった問題とは無縁だった。ロビーの中央でデビルとともに足を止め、両手を大きく開き、思い切り打ち合わせた。男たちに注目を命じ、降伏を促すようでもあったが、リディアの意図とは違った。その両手の間で輝きが起こり、苛烈な運動エネルギーによってプラズマ化した気体の塊が生まれた。

リディアが再び手を開き、デビルが疑似重力《フロート》の壁に穴を開けつつ気圧を操作し、そのエネルギーを壁の外へ猛然と放出した。エネルギーは稲妻や蛍光灯の内部に充満する光のごとく輝き、すぐに別のものに置き換わった。地獄の蓋が開いたかと思うような紅蓮の炎の噴射がロビーを赤々と照らし、男たちを驚愕させた。

リディアもデビルも、シルヴィア同様、〈プラトゥーン〉流に言えば体からエネルギーを発する放出系《リリース》のエンハンサーだ。普通、エネルギーを全て熱に変え、無差別に行使したら、自分自身も危ないと考えるものだが、リディアは違った。

無差別ではなく、効率的だと考えていた。デビルというパートナーがいる限り、自分は安全であると確信していた。地獄の炎のまっただ中でも、デビルが張り巡らせる見えない壁の内側にいる限り、リディア自身がその能力《ギフト》で火だるまになることはないのだ。

他方、リディアとデビルの周囲では、瞬時に何もかもが炎に包まれた。灼熱の波濤《はとう》が押し寄せたことで八人の男たちが二階へと待避せざるを得なくなった。

リディアとデビルが歩みを再開し、さらなるエネルギーを放った。炎が二階へ噴き出して広がり、部屋という部屋を燃え上がらせた。彼女たちが階段をのぼって追ってくるほどに炎が各階へ広がり、最上階である四階の通路まで追いやられた男たちは、屋内にいては逃げ場のない屋上へ行くほかなくなると判断し、ハンカチやジャケットの袖で口元を覆って立ちこめる煙をなるべく吸わないようにしながら非常階段へ殺到した。

ろくに修繕されていない、ぐらぐらする非常階段を、男たちが必死に駆け下りた。リディアとデビルの背後に回り込もうとか、地上に戻り次第、散開して待ち伏せようといったことを考える者は一人もいなかった。ただただ地獄の炎から逃れたい一心で逃走した。

その彼らの目の前で、窓ガラスが内側から吹っ飛び、炎が噴き出した。とてつもない熱波に襲われ、全員が罵声を吐きながら両腕で顔を庇《かば》い、たたらをふんだ。

彼らが顔から腕をどけたとき、そこにリディアとデビルがいた。

建物の壁に垂直に立つデビルの背に、リディアが乗っており、どちらも口の端を上げて白い歯を見せている。男たちがぽかんとなり、ついで握ったままの銃で慌てて撃ちまくったが、一発としてリディアとデビルには当たらなかった。

リディアが大きな音をたてて手を叩き、放たれた無慈悲なエネルギーが男たちを呑み込んだ。まさに地獄の光景だった。八人が火だるまとなり、絶叫し、めちゃくちゃにもがき、次々に非常階段から落ち、地面に激突して動かなくなった。

リディアにとってリバーサイド・ギャングは、マルセル島を牛耳っていた〈ウォーターズ〉以上に、容赦などする必要もない相手だ。弱い者を踏みにじり、行き場のない子どもたちを僅かな金と恐怖で支配し、使い捨ての売人や殺し屋や娼婦に仕立て上げる。そして、逆らう者を、まっとうな福祉を目指す人々を、リディアやその養父母を、家や車の中に閉じ込めて火をつけて殺すのだ。見せしめのために。彼らの楽しみのために。

そんな連中を逆に焼き払ったところで、リディア・ザ・〈火で葬る者《クリメイター》〉の良心が咎めることはない。またほんの少し、この世が綺麗になったと思うだけだ。

そうした思いは、病院に入ったマヤ・ノーツも同様だ。

周囲にいる者に、ただちに影響を及ぼす能力の持ち主であるという点も同様だが、何が生じているか明白なリディアの炎に比べ、マヤが放つものは目に見えず、さらには幻覚を伴い、何が起こっているか考えることすらできなくなる。

　マヤの細く長い吐息や、その皮膚から漂い出すのは、非酸化の銅や鉄を主成分とした特殊な気体だ。多くのガスがそうであるように、それはすぐに屋内の空気と混じり合って広がり、屋内で身を潜めていた四人の脳に致命的な影響を及ぼした。

　一時的な認知障害を発症するだけでなく、そこらじゅうから真っ黒いタールや煙のようなものが噴き出し、何もかもを暗黒に呑み込むという幻覚に襲われるのだ。

　四人とも、暗視スコープをしっかり顔にかけているにもかかわらず、真っ暗闇の中で行き場を失い、自分が何をしていたかも曖昧で思い出せなくなった。ついで猛烈な不安と、これから起こる全てに自分は対処できないという無力感に襲われた。逃れがたい諦念が込み上げてきてその場に座り込み、暗視スコープを外して手にした銃とももどもも床に放り出し、両手で抱えた膝に額を押しつけて、絶望に打ちひしがれるのだった。

　相手を暗黒に呑み込み心を打ち砕く。それが、マヤ・ザ・〈暗黒《ダークネス》〉が備える能力《ギフト》だ。むろんマヤ本人とデイジーには、どんな症状も現れていない。マヤはガスの効果を相殺する物質で自身の脳を保護しており、またガスは爬虫類に効かないよう調合されている。

　デイジーが、しゅうしゅうと音をたてて舌を出し入れした。病院内にいる男たちの熱を感じ取っているのだ。そしてそれは、マヤも同じだった。

体内で化学物質を精製して放出するという、〈イースターズ・オフィス〉のブルーやスティールに並ぶ、化学物質系《ケミカル》エンハンサーであるマヤは、その能力《ギフト》をまた別のことに応用していた。マヤの目と鼻の間、鼻と唇の間、舌、喉、さらには胸元にも、ガスを生成する器官が形成されているのだが、それらは同時に、熱を感知するピット膜をも備えていた。それは蛇が持つ一般的な器官で、人間では味覚として働く受容体が、蛇では熱、すなわち赤外線を感知するものとして機能する。

おかげでマヤは全盲であるにもかかわらず杖《つえ》を持つことをやめていた。代わりに鋭くて丈夫な短剣をベルトに差し、マヤはその刃を抜きながら、階段をのぼった。

二階に上がったところで、デイジーが鎌首をもたげ、するりとマヤの肩から細い胴、そして脚をつたわって滑り降りると、床を這って通路の暗がりを左へと進んでいった。

マヤは右へ進み、武器を放り出してうずくまる男のそばに歩み寄って片膝をついた。優しい手つきでその頭を撫でてやると、男が涙で濡れた顔を呆然と上げた。

マヤは、相手の喉を、ずぶりと短剣で貫いた。

男は、なんでそんなひどいことをするのだ、と顔じゅうで訴えている。かつてマヤがそうしたように。何度となくそうしたように。だが、どんなひどいことも、やめてもらえたためしはなかった。ひどい暴行とずさんな中絶手術と栄養失調で身動きもできない状態で放置され、ソーシャルワーカーの巡回でたまたま発見されて一命をとりとめたものの、視力を失うことになってのちも、そうだった。

マヤは、男の頭を撫でながら短剣を引き抜いた。男の胸元から股間へと流れ落ちていく温かな血で靴が汚れないよう立ち上がり、男のジャケットで刃の血を拭き取った。

その先にいるもう一人にも、同じことをした。明かり一つない廊下で床に広がる血を正確に避けて戻り、階段の前を通り過ぎてデイジーが消えたほうへ歩いていった。

通路の曲がり角の向こうから、何か重たくて大きいものを引きずるような音がした。

マヤが立ち止まると、曲がり角から、ぬっとそれが姿を現した。

頭部だけで軽自動車ほどの大きさもある、真っ白い巨大な蛇が、とんでもなく長い舌を出し入れしながら、しゅうしゅうと音をたてた。

デイジーの能力《ギフト》は、きわめてシンプルだ。姿を変えるという形状変化系《シェイプシフト》のエンハンスメントを、ただひたすら体のサイズを変えることに用い、より大きなものをやすやすと呑み込めるようにする。それこそ、蛇という生き物が願う全てといってよかった。

細胞の数を増やすだけでなく気泡化させ、あらゆる器官を同時に何倍も大きくすることで体積を急激に増大させるが、体重はほぼ変わらないため自重で潰れることはない。また消化器官も独自のものとなっており、強力な消化能力で呑み込んだ相手の服も骨も溶かすだけでなく、体積を急減させるために真っ先に水分を奪い、体外に排出するのだ。

マヤは温度感知によって、デイジーが呑み込んだ男二人が、全身の骨を砕かれて水分を奪われ、小型犬サイズにまで縮んでいることを察した。ほどなくして野球ボールほどになり、やがて消えてなくなるだろう。

「お腹いっぱいになったかしら」

マヤが言うと、それは大いに疑問だという感じでデイジーが巨大な頭をもたげ、にわかに気泡化した細胞が気体を排出し、見る間に小さくなっていった。とはいえ人間を二人食べたばかりなので、元のサイズに比べてだいぶ大きいままだったが、マヤは短剣を鞘《さや》に納めて、デイジーに手を伸ばし、体に巻きつかせてやった。

マヤがデイジーとともに病院から出ると、リディアとデビルが建物の壁から降りてくるところだった。リディアの車の横では、ミランダとリリーが、空っぽになったバスを眺めている。中にいた労働者たちは武器を失ってみな逃げていったあとだった。

「サディアスも〈M〉のやつらもいない。外れだ」

リディアが忌々《いまいま》しげにそう口にし、〈クインテット〉の持ち場であるDCFを見やった。

「私たちもDCFに行く？」

マヤが訊くと、ミランダがこう意見した。

「あっちにいる〈クインテット〉もサディアスはいないと言ってるわ。ヨナ・クレイと〈クライドスコープ〉が、あのクズを見つけると信じましょう」

リディアが、燃え上がる建物に照らされるDCFの壁を見つめ、切々と言った。

「やっと、この島をまともな場所にできる。ずっと夢物語だと思ってた。だがヨナ・クレイが言ってくれたように、今の私たちなら、それができるんだ」

6

敵を探り、攻め入る建物を電子的支配下に置くことを常とする〈白い要塞《ホワイト・キープ》〉であったが、マルセル島での抗争においては、その役目に就くまでにステップを踏む必要があった。

まず南マルセル港の桟橋に到着するや、管理所からこわもての男が六人も出てきて、桟橋までやって来た。甲板からショーンが顔を出すと、一人が指を突き出して言った。

「さっさと出ていけ」

ショーンは肩をすくめた。

「船舶管理局から許可は取ってるんだけど」

「何か言ったか?」

その男が背後に手を回して銃を抜くと、残りの男たちもそうした。

ショーンが両手を挙げたとき、海中から鮮やかに飛び出す者たちがあった。水上バイクを付近に置き、海に入って〈白い要塞《ホワイト・キープ》〉の到着を待っていた〈華麗なる海運業者《マリーン・ブラインダーズ》〉だ。

ウェットスーツに身を包んだ彼らは、全員が形状変化系《シェイプシフト》のエンハンサーであり、おのおのが、これぞという姿に変身している。

ピンクに染めた髪を持つリーダーのトロイ・モルガナイトは、四肢をまっすぐ伸ばした、顔も体も巨大なウミヘビのような姿となって猛スピードで桟橋を這い、ひと跳ねで男たちの頭上に浮かび上がった。そして、足というより美しい尾となった器官をピンクに輝かせ、二人の男の頭を立て続けに打ち払った。打たれた二人は、ピンクという滅多に見ない色の火花を頭の周囲に散らしながら意識を失ってくずおれた。

髪を青く染めた男、アーチボルト・スフェーンは、エイのように幅広く扁平で、肘からは手足の指を長くしたような、美しく伸びる鰓《えら》を持つ身を現した。ブルードラゴンとも呼ばれるアオミノウミウシそっくりの鰓が真っ青に輝き、指向性の強烈な閃光と音波を発するや、男たちの一人が触れられもせずに、吹っ飛ばされて動かなくなった。

髪を白く脱色した男、ディロン・パールは、顔と逞しい体をシャコ貝のような殻で覆い、純白の鎧《よろい》をまとうような姿で突進し、ショルダータックルで一人を昏倒させた。

自慢のブロンドヘアを持つ男、アスター・トパーズは魚体をくねらせて跳ね、カジキそっくりに変形した口を黄色く輝かせ、こちらもどういう理屈か、黄色い火花を発して、一人を触れもせずに弾き倒してのけた。

最後に、髪を緑に染めた男、バンクス・ツァボライトは、トビウオそっくりの肢体を跳ねさせ、緑の輝きを帯びる両手を突き出した。桟橋にいた最後の一人が、この両手に突き飛ばされ、これまた不可思議なほど鮮やかな緑の火花を散らして転がり倒れた。

一発として銃声を響かせず男たちを打ち倒した、色鮮やかで多彩な形状をしてはいるが、華麗な動作という点では共通する〈マリーン〉の五人へ、ショーンが拍手をした。

〈白い要塞《ホワイト・キープ》〉の電動のタラップが桟橋に降り、ウミヘビの形状だったトロイが、セクシーに身をくねらせて起き上がり、色気たっぷりにピンクの髪をかきあげた。その顔も体も、あっという間にハンサムな男のものになっている。

「ハロー、ショーン。一緒に仕事をするのは初めてだね」

トロイが優しげな微笑みを浮かべて言った。その背後で、残りの四名もそれぞれ異なるセクシーさを披露しつつ顔と姿を元に戻していった。体を伸ばしたり、仁王立ちになったり、自分を一番素敵に見せることができるポーズで、ショーンに手を振った。

「ハーイ、ショーン」と金髪のアスター・トパーズが無邪気に言った。

「ごきげんよう、ショーン」と白髪のディロン・パールが騎士然として言った。

「会えて嬉しいぜ、ショーン」と緑髪のバンクス・ツァボライトがタフそうに言った。

「素敵な夜になりそうだな、ショーン」と青髪のアーチボルト・スフェーンが意味深な調子で言った。

「ハロー、〈マリーン〉のみなさん」

ショーンは全員に視線と微笑みを送り返しながら、まるでリアリティ番組のために集められた男たちのようだと思った。美貌と肉体美を競って厳しいオーディションをくぐり抜けてきたと言われたら信じてしまいそうな、まさに選りすぐりのハンサムたちが五名も集まると、なんだか現実味が薄れ、全てがショーなのではと錯覚してしまうほどだ。

「あんたたちに護衛してもらえるのはとっても頼もしいよ。プッティも喜んでる」

「おれたちも喜んでいるよ、ショーン。さて、こいつらをあの建物に運んで縛り上げ、他に仲間がいないか調べてくる。サディアスの醜《みにく》い手下が隠れていた場合は仕事が一つ増えるが。それが済んだら、おれたちの女神である美しい海の宝物を一緒に迎えよう」

「おれはバジルに電話して、港のセキュリティを押さえるか聞いとくよ」

トロイはにっこりし、五人とも倒れた男たちを軽々と担いで管理所へ運んだ。

ショーンは船内に戻り、電子戦の前線基地でありプッティ・スケアクロウの介護室でもあるスペースに行った。そこで、電動車椅子に接続されたサイバー世界の生けるカカシへ声をかけた。

「すげえ頼りになる人たちが来たよ、プッティ。あとバジルにつないで」

「おもちろおおーい！　おもちろおおおおおおーい！」

プッティがいつもよりずっと快活な声をあげた。

《おれだ。無事に港に入れたな？》

「ハイ、バジル。問題ない。〈マリーン〉が港にいたやつらを片付けてくれた。港のセキュリティをこっちのものにしていい？」

《例のエンハンスメント動物は来たか？》

「これから呼ぶってトロイが言ってた」

《じゃあ、それが到着して防御を万全にしてからだ。どこに眠ってるかわからんリック・トゥームの殺人プログラムを、〈白い要塞《ホワイト・キープ》〉に侵入させるわけにはいかねえからな》

「おおおもちろおおおーい！」

プッティがわめいた。この自分が引けを取るものかという敵愾心を刺激されたのだ。

「オーケイ、バジル。そうするよ」

ショーンが通信をオフにし、プッティを宥《なだ》めにかかった。

「お前を大事に思ってるんだ。特別に鎮痛剤を濃いめにするからリラックスしな」

「おもちろおおおおーい！」

プッティが、とたんに嬉しげな声をあげ、体を上下させた。

ショーンは彼の電動車椅子に設けられた各種の点滴を交換してやってから、また甲板に出た。

〈マリーン〉の五人が戻ってブッキをのぼってきた。敵エンハンサーは隠れていなかったのだ。それよりショーンの興味を惹いたのは五人とも冷たい風をものともせずウェットスーツの背のジッパーを下ろして上半身を剝き出しにしている点だ。みな異なる肌の色をしているが、彫刻のように鍛えられ、艶めく裸体であることは同じだった。

目の保養というのはこのことだとショーンは思い、口笛を吹いた。

「ワオ。まったくホットだね、あんたら」

そのあとで、心配になって言い添えた。

「ああ、気を悪くしたらごめんよ。なんていうか、そういう意味じゃないんだ」

だがトロイたちは、ちっともそんな様子がないどころか、もっと言ってほしいというように顔をほころばせている。

「何を言ってるんだ。気を悪くするわけがないじゃないか、ショーン。さあ、おれたちの宝物が来る。フローレス・ダイヤモンドが。一緒に出迎えよう」

トロイが、ショーンの手でも引きそうな丁重な態度で促した。ショーンは彼らとともに船首に立ち、それが姿を現すのを見た。美しく澄んだ虹色の輝きを放つ生き物を。

それは全長がゆうに十メートルを超える、巨大なウミガメだ。甲羅も分厚い鱗板《うろこ》もクリスタルのように結晶化した代謝性の金属繊維の塊であり、まさにダイヤモンドでよろわれたウミガメといった姿だ。十三枚の大きな甲羅がぴったり接合し、おびただしい数の鱗板の幾何学的な面が甲羅を覆い、完璧なまでに美しい模様をなして輝いている。

一千万カラットの生けるダイヤモンドといったその生き物の能力《ギフト》は、〈プラトゥーン〉流に言えば第一に強固に身を守る防護系《アーマリング》エンハンスメントの一形態だ。その鱗板も甲羅も実際にダイヤモンドなみの硬度を誇り、たとえ大型船舶と激突してもびくともせず、逆に船を破壊してしまうほどだ。

第二に、代謝性の金属繊維を持つ者の多くがそうであるように、高度な電子的干渉《インターフェランス》や探査を行うことができる。その範囲は、陸地を主に探査する〈イースターズ・オフィス〉の〈ウィスパー〉に勝るとも劣らず、広大な湾岸を行き来する全船舶がどこで何をしているかを把握し、あらゆる港に蓄えられる情報を自由に読み取ることができる。

そのためフローレス・ダイヤモンドが人目に触れることは滅多になく、〈マリーン〉は彼女の助けを借りることで違法な荷を運ぶリスクを無いも同然にしてもらえるのだ。

「ダイヤモンドが、〈白い要塞《ホワイト・キープ》〉との同期を受け入れてくれた」

トロイが胸元にほのかなピンクの光を生じさせて言った。〈マリーン〉と彼らの女神はハンターの共感《シンパシー》とは異なる手段でつながり合っているのだ。五人とも肉体を変貌させるエンハンサーであると同時に、電子的干渉《インターフェランス》系の能力《ギフト》を備え、さらにはそれを電撃や閃光や音波といった放出《リリース》系の能力《ギフト》としても応用しているのだ。

実に多彩な力を持つ五人が見守るなか、巨大なウミガメがゆったりと我が物顔で〈白《ホワイト》い要塞《・キープ》〉のそばを泳ぎ回るうち、港の灯りが一斉に消え、すぐにまた点灯した。

「彼女と君の相棒のミスター・スケアクロウが港を手中に収めたよ、ショーン。ここの施設を、防弾《ブレットプルーフ》サーバーとして盾にし、マルセル島全域の端末に侵入できるだろう。リック・トゥームのプログラムを駆除しながらだから、多少時間はかかるだろうけどね」

船内から「おもちろおおおーい！」という歓声が届き、ショーンたちを微笑ませた。

「プッティが仕事に取りかかったみたい。あの女神も無事に乗り切れると祈ってるよ」

「もちろん無事だと断言するさ、ショーン。〈白い要塞《ホワイト・キープ》〉とおれたちが組んだんだ。いったい誰が匹敵できる？　リック・トゥームという名の船は間もなく、稲妻と台風と津波がいっぺんに襲いかかる海になすすべとてなく沈むことになるだろう」

「それって、すっごく頼もしい言葉だよ、トロイ」

ショーンは感謝を込めてうなずきかけた。

だがトロイたちから、他にまだ言うべきことがあるというように見つめ返され、ショーンは戸惑った。とはいえ不安を抱いたわけではない。彼らは揃って屈強だが、不思議なほど威圧感がないからだ。むしろそばにいてもらうだけで安心する温かな雰囲気があった。

「嬉しい言葉だ。君たちを安全にすることが、おれたちの務めだからね」

「生まれてから今までで一番、安全な気分かも」

「ますます嬉しいね。おれたちのことをホットだと思ってくれているのも本当かな？」

「そりゃ、マジで本当だね」

「おれたちも、常々、君のことをスーパーホットだと感じているんだと言ったら？」

「ワオ、嬉しいね」

「では、こういう提案をしても不快に思わないかな？　実はみんなで、君に提案しようと話していたんだ。別に断ってくれても構わないが」

ショーンは急に、不安とは全然違う何かを感じた。それはたとえば、親しい者と約束して待ち合わせの場所に行ったとたん、自分のためのサプライズのバースデーパーティが始まることを悟るような感じだった。ショーンの人生でそういうことがあったためしはないが、今このとき、それがどういうものであるかわかった気がした。

「えっと、それって、どんな提案？」

「無事に仕事が終わったら、おれたちの中で気に入った誰かと順番にベッドに行くか、さもなくば、おれたち全員でそうしてみるのはどうかな？」

ショーンは予期していたものの、あんぐりと口を開けてしまった。五人ともとびきりの本気スマイルを浮かべており、イエスと答えた瞬間、大笑いして、ただの冗談だこの間抜けめ、と罵倒されるといった心配は皆無だと明白に示してくれている。

また過去、ショーンを囲ってきた者たちのように、はした金で手籠《てご》めにしようという様子もない。それは流儀に反すると考える男たちなのだ。証拠に、五人とも必要以上に近づくこともなければ、気安く触ってくることもなかった。

「仕事のあとで返事していい？　今答えたら、なんにも考えられなくなりそう」

「もちろんさ、ショーン」と金髪のアスター・トパーズが朗らかに言った。

「まず互いの務めを果たそう、ショーン」と白髪のディロン・パールが丁重に言った。

「みんな答えを期待して、君にいいところを見せようとハッスルすること請け合いだぜ、ショーン」と緑髪のバンクス・ツァボライトが胸筋を動かしながら言った。

「どんな答えであれ、きっと忘れがたい夜になるだろうね、ショーン」と青髪のアーチボルト・スフェーンが預言者めいた神妙さで言った。

おれはいったいどうなってしまったんだろう、とショーンは思った。十人十色ならぬ五人五色の美丈夫たちに囲まれ、ちやほやされ、気遣われているなど、とても現実とは思えなかった。五人とも、まごつくショーンに対し、話のわからない面倒なやつだといった顔をしたりせず、むしろトロイがますます気遣うように言った。

「ここじゃ寒いだろう。おれたちは平気だが、君に風邪を引かせては申し訳ない。中に入ってバジルに状況を報告し、動きがあるまでしっかり待機しているというのはどうかな」

おう、参ったね。ショーンはトロイの優しい態度に感動してしまった。心の中の柔らかで脆く、味方は一人もいない《ノーバディ・ノーウェア》と常に自分に言い聞かせることで何もかも諦めろと命じてきた何かが、相手の優しさを信じることを恐れて突っぱねたがっていた。だがショーンはそうしなかった。そうする必要がないほど安心させられていた。

思えば、日銭と安全のためプッティの世話をしていた自分が、ハンターの共感《シンパシー》の輪に加わったことで違う存在になったのだ。あるときそうなったのではなく、少しずつ。

おれは天国への階段《マルドゥック》を自分なりにのぼっていたらしい。そのうち、のぼりきってしまわないか不安になるだろうと予感しながら、「それがいいと思う」とショーンは言った。

7

フローレス・ダイヤモンドの加勢を得た〈白い要塞《ホワイト・キープ》〉は、その力を発揮し、各グループの支援を開始した。手始めにリバーサイド警察のヘリコプターに墜落しない程度の不具合を生じさせて追い返し、その無線システムに侵入して島内にいる警官の通信を把握した。

だが〈シャドウズ〉の五人と〈モーターマン〉の十人が突進したのは〈白い要塞《ホワイト・キープ》〉の支援が最も届きにくい場所だった。

潮騒が真っ暗な海から響くブラザーランド墓地には、監視カメラをはじめ電子機器がないに等しく、地中を走るケーブルも少ないことから、灯りの大半は太陽電池式で干渉は難しい。管理所の建物は旧式で、直筆の帳簿で管理されており、自動ドアもエレベーターもない。隣接する火葬場も同様で、遠隔操作できるものは皆無だった。

管理所の駐車場には何もなく、ジェイクたちがバイクに乗ったまま建物の裏手へ回り込むと、そちらにピックアップトラックが停められていた。ジェイクたちはめいめいバイクを停めて降り、距離を置いてピックアップトラックを囲んだ。

「誰も乗ってないが気をつけろ。トラックから羽音や虫が這い回る音がする」

ビリーがみなへ警告した。

「ベン・ドームとクライル・コヒーの置き土産だ。ミック、始末しとけ」

ジェイクが命じ、ミックがピックアップトラックに歩み寄るや、半開きのウィンドウの隙間から、わっと銀色のスズメバチの群が飛び出した。ついで荷台からは同じく銀色をした馬鹿でかいヒアリの群が雪崩《なだ》れるように這い現れた。

エンハンサーの体内で生まれ、飼育される、代謝性の金属繊維との合成生物だ。自律して動き回り、情報を宿主に与える。〈誓約の銃《ガンズ・オブ・オウス》〉のイライジャ・ザ・フライシューターのハエ同様、〈プラトゥーン〉流に言えば、寄生生物《パラサイト》系であると同時にセンサー系であり、また毒を持つ虫たちであることから化学物質《ケミカル》系でもあるエンハンスメントになる。

空中と地面から同時に襲いかかる虫の群は、しかしミック・キャストマンにとっては何ほどでもなかった。両手から粘着性のワイヤー・ワームの網を放ち、ハチもアリもまとめて捕らえてピックアップトラックの車体や地面に貼りつけて動けなくさせた。

「この程度の能力《ギフト》で張り合おうとしやがって」

ミックが、捕らえたアリたちをブーツで踏み潰した。

「建物の中にも誰もいない。墓地のほうで呼吸音が――おっと、一匹こっちに来やがる」

スズメバチが車体の裏から這い出て、ぶん、と音をたててビリーへ向かった。

ビリーは銃を抜き、センサー系エンハンスメントに特有の精密さで、レーザーポインターを空飛ぶハチにぴたりと照射した。まるで銃口とハチを糸で結んだようだった。

そのとき、ミックの足元で黄色いガスが噴出した。

「待て！　撃つな！」

ミックが飛び退《の》きながら叫んだ。しかしビリーはすでに引き金を引いていた。宙でスズメバチが粉々になり、ぱっと黄色いガスが噴き出て、ビリーの顔に降り注いだ。

ビリーがよろめき、がくがくと震え、銃を取り落として顔をかきむしった。

「毒だ！　近づくな！」

ミックが叫んで建物のほうへ後ずさった。ピックアップトラックや地面に貼りついた虫たちが、ぽんぽんと炒《い》られて跳ねるポップコーンのように爆《は》ぜ、黄色いガスを噴いた。

「建物に入れ！　トミー！　ビリーを中へ入れるぞ！」

ジェイクが、ビリーの腋の下に手を入れ、トミーが反対側で同様にし、ビリーが自分の顔をずたずたにしてしまうのを止めた。そうする間にもピックアップトラックからは大量の黄色いガスがわき出していた。

ジムが裏口のドアの錠前をマシンピストルで撃って破壊し、ミックがドアを開いて屋内の照明を点けて回った。ジェイクとトミーがビリーを引きずって建物に入り、ジムがビリーの銃を拾って、「早く入れ！」と仲間に命じた。〈モーターマン〉十人が建物に駆け込み、ジムが入ってドアを閉めると、ミックが戻ってきて、粘着性のワイヤー・ワームでドアの隙間を密封してガスが入ってこないようにした。

ジェイクとトミーは、ビリーを引きずってトイレに入った。ジェイクが真っ赤に爛《ただ》れたビリーの顔を洗面台に押し込むようにし、トミーが蛇口をひねった。

水が勢いよく頭部に注がれ、ビリーが苦痛でもがいたが、ジェイクとトミーがしっかり押さえつけるうち、ぐったりした。二人はいったんビリーを床に寝かせた。すでに意識を失っており、呼吸音はごろごろと濁ったものになっている。

「急いで〈ガーディアンズ〉がいるところまで運ぼう」

トミーが言ったとき、建物の表玄関のほうで複数のエンジン音が響いた。バス・ローターリーで不意を突こうとしたリバーサイド・ギャングが乗る三台の車が到着したのだ。

「出入り口と窓を固めろ！」

ジェイクがトイレから顔を出して怒鳴り、それからトミーへ言った。

「トミー、お前がビリーを運べ」

「全員でいっぺん退却するってのは？　ビリーの耳なしで戦うのは気が進まねえ」

「もしここで手こずって、ビリーが死んじまったら、永遠に大事な耳を失うんだぜ」

「くそ。あの毒ガスはノルビ・トラッシュか？　いつの間に、あんなふうに毒ガスを生き物に仕込めるようになったんだ？」

「マクスウェルかサディアスの入れ知恵だろうよ。本人に聞いてやる。ベン・ドームもクライル・コヒーも、遠くにいる虫は操れねえはずだからな。〈ウォッチャー〉どもは近くにいて、おれたちをこの建物に追い込んでチャンスだと思ってるはずだ」

激しい銃撃音が生じ、ビリーの横で身を伏せるトミーの肩を、ジェイクが叩いた。

「ビリーを頼んだぜ、トミー」

ジェイクはそう言って通路へ出て、光でその身を覆いながら正面玄関へ向かった。

外からの激しい銃撃で分厚い木製のドアに穴が空き、窓が砕け、そこらじゅうに着弾の火花や煙が上がるなか、〈モーターマン〉たちが窓の下で身を伏せたり、カウンターや倒したテーブルの陰に隠れてしのいでいる。

「ミックとジムは!?」

ジェイクは、飛んでくる弾丸を弾き返しながら、銃撃音に負けじと大声で訊いた。

「二階です！」

窓の下で身を伏せている男が答えたとき、ジムのマシンピストルの掃射音が頭上から聞こえ、外からの銃撃が弱まった。

「ビリーはトミーに任せる。おれが連中の注意を引く。合図したら撃ちまくれ」

ジェイクが男たちに言って、光をまとったまま、玄関へまっすぐ歩み寄り、銃撃でさっそくぼろぼろになったドアを蹴り開いて外に出た。

三台分の車輌のヘッドライトに照らされ、ジェイクは顔をしかめながら、そいつらを見た。開いた車のドアを盾にして銃撃していた者のうち、二人が倒れて血を流している。ジム・ロビンの射撃で倒れたのだ。

「〈ウォッチャー〉のクソどもはどこだ！　逃げ回ってねえで、つらを出せ！」

ジェイクは、目の前の男たちを無視して左右へ目を向けた。

右の茂みの陰から、黒革のジャケットを着たノルビ・トラッシュが歩み出てきた。

左の墓石の間から、驚くほど身長が高い男と、とほうもなく腹が膨らんだ男の二人がやって来た。のっぽのベン・ドームと、太鼓腹のクライル・コヒーだ。どちらも、子どものようにシャツを胸までまくっており、肉体に備えた虫の巣をあらわにしている。

ベン・ドームの長い胴体にあいた無数の穴を銀色のヒアリが出入りし、クライル・コヒーは腹部が銀色のスズメバチの巣で、鋭い羽音をひっきりなしに響かせている。

ジェイクは駆けていって、三人を引き裂きたいという怒りを抑え込んだ。

「ベン・ドーム・ザ・〈蟻塚《アントヒル》〉、クライル・コヒー・ザ・〈蜂の巣《ビーハイブ》〉、番をする場所がどこかも忘れやがったぼんくらどもが」

「おれたちゃもう、スラムの団地になんかいたくないんでね」

ベンが笑って腹から脚へとアリの群を溢れさせた。

「あんたらの使いっ走りはやめにしたんだ、ジェイク」

クライルが腹をひとゆすりしてハチを巣穴から這い出させた。

「お前らにぴったりの仕事だろうが。ろくにブツも運べねえ、とんまども。〈ウォッチャー〉なんてご立派なグループを作ってもらえて、ありがたいと思わねえのか」

ノルビが、ぺっと唾を吐いた。

「おれたちゃ〈猛毒小隊《ポイズンスカッド》〉だ、ジェイク。いかしたグループ名だろうが」

ジェイクは蔑《さげす》みの目をノルビに向けた。

「そのうちベンとクライルを毒まみれにして殺しちまいそうだぜ、ノルビ」

「マクスウェルから良い手を教わったんだ。おれ自身が毒ガス兵器になるのをやめて、ほかの何かをそうするって手を。マクスウェルはマジで偉人《ザ・マン》だ。おれはあんたの知らねえところで、ベンとクライルとあれこれ工夫した。ゴールド兄弟にも手伝ってもらって、ジャンキーどもで実験したりしてな。今じゃ完璧に――」

「ゴールド兄弟はどこだ？」

ジェイクが鋭く遮った。

「どっかで自慢のブツをせっせと作ってるさ。トレーラーハウス・パークの娼婦どもの脳みそを溶かして遊んだりしてな。おれたちも一緒に遊んでやるぜ、ジェイク。お前が兄弟のブツで幼稚園児みたいにくそを漏らすところを見てやる」

「どこまで行ってもゴミ《トラッシュ》だな、ノルビ。使えねえとジョン・クックも言ってたっけ」

「いいや。おれを〈シャドウズ〉のリーダーにしときゃよかったんだ」

「なんでそうなれなかったか知ってるか？　お前がジャンキーだからだ、ノルビ。ハイにならなきゃ怖くて何もできねえ小心者だからだ」

「おれはジャンキーでも小心者でもねえ」

「今でもブツの味見がやめられないいんじゃないか？　今もハイなんだろう？　でなきゃ、びびっておれの前に出てこられるわけがねえからな」

「黙れ、この野郎！」

そのとき管理所の裏手でバイクのエンジン音が鳴り響いた。トミーが、意識を失ったビリーを背負ってベルトで固定し、バイクを駆って墓石の間を突っ走っていったのだ。

「逃げるぞ、追え！」

ノルビがわめくのを遮って、ジェイクが激しく号令を下した。

「撃《ファイア》てーっ！」

建物の中の〈モーターマン〉が一斉に撃ち、二階からジムが掃射した。

ミックがワイヤー・ワームを使って建物の壁を移動し、ベンとクライルの背後から粘着性の網を放った。ベンもクライルも頭から網を浴び、もつれあって倒れた。

リバーサイド・ギャングたちが激しく撃ち返し、ノルビが車の陰に逃げ込んだ。

ノルビは、光り輝く刃の鎧をまとうジェイクが銃撃をものともせず歩み来るのを見て、両手を突き出し、爪を蛇の毒牙そっくりに変え、十指から黄色い毒ガスを噴射した。

車のドアの陰から銃撃していたリバーサイド・ギャングの一人が巻き添えとなってもがき苦しみ、ジェイクがそいつをドアごとバラバラに引き裂いた。血煙とともに黄色い毒ガスがはねのけられ、ジェイクの能力《ギフト》による防御が気体にも有効であることを示した。

「ちくしょう！　ザ・マン！　ボス！　助けてくれ！」

ノルビが、墓地に向かって叫んだ。

ジェイクが足を止め、そちらへ顔を向けた。暗闇が濃くて何も見えなかった。

ふいに閃光がいくつも起こり、そこにいる者の姿を僅かの間だけ浮かび上がらせた。

長い真っ白な髪と髭を持つ黒衣の男が、それこそ罰当たりにも墓石の一つに腰を下ろし、銀色のカマキリのような目をジェイクへ向け、左手を鎌首のようにもたげている。右腰のあたりで黒衣がまくれ、銃撃の火が男を照らし、その両目を赤く輝かせた。

男が放った弾丸は、二階にいるジム・ロビンのマシンピストルを弾き飛ばし、壁のミック・キャストマンの左腕を貫き、一階にいる〈モーターマン〉四人の手首に穴をあけ、二人の顔に命中して絶命させていた。

銃撃音がやみ、敵味方ともに驚愕に満ちた沈黙が降りた。

男が、銃の中に残された最後の一発を放った。

それはジェイクの回転する光の鎧の顎の下あたりで弾かれ、角度を変えることで、ほんの僅かな隙間をぐって、左鎖骨の下に突き刺さった。

ジェイクが苦痛の呻きをあげてのけぞり、素早く右肩を突き出し、右腕で顎から下をガードした。その無形の鎧を何かが通り抜けたのは、これが初めてのことだった。

男が全弾を発射した銃を、墓石の土台にソフトに置き、立ち上がった。

墓石の裏から、額に「M」の赤い字を記された、みすぼらしい姿の労働者が現れ、別の銃を差し出した。男はそれを、右腕代わりであるワイヤー・ワームではなく、左手で受け取り、右のホルスターに収めると、建物へ向かって歩んだ。労働者が墓石の土台に置かれた銃を拾い、弾倉を交換しながら、男のあとを追った。

「マクスウェル!」

ジェイクが防御の姿勢のまま、痛みとショックに耐えて怒号をあげた。

マクスウェルが、潮風に黒衣をなびかせて、ゆったりとした足取りで墓地から出て立ち止まった。その背後では、労働者が空の弾倉にせっせと弾丸を込めている。

「今晩は、ジェイク。お喋りはなしで、すぐに殺していいかね?」

マクスウェルが銀色の目のまま、鎌首のようにもたげた左手をキチキチ鳴らした。

「やれるもんならやってみやがれ」

ジェイクが、いっそう光の環の密度を濃くし、強い輝きを身に帯びた。

「今日は始末せねばならない者が多いのでな」

マクスウェルが、ジェイクの声など聞こえていないというように続けた。

「ボートハウスでテーブルをともにしたよしみで、お前の後悔の言葉に耳を傾け、膝をついてこうべを垂れるお前を、我が軍門に加えてやってもいいのだぞ」

「くそくらえだ。てめえのその気味の悪い目をくりぬいて、血の涙を流させてやる」

「ボーイズ、どう思う?」

マクスウェルが、ノルビとベンとクライルへ声をかけた。ベンとクライルは、ベンのヒアリにワイヤー・ワームを囓《かじ》らせてやっと解放されたところだった。

「血の涙を流すのはあっちですよ、ボス」

ノルビが勢い込んでわめいた。

「そうだ。お前たちや、本来ふさわしい者から、まっとうな仕事を奪って自分たちのものにしてきたのだから。この者たちには死ぬほどその罪を悔いてもらい、以後は、ゴールド兄弟も、そのブツも売買ルートも、全てこの島で管理するとしよう」

「全員でマクスウェルを撃て!」

ジェイクが、相手を遮って背後の仲間へ号令を放った。

だが誰よりも速く、マクスウェルがその見えざる手で撃っていた。ジェイクの号令のあと何も聞こえなくなるほどの、一つの音としか思えないほどの速射の銃声が轟いた。

そのときジム・ロビンは、床に仰向けになり、マシンピストルを斜め上に向け、窓の外へ掃射しようとしていた。すでに撃った弾丸で、これから放つ弾丸を引き寄せて軌道を操作し、自身は壁で隠れながらマクスウェルの頭上から銃撃を浴びせようとしたのだ。

だがそれよりも早く、マクスウェルが放った弾丸が、窓枠の天井部分で跳弾し、ジムの喉笛を貫き、脊髄を破壊して床に突き刺さった。ジムの指がかろうじて引き金を引いたが、銃口が斜めになりすぎ、放たれた弾丸は全て壁を穿つばかりだった。

ミック・キャストマンは、撃たれた傷をワイヤー・ワームで止血し、痛みを意識から追い出して壁ではなく屋根に回り込み、マクスウェルに向かって網を放とうとした。

だが振りかざした両手首へ、吸い込まれるようにしてマクスウェルが放った二つの弾丸が命中し、阻止されてしまった。それどころか血を止めるためにワイヤー・ワームを生成することさえできなくなっていた。なんとか両手首をおのれの膝で挟み、激痛に耐えて止血しようとしたが、失血でどんどん意識が薄れていった。

一階にいた〈モーターマン〉たちは一発も撃つことができず、手や武器を撃たれ、さらに二人が顔に銃弾を叩き込まれて死んだ。

ジェイクは号令を放つと同時に、右腕で顎下をカバーしながらマクスウェルへ向かって猛然と駆けた。だがその腹のあたりで、弾丸が光の環に弾かれて角度を変えて跳び、無形の鎧の僅かな隙間を通過して、ジェイクの右膝の上に突き刺さった。

またしても痛撃に耐えられず、ジェイクは転がり倒れた。

マクスウェルが地面に銃を置くと、弾込め役の男が新たな銃のグリップを差し出した。マクスウェルは左手でそれを握り、倒れたジェイクに無造作に狙いをつけて連射した。

ジェイクは防御に力を振り絞り、弾丸を全て防いだ。とはいえマクスウェルにもそれがわかっていた。ジェイクを地面に釘付けにしてやったまでだった。

マクスウェルは撃ち終わった銃をまた男に渡し、装塡されたものを左手で受け取って右腰のホルスターに差し込み、言った。

「ベン・ドーム、クライル・コヒー。あの建物でまだ息をしている者たちに、ノルビ・トラッシュ特製のガスを浴びせてやるといい」

ジェイクが言葉にならぬ絶叫をあげた。ノルビが笑った。ベンとクライルも同じように笑いながら建物へ歩み寄った。銀色のスズメバチとヒアリの群が、開いたままのドアや砕けた窓から、建物の中へ殺到した。三匹のスズメバチが、二階で死んでいるジム・ロビンを無視し、屋根の上へ飛んだ。

おのれの血の海の中でひざまずき、出血で朦朧《もうろう》とするミックの体に三匹のスズメバチがとまり、ぽん、ぽぽん、と軽快な音をたてて弾け、黄色いガスを噴出した。

苦悶の叫び声が建物のあちこちであがった。一人がめちゃくちゃに体をかきむしりながらドアから出てきて転がり倒れ、仰向けになって泡を噴き、動かなくなった。

のたうちながら屋根から落ちてきたミック・キャストマンが、頭から地面に激突し、首が砕けておかしな角度になりながら転がり倒れた。建物にいた者は誰も助からず、倒れたまま光に包まれるジェイクだけが憤怒の雄叫びをあげていた。

マクスウェルが、カマキリの目を元の人間のものに戻し、ジェイクに声をかけた。

「心地よい声で鳴くではないか、ジェイク。特別に教えてやるとすれば、厄介なのは、お前、ビリー・モーリス、トミー・ノッカーだった。お前はこの通り守りを固めてしまうし、聞き耳を立てられては〈スニーカーズ〉が近寄れず、飛んでくるハンマーなどというものを撃っていては弾が無駄になる。お前たち三人を料理するには、ひと工夫必要だった」

「完全に上手くいきましたね、ボス。ビリーに毒を浴びせれば――」

ノルビが言いさし、マクスウェルにじろりと昏い目を向けられて黙った。会話の邪魔をすれば殺すと無言でノルビに釘を刺してから、マクスウェルがジェイクに目を戻した。

「ビリー・モーリスに毒を浴びせる。これが肝心だ。あの男の耳をまず封じねばならんし、お前がトミーに、ビリーの搬送を頼むこともわかっていた。お前はトミーを誰よりも信じているし、あの男ならハンマーで柵を破壊し、ここから出ることができる。私の予想どおり、いや、予定どおりにことを運んでくれたな、ジェイク。まさに、釣り針《フック》、釣り糸《ライン》、そして錘り《シンカー》、という感じではないか？　それらをすっかり呑み込んだ魚のように釣り上げられた気分はどんなものだ？　仲間の死体がすぐそばで並んでいる気分は？　ぜひこちらの〈ポイズンスカッド〉の三人に感想を聞かせてやってほしいものだ、ジェイク」

「お前は終わりだ、マクスウェル！　お前たち一人残らず終わりだ！」

ジェイクが血を吐かんばかりに叫び、ノルビたちが威勢よく笑った。

「おう、やったぜ！　ジェイクがすっかり負け犬みたいに吠えてやがるぜ！」

「ずっと、お前のそんな声が聞きたかったよ、ジェイク！」

「おれたちの使いっ走りにしてやるぜ、ジェイク！」

マクスウェルが左手を上げ、彼らを黙らせた。

「このジェイクが、亀のように縮こまりながら私を挑発するのは、〈プラトゥーン〉の到着を待っているからだ。これ以上構わず、移動する。こちらも大事な人手を何人か失ったが、報復の機会は十分にある。長い夜になるのだからな」

マクスウェルが言った。リバーサイド・ギャングの男たちが不満一つこぼさず、仲間の死体をトランクに入れた。ドアごと引き裂かれた死体は運べず車ごと放置された。

道路のほうからピックアップトラックが一台入ってきた。運転席には「M」の字を額に記された男が乗っている。ノルビ、バン、クライルが、倒れたジェイクへ手を振り、中指を突き立ててみせつつ、ピックアップトラックの荷台に乗った。

マクスウェルが、ジェイクの反撃を食らわないぎりぎりの位置に立って言った。

「今日は全てが変わる日だ。お前だけではない。誰もが変わるのだ。お前はもうこれまでのお前ではいられない。〈評議会《カウンセル》〉の椅子は失われるだろう。縄張りはほとんど残るまい。

私につくべきだったと思わないか？　その思いを正直に口にしてはどうだ？」

「地獄へ落ちやがれ！」

マクスウェルはさも心地よさそうに微笑み返し、ピックアップトラックの助手席に乗り込んだ。三台の車がUターンし、車列を作って墓地から出て、左へ折れた。

ジェイクが体から光を消し、苦痛の呻きをこぼしながら上体を起こした。右手の人差し指にだけ回転する塩の光をあらわすと、革のジャケットの襟を奥歯で噛んだ。それから指先の光を、左胸の銃創に押しつけた。光が傷口に入り込み、ひしゃげた弾丸を体の外へ押し出した。ジェイクは痛みでがくがく震えながら右膝の上の銃創にも同じことをした。

塩の光が二つの傷口を焼いて塞ぎ、かつ殺菌しながら体内に戻っていった。ジェイクがジャケットの襟を噛むのをやめた。痛みはひどかったが、動けなくなるほどではなくなっていた。心と体が、撃たれたショックから回復していった。一度も銃撃を受けたことがない者にはトラウマになる衝撃でも、ジェイクにはそうではなかった。純粋に、貸し借りの問題としてとらえた。ミドルティーンだった頃、ストリートで学んだのだ。貸しは返されるべきだと。ヤクの取引でカネを受け取るように。勘定を済ませるまで冷酷に取り立てるのだ。どれほどの時間と労力を費やしてでも。

ジェイクはひしゃげた弾丸を二つとも拾って握りしめ、仲間の変わり果てた骸《むくろ》を見た。自分たちが受けた苦痛の全てが、マクスウェルとあの男に付き従った愚か者どもへの貸しであり、残らず回収することを、ジェイクは誓った。

8

トミーが放った柄《え》の長い建物解体用ハンマーは、鋳物の柵の支柱の一つを打ち砕いて墓地から飛び出すと、勢いよく回転しながら戻って来てもう一つの支柱を破壊した。大きな柵が墓地の内側へ倒れ、トミーが駆るバイクがそれを踏みつけて墓地から飛び出した。ハンマーは意思を持つ魔女の箒《ほうき》さながらに飛んできて、トミーの後ろでぐったりしているビリー・モーリスの背を柄で支えた。

トミーの能力《ギフト》は、愛用のハンマーを自在に飛ばし、振るったときの衝撃を何倍にも増すことにのみ振り向けられている。自分のハンマー以外の何かを、あるいは同様のハンマーをいくつも操りたいとも思っていない。そのハンマーは十代の頃からのトミーの分身だ。家族のカネやヤクを盗んでばかりいる親兄弟への幻滅や、腐れた隣人ばかりの腐れたストリートで生きるしかなかった腐れた自分の人生への憎しみが染み込んでいるのだ。

トミーがハンマーと出会ったのは市の再開発現場で、本当は十四歳だが十八歳だと年齢を偽って働いていたときのことだ。当初はそこの主任にさんざんいびられ、与えられたハンマーを憎んだ。その重さを、砕くべきコンクリートの固さを、飛び散る破片や宙を舞う粉塵《ふんじん》を、ずきずきする手の平の血豆を、何もかもを、心から憎悪した。

四年間も続けたのは、働き手が年齢を偽っても気にしない現場だったからだ。しかし十八歳になってもトミーはハンマーを振り続けた。腕っ節は強く、手の皮は分厚く、目つきはますます鋭くなるうち、こう思うようになっていた。人々が振るうハンマーも、自分と同じように世界を憎んでいるのだと。そしてトミーは自分の十八歳の誕生日に、自分の憎悪にぴったりくる高強度の強化グラスファイバー柄と鋼鉄のヘッド、四キロ弱の重量をもつハンマーを手に入れた。それはトミーの物言わぬ相棒となり、大切な仕事道具となるだけでなく、身を守るすべに、盗人だらけの家族や隣人への無言の警告にもなってくれた。

トミー・ザ・ハンマー・ノッカーとして若者たちの間で恐れられるようになると、トミーは〈クック一家〉配下のギャングから声をかけられ、気づけばジェイクたちと一緒に、ヤクによる利益を守ることを務めとしていた。支払いをごまかすディーラーの家に押しかけ、家具を手当たり次第にハンマーで破壊し、もしそいつがボスの物であるヤクやカネをくすねていれば、手や膝を砕いた。〈クック一家〉の縄張りを乱す救いようのない愚か者の脳天を砕き、見せしめのため死体を路上に捨てるよう命じられたこともあった。

トミーの無分別な憎悪は、ハンマーと同じくらい仕事の役に立ったが、それを自制できるようになったのは仲間たちのおかげだった。彼らはトミーにとってカネや物を盗もうとしない初めての相手だった。仲間の物を盗んだことがばれればリンチに遭うという以上に、彼らはトミーに絆《きずな》というものを教えてくれた。家族が教えてくれなかったものを。トミーのような人間からすれば、見返りを求めず食べ物や酒を振る舞ってくれるとか、記念に揃いのTシャツをプレゼントしてくれるなどという相手は世界で彼らだけだった。

普通、〈クック一家〉のようなギャング集団においては、本当の意味での友情は得られない。ボスを出し抜くことができないよう、互いに監視させせられるからだ。若い下っ端に対しても、安いダイナーで粗末な食事を与え、溜まり場として部屋を使わせてやるなどして恩を売るだけではない。しばしばリンチや処刑の現場に連れて行き、ボスと組織への恐怖を心臓に染み込ませ、仲間であろうと密告することが最善だと教え込む。若者たちが結託し、勝手に勢力を築かないように。

トミーたちが心から信頼し合えたのは、ひとえにジェイクが恐れ知らずだったからだ。〈クック一家〉が定めるルールの全てに恐怖という一語がふくまれていたが、ジェイクは互いの影となって守り合うことを〈シャドウズ〉のルールとした。〈クック一家〉から、ボスに対する恐怖を何より尊ぶよう教育されてなお、恐怖による服従を拒んだのだ。

当然、そうした反抗的な態度はすぐに感づかれる。そして縄張り争いの最前線に立たされ、大怪我をするか死ぬことになる。〈シャドウズ〉もその運命を免《まぬが》れなかった。

トミーはそれでいいと思った。仲間との信頼を失うくらいなら死んだほうがいいと。おかげでエンハンサーとなり、〈クック一家〉も無視できない存在になるとは思いもよらなかった。それもこれもジェイクや仲間たちが恐怖ではなく信頼を重視し続けたからだ。

だからトミーは、何としてでもジェイクの信頼に応え、ビリーを〈ガーディアンズ〉のもとへ連れて行く決意だった。土を抉《えぐ》って横滑りしそうになるタイヤを巧みに抑え、マルセル島の西側を南北に縦断する、シンパッド・アヴェニューに出ると、南へ戻った。

見通しのいいそこに今のところ敵の姿はなかった。それよりもビリーがぐったりし、ごろごろ濁った呼吸音を発していることに、ぞっとさせられた。守り合うべき仲間が、自分の背で息絶えるのではという最悪の考えを振り払い、まっすぐ進んだ。

三百メートルほど先からは左手にバス・ロータリーの長い壁が続き、その先に島の中央を東西に通るアンクル・ストリートがある。銃を持つ労働者たちが大勢待ち構えていた施設の横を通るのは危険だったが、今ごろようやく移動し始めたはずの〈プラトゥーン〉が彼らの注意を引いてくれるかもしれないと思っていた。

単独で負傷者を運ぶ自分は、格好の獲物だ。といって、お願いだから仲間を無事に連れて行かせてください、などと神に祈るような軟弱で無駄なことはせず、神経を研ぎ澄ませて襲撃に備えた。そしてその心がけは、確かにトミーを救った。

バス・ロータリー横の小さなストリートから――墓地に行く前に〈モーターマン〉を配置した場所から――二つのバイクが飛び出して行く手を塞ごうとしたのだ。しかしトミーは慌てず、そいつらがどんな武器を握っているか、素早く見て取ることに努めた。

二人の手にそれぞれ異なる武器があった。銃であれば、Uターンして別のストリートに逃げ込む必要があるが、そうではなかった。

斧と軍刀《サーベル》だった。であれば、すれ違いざま攻撃してくるはずだ。トミーは瞬時に、直進、加速、背後のハンマーで防御、という三つの行動を定め、二人をかわしにかかった。

二人とも軽快にバイクを乗りこなすタイプには見えないことも、その判断の決め手になった。どちらもやたら大柄で、異様に特徴のある男だった。

一人は、右目にアイパッチを着け、真っ赤な髪を逆立て、コートもシャツもブーツも赤い迷彩柄という馬鹿目立ちすることこのうえない姿で、消火用の斧を握っている。

もう一人は、とんがった頭部も顔面も、縫い傷の痕だらけという面相に、雑なピエロのメイクを施し、特注サイズのスーツを身にまとい、右手で腰の軍刀《サーベル》を抜き放っていた。

二人は、間隔を空けてこちらにバイクのヘッドライトを向けて地面に足をつけていたが、にわかに直進した。トミーが思ったとおり、すれ違いざまに攻撃してくる手だ。

アイパッチのほうが先行し、縫い目の男がやや遅れている。先行する者の一撃をトミーがかわせば、その動きに合わせ、後続する者が次の一撃を試みる。それもかわされた場合、先行する者が素早くUターンし、トミーの後方から三度目の攻撃を行うことができる。

またもし最初の一撃でトミーが転倒した場合、後続する者は素早く避ける必要がある。その点でも、やや斜めに離れているのは適切といえた。

へえ、こいつらはバイクでの襲撃の仕方を心得ているぞ、と思ったとき、トミーはその二人を知っていることに気づいた。いや、一見してそうかもしれないと思ったが、まさかそんなはずがないと打ち消したものの、それでもやはりそうとしか考えられなかった。

おいおい、あれは〈イースターズ・オフィス〉のエンハンサーに、ネイルズ・ファミリーの軍刀《サーベル》ラフィことラファエル・ネイルズだぞ。

互いの距離が迫るにつれて、トミーはそう確信した。何しろイースト・リバーサイドでの戦闘で、ヤモリみたいに壁にはりつく真っ赤な大男ことレザーと対決したのだ。

マクスウェルが、あのオフィスやネイルズと組んだのか？　敵の敵は味方だというように？　トミーは戸惑う心をすぐに投げ出した。驚きはしたがショックを受けてブレーキを踏むこともなかった。相手が誰であろうと臆《おく》するものかと自らに言い聞かせ、ビリーの体を固定する腹のベルトの感触を確かめ、加速して背後のハンマーを放った。

「オウッ、オウッ、オウッ！」

レザーが動物じみた声をあげて斧を猛然と振るった。回転するハンマーの柄が、斧の刃を弾き返し、トミーはハンドルから両手を離さず猛スピードでレザーとすれ違った。

「カカカ、カカカ、カカカ！」

間髪を容れずラフィが、これまた妙な声を放ちながら軍刀《サーベル》を振るったが、トミーのハンマーがしっかりとその刃を受け弾き、火花を散らした。

思った通りレザーがUターンし、ラフィもそれに続くのをトミーはバックミラー越しに見て、ハンマーを回転させながら自分の周囲を飛び回らせた。バジルの電線のようにとはいかないが、ハンマーが動くものに反応して自律的に防御するよう能力《ギフト》を高めていた。

おかげで二人が追いついてきて斧と軍刀《サーベル》を振るったときも、まっすぐ走り続けられたが、見えないところで二つの刃とハンマーが激突する音が弾けるたび、自分はともかく、一撃でも背後のビリーに届くのではないかと気が気でなかった。

その不安も、ほどなくして解消された。前方で、アンクル・ストリートから四台の大きなピックアップトラックが、まばゆいライトを放ちながら現れたのだ。それらがトミーの支援にきた証拠に、一台が拡声器でブロンの声を放っていた。

《警告する。今すぐ攻撃をやめて退散しろ。さもなくば我々が相手になる》

空飛ぶ狙撃兵キャンドルが自分を見つけ、ブロンがわざわざ進路を変えて来てくれたのだろう、とトミーは思った。レザーとラフィが攻撃をやめ、Uターンして去っていくのをバックミラー越しに確認すると、トミーはハンマーを戻してビリーを支え、スピードを落とした。

できれば自力で危機を乗り越えたかったし、別のグループに借りを作るのは嫌だが、そんな愚かな意地を張っていられる状況ではないので、ブロンの車の横について言った。

「助かった。感謝する、ブロン」

ブロンが、開いた窓の向こうでうなずいた。

「負傷者を〈ガーディアンズ〉のもとへ運ばせるか？」

「いや、おれがやる。ジェイクの命令だ」

「そのジェイクたちが心配ではないのか？」

「仲間を信じてるからな。ただ、今すぐあんたらがこの先の墓地へ行って、様子を教えてくれると思ってるんだが、違うか？」

「当然そうするつもりだ」

「おれを追ってた二人が誰かわかるな？」

「キャンドルが確認した。おれから〈ハウス〉に報告する。もう行け。仲間を助けろ」

「そうさせてもらう」

トミーはバイクを出し、ブロンが車を発進させながら通信マイクを手に取った。

「ブロンより〈ハウス〉へ」

《おれだ。どうした？》

バジルの声が応じた。

「〈シャドウズ〉のトミーが、負傷したビリーを連れて〈ガーディアンズ〉のもとへ向かうのを確認。また〈イースターズ・オフィス〉のエンハンサーとネイルズの一員、計二名がトミーを襲うのを見た」

《誰と誰だ？》

「〈赤信号《レッドライト》〉コンビの一人、ウォーレン・レザードレイク。アダム・ネイルズの弟、軍刀《サーベル》ラフィことラファエル・ネイルズ。二人とも、警告したら去っていった」

《そいつらを追うな。〈シャドウズ〉と合流しろ》

「了解」

ブロンが通信マイクを元の位置に戻し、ピックアップトラックの速度を上げてブラザーランド墓地へ向かっていった。

9

バリー・ギャレットの声が〈ハウス〉後部のスピーカーから発された。

《マクスウェルたちは北のウォーターズ・ハウスに入りました》

トランストラッカーたるバリー本人は、後部の安楽椅子の上でぶるぶる身を震わせながら白目を剝いて、メモ用紙に得体の知れない記号を書きまくっている。

マクスウェルの人格を現したケイトが、さもありなんと言うようにうなずいた。

「次は〈プラトゥーン〉をおびき寄せた。自ら迎え撃つにせよ〈ウォーターズ〉を使うにせよ、また地下を移動する。血の海を作りながら、こちらにいたちごっこをさせるために」

するとヘンリーが、タブレットを膝に置き、それが表示するマルセル島の地下に張り巡らされた下水路の網目模様を、こつこつ指で叩いて言った。

「地下へ入って追うことは推奨できません。他の島と同じく排水用の下水路が多数存在しますから。経験上、どのようにも逃げられますし、どのようにも待ち伏せできます」

ジェミニの双つの顔が、ハンターを見上げた。

《リック・トゥームが見つからないのは、彼も下水路を使い、一定時間ごとに移動し、拠点を変えているからだ》

ハンターが、ジェミニの首を撫でた。

「下水路に潜んだ経験は、おれたちにもある。その経験とお前たちの助言に従い、今はまだ地上での戦いを続ける。こちらの誰も地下に降りないとマクスウェルが判断するまで」

バジルが、今朝剃《そ》った髭が夜になってのびてきた顎を、ごしごしとこすった。

「おおかた予想どおりだ。〈イースターズ・オフィス〉とネイルズの人間が島にいるってこと以外はな。連中がマクスウェルや〈Mの子たち《チルドレン・オブ・M》〉と組むわけがねえ。それと、レザーとラフィってのは、長いこと病院にいた二人だ。昏睡状態でな」

バジルの視線に応えて、ハンターが言った。

「シザースにされた、と考えるのが最も理に適っているな」

「ああ。この二人に関しちゃ避けるしかない。シザースは、〇９《オー・ナイン》法案執行官とネイルズを巻き込んで、おれたちに対抗するつもりかもだ」

「あるいは、このおれに対抗するために呼び寄せたとみるべきだろう」

バジルが口をつぐんだ。その場合どうすべきか、ハンターにしかわからないことだとその場の誰もが直感的に理解していた。

ハンターは、いつの間にかまた自分の膝の上に現れていたクーラーボックスを見つめた。その蓋の内側に、対処のすべが詰まっているという確信が起こったとき通信が入った。

《ブロンから〈ハウス〉へ。状況報告》

バジルがさっと通信マイクを取ってパネルのスイッチを押した。

「おれだ。聞かせろ」

《ジェイクと合流。彼以外は全滅。ジム・ロビン、ミック・キャストマン、〈モーターマン〉全員の遺体を確認。ジェイクも負傷している》

バジルが怒りの形相で歯を剥きながらも冷静に訊いた。

「やったのは？」

《ジェイクの言《げん》では、マクスウェルだ。島の労働者一人を従えていた。他に、リバーサイド・ギャングが十名弱、〈猛毒小隊《ポイズンスカッド》〉と名乗る、ノルビ・トラッシュ、ベン・ドーム、クライル・コヒーの三名。なおノルビの毒ガスの能力《ギフト》が、〈蟻塚《アントヒル》〉ベンと〈蜂の巣《ビーハイブ》〉クライ

ルに応用されており、虫を潰すと毒ガスを放つ。ビリー・モーリスはこれにやられた》
「マクスウェルの野郎、しっかりチームを組ませてやがる。ジェイクは？　仲間がやられて気骨が折れたか？　それともまだ戦えそうか？」
《ジェイクに訊いてくれ》
すぐにジェイクの声がスピーカーから放たれた。
《おれはやれるぜ、バジル、ハンター。クソどもへの貸しを取り立てる。ガキの頃からそうしてきたようにな。しくじってばかりで自分の頭に銃を向けたい気持ちもあるが、それはきっちり精算してからだと約束する。おれを、この戦争から外さないでくれ》
ハンターが手を伸ばし、バジルが差し出す通信マイクを受け取った。
「おれだ、ジェイク。痛撃にも意気阻喪せず、最後まで戦い抜く覚悟があるのだな？」
《ああ。まだトミーもいる。おれたちに戦争を続けさせてくれ》
「頼もしい戦力を外すような愚かな真似はしない。以後〈プラトゥーン〉と行動しろ」
《わかった》
「ブロン、問題はないな？」
《問題がないことを確認したい。通信を維持したまま、彼に問いかけてもいいか？》
「そうしてくれ」
《ジェイク。問題は、お前たちのトーテムであり悪魔の友人であるゴールド兄弟だ。お前は長年、あの兄弟こそ悪徳そのものであり、自分たちはまだ可愛いものだという考えに縛られてきた。拷問もリンチも暗殺も、無知な子どもを操ることも、ゴールド兄弟という悪魔の所業に比べれば、まだまともなのだと》

《くそったれ、ブロン。お前も似たようなもんだろう》

《そうだ。おれも、ビッグダディやその兄弟がやっていることに比べれば、大したことはないと思ってきた。だがついに、おれたち自身の悪行を知るときが来た。これからどんな悪行を選ぶかを決めるときが》

《どういうこった？》

《お前はもう何者にも支配される必要はない。だが代わりに、ルールを定める必要がある。堅気なら、辞典が作れるほど数多くある法律に従って生きればいい。だがおれたちのような者は、今さらそうすることができない。わかるか？》

《ああ……、わかる》

《おれたち〈プラトゥーン〉は部隊であり、一つの目的と各自の役割で結束する。それが今のおれたちのルールだ。目的も役割も曖昧な者がいては、支障をきたす》

《オーケイ。おれが言えるのはこういうことだ。ゴールド兄弟は捨てる。〈クック一家〉に教え込まれたビジネスを捨てる。本当はわかってたさ。〈スパイダーウェブ〉じゃ、オクトーバー社はヤクより危険なのになぜか合法的な薬を作って、おれたちの一万倍は稼い

でた。ハンターが言うように、合法ってのは、すげえことなんだ》
《そうだ、ジェイク。ビジネスを隠すこともない。タレコミ屋を捕まえて始末したことを、また別のタレコミ屋につかまれて始末しに行くという無駄な繰り返しもない》
《ああ。金持ちどもは合法的だから雲まで届くビルを建てられて、おれたちは違法なことしかできないからストリートに縛りつけられたままだ。そうだろう、ハンター？》
「その通りだ、ジェイク。まだ問題はあるか、ブロン？」
《いや。ないことは十分に確認できた》
《もう一つ。仲間が死ななきゃ目を覚ませなかったおれ自身への落とし前もつける》
「この夜を勝ち抜いたあと聞こう、ジェイク。二人とも以後の指示はバジルから聞け」
ハンターが返す通信マイクを、バジルが受け取って言った。
「お前たちは今いる場所から北へまっすぐ行って、ウォーターズ・ハウスを攻めろ。マクスウェルたちはそこに入った。やつらが立てこもる気か、逃げ回る気か、見極める」
《了解した。では少しばかり寄りたい場所がある》
「どこだ？」
《消防署だ。偵察したところ警察署ともども空っぽだった。〈猛毒小隊《ポイズンスカッド》〉とやらの能力《ギフト》に備えるための品を、容易に手に入れることができるだろう》

10

ハンターが、マルドゥック市議会の補欠選挙に立候補する、という衝撃のニュースと時を同じくして、市の東にあるマルセル島でギャングによる大がかりな抗争が起こったことをクレア刑事が〈イースターズ・オフィス〉に報せた。現場は島一帯に及び、住人である大勢の労働者も巻き込まれ、おびただしい数の死傷者が出たという。あまりにも抗争の規模が大きかったため、マルセル島警察どころか消防署も病院も人員を避難させたことから抗争当日の記録はほとんどなく、市警察による捜査も、具体的に島のどこをどのような事件の現場とすべきかさえ定まらないほど混乱しているとのことだ。

クレア刑事はむろんローダン・フォックスヘイル市警察委員長も事態把握のため奔走し、二人が〈イースターズ・オフィス〉主催のカンファレンスを欠席する日が続いた。

一方、集団訴訟のほうは混乱とはまったく無縁だった。それどころかクローバー教授の的確な公判前の戦略が次々に功を奏し、連戦連勝といってよかった。

バロットはクローバー教授の指示で、市の健康保健局を味方につけるための書類を山ほど作った。クローバー教授はパートナーのオリビア・ロータスとともに〈楽園〉のフェイスマンと週に二度もビデオ会議を開き、トリプルXの臨床データ分析の詳細な説明を受けた。二人はそうして得たデータと知見を検討し、中毒症状をふくむ「薬害の可能性」の一つ一つを、バスケットボールで遠間からボールを放つように、健康保健局というゴールに投げ込んでいった。

健康保健局そのものは、薬害であるか否かを判断したり、企業に補償を命じたりはしないが、ある重要な役目を担っている。医薬品の流通、販売、貯蔵管理、あるいは広告を担う事業者たちの連合であるファーマシー協会連合の管理指導である。

薬局、コンビニエンスストア、スーパーマーケット卸店、医療広告会社など、百を超える企業からなる労使協議会がファーマシー協会連合だ。もし集団訴訟で、トリプルXの臨床データ分析が広範囲の薬害をもたらすことを示していると陪審が認めた場合、健康保健局は、「ファーマシー協会連合がどの程度、薬害を認識していたか」という報告書を市に提出する義務が生じる。そのときファーマシー協会連合はオクトーバー社に続いて新たな、そして負けが確実な集団訴訟の被告となりかねない。

ファーマシー協会連合は、クローバー法律事務所から健康保健局に送られ、自分たちにも回ってくる書類がどんどん増える一方だとみるや、速やかに防御策をとった。連合事務局の法務代表者である弁護士事務所のトップ自ら、クローバー法律事務所に連絡し、オクトーバー社を相手にする集団訴訟がまだ始まってもいないうちから、原告団との和解を求めたのである。

「引込訴訟を恐れての訴訟免除を求めるための和解だ」

クローバー教授は、よく覚えておけ、というように、呆気にとられるバロットに言った。

引込訴訟とは主に、訴えられた被告が、責任を分散させるため、「他にも不法行為者がいる」として第三者を告発し、新たな被告とするよう請求することをいう。フラワー法律事務所が、オクトーバー社を守る盾として、ファーマシー協会連合を引き込むことは十分考えられた。「オクトーバー社は医薬品を製造していただけで、販売し、広告したのはファーマシー協会連合だ」と主張するのである。

そうならないようファーマシー協会連合は率先して、原告に和解金を支払う用意があることを告げたのだった。クローバー教授は、シルバーを代表とする原告団と会合を開き、この和解を受け入れることのメリットを説明した。原告団はそのクローバー教授の意見に従い、ファーマシー協会連合との和解を受け入れることを決めた。

ファーマシー協会連合は三千万ドルの和解金を提示したが、クローバー教授とオリビアは、バロットの前で「いかに容赦なく強欲になれるかを競う場での適切な振る舞い」を強烈に示してみせた。和解交渉が行き詰まることを恐れず、クローバー教授とオリビアは「人生を破壊された何千何万という被害者の一団」を代弁しているのだという厳しい態度を崩さず、徹底的に金額を上げさせた。

結果、ファーマシー協会連合は「今後いかなる訴訟も免除されること」を条件に、即金で五百万ドル、さらに八年かけて総額一億六千万ドルという空前絶後の和解金を原告団に支払うことに同意した。

クローバー教授は、シルバーに原告団の集会を開かせ、即金の五百万ドルのうち三百万ドルを訴訟費用に、二百万ドルを今後の集会費用にあてることを提案し、満場一致で同意を得た。

集まった人々はクローバー教授の報告と提案に驚き、笑顔を浮かべて涙ぐんだ。今後八年にわたり、彼らには生活の支えとなる和解金が振り込まれ続けるのである。訴訟費用の支払の不安もなくなったうえで。原告団の負担を大きく軽減するこの和解は、彼らを猛烈に勇気づけた。クローバー教授を先頭にしてこのまま進めば、想像したこともないほど輝かしい勝利が得られると誰もが信じた。

だがオリビアが、その原告団の面々を、冷酷な目で観察していた。

彼女はシルバーに、頻繁に原告同士の会合を開くよう勧めた。原告が訴訟の進捗を知る場を設けるだけでなく、薬害によって障害を負った者同士の相談会や、戦う決意を常に新たにするための決起集会や、意見対立が生じないようにするための協議会を開かせたのである。

そのうえでオリビアは、そうした会合に出席した者たちのリストを作らせ、パターニングを行った。どこの誰がどのようなタイミングでどの集会に出席するかを割り出していったのだ。誰と誰が連絡先を交換したか、誰が誰の誘いで集会に来たか、誰と誰がもとから親しかったかを調べ上げた。

「人間の本性を知るゆいいつの方法は、どんな意見の持ち主かなんてことにいちいち気を取られたりせず、ただひたすら、その行動を見ることよ」

オリビアは、いつものおっとりとした微笑みを浮かべながら、バロットに言った。

彼女はまず、クローバー教授が出席するときにだけ集会に顔を出す者たちをマークした。クローバー教授がどのような戦術を用意し、何を原告団に約束する気でいるかを探るために行動している者たちだ。さらにオリビアは、その者たちと連絡を取り合う別の者たちが、フラワー法律事務所やオクトーバー社とつながりがないか調べた。一部、調査会社に依頼したが、それ以外はオリビア一人で、「原告団内部に送り込まれた敵側のスパイのあぶり出し」をやってのけた。

調査がひと段落すると、オリビアはマークした者たちのうちスパイであると確信した六人を集め、「今後一切、集団訴訟に関与しない限りにおいてのみ、敵対的な行為をしたことで訴えられることを免れる」という契約書を突きつけた。もしペナルティを冒した場合、その賠償責任がどれほど深刻なものになるかを示す書類とセットで。

六人とも、バロットが驚くほどあっさり自分たちがスパイであることを白状し、オリビアが差し出す契約書にサインした。全員が集められた時点で観念していた。「ファーマシー協会連合を叩きのめし、一億六千万ドルを払わせた弁護士」に訴えられることを心から恐れたのだ。

「口ではいくらでも嘘をつける。でも行動で嘘をつくことはできない。何かを命じられた人ほど、どれほどごまかそうとしても、その行動が隠された目的を告げることになる。大事だから覚えておいて」

にっこりと言うオリビアに、バロットは鳥肌を立てながらうなずくことしかできなかった。この人はウフコックなみに人の嘘を見抜く。だから都市きっての法暗殺者《ロー・アサシン》になれるのだと思わされた。

そのオリビアによって早々に六人のスパイが息の根を止められただけでなく、引き続きマークされることとなった。もし使いでがあるようなら、逆スパイとしてフラワー法律事務所に送り込むためだ。

フラワーにそそのかされてスパイになったとはいえ、六人とも薬害の犠牲者であったり、家族がその犠牲になって多額の治療費が必要となったりして困窮する人々だ。やむを得ざる事情があってスパイになった人々をオリビアは眉一つ動かさず切り捨てるだけでなく、逆に自分たちが利用することを考えているのだ。原告団から切り離されたため、補償を得られなくなった人々を。

そんな容赦のない戦術を学んだところで、いったいどれほど自分は活用できるだろうとバロットは心もとなく思った。つい、合法かどうかよりも、倫理的にどうなのか、と考えてしまうのだ。

バロットが、クローバー教授いわく「経験主義に裏づけられた原理的な法律家」の道を歩んでいるのだとしたら、オリビアは「原理に従う者を経験則に従って抹殺する専門家」といえた。自分の天敵となりうる人物の手口を知ることは重要だが、残酷さを厭わない彼女の態度への忌避感は拭えそうにない。

そんな複雑な気分を抱きながらも、バロットは少しずつアソシエートとして働くことに手応えを感じるようになっていた。たとえ「フレッシュな意見」を求められた挙げ句、クローバー教授とオリビアから、徹底的に否定されても、落ち込むことはなくなった。むしろ、またひとたび自分を覆う殻を割られ、それを脱ぎ捨てたような前向きな気分になることのほうが多かった。

おかげでバロットはあるときクローバー教授にかねて質問したかったことを口にすることができた。なぜ自分なのか、と。学生は大勢いるのに、なぜ自分を選んだのか。そう訊ねたところ、クローバー教授は明快な答えを告げた。

「私がアソシエートに選ぶ基準は、尋常ではないエネルギーの持ち主であるかどうかだ。法廷で最初に求められるものがそれだからだし、最後に求められるのもそれだからだ。どれほど優秀で賢くても、大して燃料を持ち合わせていない人物を私が選ぶことはない。ましてや早々に燃え尽きて抜け殻になるような人物と一緒に働くことだけは御免だ」

バロットはこの答えに大変気を良くし、つい、アビーとベル・ウィングに夕食の席で自慢したほどだ。二人とも教授は人を見る目があると言ってバロットを褒めそやしてくれた。

このように、ハンターの立候補や、マルセル島での抗争の件で〈イースターズ・オフィス〉とその勢力《パワー》が混乱に見舞われるのをよそに、いよいよ大学生活とアソシエート生活を充実して行き来するようになったバロットに、クローバー教授は新たな仕事を与えた。

証人候補のリスト作りだ。〈楽園〉のフェイスマンやビル・シールズ博士が、トリプルXの臨床データを分析し、明らかにすることがらを、あらゆる面で、陪審に混乱をもたらさずに説明してくれる専門家が必要だとクローバー教授は言った。

「いいかね。首しかない人間が、証言台に置かれたときの衝撃を想像したまえ。陪審は、首から上だけで生きている人間が現れたという事実に、恐怖と混乱を催し、相手が何を言おうとそれどころではなくなるだろう。続いて、多幸剤《ヒロイック・ピル》を発明したことで多数の人間の脳を中毒状態にしただけでなく、何十人ものエンハンスメントに関わった研究者が現れる。被告側の弁護士はこう口にするだけでいい。『彼はマッドサイエンティストだ』と。陪審は狂った科学者を目にしていると思い、これまた何を言われても拒絶するようになる。さらには、喋るネズミが証言台に乗せられるのだ。君にこんなことを言うのは正直なところ気が引けるが、ペンティーノ氏が法廷に現れることだけは何としても避けたい。私は、彼の本当の姿を初めて見たときに確信した。彼が証言台に現れた時点で、陪審は訴状が現実に即したことと思えず、何もかも不可思議で狂った理屈だと感じるようになると」

バロットにとっては、ウフコックの名誉が傷つけられたような痛罵《つうば》に等しい言葉だが、法廷という現実を考えれば、フラワーがどう攻撃してくるかは明らかだった。クローバー教授の言い分は正しく、反論できないことが口惜しかったが、どうしようもなかった。

バロットは、クローバー教授とオリビアから意見を叩き潰されるのとは異なる辛さを味わいながら、リストを作成した。陪審受けしそうな研究者や医師のリストを。その誰よりもウフコックであれば真実を語れるのだと世界に言ってやりたい思いに駆られながら。

そんなバロットのもとに、ある日、おかしな話が飛び込んできた。クローバー法律事務所の電話に、イースターその人が連絡してきたのだ。受けたバロットがクローバー教授に替わると言うと、イースターは「それには及ばない。連絡したかったのは君でね」と返した。

「私？」

「マルセル島で起きたという抗争で、ハンターの配下だったエンハンサーが大勢逮捕されてマルドゥック市刑務所に収容されたことは聞いているだろう？」

「うん。少なくとも十人は収容されたって話でしょ。具体的に誰かは知らないけど」

「ハンターは配下のエンハンサーの二割を失ったわけだ。それがどういった影響を及ぼしているのかはわからないけれど、ともかく、今日、突然、うちに依頼がきた。君を指名したうえで」

バロットは、思わずハンターの眼差しを想像していた。大学のカフェテリアで、あるいはフラワー法律事務所の会議室で、向かい合って座ったときの、あの獰猛な知性をたたえた眼差しを。

それを、今どこからか向けられている気分で、バロットは訊いた。

「どういうこと？」

「抗争で逮捕されたエンハンサーの一人が刑務所に収容されてのち、命の危機を訴え、生命保全プログラムの適用と保護を求めている。その手続きの立会人として、君を指名しているってわけ」

11

「くそっ、ティーンエイジャーまでいるぞ。子どもを盾にする不届き者め」

オーキッドが、DCFの建物の通路を進みながら悪態をついた。持ち前の音波探査で周囲の動きを察知し、武器を持った者が通路に飛び出すよりも前に両手の銃の引き金を引き、精密な跳弾でもって撃ち倒し、乱暴な足取りで進む、ということを繰り返していた。

使用しているのは電撃弾だが、当たりどころが悪ければ死に至ることもある。今しがた銃を持って潜んでいた五人を跳弾で倒したのだが、そのうち二人までもが十五歳くらいの少年だった。彼らが電撃弾を受け、倒れた拍子に手にした銃を暴発させたり、呼吸困難を起こしたり、頭を打ってそのまま息絶えるといったことがないよう祈るしかなかった。

屋内に潜む〈ウォーターズ〉は、エリクソンと〈ダガーズ〉の殺し屋たちが容赦なく始末している。厄介なのは、サディアスの能力《ギフト》で睡眠障害に陥らされ、まともに思考できなくなった労働者たちやその子どもたちだ。わけもわからず銃撃する彼らを大人しくさせるため、オーキッドはシルヴィアにつけていた〈ロッジタワー〉も合流させ、新たな能力《ギフト》を得た二頭の猟犬シルフィードとナイトメアとともに屋内を鎮圧して回っていた。

労働者はこの島でカネを生み出す源であり、ハンターが目指すファシリティ構想の一角をなすのだから、厄介でも皆殺しにはできない。そのためオーキッドと〈ロッジタワー〉は電撃弾を、シルフィードは音波攻撃《スクリーム》を、ナイトメアは出力を低下させた弾幕《バレッジ》を放ち、銃を持つゾンビ兵士といった様子の労働者たちを眠らせていった。

ラスティは西棟一階ロビー、シルヴィアは東棟一階受付から動かずにいる。ここの労働者などサブマシンガンの連射で片付ければいいと考える血に飢えた〈ダガーズ〉の八人も、エリクソンとともにロビー用ビルディング二階集会所で大人しく出番を待っていた。

本来のターゲットである、エンハンサーの出現に備えてのことだ。

とりわけ二階集会所は、広々とした悪魔信仰者の集《つど》いの場といった趣きだった。山羊《やぎ》の頭を持つ男の彫像が壇上に置かれ、おかしな模様や記号が壁じゅうに描かれているほか、何を意味するのか皆目不明の気味の悪いオブジェが壁や天井を飾っている。いかにも〈Mの子たち《チルドレン・オブ・M》〉好みの空間とあってエリクソンはここを壊せば相手が怒って出てくるだろうと考え、〈ダガーズ〉の連中と荒らしまくったが、反応はなかった。

マクスウェルとサディアスのもとには、一頭のエンハンスメント動物、〈ミートワゴン〉を名乗る四人、〈猛毒小隊《ポイズンスカッド》〉を名乗る三人、呪いの電子ウイルスをまき散らすトランス・トラッカーが集っている。その十人と一頭のうち、リック・トゥームは島のどこかでトランス状態であらゆる電子的干渉を行い、〈シャドウズ〉がマクスウェルと〈猛毒小隊《ポイズンスカッド》〉に襲撃されたことから、現れるなら〈ミートワゴン〉とエンハンスメント動物のはずだった。しかし通りの向かいにあるDCF病院を制圧した〈戦魔女《ウォーウイッチ》〉も、エンハンサーは現れていないという。

「やれやれ、六階まで全部屋クリアだ。エンハンサーはいない。この調子で労働者を盾にされると、手持ちの電撃弾がなくなりそうだ」

オーキッドのぼやきめいた報告によって、みなここでの戦闘は終わったと判断した。

「おれが分けてやる。車に何箱も積んであるからな」

エリクソンがインカムを通して返しながら二階集会所から出ようと歩を進めたとき、突如として、そいつが動き出した。

エリクソンたちもそいつを見逃したわけではなかった。最初から堂々と壁にぴったり張りついていたのだ。エリクソンたちが、あちこち撃っても壊しても、ぴくりとも動かないことから、尖った六本の手足と尻尾を持つおかしな生き物を模した飾りだと思い込んでしまっていた。しかしそのおかしな生き物こそ元〈ウォッチャー〉であり、今は〈ミートワゴン〉を名乗るグループの一員となったカーチス・ツェリンガーに他ならなかった。

その能力《ギフト》は、形状変化系《シェイプシフト》だ。別人に化ける者もいれば、肉体の一部を別の生物のものに変える者もいる。多数の腕を生やして一度にたくさんの銃を撃とうとする者もいれば、〈ビリークラブ〉の屈強なメンバーのように、ひたすら肉体を頑健にする者もいる。

だがカーチスと彼の仲間は違った。自分の真の姿を追い求めるためなら、人間であることからいくら遠ざかろうとも構わないというタイプのシェイプシフターなのだ。

今のカーチスは、槍の穂先じみた鋭い四本の腕と二本の脚を持ち、手や足の指は合体して刃状になっているが、分割して指としての機能を復活させることもできる。肌は青銅色の鱗《うろこ》に覆われ、肋骨《ろっこつ》の大半が体外に突き出て自由に伸ばすことができ、その筋骨は〈ビリークラブ〉のメンバー同様に頑健きわまりなく、顔は牛の骸骨をかぶったような形状で硬化し、眼窩の奥の瞼《まぶた》を開けばカエルのような異様に血走った目が現れ、細長い口を開けばびっしり生えた棘のような牙と先が二つに分かれた舌が現れる。

背骨が途中から二つに分かれ、二つ並んだ腰骨につながっているが、これは脚を四本にしようとした名残だ。しかし腰骨の外側から生える脚は、途中でコウモリの翼のような器官に変えていた。そのほうが自分らしいと思えたからだし、腰の翼は激しい動きで体に熱が溜まるのを防ぐ放熱器官として機能すると同時に、大きな耳となって些細な音を聞き取ることもできる。その翼を広げていたおかげで、屋内に入った〈クインテット〉とその配下の兵士たちがどこにいるかだけでなく、呼吸音から彼らの緊張がいっぺんに解けた瞬間を敏感に察知し、素晴らしいタイミングで奇襲をかけることができていた。

それだけ複雑な姿になると、当然ぴったりくる服など存在しなくなるが心配は無用だ。股間の大事なものは必要ない限り体内にしまっておける。上手く穿《は》けるパンツがなくとも、綺麗な鱗と殻で覆えばよく、念のため自分が雄であることを示すため、上に彎曲《わんきょく》した二十センチほどの角を恥骨から生やしている。なお腰骨を二つ並べたとき、その大事な器官を二本もしくは三本にしようとも思ったが、大変使いづらいだけでなく飾りっぽくなるため体の中心に一本だけ備えることにしていた。

さらなるアクセントを加えるため、二つ並んだ腰骨の真ん中に長い尻尾を生やしたのだが、そのデザインも機能もまだ試行錯誤中だ。ひとまず悪魔っぽく蛇のような鱗を浮かばせて尻尾の先を丸くし、鉄球に棘をつけたような形状にしたが満足にはほど遠い。

ことほどさように自分探しに情熱を傾けるカーチスの中身といおうか、この世界に元いた人物は、島のトレーラーハウス・パークに家族とともに住み、幼い頃から母親に手を握ってもらえず、三人の兄のサンドバックにされてきた十九歳の青年だ。

トレーラーハウスの中でのゆいいつの居場所は、カビと小便臭い床下の小さなトランクで、そこに入っているときだけ殴られたり蹴られたりせずに済んだ。だが蓋の上で兄たちがビールを飲みながら立ち話をしたり、誰かが酔いつぶれたりして出られなくなり、このまま息が吸えなくなって死ぬのだと観念したこともしばしばだった。

たまに家に現れては酔いつぶれてソファでいびきをかくか、拳銃で自分を殴りつける男が父親だと知ったのは六歳のときだ。それまでずっと一番上の兄だと思っていたし名前も知らなかった。七歳のとき父親に拳銃で殴られたせいで右耳が欠けたが、以来なぜか、こんな扱いをされるのは自分が醜いからだと思うようになった。

そんなカーチスは、間違いなく兄弟の中で最初に死ぬのは自分だと信じていたが、そうはならなかった。真ん中の兄が、実はゲイであることがばれ、父親と残り二人の兄たちから「治療」と称してこっぴどく痛めつけられるうち、死んでしまったのだ。

八歳だったカーチスは二人の兄たちとともに、トレーラーハウスのそばに穴を掘るよう命じられた。近所の誰もが、いつも穴を掘ってはゴミや動物の死骸なんかを埋めているので、ビニールシートで包まれた死体に誰も注目しなかった。

その後、カーチスは床下のトランクの中で、死んだ兄と再会した。気づけば一緒に丸くなり、ひそひそと会話をするようになった。今思えば幻覚だったのだろうが、その兄との会話のおかげで、カーチスは自分の願望に気づいた。醜いせいで虐《しいた》げられるのではなく、誰もが震え上がるような恐ろしい醜さを手に入れたいと願ったのだ。

生き物の姿には意味がある。どんな生き物も、天敵から逃げたり、獲物を恐れさせたり、あるいは愛されるための姿を手に入れる。それと同様、自分も大人になったら誰からも恐れられる姿になるべきで、それはこんな感じだと死んだ兄と話し合った。

それから何年も経ち、劣悪な環境下においてもそれなりに成長できた結果、トランクに入れなくなったことはカーチスにとって試練の始まりを意味した。

隠れる場所を探したが、どこにもなかった。一度も学校に通わせてもらえなかったのでいつも近所をうろつき、たまにヤクを運ぶとか、父親の銃を磨くとかいった役目を与えられたが、ほとんどは兄たちに痛めつけられることが彼の務めだった。楽しいからとか憂さ晴らしになるからといった理由もなく、それがツェリンガー家の習慣だった。

カーチスにとって幸いだったのは、一つに生き延びたことだ。そしてもう一つに一番上の兄が酔っ払ってネズミを撃とうとして放った弾丸が、ゴミ缶に当たって跳ね返り、カーチスの土手っ腹を貫いたものの、即死を免れたことだ。

兄から、歩いて病院に行って来いと言われたので、そうしようとしたがアヴェニューに出たところでばったり倒れてしまった。そこをたまたま通りがかった観光客が、親切にも通報してくれたおかげで、救命士によって島外の市の病院に運ばれ、最終的にホワイトコーブ病院で生命を保全するためのエンハンスメントを受けたのだ。

その過程で、家族がカーチスを探したり、病院に安否を問い合わせたりしなかったのも、ある意味で幸いだった。読み書きのできないティーンエイジャーだったことも。天涯孤独のスラム育ちとみなされたことで、ノーマのエンハンサー計画に組み込まれたのだ。エンハンサーとなってのちの殺し合いのゲームでは、〈蟻塚《アントヒル》〉ベン、〈蜂の巣《ビーハイブ》〉クライル、殺人電子ウイルスの自動生成装置となるリック・トゥームとともに生き延びた。そのチームでカーチスは、シェイプシフターとして仲間の要求に応えるという役目を担った。誰かにそっくりになって騙《だま》すのだ。おかげでずいぶん重宝されたが、カーチスの本当の願いは違った。誰かになるのではなく、カーチスという名の生き物になりたかった。本当の自分の姿に。死んだ兄とトランクの中で話し合ったように。

みながハンター配下となってのちは〈ウォッチャー〉として、引き続きベンたちと働いた。生活は格段に良くなった。ヤクの工場で働く者たちを監視していればよく、自由にピザを頼むことも、カフェで生野菜を口にすることもできた。高価なサラダは金持ちの食べ物だったのに、いつしかそれが主食になっていた。

望み通りの変身を許されるようになったのは、「恐怖部隊」が設けられたことがきっかけだった。ハンター一派が、いかに恐ろしい集団であるかを知らしめるべく〈誓約の銃《ガンズ・オブ・オウス》〉が〈Mの子たち《チルドレン・オブ・M》〉を配下としてマクスウェル主導で再編されたのだ。

カーチスは、〈ウォッチャー〉としてヤクの工場の一角でアイスクリームをぱくついていたとき、いきなりマクスウェルの来訪を受けた。

「聞いた話によると、お前はおぞましい姿になるのが夢だそうだが、本心からかね？　それとも、そう言い回ることで自分はこう見えて怖いんだと思わせたいだけかね？」

「えーと、本心です。怖いんだとも思わせたいです」

カーチスは素直に答えた。マクスウェルは昏い目で、カーチスの欠けた右耳を見つめ、それからカーチスの目を覗き込みながらこう言った。

「同じ志を持つ者たちと話してみたくはないかね？」

カーチスにとっては意外な言葉だった。自分以外にも、人に恐怖を催させるほど醜くなりたいと願う人間がいるとは思ってもいなかったからだ。

あまり期待せず、イエス、と答えたカーチスは、その日のうちに〈Mの子たち《チルドレン・オブ・M》〉に配置換えとなった。それが渇望者《クレイヴァーズ》たちとの出会いとなった。おのれの真実の姿をともに追求する得難い仲間、パーシー・スカム、ジョン・ダンプ、タウンリー・ジョナサンとの。

カーチスにとってもっと意外だったのは、恐怖の宣伝を担う〈Mの子たち《チルドレン・オブ・M》〉が、あるときマルセル島の支配をハンターから命じられたことだ。リーダーのサディアス・ガッターも、出身がマルセル島だったかららしい。カーチスは当初、虐げられた末に死にかけた島に戻ることを恐れた。だがサディアスや仲間がマルセル島で何をするか聞くうち、カーチスは恐怖ではなく啓示めいた閃きに打たれた。

もし家族が恐怖に震える姿を手に入れたなら、それこそ真の自分になった証《あか》しとなるのでは？　カーチスはその考えに興奮し、心の赴くままに肉体を変えた。自分の心を知り、それに従うことは〈Mの子たち《チルドレン・オブ・M》〉にとって大変重要な〈偉人《ザ・マン》〉への道のりなのだ。

かくしてマルセル島に戻ったカーチスは〈Mの子たち《チルドレン・オブ・M》〉の一員として大いに活躍した。島を牛耳っていた〈ウォーターズ〉の兵隊を殺して回るだけでなく、恐怖をばらまくことに努めた。それがひと段落すると、カーチスはこれぞという姿となって家族がいるトレーラーハウスを訪れた。家族は無事に生きていた。そして愛すべき末っ子カーチスが〈Mの子たち《チルドレン・オブ・M》〉の一員として戻ったことを知り、一人残らず小便を漏らすほど恐れおののいた。これは比喩ではない。カーチスは手始めに、自分の腹に穴をあけた一番上の兄に、その鋭い手でいくつも穴をあけて障害を負わせた。以後、カーチスは夜になると、サディアスから何か仕事を命じられない限り、家族のもとを訪れ、このうえない憩《いこ》いのひとときを過ごした。

家族にもっと悲鳴をあげさせるにはどのような姿であればいいか？　恐怖で卒倒してそのまま死んでしまうような姿とはいかなるものか？　カーチスは、まだ見ぬ真の姿を求めて試行錯誤を繰り返した。単純に外見を工夫するだけでは足らないことはすぐにわかった。動き方、声、言葉、態度もそうだし、あるいは何をされるかわからない恐怖だけでなく、これから何をされるかが明白な恐怖も重要だった。

複雑な姿になれば人はカーチスがどう動くのかわからず凍りつくし、その槍のような手を見れば、誰もが体のどこかを刺されると思って恐れるのだ。かつて自分を床下に追いやった家族は、恐怖の研究対象となった。それこそサディアスが推奨することだったので遠慮なく存分にやってのけた。ハンター一派こそこの都市で最も恐ろしい集団であり、中でも自分たちこそが恐怖の核心で、暗黒の絶望そのものであると喧伝するために。

「お前たちはこの家に住み続けなければいけない。ここから出ようとしたらどうなるかなんて、いちいち教える手間をかけさせるな」

カーチスは、家族にそう命じた。どのみち他に行き場のない連中だったので言うことを聞いた。ときにカーチスを撃退しようとして、ヤク仲間や騙されて連れてこられた連中と、武器を持って待ち構えていることがあり、カーチスを愉快にさせた。怯《おび》えきって無抵抗であるより、抵抗する者たちの心を恐怖で粉々にするほうが、より工夫がいるからだ。

たとえば父親の味方をする連中を、一夜につき一人ずつ殺していくとかだ。そうなると誰もが父親から逃げるようになる。泣き叫んで助けを求める父親を、蹴り飛ばす者さえいた。誰もが恐怖に逃げ惑い、父親だけが逃げられずにうずくまって泣くのだ。

ギャングも警察も心配なかった。彼らは〈Mの子たち《チルドレン・オブ・M》〉の支配下にあった。見て見ぬふりをするだけでなく、ギャング流の処刑方法を教えてくれもした。カーチスは学び、実践し、さらに閃きを得た。仲間とともに。サディアスは「夜の巡礼」と称し、午後十時から午前四時まで島を自由にうろつき、「恐怖の追求」を行うことを許した。

カーチスはこの巡礼の日々を通して、おのれ自身を追求するだけでなく、仲間の渇望を知り、強い絆で結ばれていった。

パーシー・スカムは、くすんだオレンジの髪を持つ、三十二歳のトップレス・ダンサーで、鉄の牙を備えたがっていた。口だけでなく、全身にあればと願ったのだ。圧倒的な力で人を囓り殺すために。理由はカーチスにはわからない。全身にあればと願ったのだ。話を聞いても意味不明だった。

パーシーいわく「神様が与えてくれたものの中で一番信じられること」であり、人をまんべんなく囓るのは「肉を秤《はかり》にかけること」であり、「私が神様に愛されるに値するだけの命を量る秤」が彼女の中にあるのだという。

「いつか神様に食いつかれるときのため、赤ん坊にキスをするように、私の秤の片方に囓り取った肉を積み上げていくの」

カーチスは理解できないまでも〈噛み噛みする〉《ニブル・ダブル》・パーシーのその言葉に神秘的な何かを感じたし、「夜の巡礼」での彼女の溌剌《はつらつ》とした振る舞いや、耳まで裂けた恐竜じみた口とミスマッチな愛らしい鼻、そして何より、きらきら光る蛇のような目を愛した。

彼女が巧みにおのれの肉体を造り変えていくさまはいつだって大変セクシーで、カーチスは異性に欲情するという、初めての体験にときめいた。それどころか自分にはそうした体験がまったくないのだと告げると、彼女に嚙りつかれながらではあるが、彼女の中に自分の性器を入れさせてもらうという体験をした。そのおかげで、カーチスはカーチス的生態における適切な欲望の一つを、しっかりと学ばせてもらったのだった。

ただ、気ままなパーシーはカーチスの相手をしてくれるときもあったし、そうでないときもあった。カーチスも当初は焦ったり戸惑ったりもしたが、今では信頼と暗黙の了解のもと、互いに都合よく愛し合える相手となった。

彼女が「夜の巡礼」で、つかまえてきた男に自分の相手をさせる様子も楽しめるようになったし、恐怖の追求の一つだと感心させられさえした。

カーチスも女をさらってきて同じことをしたが、これは上手くいかなかった。ノーマルな形状をした女に欲情を覚えないのだ。角にみたてて頭を何かで貫くとか、体に穴をあけたり手足を切り落としたり、いろいろ形を整えないと燃えないので苦労したものだ。

むしろ、下の兄が昔、何かをケツの穴に突っ込んでやるというのを口癖にしていたので、その通りにしてやったときのほうが大いに興奮した。ついに下の兄とその仲間たちを残らず殺し、恐怖の追求の総仕上げとして母親の前で父親を滅多刺しにしながら犯したときなどは、これが自己実現かと天にも昇る心地よさに陶然となった。

すっかり背中が隠れるまで様々なものを突き刺された父親の姿ときたら最高で、カーチスは我ながら驚くほど何度もエクスタシーを迎えた末に、父親の口に手を突っ込んで後頭部まで貫いてとどめを刺した。

恐怖でおかしくなってしまった母は、今も父や兄たちと一緒に住んでいる。トレーラーハウスの前の、ドラム缶の中で火を焚いてバーベキューをする場所に、父と兄たちを、庭の柵に使うような鋳鉄製の棒で地面に串刺しにしておいたのだ。いつも彼らがそこでビールを飲み、タイヤや古びたパイプ椅子に腰掛け、ギターを弾いて歌ったり、銃で鼠《ねずみ》を追い払ったり、カーチスを殴ったりして団欒《だんらん》していた場所に。

カーチスはふと思い出し、最初の兄の死体も掘り返して同じように並べてやった。

母親には、家族はそのままにしておくよう命じた。そのうち母親も参加させてあげるからと言って。やはり自分を産んでくれた感謝の念が心のどこかにあるらしく、これで真のカーチスとなったと確信できた日に、特別な姿に飾り立ててから母親を殺すべきだと思っていた。まだもう少し先のことになりそうだが、きっと素晴らしい、人生で初めてのバースデー・パーティになるという確信があって楽しみだった。

このように、パーシーから愛を交わすことを学び、父親と兄たちをいろいろな意味で刺し殺し、はたまたハンター一派の恐怖の宣伝に邁進したことで、カーチスは充実と達成感とともに、いよいよおのれに対する理解を得ることとなった。

自分探しの答えを。カーチスという生き物は、突き刺すのだと。相手の体に鋭く侵入し、突き破ることを至上の価値とし、餌《えさ》となる生き物を木の枝に突き刺してとっておく鳥のように獲物を飾り立てる。そんな残酷な生態を持ち、何より恐怖で人をその場に釘付けにする〈串刺し魔《スパイカー》〉・カーチスという生き物なのだ。

だがこのようにカーチスが時間をかけて真の自分を見つけ出し、サディアスから〈ミートワゴン〉というグループ名を得たとき、残り二人の仲間は、ずっと先に進んでいた。

四十五歳のジョン・ダンプは、いつでも誰にでも欲情している男だった。ただし彼の愛し方は独特で、消化器官そのものになって相手を包み込みたがるのだ。食虫植物のように。ゆっくりと相手の肉体を溶かして吸うことが彼の何よりの願いだった。

そのため食虫植物や人間の腸壁を裏返して無数の繊毛を生やしたような、胃袋が裏返ってナメクジのように這うといった感じの、どこに視覚や聴覚の器官があるのか、どこで喋っているのかもわからない、おそろしく複雑で不定形の姿をとる。

「消化は究極的な強姦だ。相手を自分自身にしてしまうのだからね。愛したあと相手はおれになっている。相手がおれをどれほど憎もうとも、もうおれしかいない」

というのがジョン・ダンプの信念で、これまたカーチスには理解できないが、それでよかった。彼の心の神秘に敬意を表し、真の自分を見出した彼を称えるべきだった。

ただ、今なお続く彼の試行錯誤は一風変わっていた。何しろ、

「また自分の一部を消化してしまった」

というのが悩みなのだ。相手を溶かして食べる際、気づかぬうちに自分を食べてしまう

ことを防ぐため、念入りに、複雑きわまりない消化システムの構築を課題とする。それほどまでに、文字通り飽くなき欲求に生きるのが〈消化魔《ダイジェスター》〉・ジョンなのだ。

他方で〈ミートワゴン〉の今のところ最年少メンバーである十六歳のタウンリー・ジョナサンは、名前を聞くと男の子に思えるし、ノーマルの姿だった頃の写真は痩せっぽっちで髪も丸刈りに近いうえ声もひどく嗄《しゃが》れているが、実は女の子だ。カーチスは彼女に本名を名乗ってもらえていないが、パーシーによれば「カリラ・メイ」という名前らしい。

彼女が六歳のとき養子でもらわれた先が、地下に多数のミシンが並ぶ児童工場だった。そこで彼女をふくむ二十一人もの子どもが日々の重労働に加えて、里親夫婦とその兄弟姉妹から容赦なく痛めつけられ、ありとあらゆることをされることに耐えていたという。だがあるとき子どもたち全員が結託して、里親の食事に洗剤を混ぜて殺し、脱出した。

そののち彼女は、リバーサイドの廃墟ビルの一室に住みついた五十代のアル中であるタウンリー・ジョナサンと出会い、ともに生活するようになった。タウンリーは彼女にとって人生でただ一人優しくしてくれた大人だった。何も求めず、彼女を決して傷つけず、ただそばにいてくれた。だがあるとき家なき者同士の争いに巻き込まれ、タウンリーと彼女はともに、ビルの窓から投げ出されてしまった。

彼女がかろうじて一命をとりとめたのは、タウンリー・ジョナサンが彼女を全身ですっぽり覆って落下の衝撃を引き受けてくれたからだ。それでも大怪我を負って瀕死となった彼女は、運良くホワイトコーブ病院に運ばれ、エンハンサーになってのちも、ひたすら丸まって身を守りたいという願望に忠実に従い続けた。

それは、死んだタウンリー・ジョナサンという鎧をその身で再現したいという願望でもあった、とパーシーもジョンも思っている。証拠に、彼女の肉体は分厚い甲皮に覆われ、丸まるとアルマジロそっくりになるのだが、その表面には、髑髏《どくろ》のような模様が浮かび上がる。死せるタウンリー・ジョナサンが、守護者となって彼女を守るという印として。

また、その守護者はあらゆる危機を彼女に教えてくれもする。甲皮から生える棘や髪の毛のようなものは優れた感覚器官であり、本人は動かないまま、最大で周囲五十メートルもの範囲で、震動や熱や諸々の変化を敏感に察知することができる。

一時はカーチスの穴埋めとして〈ウォッチャー〉に配置されたそうだが、自分よりよっぽど有能だったのではとカーチスは思う。何しろ彼女は殺し合いのゲームでゆいいつ誰ともチームを組まず、単独で生き延びたエンハンサーなのだ。彼女は、あらゆることに耐える。トラックに轢《ひ》かれても平気だし、火葬場の焼却炉も、冬の海も、酸のプールも、真空の空間も、地上数百メートルから落とされても、至近距離から大口径のライフルで撃たれても、金庫の扉にさえ穴をあけるバーナーの火に炙《あぶ》られても、びくともしない。

あるときハンター配下の麻薬工場が攻撃されたときも、高熱や猛毒の煙にやすやすと耐えたばかりか、攻撃した者たちの顔や声をしっかり把握していたほどだ。

ひたすら丸まって生き延びることを願う〈縮かみ屋《カワード》〉・タウンリーではあるが、その名が意味するのは守護者の面だけではない。それは死神の面も持ち合わせていた。その防御の甲皮は、小石や鉄片など細かなものを、無数のラッチと呼ばれる器官にはめ込むことで、いつでも全方位に放つことができる。仕組みは〈ビリークラブ〉のチェリー・ザ・ブロウが繰り出すフィンガースナップと同じで、対戦車地雷なみの爆発力を誇る。つまり彼女が縮むということは破壊不能の生ける爆弾と化すことを意味するのだ。

このように頼もしい仲間を得たカーチスであったが、エリクソンの背後で動き出したとき、その場には彼しかいなかった。マクスウェルの作戦に従い、単独でハンター一派最強のグループたる〈クインテット〉に挑み、足止めするのが彼の役割だった。

だからカーチスは動き出すと同時に、彼にとっては巨大な聴覚器官である腰に移植した通信用チップをオンにするよう脳からシグナルを発した。リック・トゥームのプログラムが施されたそれは、あたかも建物の中で〈ミートワゴン〉全員が通信し合っているように見せかけ、その通信を傍受する者の電子機器に呪いのウイルスを流し込むのだ。

自分がこれほど勇猛果敢に行動できることがカーチスには意外だった。まさにサディアスが日々信徒に告げる通り、「恐怖を与えれば勇気を得る」のだ。かくしてカーチスは、二階集会所から出ようとするエリクソンと〈ダガーズ〉の背後から襲いかかった。

12

通信シグナルが発され、何者かが二階集会所にいることが示唆《しさ》された瞬間のエリクソンの反応は、これぞ〈クインテット〉のメンバーと称賛すべきものだった。

くるりと振り返ったときには右手を三連式の大口径ハンドガンに、左腕を覗き窓つきシールドに、頭部を溶接用マスクそっくりのヘルメットに変えていた。戦闘の基本形態を決めているので一秒足らずで姿を変え、動き出したカーチスへ銃撃を六発も放っていた。

おかげでカーチスは胸に二発食らうだけでなく、会心の出来である牛の頭蓋骨じみた顔の右側の角を削られるはめになった。かつてのカーチスならこれでお陀仏《だぶつ》だったろう。だが真の姿へと進化する彼は、立派に銃撃に耐え、迅速に敵集団に躍りかかり、四本の腕の槍と、胴に巻きつけた左右六本ずつある肋骨の槍を展開し、ついでに試作品の尻尾まで一斉に突き出すことができていた。

肋骨の槍のほうは、まんまと〈ダガーズ〉の二人の頭を串刺しにし、残り六人の手足や体を貫いたが、肝心の四本の腕の槍は、エリクソンのシールドに防がれてしまった。

カーチスはマクスウェルから「一度攻撃したらすぐ逃げ、また攻撃する機会を窺う」ことが殺しの秘訣と教えられていたので、全ての槍を引っ込め、頭上へ飛んだ。尖った手足と肋骨とで天井にはりつき、尻尾を梁《はり》に絡めて集会所から速やかに脱出した。

エリクソンが両腕を長大なショットガンに変え、大股で追いながら連射した。苛烈な散弾の雨を浴びながらも、カーチスは尾長猿ともヤモリともつかぬ不可思議だが迅速な動きで天井を走り、階段に飛び込んで上階へ逃れた。

猛然と階段を這いのぼりながら、カーチスは手応えを感じていた。あの〈クインテット〉のメンバーとその兵士たちに見事に奇襲を食わせたのだ。〈ウォーターズ〉やマルセル島警察を相手に、さんざん人を串刺しにしてきた経験のたまものだった。

そうした実感が、到来することがわかっている恐怖からカーチスを守ってくれた。六階からものすごいスピードで二頭の猟犬が駆け下りてくるのを腰の翼が感じ取ったのだ。

不死のナイトメアと、不可視のシルフィードが。

ハンターが配下の者で試みているという二重能力《ダブル・ギフト》を見極めることも、カーチスの役目だ。マクスウェルいわく、実際に誰かに対して行われたのか、行われたとしてどの程度厄介なのか、カーチスが身をもって調べることが勝利には不可欠だそうだ。

カーチスは、捨て駒同然だとは思わず、四階で二頭の猟犬と激突した。カーチスはありったけの槍を突き出したが、シルフィードに対してはまったく当たらず、ナイトメアなどは構わず跳びかかって自分から体を貫かれている。

気づけばカーチスは、シルフィードの牙に喉を嚙み裂かれ、ナイトメアの顎に右足首をがっちり捕らえられていた。驚くべき力で引きずり倒され、カーチスは慌てて後ろ向きに言って通路に出ながら、二頭へ槍と肋骨を繰り出した。

シルフィードはまたしてもかわし、ナイトメアは両方の目と鼻を肋骨で突き刺されても怯まず、血みどろのゾンビ犬のごとくカーチスの右足首を嚙み千切りにかかっている。

腕の槍を振り回してシルフィードを牽制しよう、とカーチスが思ったときには再び首を嚙み裂かれていた。喉や頸動脈といった急所を守るため、皮膚をサイの皮のように分厚くしていたが、たった二回の攻撃でぼろぼろだ。

カーチスは腕だけでなく残りの足や肋骨の槍をめちゃくちゃに突き出してシルフィードに距離を取らせると、嚙まれた足首の皮膚を急激に分厚く硬くさせると同時に、ナイトメアの上顎と下顎の真ん中に空気が入るよう咄嗟《とっさ》に変身させた。

ポンプのように皮膚を膨らませてナイトメアの顎をこじ開け、力尽くで引っ張り、牙に引き裂かれて皮膚が風船のように弾けるのも構わず足を解放させた。

カーチスのようなシェイプシフターにとって皮膚は服のようなものだ。多少引き裂かれても構いはしない。修復に栄養が必要なため空腹になるくらいだった。

ナイトメアが目と鼻を再生させるのに数秒かかった隙に、カーチスは跳んで後ろ向きに天井にはりつき、二頭から距離を取った。

すぐさま、牙とは異なる攻撃が来た。姿を消したままのシルフィードの背に、青白く奇妙な模様が輝くや、咆哮が襲いかかってきたのだ。カーチスは、五感と平衡感覚をおかしくさせる音波攻撃《スクリーム》をもろに浴び、気を失いそうになりながらも腰の翼をたたみ、眼窩と耳を塞いでガードした。頭ががんがんし、鼻から血が垂れ落ちた。

おう、こいつはけっこうきつい。

とはいえ、頭が痛くて真っ暗で何も聞こえず鼻は血で塞がっているというのは、子どもの頃よく経験してきたことなので、目新しい苦痛ではなかった。

カーチスは天井を這って距離を取り、三つに分かれた舌をだらりと垂らした。空気の動きを感じ取るだけでなく、蛇のように嗅覚を備えたそれを頼りに、二頭の位置を探り、さらに何か来るだろうかと待ち構えた。

果たして、強烈な打撃がカーチスの全身に浴びせられた。ナイトメアが、背に輝く円環を浮かび上がらせ、塩を主成分とした弾幕《バレッジ》を放ったのだ。それを感じ取った直後、弾幕《バレッジ》の連射によって舌をずたずたに引き裂かれた。

カーチスはこれで十分だろうと判断し、手足の感覚だけを頼りに、猛然と天井を這って二頭から逃げた。当然ながら追いかけられたが、カーチスはこの建物の構造をしっかり把握しているので目が見えなくとも問題なかった。通路の角で天井パネルを引っ剥がすと、通気ダクトと電源ケーブルの隙間に器用に潜り込んだ。そのまま狭苦しい空間を這い、仕切りの石膏ボードをぶち破って進むうち、五感が回復してきたので、目と耳を覆っていた組織を剥離させた。舌はすでに元に戻っている。

さんざん痛い目に遭ったもののカーチスはいよいよ自信を覚えていた。ハンターの新たな試みである二重能力《ダブル・ギフト》を首尾よく確認できたのだ。カーチスが知る限り、猟犬たちが発揮したのは、亡き悪徳刑事のコンビ、ピット・ラングレーとウィラード・マチスンの能力《ギフト》だ。彼らを葬ったマクスウェルに教えてやれば、きっと喜ぶだろう。

また、二つ目の能力《ギフト》を持つなら、過去に死んだエンハンサーから受け継いだもののはずだとマクスウェルから教えられている。臓器を移植するのだから、一つの能力《ギフト》を分割して、複数の人間に分け与えることは難しい。これまでに死んだエンハンサーは五人。二つ確認したから残りは三つ。〈クインテット〉のハイドラ、バルーン、トレヴァーの能力《ギフト》だ。

その全てを確認できればと願いながら、カーチスは四階の男子トイレの天井パネルから床に下りてドアを開き、誰もいない東棟行きの階段を降りようとした。

いきなり跳弾が後頭部に叩き込まれ、カーチスをつんのめらせた。

腰の聴覚器官を開くと、オーキッドが階段を降りながら、両手の銃を撃つさまが感覚された。カーチスが移動する音を聞き取って、いち早く位置を読んだのだ。

カーチスは、電撃弾ではなく強力な弾丸をめちゃくちゃに浴び、慌てて下階へ向かいながら、オーキッドは二重能力《ダブル・ギフト》の持ち主だろうかと考えた。

オーキッドの歩みは落ち着いたもので、駆け降りてはこない。跳弾で自分を下階へと追い立てているらしい。もしオーキッドが新たな力を得ていたなら、一目散に追いかけてきているか、気づかれないように接近しようとしていたのではないか。奇襲には奇襲とばかりに、こちらが予測できない攻撃を加えるために。

だがそうはせず自分を下に向かわせたいということは、そちらに二重能力《ダブル・ギフト》の持ち主がいるのでは？　腰の聴覚器官で、東棟受付に、プロテクターをまとった人物がいることはわかっていた。呼吸音の特徴からヘルメットをかぶっていることもわかる。出で立ちからしてシルヴィアだろう。ついでに、二頭の猟犬が一階まで降りて中央ビルディング一階の出入り口を見張っていることも足音でわかった。

中央ビルディングと東棟の間にある北側通路にはラスティが、南側通路にはエリクソンとまだ動ける〈ダガーズ〉が移動しているらしいことが察せられた。

おそらく〈ダガーズ〉二人の死体は、戦闘不能な負傷者とともに二階集会所に残されているのだろう。オーキッドなみの聴覚は持ち合わせていないため推測でしかないが、彼らが自分一人に意識を向けているのは確実だ。「どこかにいるはずのカーチスの仲間」をまったく警戒していないことから、偽の通信はさっそくばれたらしい。

せめて呪いのウイルスが効いてくれていればいいがとカーチスは思った。ウイルスの制作者のリック・トゥームは自信家で、その分、物事が上手くいかないとすぐ癇癪《かんしゃく》を起こすか、落ち込んで何もかも投げ出す悪い癖がある。もうチームも違うのだから彼のことを気にすることはないが、一時はベンとクライルの昆虫コンビとともに一緒に生き抜いた仲だし、彼が活躍してくれるのは嬉しいものだ。

それはともかく、カーチスは自分の考えが正しいことを期待しながら階段を駆け下り、東棟受付へ飛び出した。すぐさま攻撃が来るのはわかっていたので、シルヴィアの凄まじいまでの蹴りを、べったり伏せることでかわした。高速列車でも通り過ぎたような強い風圧を背に感じ、まともに食らえば四肢の槍すら粉砕されるだろうと思った。だが怯むことなく跳ね起き、ナイトメアに囓られた右足を槍にして、お返しの蹴りを放った。

シルヴィアは避けもせず、カーチスの足の槍を腹で受け止めた。

いや、受け入れた。

足の槍がシルヴィアの奇妙に弾力のある腹部を貫通し、背へ飛び出していた。

カーチスは、こうもやすやすと相手を串刺しにできたことに、ひどく戸惑った。

そもそも彼女が装着するのは、強固なロボット・プロテクターではなかったか？　聞いていた情報と異なり、シルヴィアの全身を覆うのは〈誓約の銃《ガンズ・オブ・オウス》》が好むような薄手の防弾防刃スーツだ。カーチスの槍なら造作もなくずたずたにできるのだが、問題は先ほどの蹴りだった。発電する能力《ギフト》で、ロボット・プロテクターを操縦しているのでなければ、あの工業機械なみに人体を破壊しそうな蹴りはなんだ？

そうした疑問を抱く間も、カーチスはおのれの本能に従い、四本の腕の槍と、ありったけの肋骨の槍を、立て続けにシルヴィアの体に叩き込んでいる。

驚いたことに、どこを刺しても同じ感触が返ってきた。腕も脚も、首も肩も、乳房も腹も腰も、分厚いゼリーで覆われた水っぽいスポンジという感じがした。硬い骨の感触も、槍に繊維が絡みつく筋肉の感触もない。とても人を刺した気がせず、カーチスは島に帰って以来、初めて薄気味悪さを味わった。夜の巡礼者としては矜持《きょうじ》を挫かれる思いだ。

カーチスはその嫌な気分ごと相手を投げ飛ばそうとしたが、その前に強烈な一撃に見舞われた。全身から火花と煙が噴き出すほどの苛烈な電撃だ。テーザー銃など比較にならない。心臓が破裂して蒸発してしまったと本気で思ったほどの凄まじさに、カーチスはほんの数秒、完全に意識を失った。

シルヴィアのグローブをはめた手が、カーチスの上の肩についた両腕をつかみ、砕きながら、ぶん投げた。シルヴィアの体から残らず槍が抜け、カーチスは宙で弧を描き、受付カウンターに背から激突した。拍子にカーチスは意識を取り戻したが、肉体的な衝撃よりも精神的ショックのほうが勝っていた。そしてその分、猛烈な怒りがわき起こった。

電撃というシルヴィア本来の能力《ギフト》を考えれば、一秒でも早く離れるべきなのに、くっついていたのは自分の落ち度だ。おかげで自慢の槍を二つも折られてしまった。だが、いくら串刺しにしても死なないというのは、カーチスにとって、このうえない侮辱だ。恐怖をもたらす行為を、苦労して見出した神聖な儀礼的行為を、こうまで台無しにされるとは。相手の能力《ギフト》がどうあれ、なんとしても刺し殺さねば気が済まなくなっていた。

「一人ずつ挨拶をして回ってるって感じね。今の私たちの能力《ギフト》を見極めろとマクスウェルから命じられたんでしょう」

シルヴィアがヘルメットの内側でそう呟くのが聞こえた。

カーチスにではない。あたかも目の前の敵は無事に片付けたというように。しかもマクスウェルが自分に命じたことを正確に言い当てていた。

これほどまでの屈辱を味わうとは思わず、カーチスは憤怒の叫びをあげたくなったが、そうはしなかった。もともと怒りを表にあらわすのは苦手だし、それよりもシルヴィアが油断しているのなら、その隙を突いて反撃してやればいいと考え直していた。

果たしてシルヴィアが何の警戒もなく近寄ってくると、カーチスは思いきり跳ね起き、無事なほうの腕を二つとも、相手のヘルメットへ突き込んだ。

二つの槍は、真っ黒いヘルメットの左右のサイドカバーに突き刺さり、シルヴィアの頭部を斜めに交差するようにして貫き、後頭部から飛び出した。

よし、死んだ。カーチスは迂闊《うかつ》にもそう信じかけ、反射的に叱咤《しった》した。いや、い、い、しくじった。すぐに槍を引き抜こうとしたが、またしてもシルヴィアの手にがっしりつかまれた。

すぐに肋骨の槍で相手の両腕を貫いたが、効果はなく、これまた失敗から学ばない好例だ、と我ながらうんざりした。

再び苛烈な電撃にさらされ、カーチスは改めて強く反省した。完全に自業自得だ。自分の役割は相手の能力《ギフト》を確かめることであり、殺すことではない。刺しても死なないとマクスウェルや仲間に伝えるべきなのに、ここで殺されたら仲間の期待を裏切ってしまう。

シルヴィアの驚くべき腕力で槍を引き抜かれるや、カーチスは軽々とぶん回され、槍を握り砕かれることで宙を飛んでいって激しく壁に叩きつけられた。ぶざまに転倒したものの、幸いカーチスの命は失われなかったし、今回は電撃で気絶してもいなかった。

さらには、ずれたヘルメットのサイドカバーが元に戻らず、バイザーもシールドも位置が歪《ゆが》んでしまったため、シルヴィアがそれを外すところも見ることができた。

真っ赤な長い髪が流れるように落ち、それがパーシーの髪に似ていたので、カーチスは場違いなことに、どきりとさせられた。顔の傷痕も大変セクシーだった。

もちろん注目すべきは自分がつけた傷のほうだ。目の外側から頭の斜め後ろへと二箇所も串刺しにされた痕跡が、あっという間に消えていった。先ほど刺した首のあたりの皮膚と筋肉が半透明化している。血は流れておらず、痛みすら感じていないらしい。

トレヴァーの能力《ギフト》だ。カーチスは倒れて動けないふりをしながら、やっと理解した。

体内の液状化だかスポンジ化だかによって、銃もナイフも効かない体になるのだ。かつてシェイプシフターの筆頭として、でかい顔をしてヤクを食いまくっていた男の能力《ギフト》なのに、最初のひと刺しで見抜けなかった自分が腹立たしかった。

トレヴァーが能力《ギフト》を発揮する際、大量の水を吸収して歩くウォーターベッドという感じの鈍重な姿になるという先入観もあった。だがシルヴィアはおそらく自身の能力《ギフト》とのかけ合わせで、電気刺激で肉体を操作しているのだろう。瞬時に柔らかなスポンジ状になったり、ロボット・プロテクターなみの力を発揮する骨と筋繊維を構築するといった具合に。電気の働きで、液体と固体の間を自在に変化する物質と同じだ。

自分もほしい。カーチスは素直にそう思った。二重能力《ダブル・ギフト》の確認は、ただ〈クインテット〉の戦力を把握するためではない。それがどれだけ有効で安全か、自分たちにとってどれだけ役立ちそうかを知るためでもある。

これは、ほしがっていいものだ。複数の能力《ギフト》をコントロールできず自滅するような危険なものではなさそうだ。ホスピタルとモルチャリーをさらって、自分たちも同じようになるべきだと、マクスウェルや仲間に教えなければいけない。

カーチスは跳ね起き、砕かれた四本の槍をたちどころに修復した。みたび突進するとみせ、シルヴィアが身構えるのをよそに方向転換し、猛スピードで這って通路へ飛び込んだ。手足だけでなく肋骨でも床を掻くように進むため、かしましいことこのうえない。

もう一人、能力《ギフト》を確かめねばならないエンハンサーがいる。そいつの位置を聴覚器官で確かめ、耳障りな音を盛大にたてながら、角を曲がって中央ビルへの通路に飛び込んだとたん、カーチスはここでの務めが、やっと終わったことを悟った。

いや、自分が終わるかもしれない、とも思った。彼が踏み込んだそこは、床も壁も天井も窓も、すでに毒々しい赤錆でびっしり覆い尽くされていた。

　通路の向こうに立つのは、右手に釘打ち器を持ち、これ見よがしにジャケットの袖をまくって刺青だらけの両腕をあらわにした、異様な顔面を持つラスティだ。

　白濁した膜が眼窩を分厚く覆い、死んだ魚の目のようになり、鼻もまた魚のように細かな生体フィルターを持つ鼻腔となっている。上下の唇が癒合して肌と同じ色になるとともに昆虫の吻《ふん》のような形状になり、頬には鰓のような吸気口が現れている。髪はなくなっているのではなく、新たな頭皮ですっぽり包まれているらしい。まるで髑髏とガスマスクと魚とハエの頭部を混ぜ合わせたような、カーチスの美的感覚からすると、よくぞ機能的かつおぞましい形状に辿り着いたものだと賛嘆の声をあげたくなる顔貌だ。

「ぶっかけてやるぜ、トゲトゲ野郎」

　ラスティの吻が丸く広がり、毒蛇が牙から毒を噴出するように白い液体を迸《ほとばし》らせた。

　ラスティとの距離は四メートルはあったが、液体はカーチスの逃げ場がなくなるほどの勢いで頭上からまき散らされた。雨のように降り注ぐそれが、カーチスの自慢の体と槍を溶かしにかかり、じゅうじゅう音をたてて泡立たせた。同時にカーチスの両脚を猛スピードで赤錆が這い上り、シルヴィアの電撃とはまた違う強烈な酸化の激痛を及ぼした。

　カーチスは倒れ、体についた火を転がって消そうとするように、あるいは死にかけた虫が腹を上にしてもがく姿そっくりに、悲鳴をあげてのたうち回った。

バルーンの能力だ。これまたラスティ本来の能力（ギフト）とのかけ合わせがすごかった。溶解液と赤錆とが信じがたい酸化力を発揮し、カーチスの皮膚をぐずぐずにしていくのだ。溶解液

「殺したら駄目よ、ラスティ」

シルヴィアが、真っ赤な溶解地獄と化した通路の手前で足を止めて言った。

「こいつ、どこまでやりゃ死ぬんだ？　まだ全然動けるじゃねえか」

「ラスティ！」

シルヴィアが顔を険しくしたことで、カーチスは自分の弱々しい姿を十分見せることができたと判断し、思い切り跳ね飛び、赤錆が覆う窓をぶち破って外へ転がり出た。

だが体を覆う赤錆も、かけられた酸も、通路から脱出したところでもはや振り払えず、カーチスは引き続き、DCF北側の道路の上で転がり回った。

割れた窓からラスティが出てきて、釘打ち器を掲げてみせた。

「こいつを手足に打ち込んでやるぜ。どたまに打たれたくなきゃ大人しくしやがれ」

カーチスは再び、全身で跳ね飛んだ。古い皮を脱ぎ捨てて。めちゃくちゃにもがいたのは、蜘蛛《くも》などが脱皮するように、捨て去るべき皮を新たな肌から振り払うために過ぎなかった。

古きカーチスはそのまま赤錆と溶解液によって、しわくちゃに酸化されていった。

艶やかな体と、一回り小さな槍を持つ新たなカーチスが、横倒しになったバスの横腹に

着地した。DCF内に入る前、エリクソンがひっくり返し、電撃弾をたっぷり浴びた労働者たちが折り重なって呻いているバスだ。

「おう、マジかよ。脱皮しやがったぜ。どえらく気色悪い野郎だな」

ラスティは、労働者を殺すなとハンターから命じられているため溶解液を放たず、バスの上からそいつをどかすため、釘打ち器から赤錆の浮かぶ釘を放った。

カーチスが釘をかわしてまた跳んだ。倉庫街へ続く道路に着地すると、そこにあるマンホールの蓋に飛びついた。新たに形成したばかりの槍の手を分割して指にし、鋳鉄製の重たい蓋の引っ掛け口をつかんで持ち上げ、それをラスティに向かってぶん投げた。ラスティが身を屈めて蓋をよけ、追ってきたシルヴィアが平手で軽々とそれをはたき落とした。

「ありがとう。また少し、本当の自分になれる気がするよ」

カーチスは二人だけでなく〈クインテット〉のつわものたちへの敬意を表して告げ、マンホールから下水路へ飛び込んで姿を消した。

13

島のかかとに位置し、ティビア・アヴェニュー南端とアーチ・ドライブ東端にあたる駐車場では、〈ガーディアンズ〉のバスの中でモルチャリーがしきりに持論を述べていた。

「我々が軽んじられるようなことがあってはなりません。なぜか？　はっきり申し上げましょう。我々があらゆる面で、グループの命を司っているからです」

モルチャリーが早口で述べ立てた。聞かされるほうのホスピタルとストレッチャーは、もう何度も話し合ったのに、また繰り返す気なのかと呆れ顔でいる。

「検診を行い、傷病者を癒し、みなの健康と能力《ギフト》の維持に努めるだけではありません。このたびハンターの意思により、我々は能力《ギフト》の移植の試みを許され、そして成功した。これは戦力増強のみならず、エンハンサーから能力《ギフト》を抜き取り、別の者に与えるという新たな務めを我々にもたらすのです。よろしいですか。我々は今や、あらゆる意味でハンターにとってなくてはならず、グループに属するエンハンサーの生殺与奪を握る存在となったのですよ」

ホスピタルがやんわりとたしなめるように言った。

「あなたの考えはよくわかりました、モルチャリー。それが私たちの役割ですし、ハンターは私たちを大事にしてくれています。〈評議会《カウンセル》〉でも丁寧に扱われているでしょう」

モルチャリーがすかさずまた口を開いた。

「ええ、ええ、確かにハンターは、あなたの存在を重視しているし、常に傍らに置いています。だが、それだけではないですか」

ストレッチャーがうんざりしたように口を挟んだ。

「ハンターは、おれたちが命綱だとわかっている。おれは何も不満に思っていない」

だがモルチャリーは、より強い説得口調になって言い募った。

「それはあなたが遠慮深すぎるからだ、ストレッチャー。我々〈ガーディアンズ〉こそが全てのグループの生命線であることをハンターも認めざるを得ないのに、なぜ我々が都市を巡り、ときには郊外に赴き、面倒を見なければならないのですか？　派遣中に我々を狙う者が現れないとも限らないのに。本当に我々が生命線なら向こうからこちらに来るべきではないですか。彼女の名の通り、ホスピタルの前で列に並ぶべきなのです」

バスのドアが開きっぱなしのため、この会話は、〈ガーディアンズ〉の護衛についている〈ビリークラブ〉の四人にも、すっかり聞こえていた。メイプルは知らんぷりで車に身をもたせ、駐車場の二つの出入り口へ交互に目を向けているが、スピンことスピナッチ・ザ・ファルクス、チェリー・ザ・ブロウ、バトン・ザ・ホルダーは、バスから漏れ聞こえてくる言葉に興味津々の様子だ。

「緊急の事態もあるでしょう。〈スパイダーウェブ〉で、何人も負傷したように」

ホスピタルが困ったように返すが、モルチャリーは断固とした調子で言い返した。

「そのたびに、我々はレスキュー隊員よろしく出かけてゆき、一方で〈戦魔女《ウォーウイッチ》〉は抜け目なく、この島のファシリティを手に入れようとしている。ファシリティ構想の核心には我々がいるにもかかわらず。あの魔女たちに薬物依存を治療できますか？　障害者支援や老人ホームの経営ができると思いますか？　できない分は誰がそれを請け負うのです？　我々ではないですか！　なぜ我々が、〈戦魔女《ウォーウィッチ》〉の小間使いにならねばならないのです」

「そうと決まったわけではありませんよ、モルチャリー」

「いずれそうなるのは明白です。この島から〈Mの子たち《チルドレン・オブ・M》〉が一掃されればね。そうでしょう、ストレッチャー？　あなただってわかっているはずだ」

腕組みして宙を見ていたストレッチャーが、渋々と二人に顔を向け、こう言った。

「現実的に考えろ、モルチャリー。おれたちはグループじゃない。兵隊もいないし、自分たちで稼ぐ手段もない。ただ飼われているだけの三人組のエンハンサーだ」

「いつまでその現実に束縛される気かと訊いているのです。〈ファンドマネージャー〉が消えたあとも何一つ変わらず飼い殺しにされているなんて、奇妙きわまりない話だ」

「抗争がしたいなら、おれは抜ける。お前とホスピタルは生かされるが、おれは真っ先に殺されるだろうからな」

「ストレッチャー、やめてください。モルチャリーはただもう少しだけ、認められたいだけです。そうでしょう？」

「ええ、ええ。こんな所で待機させられ、呼んだら来いと命じられるのはうんざりです」

「だから港に移動するのか？　それでどうなる？」

ストレッチャーが訝しげに訊くと、モルチャリーが拳を振り上げた。

「我々のもとに、負傷者が運ばれてくる！　我々が危険を冒して島じゅうを走り回るのではなく！　それが当然であるというところを示せる！」

「それだけのために港まで移動して、マクスウェルや〈M〉のターゲットになる気か？」

「港には、〈白い要塞〉《ホワイト・キープ》がいる。我々同様、全グループの生命線を握りながら、いまだグループとしての体裁を与えられていない者たちが。我々は、彼らと結託すべきなのです」

「結託？」

　ストレッチャーが理解できないというように眉をひそめた。

「すでにみな仲間ではないですか」

　ホスピタルもますます困惑している。

　モルチャリーはかぶりを振り、確信を込めて言った。

「ハンターは初めて、我々と〈白い要塞〉《ホワイト・キープ》それぞれに別のグループを配置した。〈ビリークラブ〉と〈マリーン〉という、陸と海のつわものを。千載一遇のチャンスだと、わからないのですか？　彼らこそまさに陸と海のビジネスを守る兵隊ではないですか」

　ストレッチャーが組んでいた腕をほどき、右の拳を顎に当てて目を細めた。

「おれたち、〈白い要塞〉《ホワイト・キープ》、〈ビリークラブ〉、〈マリーン〉。命と通信、海と陸か」

「〈ビリークラブ〉も〈マリーン〉も誇り高い戦士たちです。兵隊になってくれなどと言えば嫌悪されますよ」

ホスピタルが、彼女にしては珍しく、ぴしゃりと言った。

だがモルチャリーはすぐさま言い返した。

「その誇り高い〈ビリークラブ〉と〈マリーン〉が、今も〈評議会《カウンセル》〉の席を与えられていないことをどう思います？　〈戦魔女《ウォーウィッチ》〉や、マクスウェルですら席があったのに」

「それは、そうですが……」

とたんにホスピタルが言葉に迷い、ストレッチャーが確かにそうだというようにうなずいた。モルチャリーはいっそう声を高くしてわめいた。

「まさに誇りのためです。存在を軽んじられないために我々は結託し、ハンターに対して主張すべきです。もっと我々を尊重してほしいと。ハンターのファイブ・ファシリティ構想には我々こそふさわしいのだと。こうしたことを〈評議会《カウンセル》〉で主張するべきなのです」

車にもたれて聞いていないふりをしていたメイプルが、とうとう小さく笑いをこぼし、スピンがウォーミングアップのため、すらりと長い脚で横幅跳びを繰り返すのをやめた。

「メイプル、〈ガーディアンズ〉と組んだらどうなると思う？」

彼ら特有の、常人では聞き取れないささやき声で尋ねた。〈ビリークラブ〉は肉体の増強《オーグメント》に徹するエンハンサーであり、当然、五感も可能な限り発達させているのだ。

「あたしはあれが聞こえないふりをしているんだがね、スピン」

するとバトンが、ちっちっと歯を鳴らした。

「モルチャリーは私たちに聞かせているのだよ。わかってるだろう?」

メイプルが、自分は知らないね、というように肩をすくめ、すとんと落とした。

「まあ、自警団と病院が協力し合うのは、よくあることだと言っておくさ」

「悪いことじゃないということだな」

スピンが、にこっとして言い、バトンとチェリーに同意するか目で尋ねた。

チェリーが首を横に傾けて、上目遣いでバスを見た。

「彼らとあたしらがつるむだけでなく、電子戦のプロに、海の運び屋が合流すれば、ハンターやバジルが黙っちゃいない。あたしらが今こうしているのも、サディアスとマクスウェルが勝手にグループを動かしたからじゃない? 同じ轍《てつ》を踏まないとは限らないわ」

バトンが、至極もっともだというように両手を広げたが、納得してのことではなく、そんなことでいいのかという疑念の表明だった。

「おう、チェリー。珍しく消極的じゃないか。〈ガーディアンズ〉は、サディアスやマクスウェルみたいな阿呆と同列に扱っていい相手じゃないぞ」

チェリーが口をへの字にして、バトンをじろりと見た。

「バスから聞こえる話を聞く限り、ホスピタルは自分のグループの成長に消極的。となれば、迂闊なことは言えないんじゃない?」

スピンが目尻の端を掻き、その点は自分も懸念しているというようにうなずいた。

「複数のグループが合流するには求心力が必要だ。当然、担ぐべきリーダーはホスピタルだが、焚きつけているのがモルチャリーだというのが気になる」

バトンも溜め息をつき、太い腕を組んでバスを見やった。

「モルチャリーの過信は確かに危ういな。厄介な状況にはまるのは避けたい」

そこでまたメイプルが苦笑した。

「おいおい、あんたら、本当にわかってないのかい？」

怪訝《けげん》そうに振り返る三人へ、メイプルがたしなめるように言った。

「なんでバスのドアが開きっぱなしで、こっちに話が丸聞こえだと思ってるんだい。話を聞かれるのが嫌だとホスピタルが思ってるなら、とっくにあのドアは閉じてるよ」

三人が互いに顔を見合わせ、それからまたメイプルを見た。彼らのリーダーの判断や推測が間違っていたためしはないという信頼があった。

「ホスピタルが、あたしらにモルチャリーの言い分を聞かせてるんだ。あたしらに止めさせたいとか、賛成してほしいとかっていうより、流れに身を任せたいたちなんだろう。なるべく自分に都合の良い流れにね。だから、あたしらがどう反応するか見てるんだ」

「おれたちは、お前がどう判断するかを見ているがね」

スピンが言うと、バトンもチェリーもうなずいた。

「あたし自身、こう考えるのを意外に思ってるよ。〈評議会《カウンセル》〉の席は魅力的だってね。何しろハンターは、あたしらの合法化《リーガライズ》を考えてる。オーキッドとエリクソンを保安官代理にしたり、〈シャドウズ〉をハイウェイパトロールにするなんて聞いて正直ぶっとんだ」

三人が真顔になった。事実それは彼らにとって驚天動地といっていいことだからだ。

彼ら自警団は、どれだけ悪党をストリートから追い払い、治安に貢献しようとも、最終的には警察からマークされ、近隣住民からも家族からも敬遠されることになる。それもこれも治安が悪化するに任せて放置する警察の代わりに、すべきことをしたからだ。

なのに彼らが独自に警察組織を作る許可は下りず、彼ら自身が警察に入ることも理由をつけて拒まれる。そうして結局は警察同士の縄張り争いに巻き込まれ、いいように使い捨てにされるばかりだという苦々しい諦念が、今も彼らの心にわだかまっているのだ。

「あたしが考えてるのは、今までとは違う時代が来そうだってことさ。あたしは、ハンターがやろうとしてることに加担したい。ハンターがやり遂げることを特等席で見たいんだ。その点で、〈ガーディアンズ〉と組んで〈評議会《カウンセル》〉の席を手に入れるってのは魅力的さ。もしあたしが血迷ってるなら、今夜限りでこのグループのリーダーの役目を誰かに譲らなきゃなんないとも考えてる。何せあたしは、これからえらく血迷いそうなんでね」

メイプルの言い分に、三人がまた顔を見合わせたが、どの顔にも喜びの念が滲んでいた。

スピンが軽やかに、鋼鉄入りの靴でタップをしてみせた。

「確かに、かつてなく血が昂ぶるな。ぜひ〈ファウンテン〉に招かれたくなったぞ」

バトンが、どん、どん、と両拳でおのれの胸を叩いて、スピンのリズムに合わせた。

「これぞ我らが道だ。いざ行かんとしか言いようがない。メイプル？」

チェリーが、二人のリズムに乗って、攻撃ではないやり方で両手の指を鳴らした。

「血迷ってると言われ続けてきたんだから、とことん血迷ったほうが満足のいく人生になりそうじゃない」

メイプルがにやりとし、拳を叩き合わせてリズムに参加して笑った。

「なんだいあんたら。グループ名を、なんとかの音楽隊に変える気かい」

そのとき、バスのドアが音をたてて閉じ、エンジン音が轟いた。

メイプルたちが息を呑み、すぐさまおふざけをやめてバスを振り返った。

《お前らは呪われた！》

リック・トゥームの歓喜の声が、バス内のスピーカーからけたたましく放たれた。

ストレッチャーがすぐさま運転席へ向かい、モルチャリーがドアを開けようとしたが開閉ボタンは反応せず、ホスピタルが壁の通信機を取って〈白い要塞《ホワイト・キープ》〉に異変を告げようとしたが、金切り声のようなノイズが返ってくるだけだった。

バスが急発進し、ストレッチャーがよろめきながら運転席のシートに腰を下ろし、モルチャリーとホスピタルがのけぞってたたらを踏んだ。ストレッチャーがエンジンの停止ボタンを押しながら、パーキングブレーキをかけようとしたが駄目だった。バスはタイヤの擦過音を激しくたてながら弧を描き、西のアーチ・ドライブ側の出口へ驀進した。

〈ビリークラブ〉の四人は、車に乗って追うのではなく、その足で猛然と駆け、駐車場から飛び出そうとするバスの行く手へ回り込むや素手で止めにかかった。

バスのフロントに四人の腕と肩がぶつかる鈍い音が立て続けに起こった。バスが速度を急減させ、四人の靴がアスファルトを削るようにして十メートルほど滑ったところで、ぴたりと止まった。バスのタイヤが猛烈な勢いで空回りし、タイヤが焼ける異臭が漂った。

《どうだ〈白い要塞《ホワイト・キープ》〉のクソども！　おれが最強の電子汚染者《テック・コンテイナー》だ！　〈ビリークラブ〉の闘牛ども！　そっちに背中を見せてるとヤバイ目に遭うぜ！》

　バスの内外にリック・トゥームの声が響き出した。バスの前進をしっかり食い止めている〈ビリークラブ〉の四人が、首をひねって背後を見た。

　アーチ・ドライブの五百メートルほど先の海側に、亜鉛鉄板と金網で仕切られた広いタイヤ廃棄場があった。その出入り口のフェンスを跳ね飛ばして、一台のピックアップトラックが現れ、多数の何かとともに、バスの方へ走り込んでくるのがわかった。

「黙ってこっちの背中を襲わせりゃいいのに、わざわざ教えてくれたよ」

　メイプルが肩でバスを押しつつ身を低め、バスのバンパーの下に手をかけた。

「ホスピタルたちには悪いがバスをひっくり返すよ。バトン、横に回れるかい？」

「よしきた」

バトンがバスを押し返す手の位置を変え、フロントから側面へ回った。

だが突然、バスの重みが消えた。大きな車体が、空から何かで引っ張られたように、一メートルほども宙に浮かんだのだ。押し続けていたメイプルたちが前のめりになり、急いで顔を上げると、バスは宙を滑るようにして駐車場へ戻っていった。

バスのフロント・ウィンドウから見えるのは、両手を大きく広げ、かっと目を見開いているストレッチャーだ。その能力《ギフト》を猛然と発揮し、バスを宙に浮かべているのだった。

重荷から解放されたメイプルたちは、くるりと背後を向いてファイティング・ポーズを取った。そして、迫り来るピックアップトラックの前方で、列をなして転がるのが、十本ものタイヤであることを見て取った。

「タイヤが転がってくるぞ。誰か、あれがどんな能力《ギフト》か想像がつくか？」

スピンが問うたが、誰もわからなかった。

「おれたちそれぞれのやり方で見極めよう」

バトンが大きく右腕を振りかぶった。

「あれが爆弾だったとしても死ぬことはなさそうだ」

チェリーが言って指に圧力を目一杯かけ、みしりと強靭きわまりない筋骨を軋《きし》ませた。

メイプルがにやりとし、おのれの両拳にキスした。

「なんであろうと、踏ん張ってるストレッチャーが倒れちまう前に片をつけるよ」

14

横一列に並んで転がる十本のタイヤは、あたかも前哨戦を担う歩兵のように、急に速度を増してメイプルたち四人に向かっていった。

こちらも横一列に並ぶメイプル、スピン、バトン、チェリーから、二十メートルほどの距離でピックアップトラックが停まり、タイヤの群だけが前進した。

メイプルたちは、それぞれ得意とするフットワークで、タイヤの群を迎え撃った。

どのタイヤもホィールはなく、すり切れて溝はほとんど消え、日に焼けて褪《あ》せていたが、元は大型車に装着する品であり、いまだ分厚く重く頑丈なことは一目瞭然だった。どんな原理で動いているにせよ、簡単に人間を跳ね飛ばしてしまいそうなそれらを、まずメイプルが、踏み込んでの左ジャブで打ち砕いた。タイヤはショットガンの一撃を食らったように裂けて円形からベルト状になり、宙を舞いながら大量の水をまき散らした。

スピンが蹴りで真っ二つにし、バトンが右腕一本で受け止めてのち両手でつかんで引き裂いて地に投げ、チェリーがフィンガースナップで爆散させたところ、どのタイヤからも無味無臭の水が溢れ出した。

この時点では、タイヤを操って水を運んだのか、水がタイヤを動かしているのかは判然としないが、どちらにせよ水に触れるのは避けたほうがいいとメイプルたちは考えた。とはいうものの、タイヤは次々に地面でバウンドして彼らに向かって飛んでくるし、避けて素通りさせればバスに向かうだろう。メイプルたちとしては次に何が起ころうとも、まずはタイヤの群を止めねばならなかったし、そうするのに二秒とかからなかった。

メイプルの銃撃のような拳が、スピンの草刈り鎌《がま》のような蹴りが、バトンの重機のような膂力《りょりょく》が、チェリーの爆風のようなフィンガースナップが、全てのタイヤを破壊し終えるや、けたたましい鳴き声が起こった。

「キイイイキャーーア！」

ピックアップトラックの運転席から頭と片肘を突き出すオランウータンのトーイが金切り声で吠えたのだ。獣が運転していたのかとメイプルが呆気にとられる間にも、まき散らされた水が集まっていくつかの塊になった。ついでそれらがメイプルたちの脚を這い上り、彼らの体に降りかかった水滴を吸収しながら顔面に達して口、鼻、耳へと流れ込んだ。

メイプルたちが息を止め、動く水を払いのけようとしたが、僅かな隙間から流れ込んでくるそれを防ぐことはできなかった。そうする間も水はどんどん集まってきて四人の鼻から下を覆い、彼らを立ったまま溺死させにかかった。

「オホッ！　オホッ！」

トーイが、拍手喝采《かっさい》を送るように細長い指を持つ手を頭上で叩き合わせた。

だがメイプルたち四人にとって、一方的に喉を通過し、肺へ流れ込もうとする水もまた、さしたる脅威ではなかった。彼らの超人的な運動能力を支える心肺や胸郭も、あるいは胃腸も、当然ながら極限まで増強されており、それぞれのやり方で危機を脱した。

　メイプルは拳を振るっておのれの顔面に当たる寸前で止め、チェリーも顔の前でフィンガースナップをパチリとやり、衝撃波で水を吹き飛ばすとともに、喉の奥まで入り込んだ水を、強烈な息のひと吐きで残らず排出した。

　スピンはフィギュアスケーターのごとく猛烈に体を回転させながら跳躍し、途方もない遠心力でもって水を弾き飛ばした。

　バトンは気管へ入ろうとする水を残らず食道へと飲み下し、素早くおのれの胃におさめた。そして胃の中で動くそれを、強力なコンプレッサーじみた腹式呼吸とともに、思い切り吐き出すというより噴出させ、二十メートル先のピックアップトラックのフロント・ウィンドウに浴びせかけ、トーイをぎょっとさせてやった。

「ウキャァアッ！」

　トーイが険しい形相でハンドルをつかみ、ピックアップトラックを急発進させ、その車体の後ろから、さらにタイヤの群が飛び出して四人へ向かった。

　すかさずまたメイプルとスピンがタイヤを撃退しにかかり、バトンが突進して両手でピックアップトラックを正面から突き飛ばした。

衝撃でその後輪が宙に浮かび、前輪がアスファルトに濃い跡をつけながら一メートルほど押し返されたところで地面に戻った。

ピックアップトラックの前進がやみ、がくがく揺れる運転席でトーイがハンドルに頭をぶつけて怒りの声をあげた。

チェリーが運転席側へ駆け寄り、トーイへ右手のフィンガースナップを食らわせようとしたとき、荷台に隠れていた者たちが飛び出した。

悪魔じみた姿を持つ、パーシー・スカム、ジョン・ダンプ、タウンリー・ジョナサンだ。

パーシーがチェリーに向かって牙を剝《む》き、裏返った消化器官と繊毛に覆われた巨大なナメクジのようなジョン・ダンプがバトンに抱きついた。そしてタウンリーが転がるタイヤに紛れて、気づかれぬようメイプルとスピンのほうへ向かった。

パーシーは、耳まで裂けた口の下顎を胸元まで開け、がちがち牙を鳴らすあぎとを全身に現し、黒くて硬い鱗とサメのような肌の艶めきもあらわに、身にまとうのは色とりどりの蛍光塗料を塗りたくったランジェリーだけという姿で躍りかかった。

「嚙み嚙みする《ニブル・ダブル》よ！」

どの口が放ったものか、その叫びに応じてチェリーは瞬時に攻撃する相手を変えた。

牙を剝くパーシーの口へフィンガースナップを放ったのだが、同時に、人体において最速の動きであるその一撃に勝るとも劣らぬ速度で、パーシーが口内の第二の顎を放った。

ゴブリンシャークやウツボのような一部の海棲生物が武器とするものだが、パーシーのそれは頑丈なラッチ構造によってメイプルの拳並に強烈な勢いで発射され、加えて一部の貝が体内に金属を取り込んで作り上げる硬くて鋭利きわまりない牙を有している。

必殺の顎はフィンガースナップの爆風に耐えるばかりか、チェリーの薬指と小指に嚙りつき、顎の発射の衝撃でもって嚙った箇所以外を弾き飛ばすということをしてのけた。

チェリーが右手をバットで殴られたようになりながら後ずさり、パーシーも激突の衝撃でのけぞって折れた牙をまき散らした。

パーシーが笑みを浮かべて顔を戻し、折れた分だけ次々に牙を生やしながら、第二の顎が嚙り取ったチェリーの薬指と小指を、ごくりと呑み込み、目をきらきらさせた。

「〈ビリークラブ〉の逞しい体を嚙ることができるなんて、絶頂しそう」

ぶるぶると身を震わせるパーシーの熱っぽい声に、チェリーが冷ややかな視線を返した。指が二本も千切れた右拳を掲げ、筋肉の収縮だけでぴたりと流れ出る血を止めた。

「砕き甲斐のある顎だ。あんたのその顎を全部がたがたにしてから、呑んだものを吐かせて、ホスピタルにつないでもらわなきゃね」

ガンファイターの決闘のごとく、チェリーとパーシーが必殺の一撃を相手に叩き込まんとして、ゆっくりと横へ移動したとき、ピックアップトラックの正面では、バトンとジョン・ダンプが、互いに猛然と抱き絞め合っていた。

バトンが得意とするのは、強大な両腕と胸筋で相手を抱きすくめ、プレス機のような圧力でもって気絶させるという攻撃法だ。対するジョン・ダンプは、ひたすら相手にべったりくっついて強力な消化能力を発揮するというものだ。

両者に共通するのは、途方もない熱気を発することだ。バトンが膂力を発揮するときはもちろん、消化器官もまた筋肉でできているため動くと熱を発することになる。

二人の体温はたちまち上昇し、どちらも背や腹などにサメの鰭のような放熱処理をするための器官を持っているため、ストーブのように周囲へ熱気を吐き散らすのだった。

チェリーとパーシー、バトンとジョン・ダンプが、それぞれ一騎打ちの態勢となる一方で、メイプルとスピンは、次々にタイヤを破壊していった。

まき散らされる水もメイプルとスピンを仕留められずにおり、タイヤの破片をかぶって道路脇の側溝に隠れるタウンリーが、感覚器官である髪の毛のような組織を道路に伸ばしながら、じわじわと二人に近づいていった。

そのタウンリーの動きを見て取ったトーイは、ぶつけた頭をごしごしこすり、ピックアップトラックのギアを器用に操作して、上げ底ブーツを履いた足でアクセルペダルを踏んだ。そうしてピックアップトラックを十メートルほどバックさせたのは、巻き添えになるのを避けるためだ。

果たして、メイプルとスピンがタイヤを全て片付けた直後、タウンリーが隠れるのをやめて転がり出た。気配を消して隠れるという点で、タウンリーは、〈スネークハント〉のアラン・ギャレットの次に優れていると言っても過言ではない。メイプルとスピンがぎょっとし、分厚い甲皮で覆われた生けるボールが何をしに来たのかと訝しんだ。二人ともタウンリーについては、煮ても焼いても死なないということしか知らなかった。

スピンが、現れたはいいが、じっとしたままのタウンリーへ言った。

「大人しく引っ込んでいろ。さもないとサッカーボールのように蹴飛ばすぞ」

タウンリーは物も言わず、二人の足元で炸裂した。彼女の全身を覆う丸い甲皮は、無数のラッチの爪を持ち、多数の石や金属片や釘やガラス片をはめ込むことができる。その危険な破片の山を、チェリーのフィンガースナップに等しい勢いで四方へ放ったのだ。

完全に意表を衝かれたメイプルとスピンは、おびただしい破片の嵐と砕けたアスファルトの粉塵を浴びながら、数メートルも吹っ飛んで倒れた。二人とも全身に何だかわからないものが食い込み、ナイフも通さないはずの丈夫な頰に穴をあけられ、ガラス片がスピンの左瞼を貫いて眼球に突き刺さっていた。苦痛と怒りの声をこぼしながら二人が身を起こしたときには、タウンリーは速やかに姿を消している。

ふいに、駐車場で宙に浮かんでいたバスが、大きな音をたてて地上に落ち、ぐらぐら車体を揺らした。誰もが、ストレッチャーが限界をきたしたとみなした。

「ホスピタルたちを取りに行く」

ジョン・ダンプがバトンと苛烈に抱き合ったまま全身を激しく波打たせ、地を滑るようにして猛スピードで移動し、まっすぐバスへ向かっていった。

15

バスが地面に落ちる直前、実際にストレッチャーの能力《ギフト》が負荷に負けるより前に、車内のスピーカーからは、リック・トゥームとは異なる声が生じていた。
《おもちろおおおおーーーーーーーーいいい!!》
プッティ・スケアクロウの雄叫びに、ホスピタルとモルチャリーがともに顔を明るくさせ、すぐさまリック・トゥームが怒声で応じた。
《くそったれのカカシ野郎が！　おれのプログラムを駆除できるもんか！》
《おおもぉおちぃいいろおおーーーーーいいいいいいい!!!!》
《うおっ!?　なんだこりゃ!?　おれのウィルスを、おれに使う気か!?》
《おおおもぉおおちぃいいいろおおおーーーーーいいいいいいい!!!!》
《そんな真似は許さないぞ、このカカシがーー》
リック・トゥームの声が急にくぐもり、そして壮絶な悲鳴に変わった。
《ひいいいい！　やめろおおおお！　やああああめえええろおおお！》

《おおおぉもぉおおおちいいぃぃぃろおおおおーーーーーいいぃぃぃ!!!!》

プッティの勝ち誇るような叫びが長々と続くなか、バスのタイヤが回転することをやめ、エンジンがオフになり、パーキングブレーキが自動的にかけられた。

ストレッチャーが息をどっと吐き出し、バスを地面に戻した衝撃で車体が激しく揺れた。

「すまない。静かに下ろせなかった」

ストレッチャーが詫《わ》びた。

「いやいや、よく耐えたものです」

モルチャリーが感心した。

「おかげでみな無事です。ありがとう、ストレッチャー」

ホスピタルが礼を述べた直後、激しくドアを叩く音とともに、また車体が揺れた。

三人がドア脇のモニターで見たところ、ジョン・ダンプが、バトンを抱えたままドアに激突したのがわかった。

「ドアを開けろ。さもないと、こいつを食い尽くす」

ジョン・ダンプが言った。その体に包まれたバトンが激しくもがいた。もはや抱き合うのではなく、ジョン・ダンプが一方的にバトンを消化しにかかっているのだ。

ホスピタルが、ドアフォンのスイッチを入れ、彼女にしては珍しく厳しい調子で言った。

「やめてください。さもないと、私が出て行って、あなたを止めます」

ジョン・ダンプがげらげら笑った。

「ぜひそうしてくれ！　手間が省ける！」

モルチャリーが慌ててホスピタルの肩をつかみ、

「いけません。あなたを失うわけには――」

言いさして、ぱっと手を離した。

ホスピタルの肩がモルチャリーの手の形に凹み、すぐに元に戻った。その手や首筋の皮膚が半透明になり、体内で複雑な器官がほのかに光るのが服の外からでもわかった。

「グループとして大きくなりたいのでしょう？　なら、まずこのバスから出るべきでは？」

モルチャリーが首をすくめ、ストレッチャーがドアのスイッチの前に立った。

「開けるぞ」

ホスピタルがうなずいた。ストレッチャーがスイッチを押してドアを開けたとたん、ふわりとホスピタルが跳び、宙を舞った。

すぐさま捕らえようとしたジョン・ダンプの体が、空《くう》をつかんで横倒しになるのをよそに、ホスピタルの体は宙に長々と浮遊し続けた。その肉体のほとんどが半透明となり、内臓器官が光を明滅させている。柔らかな旗のようになった手足で巧みに空気をかき、銀色の雫と、微細なヒドロ虫を、ジョン・ダンプの体にかけながら、ゆっくりと地面に舞い降りた。

「ハ、ハイドラの能力《ギフト》――」

ジョン・ダンプが言いかけて激しく身震いした。繊毛が抜け落ち、消化器官だったものがひっくり返るようにして本来の人間の肌に戻っていく。禿頭《とくとう》の男の顔が現れ、かっと目を見開くや、目も鼻も頬も、真っ赤に爛《ただ》れてゆき、その口から恐怖の悲鳴が放たれた。

「抱えている人を解放しなさい」

ホスピタルが叱りつけるように言って、さらに銀色の雫とヒドロ虫を浴びせた。

「いやだあああ！　やめてくれえええ！」

赤い斑点がジョン・ダンプの顔だけでなく、繊毛や消化器官へも広がっていき、たまらず未消化のバトンの巨体を放り出した。バトンは、顔面や四肢や体のあちこちを溶かされた無惨な有様となっており、すぐにホスピタルがそちらへ手を向けて治癒しにかかった隙に、ジョン・ダンプが飛ぶような速度でバスから離れ、逃げていった。

道路からはメイプルとスピンがバスへ駆けてきており、二人ともタウンリーの炸裂を食らったとはいえ、致命傷にはほど遠い傷とあって、真っ向から怒りの拳と蹴りを放った。

だがジョン・ダンプは、その巨大なナメクジめいた姿からは予想もつかぬ跳躍をみせ、メイプルとスピンの攻撃をかわすばかりか、二人の頭上を高々と跳び越えた。

「ホスピタルはとれなかった！　ハイドラの二重能力《ダブル・ギフト》を手に入れている！」

叫びながら、地面に着地するというより転がり倒れたジョン・ダンプは、爛れた顔を苦痛でしかめつつ体内に引っ込めて元の消化器官で覆い、ピックアップトラックへ向かった。

「退却だ！　退却しろ！」

ジョン・ダンプの声に応じて、トーイが不快そうな鳴き声をあげながらピックアップトラックをUターンさせた。その荷台に、いち早く転がってきたタウンリーが、ぽんと跳ねて乗り込んだ。続いてジョン・ダンプが荷台へ飛び込もうとするところを、チェリーが横からフィンガースナップで吹っ飛ばそうとし、パーシーが好機とばかりにチェリーの首を囓りにかかった。チェリーは、上手く引っかかってくれたという顔で、パーシーが発射する第二の顎を、右肩で受けると、左手のフィンガースナップの一撃を、相手の腹に叩き込んだ。

ジョン・ダンプは何ごともなく荷台に乗ったが、パーシーのほうは後方に吹っ飛び、呑み込んだものを吐き散らしながら転倒した。チェリーも衝撃で後ずさったが倒れることはなく、囓られた肩に力を入れて止血している。

パーシーが跳ね起き、全身の牙を剥いて、吐いてしまった二本の指を探した。

だがトーイが騒々しくクラクションを鳴らして急かすので、

「あとで残りの指を囓らせてちょうだい」

迫るチェリーに言い置き、手足の関節を逆にして後ろ向きに走って逃げ、ピックアップトラックの荷台に飛び込んでから関節を元に戻した。

「七十年ものの貴重な指をくれてやるわけにはいかないね」

チェリーが道路に転がった指を二つとも拾い、胃液まみれのそれらを服で拭った。ピックアップトラックが再び道路脇のタイヤ廃棄場へ入っていくのを見届けると、メイプルとスピンとともに、きびすを返して駐車場に戻り、バスに歩み寄った。

周囲には誰もおらず、バスの開きっぱなしのドアから、メイプルだけが入った。

仕切られた小部屋の一つに、ホスピタル、モルチャリー、ストレッチャー、そしてベッドに横たわる、変わり果てた姿で苦しげに息をするバトンがいた。

「なんてこった、バトン」

メイプルが拳を額に叩きつけ、ホスピタルが振り返って言った。

「危険な状態ですが、可能な限りの治癒を施します」

「バスは大丈夫なのかい？」

ストレッチャーが、壁の通信機器を、こつこつ叩いてみせた。

「〈白い要塞《ホワイト・キープ》〉が守ってくれている。そうだな、バジル？」

バジルの声がスピーカーから返ってきた。

《DCFで偽の通信に紛れてリックのプログラムを放り込まれたが、駆除済みだ。襲撃した連中は〈戦魔女《ウォーウイッチ》〉に追わせる。よく護衛してくれたな、メイプル。まだやれるな？》

「もちろんだね。仲間が目やら指やらやられたが、ホスピタルに治してもらうさ」

《よし。お前らは全員、南マルセル港に移動しろ。そっちに〈シャドウズ〉のトミーを行かせる。毒を浴びたビリーを連れてるから治療してくれ》

「はい、バジル」

ホスピタルが応じる横で、モルチャリーが、ぐっと両拳を握っている。

通信がオフになると、ホスピタルが改めて、メイプルに尋ねた。

「一緒に来てくださいますか？」

「そうするつもりだけど、違う意味で訊いてるんなら仲間と話してから答える」

「はい」

「あたし個人の考えを言わせてもらえれば、あんたは、あたしの仲間を守るため、このバスから出てくれた。あんたをリーダーとしてグループを作るっていうんなら、あたし個人の答えは明らかだ。ぜひ、そうさせてくれ。〈評議会《カウンセル》〉で席を手に入れて、この騒ぎが終わったあとでハンターが何をやる気か、あんたと一緒に、最前列で知りたい」

16

トーイが運転するピックアップトラックがタイヤ廃棄場に飛び込み、すり減ったタイヤが迷路のようにうずたかく積まれた場所をスピードを落とさず、巧みに走り抜けた。霊長目ヒト科オランウータン属の中では、まず間違いなくトップクラスのドライバーだ。

背後から〈ビリークラブ〉が追ってくる様子もなく、悠々と退却できるかに見えたそのとき、道路側のフェンスを軽々と躍り越えるものがあった。

ミランダを乗せた白馬のリリーだ。途方もない脚力と探査能力で、不安定なタイヤの山を難なく駆け上がり、敵の位置をとらえてミランダの電子ゴーグルにターゲットを示した。

「イエス、リリー！　ファック・ゼム！」

ミランダが快然と叫び、右手の親指を下へ向けた。

はるか上空に浮かぶ雹の群が降下し、ピックアップトラックのヘッドライトを粉砕した。フロント・ウィンドウを貫いて亀裂だらけにし、荷台に乗る異形の三人に、狙い過《あやま》たず痛撃を食らわせていった。丸まったままのタウンリーは平然としたものだが、残り二人は頭や背を打たれ、苦痛の声をあげた。だが極限まで肉体を強化した彼らは、天からの一撃にも死んだり気を失ったりすることなく耐えてみせた。

「キャァーアイッ！」

視界を奪われたトーイが腹立たしげに喚き、ハンドルとギアを的確に捌《さば》いてピックアップトラックを横滑りさせ、車体の助手席側をタイヤの山にぶつけて停車させた。

激しくクラクションを鳴らすと、そこかしこから小さな生き物たちが這い現れた。タイヤ廃棄場に住みついた小汚いネズミの群だ。それらが驚いて逃げ回ったことで、リリーのレーダーが攪乱された。雹が分散し、次々にネズミを叩き潰していった。

「やだ！　もう、おえっ！」

ミランダがリリーの首を叩き、ターゲットを絞り込むよう頼んだ。

「雹の〈魔女〉め！　囓り殺してやる！」

「下水でそうしてやれ！　行くぞ！　カーチスが待ってる！」

全身の牙を剝くパーシーを、ジョン・ダンプが制止して荷台から這い降り、猛スピードで動くナメクジのように海岸へ向かった。タウンリーが転がり、パーシーがチーターのように手足を使って駆けた。トーイが運転席のドアを蹴り開き、タイヤの山を手招くようにすると一ダースものタイヤが起き上がった。あらかじめトーイの体液がブレンドされた水で満たしておいたのだ。トーイがその一つを足元に来させて踏み台にして地面に降りた。

ミランダの雹が頭上から迫ったが、タイヤたちが激しく跳ね飛んで宙を舞い、一つがトーイの盾となって雹の一撃で引き裂かれ、内部の水をまき散らした。

トーイは長い腕を地面につけ、体を振り子のように振り、せっせと移動した。ミランダとリリーに見つかったなら、すぐに新手の〈魔女〉が来るとわかっていた。

果たして、背後で猛烈な火炎の輝きが起こった。停車したピックアップトラックが眩《まばゆ》い炎に包まれて爆発し、タイヤの山よりも高く浮かび上がった。動くタイヤ内の水が蒸発して濛々《もうもう》たる白煙を上げ、ネズミたちが火だるまになって走り回り、あちこちに火を広げた。

トーイが甲高い悲鳴をあげて必死に前進した。〈ミートワゴン〉の三人が海岸側のフェンスを跳び越え、遅れてトーイがフェンスに取りついてよじ登った。

リディアとデビルが、マヤと巨大化したデイジーを連れ、一帯を火炎地獄に変えながらやって来た。デビルが発する不可視の壁に守られているのはリディアとマヤだけで、土管ほどの太さの白蛇は、灼熱の火にも構わずタイヤの山を這い上っている。体表面をびっしり覆う鱗が無数の気泡をふくんでいることで、石綿のように熱を防いでいるのだ。

「出てきな、〈M〉のフリークスども！　あたしらが相手だ！」

リディアの後ろで、マヤが脳内に形成された器官で周囲を走査するとともに、デイジーからも探査情報を受け取っており、手を伸ばしてリディアの豹柄の上着を引っ張った。

「デイジーが見つけたわ」

マヤが指さす先へ向かったところ、デイジーがフェンスを押し倒し、首を真っ暗闇の海岸に垂らしていた。

「デビル、下に行こう」

リディアがさっとデビルにまたがった。デビルは逞しい体と疑似重力《フロート》で彼女を支え、倒れたフェンスを踏み越えると、十メートルほどの高さの岸壁を地面に垂直に歩いて降りた。

ぬるぬる湿った岩場に足をつけたところで、その背からリディアが降りた。

デイジーの巨大な頭が、岸壁の一角で舌を出し入れしながら何かを探っていた。

リディアが、ぽんと軽く手を叩き、右手の平に火の玉を出現させた。　火明かりに照らされる岸壁に、下水路の放出口が、ぽっかりと穴をあけていた。

マヤがデイジーの胴体を滑り降りてきてこう告げた。

「あいつらはここに逃げ込んだとデイジーが言ってる」

リディアが火の玉を松明《たいまつ》のように掲げて穴の中を覗き込んだとたん、デビルが唸りをあげて見えない壁を展開し、デイジーの胴体がマヤの体を包み込んだ。

直後、リディアの眼前で炸裂が起こった。下水路の泥水に浸かって待ち伏せていたタウンリーが、体表のラッチにとらえた小石や鉄屑などの無数の破片を放ったのだ。ただしその攻撃のほぼ全てがデビルの見えざる壁で逸らされ、下水路の壁を盛大に削った。穴から飛び出した分も、マヤを守るデイジーの胴体が受け止めた。

その頼もしい防壁をゆいいつすり抜けた破片が、リディアの右眉を引き裂いていた。彼女の血の匂いを嗅いだデビルが体毛を逆立てて激怒の咆哮をあげたが、タウンリーはとっくに転がって下水路の奥の暗闇に消えている。

「リディア、怪我を？」

マヤが、デイジーの胴体を叩いて離れさせながら訊いた。マヤもデイジーもリディアの血の匂いを、舌や脳の爬虫類的な感覚器官で嗅ぎ取っているのだ。

「大したことはない。かすり傷だ」

リディアが火を消し、感謝を込めてデビルの背を撫で、右目に垂れ落ちる血を拭《ぬぐ》った。眼球を貫かれていたかもしれないと思うと、恐怖よりも熾烈な怒りが燃え上がった。

「ヘイ、みんな、大丈夫だった⁉」

岸壁の上で、ミランダがリリーに乗ったままわめいた。

「問題ない！〈M〉のフリークスどもを追う！あんたとリリーは道路に戻りな！」

「ストップよ、リディア！かっかしないの！電波が通じない場所に入る前に、ハンターとバジルに報告しなって！」

マヤがリディアの手を取り、ハンカチを渡した。リディアがデビルとともに、うーっと唸り、ハンカチを顔の傷に当て、耳のインカムのスイッチを押してコールした。

《おれだ》

「ヘイ、バジル。〈M〉のクソ猿と化け物が、下水路に逃げた。マヤとデイジーなら迷わず追いかけられると思うけどね」

《罠だ。一人ずつ地下で消えてくってなことをやらかすな》

「やつらを仕留めるチャンスを捨てる気はない、と言ったら？」

一拍の間を置いて、バジルではなく、ハンターの声が返って来た。

《目の前のチャンスと引き換えに結束を捨てる者が、勝利をつかむことはない。悲しいことに今しがた〈シャドウズ〉の壊滅がそのことを証明した》

リディアが目をみはり、彼女の驚愕の匂いを嗅いだデビルが鼻に皺を寄せた。
「〈シャドウズ〉が？　なんてこった。まさかマクスウェルの野郎が？」
《そうだ。ジェイクは〈プラトゥーン〉に合流した。トミーも、負傷したビリーをホスピタルに預けてのち、そうするはずだ》
「その二人しかまともに動けないってのか。くそったれだね」
《してやられたことを認め、適切な反撃に努めねばならん。お前たちのリーダーであるヨナ・クレイも、サディアス・ガッターを仕留める機会を虎視眈々と窺っているはずだ。お前たちも同じように振る舞うことで、より大きな勝利を手にするべきだ》
「わかったよ。どのみち連中は島から出られないんだ。このあとどうすればいい？」
また間が空き、バジルが応じた。
《お前たちと〈クインテット〉でリデンプション教会を攻めろ。〈M〉の巣を焼き払え》
リディアが好戦的な笑みを浮かべ、返事代わりに、ちゅっ、とキスの音をたてた。苦々しく唸るバジルへ、くすくす笑い返してインカムの通信をオフにし、仲間たちに言った。
「聞いた通りだ。腐れフリークスどもが悪魔を崇める、腐れた教会を焼きに行く」

17

「これで、〈魔女〉まで独走して壊滅するってなことは防げるだろうよ」

バジルが、リディアのせいで寒気がするというように首をすくめた。

すかさずヘンリーが褒め称えるように諸手を挙げた。

「賢明な判断です。さすがはハンター、バジル。下水路に入れば〈魔女〉たちは手痛い打撃を受けるに違いありません。経験上、ああした空間は、追う者に不利となりますからね。ところで一つ質問ですが、私たちはまだここにいるのですか？」

いまだ〈ハウス〉は島の西端、ブーツの爪先にある公園から動いていなかった。〈クインテット〉と〈魔女〉が島中央にあるリデンプション教会へ進み、〈ガーディアンズ〉と〈ビリークラブ〉が東岸の南マルセル港へ移動すれば、当然ながら孤立無援になるのだ。

「そうだ。マクスウェルとサディアスに我々の位置をつかまれているとしてもな」

ハンターが言うと、ヘンリーが恭《うやうや》しく首肯し、代わってケイト＝マクスウェルが昏い眼差しでこう口にした。

「もちろん、この白い輝けるリムジンを誰かが見ているだろう。我々が島に入ってからずっとな。〈ウォーターズ〉は島の出入り口を厳しく監視するという手っ取り早い方法で、DCFと、島外へ労働者を運ぶゆいいつの手段であるキャリアー・バスを牛耳ってきた。〈M〉もそうだろうし、動かざる〈ハウス〉から他のグループを引き離せとマクスウェルに命じられているはずだ」

ハンターが、注意深くケイト＝マクスウェルの言葉に耳を傾け、言った。

「ホスピタルを狙ったのも、おれを無防備にさせるための一手なのだな？」

「ホスピタルを餌にして全グループを引き寄せ、マクスウェルと少数のエンハンサーが、この〈ハウス〉を襲撃する考えだろう。キングのあんたを押さえれば、やつの勝ちだ」

バジルが肩をすくめてシートに背を預けた。

「おれがマクスウェルの野郎を押さえて、ハンターの勝ちにするさ」

「みなにその覚悟があればいいのだがね」

だしぬけに、スクリュウの口を借りて、ホィールが喋り出した。その声はハンターにしか認識されず、他の面々はスクリュウを見向きもしない。

「シザースの守りを突破するには、君と同乗者の全員が駒となる必要があるぞ。相手の備えは万全で、襲撃は熾烈なものとなる。バジルはともかく、そこの〈魔女〉や、穴掘り人《ディガーマン》、人捜しが専門のバリーまで耐え抜けるかな？」

「むろんだ。おれたち全員が絆を強固にすることで昇格《プロモーション》のときを迎えるだろう」

ホィールが両手をひらひらさせ、楽しげに微笑んだ。

「策士《ルーサー》か敗者《ルーザー》か、君がどちらであるか私も見守っているよ」

そのとき、車内のスピーカーがバリーの電子音声を放った。

《アランとミッチェルが、リック・トゥームのアンテナの一つを見つけました！》

バジルがすぐさまパネルを操作し、通信マイクを差し出した。ハンターはそれを受け取り、自ら言った。

「ただちに必要な処理を施せ。それがこの戦いの趨勢《すうせい》を決する一手となる」

18

「ひゅう！　すーうせいを、けっする、いってえーになっちゃうって！」

ミッチェルが、大型バンの屋根に立ち、暗い駐車場のあちこちへフラッシュライトの光を向けながら浮き浮きした調子で喚いた。

「どういう意味だと思う？　マジしく、じんなよお前ら、ってことかなーと思うんだけど」

「まあ、似たようなもんだろう」

アランが適当に返し、後部ドアをこじ開けたバンの中をフラッシュライトで照らした。

アンクル・ストリートの西端から南へ下る沿岸のインステップ・ドライブと、シンパッド・アヴェニューの間にあるアンクル・ベイ・パークの駐車場だった。長靴の足の甲の付け根あたりに位置する一帯は静かなもので、銃声や怒号もなく、ただ暗い海から潮騒ばかりが聞こえてくる。

アランとミッチェルが発見したバンに、リック・トゥーム本人は乗っていなかった。代わりに、ぎっしり積まれたサーバーと通信システムが稼働中で、電力は駐車場の電動《E.E.》カー用充電設備から供給されている。アランは失認シグナルの能力《ギフト》を強めたり弱めたりし、車内のトラップの有無を探った。爆弾のたぐいはなかった。けちなリック・トゥームが、高価な機材を吹き飛ばすような罠を仕掛けるはずがないのだ。

　代わりに誰かが車内に侵入したときは、そいつを狙う呪いのプログラムを放つ。フラッシュライトのように単純な道具の回路や、電柱が備える制御盤といったものにも、死の電子ウィルスがまき散らされる。それがリック・トゥームの手口だ。

　ミッチェルが、バンのフロントを騒がしく踏んで地面に降り、アランの背後に回った。

「リックも〈M〉の連中もいないね。あのうすっ気味悪いものがあるだけでさ」

　ミッチェルが言ってフラッシュライトで道路際を照らした。潮風を受けて錆の浮いた道路標識とミラーに、干涸《ひか》らびた犬の死骸をX字に組んだ鉄パイプに磔《はりつけ》にし、鳥の羽や骨などで飾り立てたオブジェが吊るされている。犬の首には『夜の巡礼　夜十時から朝四時M』と赤いインクで書かれた板がかけられていた。

「〈M〉の怪物どもが散歩に出る時間を報せているんだ」

「へえ、散歩中ってわけ。あいつらがいたら顔に唾かけてやるのにさ」

「代わりに、こいつにやってやれ。壊すなよ。お前の虫を潜り込ませるだけだ」

「あいよ、ダーリン。任しといて」

ミッチェルが嬉しげにバン後部に入り込み、カリカリ音をたてる電子機器に、ぺっぺっと唾を吐きかけた。唾液に含まれる無数の虫の卵が孵《かえ》り、プラスチックと金属を分解して栄養源にし、銀色の芽殖孤虫《がしょくこちゅう》へと成長した。代謝性の金属繊維とのキメラ生物である銀色の条虫たちは、電子機器を穴だらけにするのではなく、潜り込んで一体化した。サーバーと通信機が不気味に息づき収縮する虫の塊と化し、ミッチェルのシグナルを通して自由に操作できる道具になったのだ。

「リックに気づかれんよう、〈白い要塞《ホワイト・キープ》〉につなげられるか？」

「ばっちりだよ、ダーリン。もう完璧。やったね」

「よし。これでリック・トゥームのアンテナを一つ潰せただけでなく、あいつの脳髄をつかんで揺さぶってやれる。あいつが無意識に受け取っていたサインも暴けるに違いない」

「サイン？」

アランは答えず、怪物の散歩の時間を示すオブジェにフラッシュライトを向けた。

「あれもサインの一種だ。リックも〈M〉の連中も、暗黒政府からのサインに従って働いているんだ。〈カトル・カール〉がそうだったように」

とたんにミッチェルは、痛ましい気持ちにさせられた。

ミッドタウンにある〈スネークハント〉の本拠地で、アランは捜査ノートと称する何冊ものノートを溜め込んでいた。何かの切り抜きと、意味のわからない数字や記号が記された付箋と、心に深刻な闇を抱えた子どもが描くような絵で埋め尽くされたノートを。

その病的なアラベスクを得意げに見せられたときは、さしものミッチェルも素敵だとは言えなかった。バリーが息子を心配する気持ちがわかって胸が苦しくなった。戦争で見たもののせいで頭のネジが一部外れてしまったままのアランを正気に戻してあげたくなった。

さんざん人を穴だらけにしても良心の呵責《かしやく》などこれっぽっちも感じないミッチェルであったが、アランとその父バリーのこととなると、どうしても放っておけないのだ。

「えっとさ、アラン。バリーの父ちゃんは、サインなんかないって言ってるよ。ああいうの、そりゃ気になるけどさ、単にサイコなお馬鹿の落書きって感じじゃない？」

「おれも最近まで、そう思いかけてた。だが今は、悪魔信仰を隠れ蓑《みの》にした暗黒政府の差し金じゃない、とは言い切れないいんじゃないか、と考えている」

「その……なんとか政府を追っかけたいの？　もしアランがどうしてもそうしたいって言うなら、あたし、付き合うよ。ちゃんと最後まで付き合ってあげるよ」

ミッチェルが、バンの後部に座って足をぶらぶらさせながら言った。

アランがそのミッチェルを振り返り、首を左右に振った。

「心配するな。おれはもう、邪悪な何かを追いかけることに夢中になりはしないし、それで燃え尽きたりもしない。危険なゲームだってことはわかっているし、おれにはおれの仕事がある。ハンターを先頭にして、この都市の階段を登るっていう仕事が」

「そっかあ。よかったあ」

「ただ、今日閃《ひらめ》いた推理を、しっかりノートに残そうと思うだけだ。いつかハンターか、ハンターのような男が、真に暗黒政府との戦いを始める日が来るだろうからな」

アランが毅然と告げてミッチェルを複雑な気分にさせたとき、唐突に、シンパッド・アヴェニューを一台のバスが南下してくるのが見えた。

「ライトを消せ。バンに入れ。急げ」

アランがミッチェルとともにバン後部に入り、ドアを閉めた。バスはアランとミッチェルがいる駐車場の前で停まり、武器を持った労働者たちが下車した。みなサディアスの能力《ギフト》で正気を失っているとみえ、意味もなく空へ発砲しながら、わらわらと近づいてきた。

「リックに気づかれたか？」

「ううん、そんな感じしないよ」

「なら巡回の警備だろう。アンテナが無事か見回らせてるんだ」

「どうする？」

「運転席に行け。おれのシグナルで、お前ごと消える」

アランが失認シグナルを強く発した。たちまちミッチェルはアランの姿を認識できなくなったが、気にせず身を低めて運転席に滑り込み、サイドミラーを覗き込んだ。

いきなり銃弾が飛んできて、サイドミラーが砕け散った。

労働者たちが一斉にバンを撃ち始めた。狙いはいい加減で、弾丸の大半がでかい的を外したものの、あっという間に車体に穴があき、ウィンドウに亀裂が走って真っ白に曇った。

「撃ってきたよ⁉ なんで⁉」

「わからん！」

アランが姿を消したまま声だけ返した。

「バンを出せ、ミッチェル！ このアンテナを壊される前に！」

ミッチェルがイグニッション・スイッチに、ぺっぺっと唾を吐きかけ、虫を潜り込ませてエンジンをスタートさせた。

「海岸へ行け！」

アランの声に従い、ミッチェルがバンを発進させた。銃撃者たちを後方に置き去りにし、インステップ・ドライブ側の駐車場出口から逃げようと試みた。だが、そちらから回転灯の光を放つパトカーと、さらにもう一台のバスが現れて道を塞いだ。

ミッチェルがハンドルを切って方向転換したところへ、パトカーから音声が放たれた。

《あー、〈スネークハント〉の方々へ。こちら〈クライドスコープ〉。後ろへ下がって、大人しくしていてください》

ミッチェルがきょとんとなり、運転席と助手席の間に身を乗り出したアランが、シグナルを発するのをやめて姿を現した。

「スコーピィの声だ。下がれ、ミッチェル」

「なんでスコーピィがここにいんの？」

「なんでもいいからバックしてやれ」

ミッチェルがバンをバックさせてパトカーとバスに道を譲った。労働者たちは急に現れたパトカーに面食らって銃撃せずにいる。いかに正気を失おうとも、島の権力の一端を担う警官を撃とうなどとは夢にも思わないのだ。

彼らが従順な様子で一箇所に集まる間、もう一台のバスがパトカーの前に出て停車し、空圧式のドアを開いた。そして、どうしてそのドアから出られるのかと思うほど巨大な生き物が、身をよじりながら現れた。

体重三百キロは優にあるであろう、灰茶けた体毛を持つ、一頭のグリズリーだ。

「ワオ！　超でっかい熊が出てきたよ！」

ミッチェルが運転席のウィンドウに人差し指を押しつけて喚いた。

「静かにしろ、ミッチェル。〈魔女〉のエンハンスメント動物だ」

グリズリーが鼻息をつき、労働者たちに向かって、ゆったりと歩き始めた。

大して理性が残っていない労働者たちが慌てて銃口を上げ、近づいてくるグリズリーを撃ちまくった。グリズリーの顔や肩や腹に弾丸が叩き込まれるたび、ぱっと白っぽい粉が舞った。まるで小麦粉の詰まった袋を撃つようだ。

グリズリーは痛がる様子もなく立ち上がって轟然と吠え、その口腔から煙のように粉末をまき散らした。労働者たちが身をすくめたが、すぐにとろんとした顔つきになり、うふふ、あはは、と笑いながらくずおれ、サディアスに奪われ続けた安らかな眠りを取り戻していった。

その労働者の一人を、グリズリーが鼻面で押し、仰向けにさせた。

バスの運転席から〈ウォーターズ〉と思われる男が降りてグリズリーに声をかけた。

「ポピー、食べちゃダメ。食べるなら〈M〉の連中にしなさい」

グリズリーが鼻息をついて労働者から顔を離し、男を振り返った。

「そう、良い子ね。そいつらは寝かせておいて、戻っておいで」

グリズリーはのしのし歩き、風船でも押し込むように巨体をバスのドアに潜り込ませた。

男が、アランとミッチェルがいるバンへ近づいた。パトカーからも男性警官が降り、労働者を運んできたバスからは、やはり〈ウォーターズ〉と思《おぼ》しき男が現れた。

彼らがバンへ足を運ぶうち姿が変わっていった。グリズリーが乗るバスを運転していた男は、顔も体も変幻自在のヨナ・クレイに、警官はスコーピィに、労働者を連れてきたバスの運転手はトーディになった。

ミッチェルが運転席のウィンドウを下げるのを、ヨナ・クレイが止めた。

「窓を開くのは、ポピーの粉が風に吹かれて消えてからにしなさい。あの子は菌類とグリズリーの合成生物っていう唯一無二の生き物で、ちょっとしたものをまき散らすの。人を眠らせたり、痺れさせたり、幻覚を見せたりするものをね」

ミッチェルがウィンドウを上げて、僅かな隙間から言った。

「マジックマッシュルーム・ベアがいても、あんたたちはトリップしないの？」

「そうならずに済む物質も、ポピーが作り出してくれるわ」

ヨナ・クレイが女とも男ともつかぬ、変貌し続ける顔で微笑んだ。

「おれたちが攻撃されるとわかってたのか？」

アランが尋ねると、ヨナ・クレイが肩をすくめてみせた。

「マクスウェルは、私たちや、あなたたちが島に入り込んでいるとみて、抜き打ちの検査というのを頻繁にやっているの。マクスウェルが急に現れて、あの嫌らしい味覚で本人かどうか調べたり、誰か潜んでいるかもしれない場所をとりあえず撃たせたりね」

「やつの味覚器官は、おれたちじゃごまかせないんだ」

トーディが、たまらなくぞっとするというように、両腕で自分を抱くようにした。

「香水やら何やらつけていると、かえって疑われるのよ」

スコーピィも、危険な務めをこなしているんだと言いたげに、ぶるっと体を震わせた。

「つまり、自分たちを検査済み扱いにしたかった。で、わざとおれたちがいるこのバンを襲撃させた。検査される側じゃなく、検査する側に入り込むために」

アランが不快そうに断言し、ミッチェルをぽかんとさせた。

「私たちと、あなたたちを。リック・トゥームのアンテナを押さえたとバジルから聞いた。この島を制圧するために重要な一手だと。だからこそアンテナであるこのバンを検査済みにしなければならなかった。マクスウェル本人が調べに来るかもしれないのだから。誰かが潜り込んでいないか確かめるためだけにマクスウェルが高価なアンテナを破壊しようとも、リック・トゥームは文句をつけることもできない。言っている意味がわかるわね？」

ミッチェルが、じとっとした目で、ヨナ・クレイを見つめた。

「あんたがアランを危ない目に遭わせたってんなら、窓を下ろして唾をかけてやるけど」

アランが手を伸ばして、ミッチェルの肩に手を置いた。アランとバリーがミッチェルに触れることは滅多にないので、ミッチェルは目をまん丸にした。

「わかった、ヨナ・クレイ。お互い危ない橋を渡りながら、この戦争に勝つために必要なことをやってる。このバンは検査済みになるんだな？」

「スコーピィとトーディが、そうしてくれるわ」

「バスに乗ってた連中を眠らせちまったようだが、問題ないのか？」

「問題ない。あなたたちがこのバンを押さえたように、私が〈M〉の頭を押さえる」

どうやって、とアランが尋ねる前に、ヨナ・クレイは身をもって答えを示した。頭髪が伸びて真っ白になり、亀裂のような皺を顔に浮かばせ、右腕は引っ込んで隻腕となった。

マクスウェルその人と化したヨナ・クレイが、昏い笑みを浮かべた。

「では、互いに務めを果たそうじゃないか？　アンテナの次は、リック・トゥーム本人を仕留められると期待しているぞ、お前たち《ボーイズ》」

口調までマクスウェルそのものだった。ヨナ＝マクスウェルがきびすを返し、〈クライドスコープ〉の二人も顔を別のものに変えながら、パトカーとバスへ戻っていった。

アランは彼らをじっと見送っていたが、ミッチェルは自分の肩に置かれた手をまじまじと見つめていた。無骨なようでいて意外に繊細な感じのするそのアランの手に、ミッチェルはさりげなく自分の手を重ねようとした。

だがそうする前に、アランはあっさり手を引っ込めてしまった。

「リック・トゥームを探そう。ひとまずコニー・アイランド方面へ移動してくれ」

「あいよ、ダーリン」

ミッチェルはがっかりした顔をしないよう努めて明るく振る舞った。かと思うとギアにかけたその手を、アランがぎゅっとつかんだ。

「お前がおれのことで怒ってくれるのは、いかにもチームという感じがして気分がいいが、二度と〈魔女〉の親玉に喧嘩を売ったりするな」

「はーい、ダーリン！　あたし良い子にしてるよ！」

ミッチェルは天にも昇る心地で笑顔を咲かせ、勢いよくバンを発進させた。

19

〈白い要塞〉と〈マリーン〉がいる南マルセル港に、〈ガーディアンズ〉のバスが〈ビリークラブ〉の三人の車に護衛されながら入った。負傷したバトンが乗っていた車は、島南端の駐車場に置きっぱなしだ。そこへ、見計らったようにビリーを担ぐトミーが、バイクを走り込ませた。

「ヘイ！　急患だ！　急いで診てくれ！」

バイクのクラクションを鳴らし、停車したばかりのバスに横付けすると、バスのドアが開き、宙に浮かぶ担架とともにストレッチャーが現れた。

「負傷者を預かる」

「頼む。くそったれノルビ・トラッシュの毒でやられた」

トミーはバイクを降り、弱々しく息をするビリーを担架に横たえた。ビリーの顔面は、どこが目鼻かもわからぬほど腫れ上がっている。その有様を見るだけでトミーは怒りを刺激され、なんでもいいからハンマーで打ち砕きたくなった。

もちろんそうはせず、トミーは怒りを抑え、ビリーが宙に浮かぶ担架に載せられてバスの中へ入っていくのを見送った。それからバイクに戻ると、背後でこんな声が聞こえた。

「ほら、我々のもとに負傷者が来るようになったでしょう。我々が駆けつけるのではなく」

モルチャリーの声だ。トミーが振り返ったが、バスのドアはすぐに閉まった。

トミーはバイクにまたがり、港を見回した。

停泊する〈白い要塞《ホワイト・キープ》〉の船首にはショーンと〈マリーン〉の五人がおり、車から降りた〈ビリークラブ〉の三人と手を振り合っている。いかにも合流を歓迎する様子だ。

いつから彼らは一緒に動くようになったのか？　トミーは、〈ガーディアンズ〉、〈ビリークラブ〉、〈白い要塞《ホワイト・キープ》〉、〈マリーン〉が、港をがっちり押さえ、頼もしい拠点としてくれているという事実に、かえって薄ら寒いような不安を覚えた。

おれたちはどうなる？　〈シャドウズ〉の立場は？　通信では〈シャドウズ〉も〈モーターマン〉も壊滅状態だ。それこそハンマーを闇雲に振り回したい気分だが、失地回復には何をすればいいかと思うと、腰から力が抜けるような虚脱感に襲われそうになる。

ゴールド兄弟を締め上げて、元〈ウォッチャー〉の馬鹿どもを叩きのめす？　それだけで〈シャドウズ〉ここにありと主張できるとは思えなかった。結局は〈シャドウズ〉のしくじり、管理不行き届きというやつなのだから。

マクスウェルを殺す。サディアスを殺す。はたまたネルソン・フリート議員を殺す。それくらいのことができねば、〈評議会《カウンセル》〉での地位を維持することは無理だろう。

トミーは、ハンマーを背にぴたりと当てて固定し、ビリーを心配する気持ちや、今後の自分の立場への不安といったものを一切押しやり、今はとにかくリーダーであり家族であるジェイクを助けるために、バイクを駆って港から出ていった。

20

「〈白い要塞《ホワイト・キープ》〉からの情報では、マクスウェルたちはあの中に入った。ゴールド兄弟の居場所を考えたとき、有力な候補でもある」

運転席のブロンが、二キロ先に築かれた白亜の建物を指さして言った。

「ああ。おれもそう考えてたよ」

ブロンが乗る四輪駆動車の横で、バイクにまたがるジェイクが応じた。

それはウォーターズ・ハウスの名で知られ、しばらく前の島の支配者である〈ウォーターズ〉一家が、市の大手住宅開発業者に築かせた、妥協なき大豪邸だ。

敷地面積は千五百平方メートル以上もあり、値は一億ドルを下らない。二階建てのペントハウスつき家屋は、マスタースイートが二室にゲスト用のスイートが八室、二階には空や海とつながっているかのようなインフィニティプールのほか、シアター施設、ボウリング場、ポーカールーム、三つのプールバーとキッチンがあるとあっては、もはや家と呼ぶ規模ではなく、長期滞在者を飽きさせないカジノ・ホテルと見まごうばかりの贅沢さだ。

出入り口は三つ。東側に正面玄関と、高級車の陳列台たる立体駐車場につながる、左右を壁に挟まれて蛇行するプライベート・ロータリーがある。

北側には三つのプールと、北マルセル港に続く、専用のパサージュがある。〈ウォーターズ〉一家所有の大型ヨットが停泊するその港へは電動カートで行き来する。

最後は屋上のヘリポートで、今はマルセル島警察のヘリが堂々と待機していた。

かつて「健康な労働者」を市に送り出すことで産業の大動脈を担ったDCFを牛耳り、島の麻薬と銃の流通を支配し、リバーサイドを支配するフリート家と結託した〈ウォーターズ〉一家の成功と、ひいては島の価値を何よりも物語る城だ。

その城を見上げる位置にあるバレット・パークには、〈プラトゥーン〉の四人と〈ビッグ・ショップ〉の十人、そしてジェイクが集まっている。

このうち〈ビッグ・ショップ〉の面々は、到着するや否や、陣地を整えにかかった。三台のピックアップトラックを三方に向けて停め、照明を煌々と輝かせてあたりを照らし、闇に乗じて近づく者がないようにした。ついで背後のシンパッド・アヴェニュー側の出入り口となる道路に、進入する者がないよう、発炎筒を並べて焚き、赤々とした警告の火を灯した。

光と火の輪を設置してのち、なんと彼らは組み立て式シャベルと土嚢袋をピックアップトラックの荷台から出し、せっせと土を掘っては袋に詰め、塹壕《ざんごう》と土塁による防壁を円形に築いていった。背後を衝かれたときの備えであり、ドハティ・ザ・ビッグイーターが、相棒のファングアスとともに、重機関銃とトラップを設置しては透明化していた。

オズボーンは自慢の四挺の拳銃と、額と顎の角のような感覚器官を隠しもせず、〈ビッグ・ショップ〉の二人とともに哨戒に努め、空高く浮かぶキャンドル・ザ・ビッグバッグが、馬鹿でかい対物ライフルのスコープ越しにウォーターズ・ハウスを偵察している。

ジェイクからすれば、一撃離脱のギャング流の襲撃とは完全に異なる、呆れるほどの軍隊的振る舞いだ。公園を穴だらけにし、銃や爆薬を持って歩き回れば、普通はあっという間に通報されて警察に包囲される。だが〈ルート44〉に属する彼らは「密売もする民兵」という誇りに従い、日頃の訓練の成果を見せるべく倦《う》まずたゆまず務めを果たしていた。

陣地が整ってきたところで、ブロンが運転席の通信マイクを取った。

「キャンドル、状況報告《シットレップ》」

《ムー、ハー！　当該施設には〈ウォーターズ〉幹部と兵士、リバーサイド・ギャングが勢揃い。女もいるがみな武装している。確認された戦力は十六人ずつの三交代制、四十八人。三時方向のモーテルにリバーサイドから来た車輛が三台、十人規模の伏兵あり》

ジェイクはその声を横で聞き、六十人以上もの戦力であれば、確かにこちらを取り囲みかねないと思った。だがブロンはむろん包囲されることは考えず、淡々と質問を口にした。

「リバーサイド警察およびマルセル島警察の人員は屋内にいるか？」

《いずれもリバーサイド＝マルセル橋の検問から動く様子はなし。ただし、当該施設のヘリポートに、マルセル島警察の飛行ユニットが待機中》

「ゴールド兄弟、マクスウェル、サディアス、〈M〉のエンハンサー、ネルソン・フリート議員の姿は確認できたか？」

《いずれも確認できず。屋内にいるかは不明》

「了解。偵察を続け、エンハンサーが確認されたらすぐに報告を」

ブロンが通信マイクを持ったまま、下げたままのウィンドウの向こうから、ジェイクへ目を向けた。

「あの建物は、強固な堡塁だ。北側のパサージュは電流が流れるフェンスで囲まれ、出入り口はトラックの衝突でもびくともしない壁とゲートを備えている。西と南の敷地と周囲の高低差は六メートルもあり、梯子をかけて登ろうとすれば建物から狙い撃ちにされる」

「てことは、東にある正面玄関から入るってのか？」

「その場合、あのロータリーを進むことになる。蛇行しているからスピードを出すことは難しく、壁に挟まれていて逃げ場がない。二階テラスの四隅は見張り塔で、刑務所のように狙撃手が監視している。手強いトーチカとして機能するはずだ」

ジェイクは相手の長い説明に苛立って親指で眉の上を掻いた。

「じゃあ、どうするんだ？」

「二手に分かれ、東と南から攻める」

「めちゃくちゃに撃たれるって今あんたが言ったのは空耳《そらみみ》か？」

「それ以上の火力で突破する。車輛に軽迫撃砲を載せ、射程距離半キロ内で炸裂弾と焼夷弾を混用する。空中からキャンドルに、正面からオズボーンたちに攻めさせる」

当然のように告げるブロンに、ジェイクはあんぐりと大口を開けた。

そんなものを使えば、何年もムショ暮らしを覚悟する必要があるんじゃないか、とジェイクは思った。そもそも稼ぎを湯水のように武器につぎ込むなど、どんなアウトローの常識にも当てはまらない。一箱五十ドルの弾丸と二百ドルの銃で十分に人は死ぬし、火炎瓶一つ作るのに一ドルもかからない。なのに、コンクリートの壁をぶち抜いて家を焼き払う兵器を買い揃えるなど、極めつけに馬鹿げている。

だが、周囲を無類の兵器大好き男たちに囲まれているとあって言葉にはせず、

「おれらも火の中に飛び込んで、自分からローストになれってのか？」

ジェイクがその点を質《ただ》したところ、ブロンはこともなげにこう答えた。

「毒ガス対策に有用な装備を人数分、手に入れることができた。その利点を活かそう」

ジェイクは、〈ビッグ・ショップ〉のピックアップトラックの一つを見やった。その荷台には、マルセル島消防署で拝借した、銀色の防火装備一式が積まれている。

「オーケイ、あんたの考えはよくわかった」

「あくまであの建物に侵入するための攻撃だ。その後、マクスウェルたちと有利に対決できると保証するものではない。かえって敵を死に物狂いにさせることもあり得る」

「あのえらく立派な建物に火がつきゃ、誰でもそうなるだろうな」

「とても行動を共にできないと思うなら、今のうちにそう言ってくれ、ジェイク」

ブロンの静かで悲しげな光をたたえた眼差しに、ジェイクは、殺し屋として働くときの表情のないこわもてになって応えた。

「火の海でおたついて、あんたの足を引っ張るなんてことはないぜ、ブロン」

ブロンがうなずき、ドアを開いて出てきた。

「では用意を調えよう」

攻め手は、ブロン、オズボーン、キャンドル、ジェイク、〈ビッグ・ショップ〉七人とされた。うちキャンドルを除く全員がズボンと上着を脱いで土嚢の内側に置き、防火素材でできたつなぎ、ヘルメット、フード、ブーツ、手袋の一式を身につけた。

だぼっとした防火服には、視界の悪い現場でも仲間を視認しやすいよう反射材が縫いつけられており、きらきらと目立つことこのうえない。ジェイクは、こんな冗談じみた格好で殺されるのだけはごめんだと思いながら、拳銃と弾倉を上着のポケットに突っ込んだ。

他の男たちは防火服の上から防弾チョッキを着込み、銃のホルスターや弾帯ベルト、あるいは様々な形と色をしたグレネードが入ったバッグを、マジックテープで留めている。

そうして装備を調えた男たちが、三台のピックアップトラックに分乗した。

それぞれの荷台には〈ビッグ・ショップ〉の男たちが組み立てた軽迫撃砲が一門ずつボルト留めされており、砲弾ケースを抱えた砲撃手たちが乗り込んだ。

ブロンは、ピックアップトラック一台ごとの戦力をユニットと称した。

ユニット・ワンは、ブロンとジェイク、荷台の〈ビッグ・ショップ〉二人で、南側の壁を登って敷地に侵入する役を担う。

ユニット・ツーはオズボーンと〈ビッグ・ショップ〉二人、ユニット・スリーは〈ビッグ・ショップ〉三人からなり、東側のロータリーに突入する。後方を守るのはユニット・フォーで、ドハティとファングアスおよび〈ビッグ・ショップ〉三人だ。

ブロンが、ジェイクを助手席に乗せ、三台縦列となって、即席の陣地を出発した。

見晴らしの良い公園の芝生を踏み荒らしながら進むと、すぐに反応がきた。建物のテラスや小高い庭から、刑務所で使うような大光量のサーチライトの光を浴びせられたのだ。

ジェイクは眩い光に顔をしかめた。ブロンたちがあえて的になる気なのは明らかだった。光による警告を無視して進むと、建物まできっかり五百メートル地点で、びしっ、という鋭い音とともに、ジェイクの目の前でフロント・ウィンドウの一部が僅かに曇った。

ジェイクは曇った部分を内側からつつき、深々と鼻息をついた。ライフル程度ではびくともしない車輛の頑丈さに呆れていた。暗殺を恐れるギャングのボスなみに乗物の装甲にも多額のカネを費やしているのだ。メリル・ジレットのような大物汚職警官ですら、完全防弾仕様の車輛など高額過ぎて購入はせず、警察のものを使い回していたというのに。

こいつらは稼ぎのほとんどを武器や車に回してるのか？　ジェイクは、この自称民兵の銃器密売グループが、常軌を逸して戦争の準備に余念がなかったことを知った。

ブロンは狙撃された地点からさらに五十メートルほど進んでピックアップトラックを停めた。残り二台が右側に来て、建物へフロント部分を向けて一列横隊になった。

建物の庭とテラスでは、ライフルを持った男たちが七、八人ばかり、急に停まったピックアップトラックへ撃ちかけてきている。荷台では〈ビッグ・ショップ〉の面々が飛来する弾丸を恐れることなく、建物へレーザー式デジタル測距器を向けている。それで正確な距離と角度を算出し、軽迫撃砲の照準バルブを調整して砲身を正しい向きに合わせた。最後に、発射方法を切り替えるセレクターが、装塡と同時に撃発する前装モードになっていることを確認し、三つのユニットが次々に《準備良し》とブロンに報告した。

「攻撃開始」

ブロンが通信マイク越しに号令を下した。ジェイクは背後で、砲弾が発射される際に砲身がたてる、鋭く金属的な、キーンと響く音を感じた。数秒ののち、凄まじい炸裂音が夜気を震わせた。ウォーターズ・ハウスの庭からエントランスにかけて三つの炸裂弾が命中し、爆煙がもくもくと湧いた。荷台の砲撃手たちが第二弾を放つと、輝かしい炎の雲が爆煙に取って代わった。炸裂弾が破壊した直後の建物の壁やテラスに、焼夷弾がぶち込まれたのだ。

建物からの狙撃がやんだ。砲撃手たちは、建物のエントランス側に徹底的に砲弾を叩き込んだ。三人とも、僅か三十秒で、八発の炸裂弾と、八発の焼夷弾を、交互に撃ち込んでのけていた。

ウォーターズ・ハウスの東側は爆散するコンクリートの粉塵と炎に包まれ、隣接する立体駐車場が爆煙と炎で包み込まれ、そこに並ぶ高級車が端から爆発を起こした。

ジェイクは、これほどまでにどえらい攻撃を見るのは生まれて初めてであり、はからずも胸中で快哉を叫んでいた。そのジェイクをさらにぎょっとさせ、また昂揚させたのは、ある瞬間、屋上のヘリが木《こ》っ端《ぱ》微《み》塵《じん》に爆発し、輝ける巨大な火球と化したことだ。

待機していた警察のパイロットを、斜め頭上をふわふわ浮かぶキャンドルが、情け容赦なく狙撃したのだった。キャンドルの一万二千ドルもする自慢の対物ライフルが放つのは、オズボーンと同じ必殺の徹甲炸裂焼夷弾だ。その悪魔がやどりし弾丸の一撃でパイロットは速やかに火葬に処され、血と悪臭のする炎をまき散らした。

キャンドルが機体の燃料タンクにもう一発撃ち込んだところ、ヘリはそこに設置された自爆システムでもあったかのように盛大に炸裂した。

ヘリポートが火の海と化し、計四十八発もの砲撃を受けたウォーターズ・ハウスは、遠目に見ても、大混乱に陥っていた。それはもう豪華なホテルなみの建物ではなく、紛争地帯に建ち、瓦礫となる運命を迎えた砲撃目標だった。二階のインフィニティプールは崩れて水が滝のように流れ、エントランスはでかい穴となり、焼夷弾による化学的で有毒な白と黄色の炎にまみれて消火のすべとてない。

《全ユニット、砲撃完了》

砲撃手からの報告を受けて、ブロンが握ったままの通信マイクへ告げた。

「全ユニット、進め」

三台のピックアップトラックが再び前進したとき、後方のドハティたちもまた、適切に攻撃を開始していた。

公園から三時方向にあるモーテルで、三台の車が急発進し、発炎筒が焚かれた道路へ驀進してきたのだ。その道路脇には、ドハティが積んだ土嚢と重機関銃が透明化されており、目の前を横切る三台に盛大な火線を浴びせた。機銃掃射の震動と熱によって姿を現すドハティの横では、〈ビッグ・ショップ〉の一人が土嚢の陰に控え、弾帯の補給に余念がない。

道路の終端である公園では〈ビッグ・ショップ〉の二人が土嚢を盾にしながらアサルトライフルで三台の正面から撃ちかけた。彼らは同時に弾丸を撃ち尽くさないよう、息を合わせて交互に撃ち、弾倉を交換し、そして撃つということを、間断なく繰り返した。

十字砲火の餌食となった三台は、互いにぶつかりながら火線を避け、道路脇に固まって停まった。すでに三分の一が死んだか瀕死となり、残りが車から這い出て、暗がりに逃げ込もうとしたところ、さらなる悲劇に襲われた。ファングアスが張り巡らせた水の糸に腕や脚を引き裂かれ、糸で結ばれた対人地雷のピンが次々に抜かれていったのだ。

殺人的な炸裂によって多数がまとめて肉体を破壊されて息絶える様子を、木の枝にのぼったファングアスが黒々とした目で眺め、しゃっしゃっしゃっ、と楽しげに鳴いた。

残るのは三人ばかりとなり、逃げ場を失って呆然としているところを、ドハティと〈ビッグ・ショップ〉が狙い澄まして撃ち倒した。

このように全火力を前方に振り向けず、後方の備えを怠《おこた》らなかったおかげで、〈プラトゥーン〉と〈ビッグ・ショップ〉の突撃部隊は、背後の憂いなく建物に突入した。

ユニット・ツーとユニット・スリーが、蛇行するロータリーを滑らかに進み、難なくエントランス前まで到達し、ただちにオズボーンと〈ビッグ・ショップ〉の五人が降車した。

「ウー、ラー!」とオズボーンが雄叫びをあげ、両手で必殺のホーン・ツーを抜いた。耐火グローブ越しであっても、大口径のオートマチック拳銃は、どちらも「待ってました!」と言わんばかりに絶好調であることがわかった。

オズボーンは、防火シールドとフードの隙間から突き出た二本の角で、ドアと壁が吹っ飛んだあとの穴の奥にいる者たちの存在をしっかり感覚した。火だるまになってのたうち回る者が何人か、抗戦意欲を失わず待ち構えている者が十人ほど、そして一階へ降りるのを恐れて階段をのぼったところで固まっている者が十数人いた。

オズボーンは、平等に、分け隔てなく、男女の違いなく、感覚された通りに銃撃をお見舞いした。彼のホーン・ツーが発射する徹甲炸裂焼夷弾が、砲撃の雨をせっかく生き残った人々を壁越しに粉砕するだけでなく、さらなる炎を屋内にまき散らした。

オズボーンの左右後背に〈ビッグ・ショップ〉の男たちがつき従い、全員同時に弾切れとならないよう、交互に「装塡《リロード》!」と叫び、銃撃可能な者が前に出て、そうでない者が弾倉を交換した。彼らは耐火装備も万全とあって、自分たちがもたらした火に煩《わずら》わされることなく前進し、その射撃は波濤となって襲いかかり、屋内の者たちは後退を余儀なくされ、建物の西側へ逃げ込むか、あるいは二階へ逃げていった。オズボーンたちが西側へ逃げる者を追う必要はなかった。そちらはブロンたち、ユニット・ワンの獲物だった。

ブロンが南側の壁の前にピックアップトラックを横付けすると、荷台の〈ビッグ・ショップ〉の一人が、折りたたみ梯子を壁にかけた。ブロンがジェイクを促して車外に出て、顔の防火シールドを下げ、アサルトライフルを背負って梯子をのぼった。一人が梯子を支え、もう一人は壁の向こうを警戒してアサルトライフルを構えている。

ブロンが壁の上端に取りつき、鉄柵の隙間から庭を覗いた。誰もいないことを確認すると、下にいるジェイクを手招きした。ジェイクも防火シールドを下げて梯子をのぼり、ブロンの下まで来た。ブロンがまた手招きし、アサルトライフルを構えた男も梯子をのぼってジェイクの下についた。突入の用意が終わると、ブロンは右手の防火グローブを外し、能力《ギフト》を発揮した。手の平から噴出する高熱のガスで鉄柵を切断し、庭側に倒したのだ。

ブロンは防火グローブをはめ直し、庭に侵入した。ジェイクと残り一人が続いた。梯子を支えていた一人はその場を動かず、アサルトライフルを抱えて車輛と脱出路を守った。

首尾よく侵入した庭は、控えめに言って地獄絵図だった。砲撃でずたずたにされた芝生のそこかしこに、死体や千切れた手足が転がり、日常ではお目にかかれないような色をした炎が、地面や建物だけでなく、なんとプールの水面でも激しく燃え盛っている。

防火ブーツでなければ進めないようなそこを、ジェイクはブロンたちとともに身を低くして走り、建物の西側へ回った。砲撃を免れた一角で、背の高いガラス戸が並び、内側にスチール製のシャッターが降りている。ブロンが再び右手の防火グローブを外し、ジェイクも同様にして能力《ギフト》を発揮した。ブロンが高熱ガスを、ジェイクが塩を主成分とする光の環を現し、それぞれガラス戸ごとシャッターを切断し、蹴り破った。

二人がほぼ同時に押し入り、〈ビッグ・ショップ〉の男が続いた。そこはソファが並ぶ優雅なリビングであると同時に、十数個ものモニターが縦横に並ぶ監視室だったが、誰もいなかった。

かと思うと、白煙が立ちこめる通路から、銃を持った八人の男女が息を切らせて駆け込んで来た。オズボーンたちの猛攻で退却させられた者たちだ。

まずブロンが右の手の平を突き出し、猛然と火を噴出させた。さながら輝ける槍を放ったように、男二人がまとめて貫かれ、胴体にぽっかりと穴をあけて転がり倒れた。〈ビッグ・ショップ〉の男が別の二人をアサルトライフルの銃撃で次々に倒した。ジェイクが手の輝きを全身へ広げて突進し、慌てて後退する四人の銃撃を能力《ギフト》で弾き、二人の首を両方の手刀で交互に刎《は》ねた。すぐにブロンたちが追ってきて、アサルトライフルで逃げる二人を仕留めた。

ジェイクは体に輝きをまとったまま、眉をひそめてブロンが抱える武器を見た。

「能力《ギフト》は燃料切れか？」

「能力《ギフト》に固執せず適切な手段を用いるだけだ」

「燃料切れになることもあるってのか？」

重ねて訊くジェイクに、ブロンが防火シールドの奥で眉をひそめ返してみせた。

「弱みを知ろうってんじゃない。軍隊ふうに言や、弾切れ《ノー・アモ》になったあんたをうっかり頼って、お断りされないようにしたいだけだ」

ジェイクは正直に言った。だがジェイクの予想どおり、ブロンは燃料切れの心配などないというようにかぶりを振ってみせ、逆に訊き返した。

「お前のほうは？　顔色が悪いようだが」

「そうか？　何も問題ないぜ」

ジェイクは言ったが、輝けるサーキット・ブレードを全身にまとえるのは、あと二度か三度が限界だと感じていた。能力《ギフト》を行使するたび、塩素や他の重要なミネラルを消費するのだ。といって、公園に置いてきたバイクのシートの下にミネラル点滴のセットがあるから、取りに行っていいかと言うわけにもいかない。戦力外とみなされるだけだ。

「大声でマクスウェルを呼ぶか？　おれがやり返しに来たとわかれば出てくるかもだ」

ジェイクはあえて好戦的なところをみせたが、ブロンはまたかぶりを振った。

「やつがその手の挑発に乗ることはないだろう。ここを制圧し、ハンターが気にすべきターゲットの数を減らす。エンハンサーが現れれば、同じく制圧する」

ジェイクは、ブロンたちとともに、火と煙が立ちこめる部屋から部屋へと足早に移動した。建物の西側に逃げ込んだ者たちを見つけ次第、弾丸を叩き込み、あるいは二人の能力《ギフト》を行使し、はたまたグレネードを投げ込むなどして、容赦なく制圧していった。

港に続く北側のプールやバーを隈なく見て回ったが、誰もいなかった。ほどなくしてオズボーンから二階と屋上の制圧が完了したという報告が来た。建物にいた何十人という人間が、ことごとく死んだらしい。だがマクスウェルどころかエンハンサーは一人も現れず、ジェイクは全身にまとった光を消した。ブロンもジェイクも、ここにいるはずだと予期した相手がいないことから、オズボーンと合流して地下への入り口を探した。

すぐに見つかり、全員で下りた。そこも広大だった。食料やワインの貯蔵庫や、庭でショーを行うための機材が積まれた倉庫がある。加えて、新設されたばかりの小規模な化学工場としか言いようのない一角に出くわした。何のために建設されたかは明らかだった。台の上に並べられた試験管を一瞥し、ジェイクが言った。

「ゴールデンダストだ。ゴールド兄弟はここにいる」

オズボーンがヘルメットを取って上下の角を周囲に向け、化学工場の奥を覗き込んだ。

「この先に部屋がある。誰かいる」

ブロンとジェイクがそちらへ行くと、場違いなほど艶やかなオーク材のドアが待ち構えていた。ジェイクがドアを開くと、地上階のリビングに劣らず豪華な部屋が現れた。

シアタールームのソファに二人の男が並んで座り、ワイングラスをあおりながら、大型プロジェクターで壁に映し出されるものを鑑賞していた。島の娼婦たちと思しき首輪をつけられた女たちが、薬物で正気を失い、自分の目玉をほじくり出して食ったり、ビーカーから硫酸をごくごく飲んで口から下が真っ赤に溶けたりしている映像だ。それを、ソファに座るゴールド兄弟が、カートゥーン番組を見る子どものように微笑んで眺めている。

「ずいぶん騒がしい音が中まで伝わってきたぞ」

兄のオールドGが、ブロンとジェイクを振り返りもせず言った。

「つまらん報告はいいから出て行きたまえ。それとも一緒に鑑賞してくれるのか？」

弟のヤングGが、右手を優雅にひらひらさせ、これまた映像を見たまま言った。

ジェイクは防火グローブを両方とも放り捨て、ずかずか歩いていってヤングGの右腕を両手でつかんで引っ張り、おのれの膝に叩きつけて棒きれのようにへし折った。

ヤングGが悲鳴をあげて床に転がり倒れた。オールドGがぎょっと立ち上がり、怒れるジェイクの面持ちを見て、ワイングラスを放り出し、両手を突き出した。

「待て。我々を失うことを、ハンターが許さないぞ。我々が生み出す富を考えろ。それをお前にやる、ジェイク。マクスウェルではなく、お前のために傑作を用意する」

ジェイクは右手に輝ける環を現し、手刀を振るって、べらべら喋るオールドGの頭部を斜めに切断した。鼻から上を失ったオールドGが、ぶっ倒れて血をまき散らし、口をぱくぱくさせ、手足を激しく痙攣させた。

そのさまを見たヤングGがまたもや悲鳴をあげ、慌てて這って逃げようとした。

ジェイクは、大股でそのヤングGを追い、容赦なく手刀を振るった。胴体を切断されたヤングGは、折れた右腕を抱え、なおも一メートルほど必死に這い続け、千切れた腸を引きずって、微動だにせず佇むブロンの足に取りついた。

「助けてくれ、ジェイクがおかしくなった。お前たちのために、傑作を……」

ヤングGは息絶えた。ブロンは死者の手から足を引き、ジェイクを見つめた。

「わかっていると思うが、ハンターは兄弟を市警察に引き渡し、取引する考えだった」

ジェイクが手の輝きを消して肩をすくめた。

「あんたは黙って見ていた。おれを殺して止めることだってできただろうに」

「お前が、こいつらの代わりに取引材料になる気だとわかったからだ、ジェイク」

ジェイクがソファの肘掛けに座り、オールドGの死体の背に足を乗せたとき声がわいた。

「なんだって⁉ ジェイク⁉」

トミーが両手に握ったハンマーの振るいどころを求めて目をさまよわせ、ジェイクとブロンの足元で死んでいる兄弟たちを見て、両腕をだらりと下げた。

「ヘイ、トミー。ビリーはどうした？」

ジェイクが手招いて尋ねた。トミーはとぼとぼとジェイクに歩み寄った。

「ホスピタルのバスに預けたから……きっと大丈夫だ」

「よくやったな。ここでの戦争に乗り遅れちまったようだが、気にすることはねえ。お前ほどの男なら、まだまだ働きどころはある」

「なんだってんだ、ジェイク？　ブロンが今言ったこと……」

ジェイクはトミーの頭に両手をかけ、自分の肩に抱き寄せた。

「この戦争が終わったら、おれはおれをサツに差し出すってだけだ。ハンターと市警察の取引のためにな。一緒に捕まるはずのマクスウェルたちを見張る人間もいるだろうし、ムショの番人をしてるカーマイケルの護衛が一人増えるのも悪くないとハンターも思うだろうよ。ホスピタルたちに能力《ギフト》を取られちまうかもしれないが大したことじゃねえ」

「なんだってんだよ、ジェイク。なんだってんだ、ちくしょう……」

トミーが、ハンマーを抱えてひざまずき、すすり泣いた。

ジェイクは顔を上げ、ブロンへ言った。

「ビリーとトミーのことを頼まれてくれないか？　二人とも信用できる野郎どもなんだ」

ブロンは、トミーの震える背へ目を向け、うなずいてみせた。

「約束しよう。役目を終えるときまで、お前の同胞をおれが預かる」

21

「この道路を走るのは、ずいぶん久しぶりだな」

イースターが言った。愛車である赤いオープンカーのハンドルを右手で持ち、左腕の肘を窓枠に置いたリラックスした姿で、一直線の道路を進んでいた。

マルドゥック市が運営する、離島の刑務所への直通道路は海の上に建設されてからだいぶ経っている。かつてはその道路にアクセスする道が限られていたため、刑務所に行くのに市内からバスやボートで何時間もかかったが、今の市長であるヴィクトル・メーソンが道路と港を整備させたことで、半分以下の時間で行き来できる。

むろん好んで行く場所ではないし、背後の海岸は錆だらけの工場群とあって荒涼としているが、オフシーズンにしては珍しいほど暖かく、潮風は穏やかで気持ちがよかった。

バロットは助手席に座り、イースターと同じくらい寛《くつろ》いでいた。不安を抱く必要はなかった。チョーカー姿のウフコックを身につけているとあって、むしろこのうえなく安全と言えた。バロット自身だけでなく、そばにいるイースターの身も。

チョーカーは音声を発しない普通のアクセサリーだ。今のバロットに、電子音声を発してくれる道具は必要ない。それでもウフコックを身につけるうえでその品を互いに選んだのは、純粋に長年の習慣のなせるわざだ。

「エイプリルから聞いたけど、収容者の保護の依頼が最近ないって、本当？　警察も、刑務所内が平和すぎて、収容者を安全な房に移すことが取引にならなくなったって」

バロットが首を傾げながら二人へ尋ねた。そんなことがあるのかと疑問だった。対立する複数のギャングや麻薬のディーラーがしょっちゅう放り込まれる場所なのだ。それが、あるとき急に平和になって誰も保護を求めなくなるということがあるのだろうか。

「今の所長が、学習支援プログラムを導入したことが功を奏して、暴力行為が激減した、とスティールが報告している」

ウフコックが答え、イースターがこう言い添えた。

「スティールは何年も、うちのオフィスで刑務所の面会担当をしている。その彼が言うんだから本当だろう。ただ、収容者がみんな平和を取り戻したっていう画期的なニュースをどんなメディアでもまったく取り上げないのは大いに不思議だけどね」

「とても強力な人物が施設全体を支配しているとか？」

バロットは推測を口にした。これから会う人物と何をどう話すか、ということにかかわるのだから、ありとあらゆる推測を重ねておく必要があった。

だがイースターは「どうだろうね」と肩をすくめただけだ。ウフコックも「もしそうなら刑務所全体に、支配欲と恐怖の臭いが充満しているだろう」とだけ言った。

二人とも、ことは容易に推測しえるものではないとみているのだ。

何しろ、ここしばらくは何もかもが極めつけに混沌としているのだから。

マルドゥック市南東のマルセル島で、ギャングとカルト集団の間で大抗争が勃発し、多数の死傷者が出たというニュースが連日報道された。リバーサイド警察署や、マルセル島警察署および消防署も、事前に抗争の情報を得てはいたが、危険すぎるとして介入を避けたようだ、とこれまた調査に赴いたスティールが報告している。

おかげで現地の警察も消防も、当時の状況をほとんどつかんでいなかった。彼らは、武装した人間が橋を渡ってリバーサイド側へ――裕福な人々が住む沿岸部へ行かないよう、部分的に封鎖線を築いただけで、抗争をほったらかしにした。それでもマルセル島警察の人員にも死傷者が出ているというのだから、よほどの騒ぎだったに違いない。

それ以上にイースターと彼が招集する人々を愕然とさせたのが、ネルソン・フリート議員が辞職するというニュースだ。フリート議員が市長選出馬のために辞職することは既定路線で、それ自体は驚くことではなかった。だがその後釜としてフリート議員が推すのが、よりにもよってハンターであるというのは、まったくもって、ただごとではない。

リバーサイドは、フリート議員とその一家が最も影響力を持つ地域だ。その足元のマルセル島で大抗争が繰り広げられて間もなく、フリート議員が自身の補欠選挙にハンターを送り込むという。しかも抗争では、ハンター配下のエンハンサーが何人も死亡するだけでなく、多数が逮捕され、まとめて刑務所に送り込まれていた。

ハンターが、抗争という強引な手段によってフリート議員の信任を勝ち得た。そう考えるのが自然だ。むしろ、それ以外にどう考えるべきか、バロットにはわからなかった。

クレア刑事やローダン・フォックスヘイル市警察委員長が、事態解明に躍起になっているが、今のところクレア刑事からは、「何がどうなっているのか皆目不明」という、さも苛立たしげな報告しか、オフィスには届いていない。

こうして、極端に情報が手に入らない状況で時間ばかりが過ぎるなか、ある人物が唐突に〈イースターズ・オフィス〉に保護を要請したわけだった。しかもクローバー法律事務所のアソシエートに過ぎないバロットを、わざわざ代理人に指名して。

「罠の臭いがぷんぷんするぜ。ウフコックほどじゃないが、おれも鼻が利くんでね」

というのがミラーの意見だった。

「ハンターが、抗争でしくじったやつに所長の暗殺を命じたのかもしれんぞ」

現場に復帰する準備段階としてオフィスで「内勤」をしているレザーも同意した。

「おれが殺意を嗅ぎ取ると、ハンターもわかっているはずだ」

ウフコックは請け合い、面会すべきだと言った。ハンターの動向をつかむためにも。

「ハンターが収容者に指示してルーンを指名させた目的を探るべきですね」

スティールが、そう言って面会に賛成した。

ライムも同意見で、「いつかハンターと面会したときのようにおれも行こうか？」とバロットに申し出た。バロットは嬉しさと同時に子ども扱いされることへの腹立たしさを覚えたが、どちらも顔には出さず感謝し、そして断った。相手が依頼したのはバロットであり、別の者が同席しては相手が警戒して情報を出さなくなる可能性があったからだ。

イースターはオープンカーをまっすぐ刑務所へ走らせると、広々とした駐車場の一画に停め、バロットとともにゲートをくぐった。受付で所持品を確認されたが預ける必要はなく、イースターは、09法案にもとづく委任事件担当官の権限で、通信インカムを装着した状態で中に入った。インカムは、オフィスへの連絡に用いるだけでなく、ウフコックの声をひそかに聞くためでもある。これもバロットには必要ない品だった。

収容者が、外部の人間と面会する場所は複数あった。プライバシーが確保された個室は、弁護士や委任事件担当官との面会にしか使われない。警察が聴取するときは、主に鉄格子越しに看守が見守る高セキュリティ室が使われる。それ以外の家族などとの面会の場として、テーブルと椅子がいくつも並ぶ一般面会室がある。

イースターとバロットが入ったのは、床に固定されたテーブルが一つだけある個室だった。テーブルは金属性で、片側には収容者の両手を鎖で固定するためのバーがついているが、面会する外部の人間が希望しない限り使われない。

だがイースターは、「しっかり拘束すること」を希望した。それで相手の能力《ギフト》を封じられるとは考えておらず、イースターが相手を信頼していないことを率直に示すためだ。

やがて廊下から鎖が鳴る音が聞こえ、ドアが開かれた。刑務官二人に挟まれた男が入室し、どさっと勢いよく席についた。手枷と足枷は、体の前の鎖で縦につながれており、その鎖を刑務官が速やかにテーブルのバーにつないだ。

男は、拘束されているとまったく感じていないような平然とした態度でいる。彼が座る椅子も足も床に固定されているが、今にも両足をテーブルに載せて椅子を背後に傾け、「雇ってやるから感謝しな」とでも口にしそうな、ふてぶてしい雰囲気を発散していた。

名は、ジェイク・オウル。鮮やかなブロンドの髪と髭《ひげ》に覆われた顔は精悍の一語で、オレンジ色の囚人服の上からでも肉体を頑強に鍛え上げていることが見て取れる。いかにも若い荒くれバイカーといった風貌だ。

イースターとバロットは遠慮なくジェイクに視線を向けた。ジェイクのほうも首を左右に傾けながら、値踏みするようにイースターとバロットを交互に見つめた。

「まずは単刀直入に訊こうか、ジェイク・オウル。身の危険を感じるんだって？」

イースターが尋ねた。ジェイクは、バロットの頭のてっぺんから指先まで眺め回すのをやめ、イースターに向かってうなずいた。

「ああ、そうだ。おれはドジをこいた。でかいドジだ。頼りにしていた仲間を失い、ある男からの信頼を失った。その男はおれに、法を犯すことはやめるよう言ってくれた。麻薬を作る残酷な兄弟なんかに頼るなと繰り返し説得してくれた。だがおれは法を犯してカネを稼ぐことをやめられなかった。それればかりか、おれはマルセル島の連中に麻薬を作る兄弟を奪われたことに怒り、勝手に仲間を集めて戦争を仕掛けた」

《彼が単独で判断して行動したという点は嘘だ。それ以外は本当のことを言っている》

すぐにウフコックが指摘し、イースターはインカムで、バロットは能力《ギフト》でその声を聞いた。

「男というのは、ハンターことウィリアム・ハント・パラフェルナーのことだね？」

イースターが確認すると、ジェイクは大げさに首を上下に振った。

「ああ、そうだ。おれが知る最も偉大な男だ」

「兄弟というのは、麻薬製造者として悪名高い、ゴールド兄弟のことだね？」

「そうだ。おれが二人を殺した。落とし前をつけるために」

すかさずウフコックが告げた。イースターは、ウフコックの声を聞いていることをジェイクに悟られないようポーカーフェイスを保って質問を続けた。

「マルセル島の連中とは、具体的にどこの誰のことだい？」

「マクスウェルと、あの阿呆に従ってたクソども全員のことだ」

《嘘ではないが何か重要な情報を伏せている》

イースターは、ジェイクに同意する、というように顎を撫でながらうなずいてみせた。

バロットをふくむオフィスのメンバーが、マクスウェルとその一派と戦闘を繰り広げたことは、ジェイクも知っているはずだ。ジェイクが、互いに共通する敵を持ち出してイースターの信頼を得ようとしているのだとバロットも感づいた。ジェイクが伏せている何かから、イースターとバロットの目を逸らそうとしているらしいことも。

「君がマクスウェルと敵対した経緯を教えてくれ」

「経緯もクソもあるか。やつは、どこの誰でも、自分に従わなけりゃ敵だと言って回るクソだ。たまたま最初に目をつけられたのが、おれたちだったってだけだ」

「だがそのマクスウェルも、ハンターには従っていたんだろう？」

「ああ。やつもハンターの前じゃ大人しかった。だがハンターが急に表に出なくなった時期があってな。あとで聞いた話じゃ、ハンターは昔、戦争で頭を撃たれたんだそうだ。その古傷のせいで具合が悪くなって長いこと治療しなきゃならなかったらしい」

「なるほどね。それで、マクスウェルのたがが外れた？」

「そうだ。やつは自分がハンターみたいになれると勘違いして、あちこち喧嘩を売り始めた。〈誓約の銃《ガンズ・オブ・オウス》〉があんたらに潰される前から、おれはやつと険悪だった」

「たまたまというのは？　何が抗争のきっかけになった？」

「マクスウェルが、ゴールド兄弟はスパイだとか言い出したんだ」

「スパイ？　君が属していた〈クック一家〉お抱えの麻薬料理人だったと聞いたけれど」

「もちろん、マクスウェルのたわごとだ。おれたちのビジネスを潰したかったんだ。で、思い通りにならないとわかると、やつはゴールド兄弟をそそのかして引き抜こうとした。マルセル島に、兄弟が大好きなお遊びを用意してな」

《嘘ではないが、何か重要な点を注意深く伏せている》

「あまり趣味の良いお遊びじゃなさそうだ」

　イースターが、おぞましげに首をすくめた。ジェイクに寄り添うジェスチャーだ。ジェイクが伏せているという何かを開示させるには、こちらからも信頼を構築すべきだった。

「おれが兄弟を始末したのも、やつらの悪行にうんざりしたからだ。このままじゃマクスウェルと同列になると悟ったんだ。マクスウェルが仕切ってた〈誓約の銃《ガンズ・オブ・オウス》〉は、元〈スポーツマン〉のいかれた殺し屋どもだ。シルバーホース社の女優たちや、あんたらに協力した議員の家族を切り刻んだのは、あいつらだ」

「それを証言する意思はあるかい？」

「全部の悪行を喋るつもりだ。おれの分も、おれが知る誰かの分も」

「マルセル島で起こった抗争のことも？」

「ああ。〈誓約の銃《ガンズ・オブ・オウス》〉の次にマクスウェルが仕切った〈Mの子たち《チルドレン・オブ・M》〉は、殺しが生き甲斐の狂信者どもだ。女優たちや議員の家族の殺しにも関わってる」

「抗争の相手は彼らだけではなかったんだろう？」

「〈M〉はあの島を牛耳ってたからな。あそこを縄張りにしてた〈ウォーターズ〉、マルセル島警察、DCFの労働者も、マクスウェルや〈M〉の手下として働かされてたさ」

「それほどの規模の相手と、君たちだけで戦ったというのか？」

「そうだ」

《嘘だ》

イースターが「信じられない」という顔で腕組みしてみせ、バロットもあえて訝しむようにジェイクの顔を覗き込んでやった。だがジェイクは平然と二人を眺め返して言った。

「おれたちは念入りに計画を練り、マクスウェルの野郎が驚く奇襲を食わせた。大事なのは〈M〉の手下どもを仲間割れさせることだった。どいつも能なしのくせに自分はトップを張れると勘違いしてた。その一人一人に、お前が島を牛耳るべきだと言ってやった」

《使命感の匂いだ。彼は偽証を命じられている。おれたちが信じるかどうかも気にしていない。証言が記録されることを狙っている》

いかにもギャング流の手口だった。マルセル島の抗争の真実を隠蔽《いんぺい》することがジェイクの第一の目的であり、命じたのは間違いなくハンターだろう。バロットは頭の中で、付箋にそう書き込んでホワイトボードに貼りつけた。そして、イースターもウフコックも疑問に思っているはずの、「第二の目的は？」というメモを別の付箋に書きつけた。偽証だけが目的なら生ける嘘発見器たるウフコックがいるオフィスに保護を求めるはずがなく、かえって偽証したと記録されるだけだ。ハンターがそんな無駄な手を打つとは思えない。

ハンターがジェイクに命じたはずの、もう一つの目的を見抜け。それがこの面会におけるオフィス側の「最初の務め」だ。バロットはそうメモした。

もちろん「ジェイクは何を伏せているのか？」という点も重要だった。その何かから、こちらの目を逸らすことがジェイクの務めなのかもしれないのだ。

さらにもう一つ。「なぜこの自分を指名したのか？」という疑問を忘れてはならない。ハンターの指示なら、これは過去二回の対面に続く、三回目の間接的な対面になる。

イースターはやがて腕をほどくと、疑ってはいるが、ひとまずジェイクの証言に期待する、というように身を乗り出し、顔の電子眼鏡《テク・グラス》に指を当てた。

「詳しく聞かせてほしい。録画させてもらうけど、いいかい？」

ジェイクは、損はさせないぞ、と請け合うように魅力たっぷりのウィンクをしてみせた。

「いいぜ。いくらでもこのハンサムな顔を撮ってくれ」

イースターもにっこりし、眼鏡の弦《つる》をなぞって録画を始めた。ジェイクが眼鏡のレンズに意識を向けたところを狙って、バロットがするりと質問を放った。

「なぜ私なのですか？」

ジェイクが、ハロー、と眼鏡に挨拶しかけて口ごもった。

「あー、なんだって？」

「ハンターから私を指名するよう命じられたんですか？」

間髪を容れず質問を重ねた。ジェイクが何かを言いかけ、本当に自分が口にすべきことかどうか頭の中で確認するための間が生じた。イエスかノーかを答えるだけなのに。その一瞬で、バロットは、ジェイクが全面的にハンターの指示に従っていることを確信した。

《緊張の匂いだ。間違いを犯さずシナリオ通りに進めようとして慎重になっている》

ウフコックもそう断言した。イースターが眼鏡をジェイクに向けたまま、どうなんだ、と答えを急かすために肩をすくめてみせた。

「鏡だ。ハンターは、あんたのことをそう言ってた。自分を映す鏡になってくれたと。あのハンターに、それほどのことを言わせるやつに興味があったんだ。それじゃ駄目か？」

「あなたの今の状態を私に指摘してほしいと？」

「そうかもしれねえ。ハンターは、あんたを評価してる。自分からあんたに電話までしたって聞いた。そういうことがまたあるかはわからんが。少なくとも、おれはあんたに会ったことを電話でハンターに伝えたいと思っている。ハンターがおれとまだ話をしてくれることを期待してな。しくじったおれを少しは見直してもらえるよう、あんたという鏡に、おれを映してくれりゃいいと思ってる。わかるか？」

「私が何をあなたに言ったかを、ハンターに伝えたいと思っているんですね？」

「そうだ」

「ハンターがそれにどう反応したかを、私に教える気はありますか？」

「もしハンターが話してくれたら、おれはつい、あんたに自慢しちまうだろうな」

《本心だ》

ウフコックが告げた。バロットもイースターも驚きを隠さず、ジェイクの不敵な笑みを見つめ返した。ホットラインだ。バロットは頭の中の付箋にそう書き殴った。にわかには信じがたいことだが、ハンターは、この男と自分を使い、オフィスとのホットラインを構築しようとしていると考えるべきだった。

いったい何のためか。それこそ、この面会で最も解き明かすべき謎だ。

「わかりました。ハンターがあなたの電話に出てくれるよう祈ります」

「心強いぜ。じゃ、マルセル島で何があったか話そう。順を追って説明すればいいか？」

「思いつくままに話してくれ。こちらで時系列を整理して、質問させてもらう」

ジェイクはまたウィンクした。何でも訊いてくれというのだ。

「じゃ、好きなように話させてもらうとするか。まずは、あんたたちが一番知りたがってるんじゃないかってことから始めようか。フリート議員は、もとからハンターに自分の席を譲るつもりだったのか？　その通りだ。おれはそんなことも知らなかった。ハンターが議員になろうとしてるってときに、おれは勝手に馬鹿な戦争を始めたんだ」

《嘘だ。このあとしばらく嘘を口にし続ける気だ》

ウフコックが断定した。バロットもイースターも、ジェイクがあからさまに偽証を始めたことを察していたが、ナンセンスだと罵《ののし》って彼の言葉を遮るような真似はしなかった。むしろ彼の嘘を熱心に聞くべきだとわかっていた。彼が口にすることを分析し、なぜ嘘をつかねばならないかを見抜き、隠された真実を暴くために。

こうしてバロットは、ウフコックとイースターとともに、ハンターが遣わした偽証者の声に延々と耳を傾けることとなった。

22

何もかも上手くいっていた。全て大成功だった。この自分の活躍のおかげで。

リック・トゥームは、続々と送られてくるお褒めの言葉や感謝の声に感動し、トランス状態のまま、激しい喜びでぶるぶる震えてはのけぞり、身をくねらせていた。

ノルビ・トラッシュ率いる〈猛毒小隊《ポイズンスカッド》〉の面々は、〈プラトゥーン〉が〈ウォーターズ〉の待ち伏せに遭って壊滅し、バレット・パークを散り散りに壊走したと言った。

《リック・トゥームの呪いがあの戦争狂いどもの車や通信をめちゃくちゃにしてくれたおかげだぜ。ありがとうよ、リック・トゥーム。お前は最高だ》

そうノルビが称賛してくれるだけでなく、毒虫コンビのベン・ドームやクライル・コヒーも、《リックにはかなわねえぜ》《マジで最強だ》と褒め称えてくれた。

また、〈白い要塞《ホワイト・キープ》〉がリック・トゥームがまき散らす呪いのプログラムに耐えられずに南マルセル港を出て沖合へ逃げていったことが、港の船舶監視レーダーのデータから明らかだった。〈白い要塞《ホワイト・キープ》〉が不在となったことで、島内にいるハンター配下の者たちは、リック・トゥームの呪いを防ぐことができず、通信に混乱をきたす一方なのだ。

《まことに、お前こそ〈偉人《ザ・マン》〉だ、リック・トゥーム。偉大なる霊の受け皿だ。お前が私たちの側にいてくれた幸運に誰もが感謝せざるをえまい》

サディアスはまったく疑いのないことだと口調を強くして言ってくれた。おかげで〈M〉の怪物たちと信徒たちは、まんまと憎らしい〈魔女〉を狩ることに成功していた。

彼らを迎え撃とうとした〈ビリークラブ〉も一人ずつ殺戮されていた。

《おう、かつてこれほどまでにたやすい狩りがあったろうか。かの〈クインテット〉がまるきり烏合《うごう》の衆といっていい呆れたざまになるとは。お前の呪いの前では、いかなる者とて混沌に陥ることを免れず、恐怖と絶望の声をあげるばかりというわけだな、リック・トゥーム。お前がこの勝利をもたらしたのだぞ。お前こそ我々の守護神だ》

こんなことを次から次に言われては喜びの海で溺れ死にしそうだ、とリックは思った。バリーからせしめたバンの安楽椅子に横たわり、何も見ていない目は涙を吹きこぼし、興奮で硬く屹立したものは今にも絶頂を迎えてしまいそうだった。

だがリックは、ある瞬間、ばちっ！　と頭の中で盛大に火花が散ったような衝撃とともに心地好いトランス状態から目覚めさせられていた。

リックは目を潤ませる涙を拭おうとして、両手が動かないことに気づいた。両足も動かない。上体を起こせず、股間が妙にすーすーした。いったい何が起こっているのか？

リックは安楽椅子の上でもがき、顎を引いて何とか顔を上げた。なんとしたことか、両手足と胴体が、服の上からダクトテープでぐるぐる巻きにされて安楽椅子に固定されているではないか。しかもズボンを足首まで下ろされ、お褒めの言葉の数々を浴びたことで、天を衝かんばかりにそそり立っていた股間のものが剝き出しになっている。

そしてそのかけがえのない自慢の逸物に、断熱タンブラーカップを持ったミッチェルが屈み込んで、だらだらと涎《よだれ》を垂らしていた。

「ノーオオオォォォォオオオオオ!!」

リックがそれまでとは異なる涙を溢れさせて叫び、股間のものが、へたへたと萎えた。

「あ、起きた」

ミッチェルが、すっくと身を起こしてタンブラーカップの中身を口にすると、がらがら、くちゅくちゅと音をたてて口内を漱《すす》ぐようにした。その口から糸を引く透明な水を勢いよく噴き、リックの顔に浴びせかけた。

「ひゃあああああ! ひゃあああああああ!」

リックは凄まじい悲鳴をあげて顔を激しく左右に振り、顔にかけられた唾液混じりの水を跳ね飛ばそうとしたが、無駄だった。ミッチェルの唾液に無数にふくまれる合成サナダムシの卵は、芽殖孤虫の初期状態のままリックの目や鼻や口の粘膜へ侵入した。それは当然ながら股間のものの中にも入り込んで尿道と膀胱と精巣にも巣くうこととなった。

「準備できたよ、ダーリン。こいつの脳みそを虫に喰わせればいいんでしょ?」

ミッチェルが、背後を振り返って尋ねた。

「やだあああああ!」

リックが絶叫した。

「殺すんじゃないぞ。そいつの能力《ギフト》を利用するようハンターに言われてるんだからな」

アランは、席について小テーブルの上のモニターと向き合い、キーボードで手早くコードを入力しながら言った。

「任しといて。ちゃんと死にたくても死ねないようにするから」

「やだやだやだ！　やめてくれええええ！　頼む頼む頼む！　やめてくれええええ！」

リックが滂沱《ぼうだ》の涙を流して懇願するのをよそに、アランはエンターキーを軽快に叩いた。

接続のためのプログラムが実行され、モニターに二つの白い円グラフが現れた。円はバン全体とリックが、どの程度、〈白い要塞《ホワイト・キープ》〉の監視下に置かれているかを示している。バンのほうの円グラフは、一瞬で白から青に変わった。完全に〈白い要塞《ホワイト・キープ》〉の監視下に置かれたのだ。リックのほうの円グラフも、じりじりと青い部分が増えていった。

「ひゃあああああ！　おれの頭の中をいじらないでくれええええええ！」

《おもちろぉおおおーい！　おもちろぉおおおーい！》

リックの絶叫に、車内のスピーカーから響き出す声が重なった。〈白い要塞《ホワイト・キープ》〉の〈スイッチマン〉ことプッティ・スケアクロウの見えざる電子の手がリックの脳内に――正確には、そこで息づき能力《ギフト》をもたらすワイヤー・ワームによる合成器官に――干渉しているのだ。

リックは顔を真っ赤にしており、アランが見る限り、リックのほうの円グラフの進行は途中で止まっていた。プッティの電子的干渉と拮抗しているのは明らかだった。

こいつの能力《ギフト》というか脳力は、実際大したものだな、とアランは感心した。ハンターが決してリックを見くびらなかった理由がよくわかった。こいつは確かに優秀なトランス・トラッカーだ。呆れるほど馬鹿で身の程知らずでなけりゃ、ハンターに重宝されたろうに。

アランは席を立ち、けたけた笑うミッチェルの隣で、唾液まみれにされたリックの顔を見下ろした。その右手に、麻酔薬の入った注射器を逆手に握っていた。

「おれはお前に同情するよ。マジで、心から」

そう言ってアランはリックの首に注射器の針を突き刺し、プランジャーを押し込んだ。

リックが叫ぶのをやめ、絶望で見開いた目から最後の涙を流して全身を虚脱させた。

「それはともかく、このバンは返してもらうぞ。うちの親父の愛車だからな」

アランの声はリックには届かなかった。リックは麻酔によって無感覚の眠りへと落ちていった。その目と鼻と口の中で、合成サナダムシが成長を開始した。細長い虫たちは遠慮なくリックの脳を食い荒らし、能力《ギフト》をもたらす合成器官に潜り込んで一体化した。

モニターの円グラフは、両方とも青一色となった。

23

「ウォーターズ・ハウスとリック・トゥームを押さえた」

バジルが通信マイクを握ったまま、ハンターと車内の面々へ告げた。

　ケイト・ホロウとヘンリーが感嘆の声をこぼす一方、バリーが《ミッチェルめ。あとでバンを念入りに消毒しなけりゃならん》と呻いた。

　ジェミニが双頭を宙に向け、右の顔が「ウギウギウギウギ」と虫が鳴くように楽しげに鳴き、左の顔がこう告げた。

《リック・トゥームを〈白い要塞《ホワイト・キープ》〉が支配した。もう呪いのプログラムを警戒する必要はない。逆にやつの呪いを利用することもできる》

「〈ウォーターズ〉の手勢とリック・トゥーム、どっちもこれほど早く潰されるとは、マクスウェルの想定外だろうよ」

　バジルが猛々しい笑みを浮かべ、ハンターへ目を向けて指示を待った。

「想定外になっていることを悟らせるな。〈プラトゥーン〉には、いまだに〈ウォーターズ〉の残党と戦っているように見せかけながら、北マルセル港にフリート議員やリバーサイド・ギャングの集団がいないか偵察させろ。じきに議員の居場所はわかるだろうが、乗り込むのは〈プラトゥーン〉ではない」

　バジルがそのハンターの言葉を〈プラトゥーン〉のブロンに伝えた。

〈シャドウズ〉の犠牲がもたらしてくれたものは大きい。緒戦でマクスウェルはおのれの優勢を確信し、〈プラトゥーン〉を過小評価した。〈スネークハント〉と〈クライドスコープ〉を最大の脅威とみなさず、ユンハンサーに捜索させなかった。〈スネークハント〉も〈クライドスコープ〉も狩らないまま〈クインテット〉と〈魔女〉に戦力を振り向けてくれた」

ハンターが述べると、ケイト・ホロウが前屈みになりマクスウェルの口調で言った。

「マクスウェルは、ジェイクたちが孤立して他の足を引っ張り、ブロンたちは様子見を決め込むとみていた。前者は的中したが、後者は外れた。やつは〈シャドウズ〉を叩けば、ブロンは形勢有利な側につく可能性は高いと考えた。しかしハンターが目覚めた今、ブロンが風見鶏になるわけもない。ブロンはハンターの側に立つと決めているのだから」

「〈シャドウズ〉を追い詰めたことでジェイクに覚悟を抱かせてしまいましたしね。ゴールド兄弟を排除して、全面的にハンターの計画に従う覚悟を」

ヘンリーが、なんとも痛快だというように言い加えた。

「〈M〉のエンハンサーの奇襲も空振りした。〈M〉はマクスウェルから〈魔女〉と〈クインテット〉の両方を引き離さなきゃならん。教会を拠点にして戦場を作るだろうよ」

バジルが言うと、ケイト＝マクスウェルが深くうなずき、警告を込めてこう告げた。

「マクスウェルの手札は多くない。やつもそれは重々承知している。隙あらば、ただちにお前に挑む気でいるはずだ、ハンター」

ハンターは、いささかも動じることなく、「そろそろだ」と呟いた。

「ケイト・ホロウ・ザ・キャッスルに住まうマクスウェルの言う通りだ。誘発された一撃が来る。マクスウェルから見れば、我々は戦力を分散させたうえで孤立しているのだから」

そのハンターとケイト＝マクスウェルの読みは、ぴたりと的中した。

島の長靴の先に位置するビッグトゥー・パークで、アイドリングする〈ハウス〉に、夜の闇に隠れて銃を持った七人がじりじりと近づいてきた。彼らはＤＣＦの労働者で、〈Ｍ〉から本来ギャングのものである各種の銃を与えられていた。全員サディアスの能力《ギフト》で正常な判断ができなくなっており、ただ命令を必死にこなすことしか頭になかった。

その彼らの接近に、公園とその周辺を飛び交うカラスの群が真っ先に気づいた。

《七人の男たちが来る。銃を持っている》

バジルのそばのスピーカーが、ハザウェイの声を発した。

バジルが、どん、どん、と運転席との間の仕切り板を叩いた。仕切り板が下がり、アンドレが顔を出して、大きな手でつるりと頭を撫でた。

「アンドレ航空のサービスをお求めで？」

「銃を持った連中が来る。まず撃たせてから、予定通り移動だ。慌てて逃げ出したようにみせろ。目的の場所まで反撃なしで行く。マジでヤバいときは囲まれる前に言え」

「ホー、ホー、ホー！　シートベルトを締めて、万事機長にお任せあれ」

アンドレが、バジルとハンターに二本指で敬礼し、仕切り板を上げた。

銃を持った七人は、車内でそのような会話がなされているとは想像もせず、頭上を飛び交うカラスの鳴き声にも注意を向けぬまま駐車場に入って横一列になり、純白の輝けるリムジンへ性急に銃を構え、合図もなく引き金を引きまくった。

銃弾が防弾仕様の車体へ浴びせられ激しく火花を散らした。アンドレは陽気な口笛を吹きながら〈ハウス〉を発進させると、まずバックで急カーブをし、テールを七人のほうへ向けた。ドライバーが慌てて銃撃から自分の身を守ろうとしたというように。

テールへ盛大に銃弾が撃ち込まれると、アンドレは〈ハウス〉を前進させ、右へ急カーブをしてみせた。そちらには道路がないことに走らせてから気づいた、というようにいったん停車し、バックをしながら左へ曲がった。七人の前で車体を横に一回転させたのと同じだった。七人は弾丸を撃ち尽くしては、慌ただしく弾倉を交換し、〈ハウス〉の車体のフロントからテールまでまんべんなく撃ちまくった。

もちろんその程度の銃撃で車体はびくともせず、アンドレはいっそう楽しげに口笛を吹き鳴らしながら〈ハウス〉をブリッジ・ストリートへ驀進させた。ストリートの右手にはバス整備場とDCFがあり、左手にはコニー＝マルセル橋がある。アンドレは〈ハウス〉を迷わず右へ向けた。他のグループと急いで合流しようというように。

だが、バス整備場から、ピックアップトラックが一台、バイクが二台、バスが二台、続々と出てきて道を塞ぎにかかった。ピックアップトラックの荷台にはマクスウェルが乗っており、バイクにはそれぞれレザーとラフィの姿があった。

アンドレは、「ホッホッホー！」と愉快そうに長大な車体を持つ〈ハウス〉を難なくUターンさせた。猛烈に揺れる後部座席では、呆然と座るスクリュウをふくめて全員がシートベルトを締めており、ジェミニは腹這いになって急激な方向転換に耐えている。

アンドレが〈ハウス〉を橋へ向かわせたところ、すでにバスが一台、道路に直角に停められていた。道を塞ぐだけでなく、窓から多数の銃口が突き出された。

たちまち銃弾が飛んできて〈ハウス〉のフロントが火花まみれになったが、アンドレは意に介さず、楽しげにハンドルをさばいた。慌てている様子を演じるため、ちょっとばかりテールを揺らしてみせ、するりと右手の海岸線にあるビックトゥー・ドライブに入ると、北東へカーブを描くその道路を突っ走った。

背後から橋のたもとにいたバスのヘッドライトの輝きが追いかけてきた。ドライブの右手ではバス整備所から出てきた車輌群が放つ光がいくつも見えた。〈ハウス〉の行く手にあるインステップ・ドライブで、横殴りの襲撃を行うために併走しているのだ。

その車輌群では、ピックアップトラックの荷台のマクスウェルが、にわかに口をぽかんと開き、「キキキキャーアーアーア！」と甲高い声をあげた。

すると後ろでバイクを走らせるレザーとラフィまでもが「オウッ、オウッ、オウッ！」「カカカ、カカカ、カカカ」と応じ、ゆらぎに干渉するシザース特有の能力《ギフト》を発揮した。

その強烈な影響力は物理的な距離を超越して〈ハウス〉の中のハンターに及ぶばかりか、同乗するバジルたちにも、「何かがおかしい気がする」という違和感をもたらした。

ハンターは、たった今までスクリュウが座っていた場所に、突然、入れ替わるようにして現れた男へ目を向けた。

ネルソン・フリート議員だった。悠々と脚を組み、日焼けした顔をほころばせ、真っ白い歯を見せつけるようにして言った。

「ようやくお前の顔が見えたな。お前の手持ちのスクリュウ・ワンは、こちらのスクリュウたちがネジを締め上げてやったところだ。まあどうせ何を言われているのかもわからんだろうが、これでお前を見失うことはなくなった。ずいぶん大所帯でやって来たものだが、まとめてこの島で打ち砕かれることになるとは思わなかったのか？」

「思いもよらないことだ、議員。おれは今宵、強靭にして呵責なき共感《シンパシー》の輪をもってマルセル島の均一化《イコライズ》を果たす。酷烈に、容赦なく、一切の逡巡する心を持ち合わせず、〈ザ・ハンド〉の一指、〈ザ・サム〉たるお前のネジを締め上げるつもりだ」

24

〈クインテット〉は、負傷者を南マルセル港に移動したホスピタルたちのもとへ送り出すと、〈魔女〉とともにリデンプション教会へ向かった。南マルセル港からも近いその教会は〈M〉の本拠地であり、〈白い要塞《ホワイト・キープ》〉の情報では〈ミートワゴン〉を名乗る異形の四人とオランウータンのトーイが、下水路から出てその教会に逃げ込んだとのことだった。

教会を包囲したのは、〈クインテット〉の四人と二頭、〈ロッジタワー〉九人、〈ダガーズ〉三人、〈魔女〉の三人と三頭の、錚々《そうそう》たる顔ぶれだ。

教会はブロックの真ん中にあり、表玄関が西側の小さな通りに面している以外、三方を他の建物に囲まれている。北側には簡易宿泊所でもある集会所が、東側には大きなビジネス会館が、南側にはベターホーム協会の住宅相談所の建物が、教会にぴったり壁をくっつけているのだ。それらの建物が中でつながっているのかはわからないが、包囲する側としては、出入り口が設けられているとみるべきだった。となれば、教会と三つの建物をまとめて一つの拠点とみなし、包囲するしかない。

オーキッドが〈ロッジタワー〉九人とともにバイクを教会正面の通りに停めた。

エリクソンの四輪駆動車と〈ダガーズ〉三人が乗る車が北の集会所側の小道に停まった。

シルヴィアは東側のビジネス会館の駐車場に車を停め、ナイトメアとともに車を降りて会館の建物へ歩んでいった。

ラスティは南の住宅相談所の前に車を停め、姿を消したシルフィードとともに車を降りると、玄関から入るべきか、はたまた壁を溶かして侵入すべきか思案した。

そうして〈クインテット〉のメンバーがそれぞれの持ち場につくと、現場指揮官を担うオーキッドが、インカムでリディアに連絡した。

「人数的に包囲が薄いところを頼む」

「オーケイ。代わりに〈M〉のフリークどもがいたら隠さず教えてくれ」

リディアが抜かりなく条件を付け、教会の南側の横道に真紅のスポーツカーを停めた。ビジネス会館と住宅相談所が同時に見える位置だ。リディアと黒豹のデビル、マヤと白蛇のデイジーが車を降り、傍らにミランダを乗せた白馬のリリーが立った。ティビア・アヴェニューを数キロも北上したのだが、リリーは異常な脚力で、リディアのスポーツカーと併走してのけ、到着してもまるでまだ走り足りないと不満を態度にあらわすようだ。

これほどの戦力に囲まれては〈M〉も一網打尽にされるほかない。リディアは、タウンリーに不意の一撃を食った怒りを改めて燃やしながら、感心させられてもいた。あのとき怪物たちを追って下水路へ突入していたら、こうも完璧に連中を取り囲めはしなかった。

ハンターとバジルの戦略が、〈クインテット〉を無敵のグループにしているのだ。決して個々の能力《ギフト》の特性ゆえではなく。そのことをリディアは肝に銘じた。〈シャドウズ〉が壊滅したのは、ハンターとバジルの指示を逸脱したからだと考えると恐ろしいものがあった。わざわざ見せしめのために誰かを処罰する必要とてなく、ハンターとバジルの指示には疑問を挟まず従うべきだと誰もが思い知らされるというのは。

自分の直感と感情を重視するリディアにとっては癪《しゃく》に障《さわ》ることでもあった。そんな自分の反感も、ハンターがもたらす共感《シンパシー》においては、小さなさざ波程度なのだろうか。

リディアは「考えるな」と命じられることに本能的な抵抗を覚えるたちだ。虐げられて育った者が必死に手に入れねばならないのが、「これは自分の考えであり、自分の意思だ」という自信なのだから。強者に思うがまま支配されてきた記憶には、強い自信の念でしか抗えない。自信を得るためなら何でもやるべきだというのがリディアの信念で、この島のギャングどもを火炙りにしてやるのもそのためだ。ときに自信を得ようとする行為が身を滅ぼす両刃《もろは》の剣になるとしても、死に物狂いで獲得した自分が消えてしまうより、ずっといい。

そう信じる自分は、ゆくゆくはハンターにどう思われるようになるだろうか？　これは怖い質問だぞ、とリディアは思った。この夜を越え次第、相談すべきだろう。人の無意識を見抜くリーダーのヨナや、万能カウンセラーのケイトに。自在に姿を変え、自由に心を入れ替える二人に。嘘偽りなく自分が信じるところを話したうえで、どうすべきか考えよう。そう心に決めたことで、リディアはやっと目前の務めへ意識を振り向けられた。

そんなリディアをよそに、先陣を切ったのは、ハンターとバジルに誰よりも忠実な〈クインテット〉のシルヴィアとラスティだ。

シルヴィアは、ビジネス会館の玄関のドアが施錠されていることがわかると、無造作に蹴り破ってナイトメアとともに中に入った。

ラスティは、住宅相談所の玄関のドア枠に、釘打ち器で釘を三本打ち込んだ。釘から真っ赤な錆が広がってドアをぼろぼろにするのに任せた。シルフィードのためだ。彼自身は建物の壁沿いに歩いていき、教会に向かう曲がり角の手前にあるみすぼらしい植樹のそばで足を止めた。そしてそこで釘打ち器を腰のベルトに戻し、刺青だらけの両手を壁に当て、顔そのものを蝕じみた防毒マスクに変えると、口吻と化した唇の隙間から、反吐《へど》を噴くように真っ白い溶解液を迸らせた。溶解液はラスティの手の平からも浸みだし、壁のコンクリートが恐ろしい音をたてて溶け崩れ、鉄筋が焼灼されて鋭い異臭を漂わせた。すぐ壁に穴があき、ラスティは屋内へ入った。

シルヴィアとラスティを、〈M〉の怪物や信徒が迎え撃つのに合わせ、他の者も一斉に踏み込む手はずだった。だがそのとき教会でものすごい声が轟いた。

《異端者！　異端者！　異端者！　偉大なる霊に導かれることを拒む異端者が、聖なる家を冒そうとしている！　止めろ！　止めろ！　止めろ！　聖所を冒瀆《ぼうとく》する者を止めろ！》

サディアスの声がスピーカーを通して大音量で響き出し、「わあっ！」と声が起こった。吶喊《とっかん》の声だった。一人や二人、一箇所や二箇所ではない。教会を包囲した者たちの、さらに周囲の建物や小道から、何百人という群衆が洪水のように駆け現れたのだ。

大半はＤＣＦの保護を頼る労働者だが、キャリアーギャングなど〈ウォーターズ〉の下っ端もいた。男が多いが女もいた。いずれにせよ咄嗟に区別をつけるのは難しかった。みなサディアスの能力《ギフト》で正気を失い、目を血走らせて雄叫びをあげている。ある者は銃を、ある者は鉄パイプやバールを振りかざし、攻撃する相手が何者かも考えず突進してきた。

包囲したはずの者たちは逆に包囲されたと悟り、すぐさま迎え撃った。現場指揮官のオーキッドをはじめ、みなサディアスが群衆を盾にする可能性を除外しなかったのだ。

オーキッドと〈ロッジタワー〉九名は、あえて教会の玄関を背にして半円陣を組み、拳銃と電撃弾のみを用いて、殺到する者たちを冷静に撃ち倒した。いつ背後から敵が襲いかかってもおかしくないが、あえてそうしたまでだ。オーキッドの目は群衆に向けられていたが、耳とその音響探査の能力《ギフト》は、教会の玄関から飛び出す敵を待ち構えていた。

集会所の前に陣取る〈ダガーズ〉三人は車から出ると、車体を盾にし、遠慮なく実弾を放った。使う武器も〈ロッジタワー〉が好むような上品なものではない。彼らの務めは血の雨を降らせることであり、自動小銃とショットガンでその務めを果たす。たとえ相手が鉄パイプしか持たない労働者でも、その顔面に弾丸を叩き込むことに何のためらいもない。

この残虐な〈ダガーズ〉を放置しては、労働者というこの島きっての貴重な資源が失われる一方であるため、エリクソンは、ピックアップトラックから降りぬまま能力《ギフト》を発揮し、可能な限りの数の電撃弾をいっぺんに放つことにした。そのピックアップトラックの荷台と後部座席には、いくつもの土嚢が積んであった。ただし中身は土ではない。砂鉄だった。

エリクソンの肉体を構成するのと同じものだ。なぜそれが大量にあるかと言えば、〈イースターズ・オフィス〉の娘に撃退されたときのものを、そっくりそのままとっておいたのだ。エリクソンはあのとき身動きができなくなった経験から、新たな能力《ギフト》の応用に目覚めていた。

土嚢の中の砂鉄がエリクソンの遠隔操作で真っ黒い刃を作り、内側から厚い生地を引き裂いた。刃はたちまち砂状になって、残りの砂鉄とともに水のように溢れ出し、車体とタイヤの表面を覆っていった。全てのウィンドウとタイヤを砂鉄が覆い尽くし、ハリネズミのようにあらゆる箇所に大小様々な銃を形成した。車体が、ものの数秒で黒い砂鉄でできた異形の戦車と化していた。数十もの銃口は、前後左右のみならず上空にも向けられている。いずれも搭載した各種探査機器やカメラを活用しての精密射撃を可能としていた。

運転席のエリクソンの体からも一部の砂鉄が伸び、周囲の砂鉄と複雑な回路を形成した。エリクソンは頭部を溶接マスクそっくりの兜《かぶと》に変形させるだけでなく、ハンドルを握ったまま、糸状あるいは膜状の砂鉄に全身をからめ取られた黒い繭《まゆ》のような状態となった。

エリクソンは、戦車と一体化したおのれを発進させてUターンし、何十発という電撃弾を放った。弾丸は荷台にどっさり積んでいるため容易に尽きることはなく、放水車でなぎ倒されるように群衆が倒れ、〈ダガーズ〉が無駄弾を撃つことを控えるようになった。

このエリクソンに勝るとも劣らず群衆をいっぺんに昏倒させたのはミランダだ。天に浮かぶ雹の核を極力小さなものにする分、数を増やし、雨のごとく降り注がせた。住宅相談所側から来た群衆は、武器をろくに振るうことなく頭上からの一撃を食らい倒れていった。

マヤは四方から到来する群衆を、脳内の熱感知センサーでいち早く察しており、デイジーを肩に抱いてビジネス会館側の通りに堂々と立ち、能力《ギフト》を発揮していた。

興奮した一団が、マヤの身から漂い出す無味無臭の化学物質を吸い込み、息を呑んで足を止めた。彼らの目には、通りや建物のあちこちから突如として真っ黒い煙が噴き出すのが見えていた。彼らは暗黒に呑み込まれ、自分が何をしようとしていたのかもわからず、言い知れぬ不安と無力感に襲われ、手にしたものを路上に落とし、その場にうずくまった。

リディアだけは能力《ギフト》を直接行使するわけにはいかなかった。操られた労働者たちを焼き殺してはかえって自信を失ってしまう。デビルが作り出す不可視の壁に守られながら炎を吹き荒れさせ、あちこちから現れる人々を驚かせて引っ込めさせることに終始した。

こうして路上で激しい闘争が起こって間もなく、ビジネス会館に侵入したシルヴィアの声が、逆包囲された人々のインカムに届けられた。

《サディアスのペットがいたわ。私とナイトメアで大人しくさせておく》

ビジネス会館の薄暗いロビーに入ったシルヴィアとナイトメアは、まず一階の受付や事務室を見て回り、無人であることを確かめた。そして、位置からしてどうやら教会に通じているらしいアルミ製のドアを見つけ、そのノブにシルヴィアが手を伸ばした。

その直後、ドア越しに銃撃され、ドアとシルヴィアとナイトメアが穴だらけになった。

だが衝撃で半歩後ずさっただけで、痛みも熱も大して感じていなかった。

シルヴィアは弾丸が肉体を貫通するに任せてドアへ強烈な蹴りを放った。トレヴァーの能力《ギフト》だった肉体の液状化に、彼女の体内発電の能力《ギフト》をかけ合わせ、自身への電気刺激によって本来の筋力をはるかに上回る力を発揮するのだ。

生けるロボットスーツと化した彼女の一撃で、蝶番《ちょうつがい》が弾けるように枠から外れ、ドアがひしゃげて猛然と飛んでいき、向こうの通路にいる三人をなぎ倒した。

シルヴィアたちが肉体を修復しながら通路に踏み込むと、倒れた三人がいやに体重を感じさせない動きで、ぴょこんと起き上がった。

三人とも全身ラバースーツに覆われており、妙に中性的な形状をしているため性別もわからない。顔までゴムに包まれているのに、なぜか窒息しないらしい。

落としたマシンガンを三人が拾う前に、シルヴィアとナイトメアが襲いかかった。シルヴィアの蹴りとバックハンドが二人を壁に叩きつけ、ナイトメアが一人の脚を噛み裂いた。

ラバースーツが三つとも破裂して大量の水を彼女たちに浴びせた。人が着ているのではなく、内部に満たされた水が動いていたのだ。水はすぐにシルヴィアとナイトメアの顔を覆って視界を奪い、口と鼻から侵入し、喉から肺へと侵入していった。

「キャアッ、キャアッ、キャアッ！」

通路の奥の暗がりにトーイが現れ、頭の上で大きな手の平を叩いて鳴きわめいた。

ふいにシルヴィアの肉体が膨張し、トーイがぴたりと鳴くのをやめた。シルヴィアの全身が水を吸い取っていた。それこそトレヴァーの能力《ギフト》そのものだった。肺に入り込んだ水も液状組織に吸い込まれてシルヴィアのものになった。その顔や首、胴や四肢が、倍ほども膨れ上がり、プロテクターと服のボタンが弾け飛び、銃弾を受けた生地の穴が裂けていった。

ナイトメアのほうは胸部が大きく膨らんだかと思うと、全身から水がしみ出てきた。食い込んだ銃弾を体外へ押し出すのと同じ要領で、侵入した水を追い出しているのだ。

水はすぐにナイトメアの体表を滑るように動いて口から再び入り込もうとしたが、ナイトメアの背にシルヴィアが手を当て、そちらの水も全て吸い上げてしまった。

トーイは慌てて背を向け、暗がりへ逃げていった。

シルヴィアは、丸々と太くなった指を耳のインカムに当て、それが銃撃で壊れていないことを確かめつつ仲間へ告げた。

「サディアスのペットがいたわ。私とナイトメアで大人しくさせておく」

「こっちは、〈M〉のフリークが一匹出てきたぜ」

ラスティは住宅相談所の教会側にある一階通路に立ってインカムで告げた。

通路の真ん中で、馬鹿でかい真っ赤なナメクジじみたジョン・ダンプが収縮を繰り返しているのだが、ラスティには相手の姿があまりに変わり果てているため誰だかわからず、

「でっけえ臓物みてえな気味の悪い形になった、どっかの阿呆だ」

と報告ついでに相手を挑発した。

すると赤い胃壁に、ずんぐりした男の顔が現れた。髪も髭もなく、眼球は真っ赤に染まって瞳がなく、鼻は平らで穴だけあき、肌はぬらぬらとした赤い繊毛で覆われている。

「ジョン・ダンプだよ、ラスティ。まことの姿を手に入れた〈ミートワゴン〉の一人だ」

「おう、喋れんのかよ。ずいぶんひでえツラになりやがって」

ラスティが、自分の蠅のような顔を棚に上げて言った。

ジョン・ダンプが誇らしげに、ほっほっほっ、と笑った。

「先ほど〈ビリークラブ〉のバトンを味わったが、ホスピタルに邪魔をされたせいで消化しきれなかったので欲求不満なんだ。代わりにお前をこの体で消化させてくれ」

「てめえか、ホスピタルに手を出そうとしやがったのは」

ラスティの白濁した膜で覆われた目が怒りで吊り上がり、腰の釘打ち器を握った。

「この阿呆はおれがぶっ殺す。シルフィード、いるか？　近くに来るなよ。お前ごと溶かすといけねえから、どっかにいる他の阿呆どもを見つけて仲間へ伝えろ」

ラスティが言うと、足元で透明化したシルフィードが身を翻《ひるがえ》すのを感じた。不可視の援護を手放したわけだが、気兼ねなく錆と溶解液をばらまけるほうがやりやすかった。

「ホスピタルに手を出す罰当たりは、溶かして便所に捨ててやるぜ、臓物野郎」

ラスティは激しく罵るや、白い溶解液を猛然と口から噴いて相手に浴びせかけた。

25

ラスティの怒りをよそに、ホスピタルがいる南マルセル港でも騒ぎが生じていた。二百人ばかりの集団がバットや鉄パイプ、釘を打ち込んだ角材といったものを掲げながら通りのそこかしこから現れ、荒れ狂う暴徒そのものの様子で、閉めておいた港のゲートをよじのぼり殺到してきた。

「サディアスの野郎に操られてるんだ。なるべく優しく眠らせてやんな」

メイプルの指示に従い、スピン、チェリーが、真っ向から群衆を迎え撃った。

また、船着場にタラップを降ろしたままの〈白い要塞《ホワイト・キープ》〉の甲板からは〈マリーン〉の四人が次々に跳んで華麗に港に着地し、〈ビリークラブ〉に加勢するために走った。

トロイだけは護衛のため船に残った。プッティとショーン、ホスピタルもいるのだ。〈ガーディアンズ〉のバスだけでは負傷者を全員収容できず、一部を船室に運んでいた。

甲板にショーンとホスピタルが出てきてトロイのそばに立ち、ゲートの大乱闘を見た。メイプルの拳が、スピンの蹴りが、ホスピタルに指をくっつけてもらったチェリーのフィンガースナップが、波のように押し寄せる群衆を片っ端から弾き飛ばしていく。

三人を避けて港に走り込もうとする者たちを、〈マリーン〉の四人が華麗に食い止めていった。白髪のディロンは分厚いシャコ貝のような殻を全身に現して突進し、金髪のアスターはカジキそっくりに変形した口を黄色く輝かせ、緑の髪のバンクスはトビウオのように宙を跳ねて両手を緑に輝かせ、アーチボルトはアオミノウミウシのような鰓を青く輝かせ、電撃と閃光と音波でもって、襲い来る者たちを昏倒させていった。

「彼らがここまで来るとは思えないが、念のためタラップを収納し、船を沖合に出すことをお勧めする。それと、あなた方は船内にいたほうがいい」

「あー、うん。プッティにそうするよう言うよ」

ショーンは素直に従ったが、ホスピタルは強い口調でこう返した。

「バスの中にいる人々を全員、船に移してからそうしてください。それとあの騒ぎが終わったらすぐに港に戻ります。あの人たちを治療する必要があるでしょうから」

ホスピタルが指さすのは、〈ビリークラブ〉と〈マリーン〉のメンバーではなく、彼らによって打ち倒されていく人々のほうだった。

「まさに守護者の言葉だ。ただちにそうしよう」

トロイが感銘を受けたように同意した。

「おれがバスに連絡を入れるよ」

ショーンも、ホスピタルの毅然とした態度に目を丸くして言った。

トロイが甲板の柵に足をかけた。

「負傷者の移動を手伝う。どうやら〈ガーディアンズ〉のリーダーは、治療者としてだけでなく、指導者としての素質も備えているようだ」

「まさか」

眉をひそめるホスピタルへ、トロイが微笑み返して跳んだ。宙で何度か身をひねって飛距離を稼ぎ、バスのそばに鮮やかに着地した。

直後、甲板に立ったままのホスピタルへ、鋭い羽音がいくつも迫った。

ホスピタルが逃げる間もなく、銀色のスズメバチの群が現れ、その上半身や髪にたかった。どの個体もホスピタルに毒針を突き立てはせず、ただしがみついていた。

異変はそれだけではなかった。びしょ濡れの三人が、船着場に慌ただしく這い上がってきたのだ。三人は〈猛毒小隊《ポイズンスカッツド》〉を自称する、生ける毒ガス兵器のノルビ・トラッシュ、体に蟻塚を持つベン・ドーム、同じく蜂の巣を持つクライル・コヒーだ。

三人は下水路を移動し、港の排水口から海に入ることで〈白い要塞《ホワイト・キープ》〉の監視をかいくぐって接近したのだ。彼らは船着場に上がると、ばたばたと足音をたてて船のタラップを駆け上がっていった。そしてスズメバチにたかられたホスピタルのそばへ来ると、ベン・ドームがシャツをまくってその胴から銀色のヒアリの群を放った。ヒアリはホスピタルの脚を這いのぼり、スズメバチとともに彼女の身を覆い尽くした。

ノルビ・トラッシュが柵に足をかけ、銃を抜いて頭上へ一発撃ち、大声でわめいた。

「ホスピタルをとったぞ！」

〈ガーディアンズ〉のバスから負傷者を出そうとしていたトロイ、ストレッチャー、モルチャリーが、甲板にいるノルビ・トラッシュの姿を見上げて目を剝いた。ショーンが甲板に出て、虫だらけで微動だにしないホスピタルの姿に呆気にとられた。

「おれたちがホスピタルをとった！　さすがマクスウェルの立てた作戦だぜ！　いいか、お前ら！　今日からおれたちがお前らのボスだぞ！　わかったか！」

26

マクスウェルは猛スピードで走るピックアップトラックの荷台に片膝を立て、眼下の沿岸線を驀進する〈ハウス〉とそれを追うバスの光を目で追っていた。表情は弛緩し、獲物を追う昂揚も緊張もなく、口は半開きで「キャーア、アーア」と甲高い声をこぼしている。

彼の本来の思考では、ハンター配下のエンハンサーを可能な限り分散させ、逆に自分の配下のエンハンサーを集結させてハンターの身柄を確保することが勝利のすべだった。

だがなぜか、そうなっていなかった。サディアスとその配下のエンハンサーも、引き抜いてグループを再編した〈ウォッチャー〉も、誰もマクスウェルとともにいなかった。

代わりにバイクに乗るレザーとラフィがいたが、彼らがなぜそこにいるのか疑問に思えなかった。今のマクスウェルは完全にゆらぎを失っていた。疑問に思う以前に、何が問題か認識することができなかった。自分にとって正しいあり方と、そうでないあり方の区別がまったくつかなかった。それはレザーもラフィも同様であり、マクスウェル以上に思考しておらず、レザーは「オウッ、オウッ、オウッ」と、ラフィは「カカカ、カカカ、カカカ」と獣のような声をあげて空っぽの頭で行動していた。

彼らは今、ゆらぎの調整弁として、また増幅装置として機能するだけでなく、ネルソン・フリート議員がハンターのゆらぎに干渉するための中継装置ともなっていた。彼らはハンターのゆらぎを感知し、ネルソンのゆらぎにつなげることに努めているのだ。

サディアスに操られている〈ウォーターズ〉や労働者たちは、マクスウェルとともに〈ハウス〉を攻撃してハンターを誘拐するという仕事を命懸けで果たすよう命じられているため、マクスウェルの命令がなくともすべきことをした。〈ハウス〉が彎曲したビッグトゥー・ドライブから、直線の多いインステップ・ドライブに入ったところで銃撃を放ったのだ。〈ハウス〉は、後方と右手から十字砲火を浴びながらひたすら北上するしかなくなった。

その〈ハウス〉の中で、ふいにスピーカーがバリーの電子音声を発した。

《フリート議員の居場所を確認！　島の北東端にあるマルセル乗馬クラブです！》

バジルが、おびただしい被弾音にも動じず、冷静にジェミニに問うた。

「本当か？　ダミーじゃないな？」

ジェミニの右の顔が「ギイギイ」と鳴き、左の顔がハンターとバジルを交互に見上げて言った。

《ダミーじゃない。我々も〈白い要塞《ホワイト・キープ》〉も、バリーの情報を確認した。リバーサイドの警察官に護衛されている》

ハンターがジェミニの両方の頭を撫で、目の前に座る相手を見つめ直した。

「これで、こちらが王手をかける場所がわかったな、フリート議員」

それは、ゆらぎによって発する声なき声であったが、車内の誰もがそれを認識していた。

ヘンリーが興味津々の様子で、ちょこんと座ったままのスクリュウを見つめた。

「そこにシザースがいるのですね、ハンター」

ケイト＝マクスウェルが前屈みになり、スクリュウの茫然とした顔を覗き込んだ。

「なるほど。マクスウェルが姿を現したものの、他のエンハンサーが一向に現れる様子がないのは、そもそも集結させていないからだ。シザースはマクスウェル以上に、ハンターにさえ接触できればよく、抗争はそのための手段に過ぎないらしい」

バジルが、ためつすがめつスクリュウを見つつうなずいた。

「ホロウの中のマクスウェルに同意だぜ。シザースってのは人を上手く使ってやろうとも思わねえらしい。マクスウェルだろうが誰だろうが結局は捨て駒でしかねえんだ」

スクリュウ＝ネルソンが眉をひそめた。ハンター以外の面々が、なんとか自分を見ようとすることが純粋に不思議であるらしい。

「なぜ彼らに私を認識させようとする？　いつ自分が死んでもいいよう、〈細胞《セル》〉に過ぎない者たちにゆらぎを継承させたいと思っているのか？」

ハンターが目を爛々と輝かせて、ネルソンを見据えた。

「それがお前たちのあり方なのだな。かねてそうだろうと察していたが、やはりお前たち〈ザ・ハンド〉の眷属《けんぞく》にとって、ゆらぎは独占すべきものらしい。だがおれたちは共感《シンパシー》によって全体をゆらぎとし、それを司る力とする。独占による権力の形成は、全てを共有《シェア》することで真価を発揮するシザースの能力《ギフト》において実に愚かな選択だと言わせてもらおう」

「わかったようなことを。君のその考えこそ、愚かで危険――」

ネルソンが言いさし、その足元にいつの間にか現れている薄汚れたクーラーボックスを凝視した。クーラーボックスの肩掛けベルトがしゅうしゅうと音をたてて蛇のようにのたくり、彼の脚を撫でようとした。

ネルソンが気味悪そうに顔をしかめ、肩掛けベルトを踏みつけた。

「この程度のゆらぎを私に差し向けたところで何にもなりはしない。お前のスクリュウはこの通り私が封じ込んでいるのだからね」

だがそこでにわかに肩掛けベルトが伸びてその両足首に絡みつき、床に固定した。ネルソンが忌々しげに呻き、ハンターを睨みつけようとして息を呑んだ。

車内にいる全員が、ネルソンを見ていた。彼の足首に肩掛けベルトが絡みつき、クーラーボックスの蓋のストッパーが弾けるように解除されるさまを認識していた。

ハンターが両手を握り合わせ、前屈みになってネルソンへいっそう強い視線を放った。

ハンターが彼を認識するほどに、バジルたちにも同じ認識が分け与えられた。

「おれのゆらぎをすっかり見極めた気になっているようだが本当にそうか?」

ハンターが言った。クーラーボックスの蓋がゆっくりとずれていき、内部に満ちるものを、もくもくと溢れさせた。それは灰色の煙だった。いや、閃光を抱く雷雲だった。

ハンターの脳細胞が気化して新たな生き物となったかのような、猛然たる思考の閃きを内包し、相手を呑み込まんとする貪欲さをみなぎらせ、ハンターの思想の中核たる均一化《イコライズ》を妨げる者に、痛烈な稲妻の一撃を浴びせんとする、生ける雷雲だ。

ゴロゴロと雷そっくりの音と光を発するそれが、ネルソンの胸の前で、獲物に跳びかかろうとする肉食獣のように凝集した。

「ここであなたをわが手中に収めてもいいのだぞ、フリート議員？」

相手のおもてに動揺が走るのをハンターは見逃さなかった。ネルソンはのけぞってミニサイズの雷雲から顔を背け、クーラーボックスの肩掛けベルトから足を引き抜こうと悪戦苦闘したが、ハンターのゆらぎから逃れられない様子だ。

とうとうネルソンはもがくのをやめ、首を伸ばして雷雲の向こうにいるハンターとその配下の者たちを険しい顔で睨みつけた。

「忌まわしい〈裂かれた者《ティアード》〉め。お前自身をスクリュウとして群に開放するとは何という。お前は混乱を恐れなさすぎる。無秩序を武器にしすぎる。〈ザ・ハンド〉の後継としては危険すぎる。お前の人格を凍結して虚無に葬るという我々の判断は正しかった」

「お前が指摘すること全て〈ザ・ハンド〉の地位を危うくするというわけだ。お前たちこそ女王を幽閉し、自分たちのためだけのスクリュウとして独占しているのだから。おれは喜んでお前たちの言う危険を冒そう。そして女王を閉ざされた楽園から解放しよう」

「そんな真似が許されると思うな！」

怒りの形相となるネルソンへ、雷雲がにわかに襲いかかった。

次の瞬間、ネルソンは消えていた。シートには小男がぽつんと座っているだけだった。

雷雲も消えており、蓋が閉まったクーラーボックスが、小男の胸に抱かれていた。

刹那の攻防の末、ネルソンが不利を察して撤退した。みながそう感じ取っていた。その感覚は正しいと告げるように、それまで表情らしいものを浮かべなかった小男が微笑んで人々を見回し、クーラーボックスの蓋をぽんぽんと叩いてハンターへ言った。

「見事に〈ザ・サム〉の侵入を防いだな。彼らはお前がどこで何をしているか確認するすべを失った。仕掛けるなら今がチャンスだ。お前がどれほど近づこうともシザースには察知できない」

その〈ホィール〉の声を、ハンターとその周囲にいるみなが認識した。

ハンターが、バジルへ視線を向けた。バジルが通信マイクをつかみ、〈ハウス〉を猛然と走らせるアンドレへ指示を放った。

「予定地点へ向かえ。〈ハウス〉にいる全員で、マクスウェルたちを操っている、黒幕のシザースに挨拶しに行くぞ」

27

教会周辺のそこかしこで群衆が倒れていくなか、最も無傷のまま行動不能にさせられたのはビジネス会館側でマヤがもたらす暗黒に呑み込まれた者たちだ。とはいえ肉体的には傷を負わずに済んだ彼らも、混乱という精神への深刻な打撃によって、自分はもう二度と立ち直れないという思いに苛《さいな》まれてうずくまっている。微動だにできなくなるほどの苦しみに陥るのだから、肉体的な打撃に比して決してましとはいえないだろう。

マヤは新手がないことを確認し、肩に抱いたデイジーを撫でながら、きびすを返した。

その背後で、マヤの暗黒をものともせぬ者がマンホールの蓋を軽々と跳ね飛ばし、地上へ飛び出した。顔に二重の顎と鉄の牙を、肘や膝や腹にも禍々《まがまが》しい顎を持つパーシー・スカムが、相変わらず蛍光色の下着姿のまま、マヤの後頭部を囓り取ろうと跳びかかったのだ。

マヤの額の内側に形成された感覚器官も、分厚いマンホールの蓋に遮られては温度感知ができず、パーシーの接近を許したが、代わりに瞬時の反応を肉体に命じた。

マヤは、蛇のような反射的動作でもって、瞬時に振り返って短剣を抜き、その切っ先を、かっと開かれたパーシーの第一の顎の間へ、正確に突き込んでいた。

フェンシングのテクニックに似た、敵の攻撃阻止を兼ねた見事な一撃だ。その素晴らしい反応もパーシーは意に介さず、第二の顎を発射した。顎の内側を刃で裂かれるのを承知で、短剣ごとマヤの右手首を囓りにかかった。その顎が閉ざされるまでの刹那の間、マヤの脳内の感覚器官は、反撃が功を奏さないと悟り、電撃的な反射をその肉体に命じた。

マヤは短剣を握る手を可能な限り速く引っ込めさせるため、一方の足を軸にして激しく身を回転させ、全身をバネにするだけでなく、パーシーの第二の顎が発射された際の衝撃波も利用し、舞うように跳び退いた。

がちん、と鉄の牙が嚙み合う恐ろしい音が鳴り響いたとき、マヤはパーシーから数メートル離れた場所に立って再び短剣を構えていた。マヤの右手首は無事だったが、袖が引き千切れ、手の甲には幾条もの鋭い切り傷ができて血の滴をこぼしている。

「あら、惜しい。あなたの血だけでなく肉を味わいたいわ」

パーシーが、袖の破片とマヤの血が付着した第二の顎を引っ込めて笑った。

「私のテリトリーの中でも、あなたは元気なのね」

マヤは淡々と返しつつ脳内の感覚器官でパーシーの神経が失調しない理由を探った。答えはすぐにわかった。この牙だらけの女の脳は、物理的および心的な外傷に加えて多種多様な薬物の影響により、とっくに壊れているのだ。慢性的で深刻な失調状態に陥った生ける死人が、エンハンスメントによってよみがえったというわけだった。

「あんたの能力《ギフト》って最高ね。私、嫌な気分になればなるほど人の肉を囓りたくなるの」

パーシーが全身の牙をガチガチ鳴らしながら、マヤとの間合いを詰めた。

「あたしは誰かを灼きたくなるね」

そこへ、リディアの声とともに、炎の帯がパーシーへ放たれた。

パーシーがぱっと炎をよけ、何メートルも跳んで四つん這いになって着地した。

「ハイ、リディア。まずは、あなたのその火炎放射器みたいなお手々を囓るべきね」

「その前にあなたが食べられそう」

マヤが冷ややかに言った。

パーシーがマヤを見て、表情を失った。いつの間にかマヤが抱いていた白蛇がいなくなっていた。かと思うと、パーシーの背後で、巨大なものがにわかに顎を開いた。

リディアが炎を放つのに合わせて、マヤが地に放ったデイジーがパーシーの背後に回り込んだのだ。デイジーの頭部は小型車程度であればひと呑みにできるほど大きくなり、宙へ跳ぶパーシーを難なく追って、ぱくりと食った。デイジーは閉じた口の隙間から巨大な舌を出し入れしながら、ただちに相手の水分を吸い取って干物にしようとした。

その前に、パーシーの第二の顎が、デイジーの巨大な腹を食い破って飛び出した。第二の顎が引っ込んでは発射され、デイジーの腹を齧り裂き、数秒後には粘液まみれのパーシーが路上に転がり出て、自分が出てきたマンホールへと猛スピードで這っていった。

パーシーへ拳大の雹が襲いかかったが、マンホールからタウンリーがぽんと跳んで現れ、パーシーの代わりに雹を食らった。パーシーが素早くマンホールの中へ這い潜り、タウンリーがその穴の前でひと跳ねした。

「デビル!」

リディアが呼ぶと同時に、デビルが前に出て、見えない壁を張り巡らせた。一瞬後にタウンリーが炸裂し、多数の破片を高速でまき散らした。地雷が爆発したような煙の柱が立ちのぼり、巻き添えを食った労働者数人がずたずたに引き裂かれて四方へ吹っ飛んだ。

デイジーもたっぷり破片を浴びたが、この収縮自在の白蛇にとって痛手ではない。食い破られた腹の穴も、気泡化した細胞が寄り集まり、たちまち塞がれていった。

タウンリーは、〈魔女〉たちに自分の姿を見せつけるように、煙が風に吹き払われるのを待ってから、ころりと転がってマンホールの中へ消えた。

「パーシーとタウンリーが下水へ逃げた。あたしとマヤで追いかける」

リディアが、インカムでオーキッドへ告げた。

「行かせてくれるかしら」

マヤが短剣を握ったままの右手の甲の傷に、袖の一部を引きちぎって巻きつけながら疑わしげに呟いた。その足元にだいぶ小さくなったデイジーが這ってきた。

オーキッドは、ひたすら群衆を撃ち倒しながら、こう返答した。

「よし。シルフィードに援護させる。無理に深追いするな」

白馬にまたがるミランダが来て、オーキッドのはからいに、喜びの口笛を吹いた。

「気をつけてちょうだい、リディア、マヤ。私はここで、大勢を寝かしつけてる」

「そっちも気をつけな。行ってくる」

リディアはさっそくデビルにまたがった。デビルは穴を降りるのではなく、疑似重力《フロート》で地面と垂直になって壁を歩んだ。ついでマヤが小型化したデイジーを肩に抱き、短剣を握ったまま壁づけの梯子を使って異臭のする暗い穴を降りていった。

すぐ透明化したシルフィードが住宅相談所の玄関から走り出て穴へ飛び込んだが、その様子を認識できたのはオーキッドと白馬のリリーだけだ。

リリーは八つの目で不可視の猟犬をとらえたのではなかった。蹄にもセンサーとなる器官を備え、シルフィードが音もなく駆けるときの僅かな地面の震動を感知したのだ。

そしてリリーは、その蹄でもってさらに別の存在の動きをとらえており、リディアのゴーグルに警告と相手の位置を表示させていた。

直後、ラスティがあけた住宅相談所の壁の穴から、鋭い槍の穂先のような四つの腕を振りかざしてカーチスが飛び出した。どこに潜んでいたものか、シルフィードの嗅覚にもとらえられることなく隠れ、二人の〈魔女〉がパートナーとともに地上から姿を消すのに合わせて、ミランダの背後を狙って襲いかかったのだ。

ミランダは、道路へ殺到する群衆へ、リリーの馬首を向けたまま、鞍の上で身をひねって雹を三ついっぺんに降らせた。天からまっすぐ加速して落下するそれらを、カーチスは左右に跳んでジグザグにミランダに迫ることでかわそうとした。

カーチスの動きは功を奏し、雹を二つまでも迅速に避けた。念入りかつ異常な肉体作りのたまものであり、最後の雹も、頭上で交差させた両腕で受け止め、防ぐことができた。

カーチスは、十メートルほどの距離を一気に詰めてミランダとリリーへ驀進した。だが、いきなり顔面と胸に激しい衝撃を立て続けに受け、火花を散らしながら転倒した。

オーキッドの跳弾だ。得意の音波探査でカーチスの動きを察知し、オーキッドは右手の銃を右腰のホルスターに戻し、左腋下のホルスターから実弾をたっぷり詰めた拳銃を抜き、跳弾でもって曲がり角の向こうにいる相手へ撃ちかけたのだ。

「カーチスが出た。ミランダ、おれが援護する、エリクソン、集会所は放置して〈ダガーズ〉と一緒にこっちで守りを固めろ。〈ロッジタワー〉は南から来る連中を止めろ」

オーキッドが指示し、〈ロッジタワー〉とともに南の曲がり角へ駆けた。

彼らを追うようにして、戦車と化したエリクソンが、情け容赦なく実弾をぶっ放す〈ダガーズ〉とともに、教会がある通りへ入り、殺到する群衆を食い止めた。

ミランダは馬首を返し、跳ね起きるカーチスを正面からとらえ、続けて雹を降らせた。

カーチスは素早く逃げ回り、道路上のマンホールの蓋へ手をかけた。一撃離脱で下水路に逃げ込むつもりだった。そのカーチスの指を、オーキッドが放った弾丸がマンホールの蓋から跳ね飛ばした。ついでその頭部に雹が激突し、カーチスは顔面をマンホールの蓋に打ちつけた。さらにオーキッドが三発、カーチスの脇腹に弾丸を撃ち込んだ。

カーチスは転がり倒れてマンホールから遠ざけられてしまい、また跳ね起きると、やむなく住宅相談所の壁の穴へ逃げ込もうとした。

だが動きを読まれ、頭上から来る雹と、左から飛んで来る弾丸を浴びせられたカーチスは、壁の穴の前で倒れ伏すも、滅多打ちになりながら懸命に這い進み、建物の中へ逃げ込んだ。

「頑丈な怪物だ。おれがあの穴から入って外へ追い出そう」

オーキッドが、複数の拳銃の弾倉を手早く交換しながら言った。

「じゃあ、私はリリーと一緒に、あっちの玄関から中に入ろうかしら」

「屋内では能力《ギフト》を十分に発揮できないのでは？　無理に危険を冒す必要はない」

「あら、心配してくれるの、カウボーイさん。窓があればいいだけよ」

「わかった。二人と一頭で速やかにやつを仕留めよう」

了承するオーキッドへ、ミランダは御礼の印に、ちゅっ、と投げキッスを放った。

するとオーキッドは手の平でキスを受け止めて恭しく懐に入れる真似をし、一方の手でカウボーイハットを傾けて慇懃《いんぎん》に礼を示した。

ミランダが目を丸くし、明るく笑ってリリーを玄関口に差し向けた。

オーキッドも笑みを浮かべて銃を抜き、ラスティがあけた異臭のする穴をくぐった。

28

ビジネス会館から通路を進み、教会の物置部屋へと現れたのは、全身で水を吸って巨体となったシルヴィアと、すっかり傷を塞ぎ終えたナイトメアだ。

物置部屋には集会のためのパイプ椅子が折りたたまれて積まれている他、祭壇やマイクやスピーカー、人や動物の頭蓋骨に蠟燭《ろうそく》を立てたものが棚に並び、儀式用の品と思《おぼ》しき何着もの白衣やおどろおどろしい仮面、禍々しげな杖や短剣や鏡などが壁にかけられている。

シルヴィアは、鏡に映る肥大化した自分を見て、あらあら、と呟いた。これはこれで悪くないというように。長らく人目につくことを拒む原因だった顔の逆L字型の傷を撫で、いつの間にかそれが大した意味を持たなくなったことにシルヴィアは初めて気づいていた。そんな自分の内面の変化に気を取られるあまり、肉体にまた別の変化が起こっていることを悟るのが遅れた。シルヴィアの左手がさっと壁の短剣をつかむと、それをいきなりナイトメアの背へ突き刺したのだ。

ナイトメアは激しく唸って身をよじり、短剣の刃から逃れて跳び退いた。

シルヴィアは咄嗟に何が起こったのかわからず、左手の血に濡れた短剣を見た。その短剣が跳ねるようにして、今度は思い切りシルヴィアの左目に深々と突き立てられた。

シルヴィアは右手で左手首をつかんで短剣を抜こうとしたが、右手はその動作の途中で拳を作り、左手が握る短剣の柄頭《つかがしら》を叩いた。短剣が鍔元《つばもと》まで深々と潜り込んだ。傷口から血ではなく透明な水が流れ出たが、床へこぼれることなくシルヴィアの手に絡みついた。

ナイトメアが激しく唸った。シルヴィアの体から出てくる液体に、彼女のものではない匂いを嗅ぎ取ったのだ。

「あの猿の水が、私を操っているのね」

シルヴィアが冷静に呟いた。左手は短剣を放さず、その右拳がさらに短剣の柄頭を叩いて押し込んだ。短剣の切っ先が後頭部を貫いて髪の間から突き出したが、シルヴィアは知ったことではないというようにもう片方の目をナイトメアへ向けて言った。

「ごめんなさい、ナイトメア。そう来ると思ったけど感覚がなくて気づかなかったの」

ナイトメアが唸るのをやめて鼻息を鳴らした。気にするな、というようだ。ナイトメア自身も、おのれの顔に短剣を突き立てるシルヴィアをそれ以上気にせず、教会内に通じる立派な造りをした分厚い木製のドアを見やった。

予備動作もなく突然ナイトメアが駆け出し、そこに向かって頭から突進した。ナイトメアの巨軀が砲弾さながらに激突し、ドアは一発で床に倒れ、「キャアアアーア！」という、けたたましい声が響いた。

薄暗い礼拝堂だった。左右に並ぶベンチの一つにトーイがおり、ゆっくりと近づいてくるナイトメアに向かって牙を剝いて威嚇しながら、両手を急いで振り回している。

トーイの手の動きに合わせて、シルヴィアがどたどたと足音をたてて物置部屋から現れて、顔に短剣を刺したままナイトメアの背に抱きつき、巨体で押し潰そうとした。

だがナイトメアはシルヴィアの体重に耐え、のそり、のそり、とトーイへ向かって進んだ。

トーイが腹立たしげにベンチを叩いた。薄暗い空間のそこかしこで金属のバケツが勝手にひっくり返り、ざあっと水をこぼす音が響いた。水は猛スピードで床を流れ、ナイトメアの四肢から這いのぼり、その全身を完全に包み込んだ。小さな虫を水滴がすっぽり呑み込んでしまったようだった。

ナイトメアが、ごぼごぼと喉を鳴らして水の中で気泡を吐いた。肺に入った水を体表からしみ出させることもできず、ナイトメアは地上で溺れながら五感を奪われ、トーイの位置を見失って足を止めた。

トーイがほっとした様子で、いからせた肩を下げ、キッキッキ、と楽しげに鳴いた。

ナイトメアを覆う水をシルヴィアの全身が吸い込んでいくのがわかってもトーイは安心していた。その分だけシルヴィアが重くなり、ナイトメアを押し潰すことになるからだ。

しかしナイトメアを覆う水を全て吸い終えたシルヴィアがだしぬけに、バリッ！　と大きな音をたてて全身を発光させたことに、トーイはぎょっと驚いて鳴くのをやめていた。

シルヴィアの発光は一度きりだった。それで十分だった。シルヴィアはナイトメアから太い腕を離し、ぽかんとなるトーイの前で、巨体を揺らしながらのっそりと立ち上がった。その体から大量の水がしみ出し、急激に元の体形へと戻っていった。

トーイの水を全身で吸ったあと、何をされるかシルヴィアにはすっかり読めていた。あえてそうさせてやることへの恐れもなかった。以前もやられたのだ。〈イースターズ・オフィス〉の娘に。その経験を均一化《イコライズ》し、トーイの武器を奪い尽くしてやったまでだ。

トーイはまたもや牙を剥いて威嚇し、手を振り回して床の水を操ろうとした。だが水は、もうトーイの意思通りに動いてくれなかった。

「諦めなさい。あなたの水を灼いたのよ。あなたのワイヤー・ワームを」

シルヴィアは、困惑するようなことではない、と呆れるように告げた。

「私とラスティが最初に建物に入った理由を誰も考えなかったのね。二人とも、あなたの能力《ギフト》を殺すことができるからよ。あなたが自分から仕掛けてくれて助かったわ」

トーイは信じられないというようにわなわな震えていたが、くるりと背を向け、ベンチから降りて逃げ出した。新たに水を手に入れなければならなかった。

ナイトメアが追い、トーイが悲鳴をあげて出入り口へ向かった。

シルヴィアはその追撃には加わらず、トーイの水を体外に排出しきってのち、ぼろぼろの服の隙間から千切れたブラジャーを引っ張り出して溜め息をついた。二重能力《ダブル・ギフト》が服に及ぼす影響を予期すべきだった。シルヴィアは物置部屋を振り返った。壁の白衣が目に入ったが、得体の知れない儀式に用いられたものを身にまとう気になれなかった。

シルヴィアはブラジャーを水浸しの床に捨てた。我ながら意外なことに、このままでも構わないという鷹揚な気分だった。どうも自分は自信を得たらしいと思った。トレヴァーがそうであったように。これも他者の能力《ギフト》を受け継ぐことによる影響だろうか。臓器を移植されると、元の持ち主の性格もやどるという、嘘かまことかわからない話のように。

ものすごい音とともに礼拝堂の壁が震えた。突進したナイトメアがベンチごとトーイを跳ね飛ばして壁に叩きつけたのだ。

ナイトメアは、気絶して床に転がるトーイの首をくわえると、ずるずる引きずってきてシルヴィアを見上げた。このまま食い殺していいか尋ねている様子だ。

「まだ殺しちゃ駄目よ。彼を始末するかどうかは、ハンターが判断するわ」

ナイトメアは、そんなことだろうと思ったというように大きく鼻を鳴らし、千切れたブラジャーの上に、トーイを放り出した。

29

ラスティは巨大な消化壁と格闘していた。ジョン・ダンプの体の大部分を占めるそれへ、ラスティはたっぷり溶解液を浴びせ、多数の釘を打ち込んだものの、勝負は互角だった。

ジョン・ダンプは溶解液をおのれの消化液で中和し、釘も錆も消化してしまった。かたやラスティは体じゅうにへばりついて抱きしめるようなジョン・ダンプの消化壁に辟易しつつも、やはり消化液を中和する粘液で肌を覆っているため容易には消化されなかった。

互角にみえた勝負であったが、徐々に優劣が明らかとなった。原因は熱だった。ジョン・ダンプの消化壁の活動がもたらす熱が、ラスティの体温をどんどん上げるのだ。

　ジョン・ダンプにとってその熱もまた武器だった。こうして相手をくるんでいると、多くの者が消化しきる前に体温の上昇に耐えられず死んでしまうのだ。それはミツバチが群をなして天敵のスズメバチに抱きつき、体温で殺すという戦術そのものだった。

「くそ暑苦しい臓物野郎だぜ」

　ラスティが罵り、いったん相手を振りほどこうとした。だがジョン・ダンプの不定形の消化壁がいっそう複雑な形状となって拘束着のようにラスティの全身を縛りつけた。

「はっはっは。おれがどんなにホットな男かわかったらしいな、ラスティ。もうすぐお前を消化できると思うと、ますますホットになるぞ」

　どこかに顔を引っ込めたジョン・ダンプが、興奮もあらわに言った。

「おれが考えていることがわかるか、ラスティ？　おれたちは何も〈クインテット〉に成り代わろうなどとは考えていなかった。この島の生活で満足していた。だが今はそうすべきではないかと考えている。今お前が身をもって味わっているように、おれたちは進化を遂げたからだ。ハンターの言う、均一化《イコライズ》を成し遂げたわけだ」

「救いようのねえ阿呆が。てめえのクソで腸詰めにしてやらあ」

　ラスティは果敢に言い返したが、高熱に冒されて声を出すのも億劫《おっくう》だった。その手から力が抜けると、ジョン・ダンプの胃壁が釘打ち器を引っ張って取り、床へ捨てた。

　ラスティの足元から錆が広がり、床はむろんのこと壁や窓や天井をびっしり覆っている。

それこそ巨大な消化器官のまっただ中といった光景だが、ジョン・ダンプにとっては降り注ぐ錆も、どうということはなかった。

だが床に落ちた釘打ち器からも錆が溢れるや、異変が生じた。

床と外に面した壁が、急激な酸化で崩壊したのだ。抱き合うジョン・ダンプとラスティが傾ぎ、崩れた壁の破片とともに外の路地へ転がり倒れた。

「まるでダンスを踊っているようだ。転がりながら消化するというのもいいものだな」

ジョン・ダンプが興奮に任せて笑った。教会の前の通りだった。北側でエリクソンと〈ダガーズ〉が、南側で〈ロッジタワー〉が群衆を撃退しており、大勢が道路や地面に横たわっている。ジョン・ダンプとラスティは道路には転がり出なかった。みすぼらしい街路樹にぶつかって止まった。二人の身から溶解液と錆と消化液がこぼれ落ち、街路樹の根と土を灼き溶かした。猛烈な悪臭と白煙が立ちのぼり、大きな窪みができると、いっそうジョン・ダンプとラスティが密着し、熱が溜まっていった。

「そろそろ眠りにつく頃か、ラスティ？　いよいよお前を消化できるのか？　ずいぶんと焦《じ》らされてこのうえなくホットになったおれに消化されるのか――」

興奮で早口になるジョン・ダンプが、急に声を詰まらせ、全身の消化壁をわななかせた。なぜか息が苦しかった。ジョン・ダンプは急激に朦朧とする頭で理由を考えたがわからなかった。ただ本能的に、この場所はよくないと察し、窪みから這い出ようとし、そこで何としたことか意識を失ってしまった。

　力が抜けた消化壁の間から、熱中症寸前のラスティが這い現れ、生けるガスマスクと化した口吻でぜえぜえ息をついた。体温を下げるため上半身裸になり、バルーンのものだった両腕をあらわにした。服はラスティの肌から分泌される中和液のおかげで溶けずに済んだが、べとべとで気色悪いため、それをジョン・ダンプに投げつけた。

「知ってるか臓物野郎、てめえが食らったのは硫化水素《ハイドロジェン・サルファイド》ってんだ」

　それは異臭をもたらす、きわめて毒性が高い物質だ。人間の肺や消化管から素早く吸収され、中毒症状として細胞呼吸に障害が生じ、多臓器不全を起こす。しばしば陥没した道路の穴に溜まり、うっかり入った者の意識を瞬時に奪う猛毒だった。

　それをジョン・ダンプに吸わせるため、ラスティはわざと外に出て街路樹の根元に移動したのだ。土壌改良のために用いられる硫酸アンモニアは、地面が温かいと微生物の作用で硫化水素を発生させ、かえって植物を枯らせてしまう。そのため鉄やマンガンを混ぜ、発生する硫化水素と結合させて無害な硫化鉄や硫化マンガンにし、植物の枯死《こし》や人身事故を防ぐ。そしてその硫化鉄に硫酸をかければ、再び硫化水素が生じる。

　その昔、化学知識が豊富な悪賢いギャングが、事故に見せかけて人を殺すために硫化水素を使うことを思いついて以来、街路樹や花壇の土が、処刑や死の罠に用いられてきた。

　そうラスティに教えてくれたのは、バルーンだった。

ラスティは、願わくばジョン・ダンプをそのまま中毒死させてやりたかったが、生け捕りにするようハンターとバジルから厳命されていたので、仕方なく、ぬるぬるする臓物男の一部を抱え、窪みからひきずり出してのち、思いきり蹴飛ばした。

「何がホットだ。てめえらごときが均一化《イコライズ》を語ってんじゃねえよ」

30

南マルセル港に、奇妙な静けさが訪れていた。

銃の他にスパナや鉄パイプなどあり合わせの武器を握った操られた人々が、大挙して押し寄せていたし、その彼らを〈ビリークラブ〉の三人と〈マリーン〉の四人が果敢に食い止めていたが、今は誰も動いていなかった。

負傷者を収容した〈ガーディアンズ〉のバスの外では、モルチャリーとストレッチャーが、トロイとともに、黙って〈白い要塞《ホワイト・キープ》〉の船首を見上げている。

そこでは三人の男たちが、人々の注目を集めたことで大いに気を良くし、キャンプファイヤーを囲んで小躍りするように、大量の虫にたかられて微動だにしないホスピタルの周りをぐるぐる回っていた。

「おれたちがホスピタルをとった！　おれたちがやってやったんだ！」

ノルビ・トラッシュが、舳先の柵に足を載せて叫び、銃を握る手を挙げて勝利を誇示した。蟻塚男のベン・ドームも、蜂の巣男のクライル・コヒーも、シャツをまくって虫の巣である胴体を見せつけつつ、入れ替わり立ち替わりノルビと同じようにした。

「ひゅう、やったぜ！　今日からおれたちがボスだ！　お前らのボスだぞ！」

「〈白い要塞《ホワイト・キープ》〉はおれたちのもんだ！　〈ガーディアンズ〉のバスも、この港もだ！」

船内ではショーンがぽかんと口を半開きにして賑やかな三人を眺め、その背後でプッティが空圧音をぷしゅーとたてて電動車椅子の座面を高くしたり低くしたりしている。

「見ろよ！　〈ビリークラブ〉も〈マリーン〉も大人しくなっちまったぜ！　おれたちに恐れをなしてどうしていいかわかんねえんだ！」

ノルビの声に、ベンとクライルが、やんやと喝采を送った。

「みな、あなたたちの考えのなさに呆れているんでしょう」

だしぬけにホスピタルが言った。

ノルビたちがぴたりと踊るのをやめた。おかしなことが起こっていることに三人ともすぐに気づいた。ホスピタルの身を覆う銀色のヒアリとスズメバチが一匹も動いていなかった。どの虫も代謝性の金属繊維で作られたアクセサリーのように停止していた。

突然、ざあっと音をたてて虫の群がいっぺんにホスピタルの身から落ち、腹を見せて甲板に散らばった。どの虫も明らかに死んでいた。再び現れたホスピタルの肌のどこにも噛み痕一つなく、ましてや毒に冒された痕跡など見られなかった。

「私に、毒は効きません」

ホスピタルが、淡々と言い聞かせるように告げた。

三人が一様に目を剝き、おのおの銃を慌てて構えた。

「こいつは効くぜ！　大人しくしてろ！」

ノルビがわめいたときには、ホスピタルは、ふわりと宙を舞っていた。服の内側の肉体はおぼろに光るゼリー状となり、複雑な形をした布のように文字通りその身を翻らせ、長い帯と化した手で、ノルビ、ベン、クライルの銃を持つ手を撫でていった。

三人が、ぎゃっ、と悲鳴をあげて銃を落とした。ハイドラの能力《ギフト》であった刺胞細胞から注入される毒が、三人の手に激痛をもたらし、みるみる腫れ上がらせた。

「おおお痛ええええ！　めちゃくちゃ痛えええ！」

自身も毒を得意とするはずのノルビですら喚き散らし、侵入した毒を体外に排出しようと両手に意識を集中させた。おかげで手首から先に毒は広がらなかったが、ベンとクライルのほうは早くも肘のあたりにまで腫れと水疱が浮かび、あまりの痛みに激しく足踏みし、別の踊りを披露した。

ベンとクライルの胴体から宿主の異変を察した虫たちが這い出てくる一方、船の左舷側から何かが大量に這い上り、二人の両足へたかった。プッティが操る、カニやフナムシやゴキブリなどだ。ふだんは船底や船体のあちこちに潜んでいる生き物たちにベンとクライルが気づき、言葉にならない絶叫をあげた。

「おもちろぉおおおーい！」

船内で、プッティが楽しげに声をあげた。ベンとクライルは慌てて柵から離れようとし、群がる生き物を踏んで足を滑らせた。倒れ込む二人を多種多様な生き物が覆い、生きたままむさぼり食い始めた。銀色のヒアリとスズメバチが、巣である二人の体を守るため戦い、毒をまき散らした。そのせいで襲い来る生き物たちばかりか、ベンとクライルまで毒に冒され意識不明の重体となった。

ホスピタルが、ふわりと降り立って、船内のショーンとプッティへ言った。

「もう十分です。二人を死なせないでください」

ショーンが窓越しに彼女へうなずき返し、浮き浮きしているプッティをたしなめた。

「ストップだよ、プッティ。あいつらを生かして警察との取引に使うってハンターが言ってたろ。あいつらの能力《ギフト》も手に入れるって。まとめて群虫《クラウド》の餌にしたら怒られるぞ」

「おもちろぉおおーい」

プッティが不満げな声をあげつつ、ぷしゅぷしゅと空圧音をたてて電動車椅子の座面を低くした。甲板でベンとクライルから生き物たちが離れて柵の向こうへ退き、あとには大小様々な生き物の死骸と、泡を噴いて痙攣する二人が残された。

ホスピタルが二人に淡く光る手を当て、治療しにかかったところで、ノルビがやっと手の解毒に成功し、落とした銃を拾った。それをまたホスピタルに向けようとはせず、タラップへ向かって走った。仲間を助けようとは考えもしない。一刻も早く危険な場所から逃れ、下水路に戻り、安全などこかでヤクをきめて気を落ち着けたかった。

だがタラップでは、〈ビリークラブ〉のメイプルと〈マリーン〉のトロイが並んで立っていた。二人とも慌てて駆けつけたというより、のんびり見物にきたという顔だ。

トロイが、不思議そうにノルビに尋ねた。

「今のホスピタルは、グループ最強のエンハンサーの一人だ。お前たちがどうにかできると本気で思ったのか？」

メイプルが、相手を哀れんでかぶりを振った。

「小物ほど相手との力量の差を読み違えるもんさ」

ノルビは何も言い返さず、猛然と船尾へ走った。海へ飛び込む気なのだ。どこかにあるはずの〈マリーン〉の水上バイクを奪えば逃げられるといった思案もない。ただその場から消えたい一心でノルビが船尾の柵を越えて跳ぶのに合わせて、トロイが「キューッ！」と甲高い声を発した。

海洋生物が放つようなその声に応じ、光り輝く巨大なウミガメが海面へ姿を現した。ノルビは宙で愕然となり、途方もなく硬い甲羅に激突し、転げ落ちたところをフローレス・

ダイヤモンドの小型ボートより大きなヒレのひと振りで弾き飛ばされた。ノルビが宙をすっ飛んで戻ってきて、甲板に転がり、白目を剝いて動かなくなった。

「これほど愚かな悪手を打たれると、かえって罠ではないかと気になるな」

トロイが周囲を見回した。だが別の何者かが現れる様子はなかった。

「ホスピタルの仕事を増やすっていう点では十分厄介さ」

メイプルが肩をすくめ、ぐったりとなるノルビから、ホスピタルへ視線を移した。

ホスピタルは、自分のことは心配ないというように二人にうなずきかけた。トロイもメイプルもうなずき返して港に戻った。群衆がゲートの内外でまごついており、いつまた暴れ出すかわからない彼らを最小限の痛みと打撃で眠らせてやらねばならなかった。

31

パーシーは、疑問に思っていた。

地上で〈クインテット〉を釘付けにしたまま、タウンリーとともに、上手いこと下水路に〈魔女〉どもをおびき寄せられたのは確かだ。

タイヤ廃棄場ではそうできなかったのに。パーシーの常に憂鬱で虚無的で、快楽だけが自分を救済してくれると信じる頭に、そのことがしつこく消えなかった。

あのとき〈魔女〉どもは絶対に追ってくるとパーシーは確信していた。とりわけリディアとデビルなら、自分たちに敵はないと証明するためだけにそうすると。高慢ちきな〈魔女〉どもは、生存者《サバイバー》であることが誇りなのだ。搾取と虐待の荒れ地を生き延びたというだけなのに、それで何者かになったつもりらしい。そんな人間はごまんといるし、生き延びた者が次の搾取と虐待を担うという、ただそれだけのことに過ぎないのに。

なんであれマクスウェルは、〈魔女〉どもの誇りを刺激し、どんなときも自分たちは生き延びると主張するためだけに死んでいくよう操ってやればいいと見抜いていた。

まさに〈シャドウズ〉がそのようにして壊滅したことを、パーシーは通信で知った。マクスウェルの采配が正しかったことを。

自分たちも同じように上手くやれると考えたが、どうも違う気がした。

パーシーは、下水路を四つん這いで駆けるのをやめて考えた。マヤが発する無味無臭のガスを吸ったせいで憂鬱さが増していたものの、もとから壊れた頭に問題はなかった。その疑り深い性格のおかげで、自分たちは絶対に上手くやれるはずだ、などと根拠もなく信じる愚かさとも無縁でいられた。

自分たちの作戦は、労働者の群を放って〈クインテット〉を建物の中に押し込み、奇襲をかけるというものだった。トーイとジョン・ダンプが初手を担ったが、狙いは〈クインテット〉から〈魔女〉を引き離し、孤立させたうえで始末することだ。

なのに、ここで合流すべきトーイとジョン・ダンプが現れず、連絡も取れないとなれば、作戦は失敗したと考えて当然ではないだろうか。だがそうした判断を下すべきマクスウェルやサディアスからは何の連絡もないままだ。

パーシーは、〈白い要塞〉《ホワイト・キープ》をリック・トゥームが退けたというのは本当だろうかと考えた。サディアスは、マクスウェルがハンターを追い詰めていると言ったが、自分は本当に彼の声を聞いていたのだろうか。ここで〈魔女〉を仕留めろという自分たちへの命令は、本当にマクスウェルが発したものだろうか。もし全て〈白い要塞〉《ホワイト・キープ》による偽通信だったら？　仲間から引き離されて孤立無援なのは、むしろ自分たちのほうになる。

パーシーは、本来の顎とその内側の二つめの顎の間に挟み込んだ通信機ではなく、彼女と仲間にだけ聞こえる高音域の声を発した。カーチスは腰の感覚器官で、タウンリーはその甲皮表面の振動で、トーイとジョン・ダンプも無事であるならそれぞれの耳で、パーシーの声を聞き取るはずだ。

具体的な言葉はないが、この島で何度となく励んだ夜の巡礼を通して、声の調子だけで意図を伝え合えるようになっている。そのときパーシーが発した声は、「あたしたち、しくじったみたい。いったん逃げて様子を見ましょう」という提案を仲間に伝えるものであり、すぐさま近くに潜んでいるらしいタウンリーと、まだ地上にいるカーチスから、「わかった」ことを示す声が返ってきた。

やはりトーイとジョン・ダンプからは応答がない。仲間のことは気懸かりだが、今は逃げて、あとで状況を確認するほうがいい。パーシーはぐずぐずせずDCF方面へ退却するための下水路に入ろうとした。

そのとき何かが彼女の左脚に激しく食いつき、硬化した皮膚を見事に引き裂いた。

パーシーは左膝にある顎で鉄の牙を嚙み鳴らし、攻撃を仕掛けてきた相手を齧ろうとしたが、何も見えなかった。代わりに、不必要なまでに発達させた聴覚と触覚が、自分のように強靭な四肢と鋭い牙を持つ不可視の獣が、下水路の壁を蹴って迅速に距離を取ったことを感覚した。

ハンターが従える三猟犬の一頭、シルフィードだ。人には聞こえない声を感知し、こちらの位置を読み取ったに違いない。完全な油断だった。ここでハンターの猟犬と戦うことなど考えていなかったが、「嚙み嚙み魔《ニブル・ダブル》」を自称する身としては暗殺犬として高い評価を誇る猟犬に、強い対抗心を覚えてもいた。

とはいえ、プライドを賭けて嚙みつき勝負を繰り広げたいとはこれっぽっちも思わなかった。それよりも次に繰り出されるであろう攻撃をかわすことに集中した。カーチスが猟犬たちと対決してくれていたおかげで、どのような攻撃であるかはわかっていた。

シルフィードが得た二重能力《ダブル・ギフト》、亡きウィラードの音波攻撃だ。体毛の一部が青く輝くという、本来の能力《ギフト》を台無しにして発揮されるものの、攻撃それ自体はやはり不可視であり、予期していなければまともに食らっていたことだろう。

パーシーは下水路の横道へ飛び込み、肉体の失調をもたらす音波をかわした。問題はトンネルだった。パーシーの聴覚器官においては、かしましいハウリングのように聞こえる音波が反響して追ってきた。目眩《めまい》と吐き気を覚えたが、距離を取るほど効果が弱まるので複雑に分岐する下水路を巧みに進んで猟犬から遠ざかることができた。

だが正面からまばゆい炎が迫り、パーシーは自慢の髪とお気に入りの下着を焦がされながら、汚らしく濁った下水の中を転がって、またしても横道に這い込んで逃げた。

案の定というべきか、シルフィードは猟犬としての役目をしっかり果たしていた。獲物の位置を狩り手に知らせるだけでなく、逃走を妨げ、狩り場に追い込むのだ。

パーシーはいつのまにか南マルセル港へ向かう下水路へ追い込まれていた。港には行きたくなかった。〈白い要塞《ホワイト・キープ》〉が陥落せず今も機能しているなら、護衛のエンハンサーたちがいるはずで、そいつらと〈魔女〉どもに挟み撃ちにされる。そもそも猟犬と〈魔女〉どもがこちらの退路を塞げるのも、〈白い要塞《ホワイト・キープ》〉が複雑な下水路の構造を教えているからにちがいない。

やはりこれは負けだ。パーシーはいともたやすくそう断定した。彼女にとってビジネスの奪い合いも誰がボスになるかも興味の外だ。夜の巡礼のような素敵なお楽しみのために協力するが、マクスウェルとサディンスの勝利を信じて戦い抜く気などない。二人が負けるなら、さっさと見限って我が身を大事にするだけだ。

問題はどう逃げるかだった。パーシーは這いながら考えた。どいつを始末すれば、包囲を突破できるだろう？

デビルだ。あの忌々しい黒豹こそ〈魔女〉どもの力の要《かなめ》だった。見えない壁を張り巡らせて銃も牙も防ぎ、かつリディアの能力《ギフト》の生ける制御装置でもある。そのデビルを排除すれば、リディアが自分の火で焼け死ぬさまも見られるかもしれない。

あの難攻不落の獣をどう退治するか？　パーシーはまたぞろ人間には聞こえない声で、タウンリーに呼びかけた。自分が囮《おとり》になるから、デビルの足元に潜り込んで吹っ飛ばせ、そうすれば逃げられる、と伝えたところ、タウンリーがすぐに同意を示す声を返した。

パーシーは、カーチスとジョン・ダンプがいてくれたらと思ったが、いないのだから仕方がない。人生に不運はつきもので、この世では誰もが互いの不運を押しつけ合っているのだから、油断をすればこういうことになる。それだけのことだ。

パーシーは素早く前進し、三つの下水路が合流する地点で身を伏せた。くるぶしまでしか深さがない茶色い下水に、体をなるべく沈めて襲撃に備えた。シルフィードがパーシーの声を聞きつけたはずで、〈魔女〉に位置を報せつつやって来るだろう。

ここが、逃げられるかどうかの正念場だ。

背後には南マルセル港へ続く大きな排水トンネルがあった。ノルビ・トラッシュたちがホスピタルの身柄を確保しに行った経路だが、パーシーは知らない。〈白い要塞《ホワイト・キープ》〉に偽情報をつかまされたからだが、どのみちパーシーが、ノルビ・トラッシュのような小心者のヤク中を頼ることはなく、敵がいるはずの港へ逃げようとは考えなかった。

果たして、すぐに〈魔女〉の一人が来た。

三つ並ぶ下水路の合流口のうち、右の方から、マヤ・ノーツが短剣を右手に引っ提げ、臆さず歩いてくる。その足元からもくもくと立ちのぼる黒煙の幻覚が見えるということは、マヤの「無気力化ガス」が早くも立ちこめているのだ。とはいえパーシーにとって死にたくなるほど憂鬱な倦怠感など大したものではないが、急ぎの用事をさっさと片付けようとでもいうようなマヤの無防備な歩みは癇《かん》に障《さわ》った。

その様子は暗闇でもパーシーの目であればはっきり見て取れた。白蛇のデイジーがいないこともわかった。三つの下水路のどれかから飛び出して来るのだろう。下水路の構造上、背後から襲われる心配は今のところない。デイジーが地上に出て港から再び下水路に入り、こちらの背後に回り込むにはけっこうな時間がかかる。

膨縮自在の白蛇の位置を知る前に、不可視の猟犬の接近を、パーシーは持ち前の聴覚器官で感知した。猟犬のかすかな足音と息づかいが、左の方の下水路から聞こえるのだ。どうやらマヤは、蛇だけでなく犬にも影響がないようガスを調整しているらしい。

パーシーには意外な先兵だった。てっきりリディアとデビルが現れると思っていたのだ。

そうでないとなれば、マヤとデイジーとシルフィードの役目を、きちんと考え、確かめねばならない。相手は狡猾で凶悪な〈魔女〉どもなのだから。

リディアとデビルがいる場所へ、自分を追い込む気だろうか？

いや、それなら最初からリディアとデビルが攻めてくれればいい話だ。退路を塞がれた自分を、これ以上どこかに追い込む必要はない。

パーシーはたちまち、ぴんときた。

こいつらは、殺すなと命じられている。

エンハンサーは生け捕りにするよう、ハンターから厳命されたに違いない。目的はもちろん自分たちを生かして利用すること、そして能力《ギフト》の奪取だ。〈ガーディアンズ〉が二重能力《ダブル・ギフト》の付与を実現したことで、敵対する相手の能力《ギフト》を封じて抹殺する以上に、生かして奪い去ることが重要となったのだ。

自分に敵はいないと証明するためだけに火を放ちまくるリディアが、大人しく後ろに下がっている理由は他に考えられない。こうした危険に対するパーシーの直感は、〈ミートワゴン〉のメンバーの誰よりも鋭く働くのだ。

「あなたの息づかいと熱が見えるわ、パーシー。水の中に隠れるワニそっくりね」

マヤが歩みながら言った。互いの距離が三メートルを切った瞬間、パーシーは、全身の筋肉をフルに使い、下水を盛大に跳ね散らかしてマヤへ飛びかかった。振り絞られた弓から放たれる矢そのものといった様子で宙を直進するパーシーに対し、マヤの脳内の感覚器官も瞬時の反応を肉体に命じた。

マヤはフェンシングの構えを取ってパーシーを待ち受け、その第二の顎が発射されるのに合わせ、短剣を突き上げていた。マヤの顔面を囓ろうとする第二の顎を、真下から貫くためだ。

これを察したパーシーが僅かに顎の軌道を変え、マヤの右肩を囓りにいくことで短剣の切っ先を避けた。だがマヤの感覚器官もその変化を察知し、突き上げた短剣を右へ傾け、左手で柄頭を思い切り叩くということを命じた。

一瞬の攻防の末、短剣と鉄の牙が火花を散らして激突し、どちらも勢いよく弾かれた。

パーシーはマヤのすぐそばを飛び抜け、四つん這いで着地し、向き直った。

互いの位置を入れ替えたところで、パーシーにとっては予期された攻撃が来た。不可視のシルフィードが、パーシーの右脚に食いつき、引き裂きにかかったのだ。

パーシーはすぐさま四肢を広げ、見えない犬を抱擁しようとした。その肘や膝だけでなく腹にも大きな顎が現れて牙を剝き、さらにそこからも第二の顎が発射された。

シルフィードはパーシーの右脚を半端に咬んだだけで迅速に跳び退いた。パーシーの腹から放たれた第二の顎が下水路の底を囓り取った。衝撃で濁った水が四方に飛び散り、マヤとシルフィードはずぶ濡れになったが、どちらも構わず別の攻撃を繰り出してきた。

暗黒が立ちこめるように見える無気力化ガスと、皮膚と内臓が沸騰して弾けるような感覚をもたらす音波攻撃だ。パーシーにとってはこれまた予期されたものであったので、下水路の底を齧った次の瞬間には、三つの下水路のうち、まだ誰も現れていない真ん中のものへ飛び込んでいた。

それでも多少のガスと音波を同時に食らって頭がくらくらしたが、パーシーは迫り来るそれらから迅速に距離を取り、そしてあえて足元が覚束なくなったようによろめき、下水の中にぶっ倒れてみせた。続けて、呻き、わめき、もがき、なんとか下水路を這い進もうとする、という渾身の演技を披露した。

港から離れるにはその下水路を進むしかなく、ということはリディアとデビルがいるだろう。だがパーシーがここで確かめたかったのは、倒れた自分をマヤとシルフィードがどうするかだった。案の定、暗黒の魔女も不可視の猟犬も、駆け寄ってパーシーを八つ裂きにしようとはせず、ガスと音波の効果を確かめるように歩んで来た。

やっぱりだ。パーシーは確信した。こいつらはあたしらを殺すなと命令されている。

パーシーはなおも弱々しく這ってみせた。来い。そこで待ち構えていろ。パーシーが期待を込めて目をこらしていると、果たして横道から、リディアとデビルが現れた。

「下水のワニが退治されて何よりだ」

リディアが傲然《ごうぜん》と言った。

パーシーは、入念に作り上げ、磨きをかけた強靭な筋肉をフルに使い、おのれを再び矢のごとく放たせ、リディアを狙って顔と腹の両方の第二の顎を発射した。

パーシーの期待通り、デビルがリディアの前に出て疑似重力《フロート》による見えない壁を張り巡らせ、ショットガンの一撃に勝るとも劣らぬ二つの顎の軌道を逸らした。

パーシーは見えない壁に押しのけられながら、人間には聞こえない声を放った。

今だ、と。どこかにいるはずのタウンリーへ、デビルを殺せ、と声を限りに伝えた。

タウンリーは狙いを外さなかった。デビルが前方の防壁に集中した瞬間の、完璧なタイミングで、下水の底から転がり出た。そしてデビルの左後ろ肢のすぐそばにまで接近し、甲皮に備えた無数のラッチを炸裂させようとした。

だがそこで、予期せぬことが起こった。

デビルの腹の下で、デイジーが、水面からひょいと白い鎌首をもたげたのだ。その頭身はすっかり収縮し、ロープのように小さく細くなっている。かと思うと、手の平で包める程度の大きさだったデイジーの頭部が、一瞬でゴミ缶ほどの大きさに膨らみ、転がり込んできたタウンリーを、ぱくりと呑み込んでしまった。

さらにデイジーはとぐろを巻き、腹に収めたタウンリーを全身で包み込んだ。胴体は、あっという間に人が入れる大きさの土管ほども太くなり、どん！　という猛烈な爆発音とともに激しく震え、下水を跳ねさせた。

ったただけだった。デイジーの体内でタウンリーが炸裂したのだが、とぐろを巻いた腹から白煙が立ちのぼ
ったただけだった。損傷したデイジーの気泡化細胞はたちまち修復され、球体のタウンリーを密閉し、特殊な消化器官で水分を奪って縮ませにかかった。タウンリーは表皮のラッチに挟み込んだ散弾を全て放ったが、何重にもとぐろを巻かれて突破できず、結局、干涸《ひか》らびることを防ぐため、甲皮の防御を分厚くして閉じ籠もるしかなくなった。

パーシーは至極あっさり抵抗を諦めて身を起こし、両足でまっすぐ立って、〈魔女〉と獣たちを見回した。デイジーが隠れていたということは、タウンリーによる奇襲を読まれたのだ。とはいえ、どうすれば生き延びられるかはわかっていた。

「マヤとシルフィードの能力《ギフト》を食らってそれだけ動けるんだ。あたしの火でちょっとばかり焼かれても死にはしないだろう」

リディアが両手に火の玉を現し、パーシーを照らしながら言った。

パーシーはリディアを無視し、マヤの傍らで姿を現しているシルフィードへ、ワニのように裂けた顎で、にたっと笑いかけた。

「〈魔女〉たちに、ちゃんとあたしを助けさせてちょうだいね、殺し屋さん」

そう言うと、パーシーは右手の平に現した顎を、おのれの首に叩きつけるようにし、頸動脈を食い千切った。

その首から勢いよく噴き出す血に、リディアが、あんぐりと口を開いた。

パーシーが、愉快そうに笑ってリディアにウィンクし、すぐに白目を剝いて仰向けにぶっ倒れ、下水を跳ね散らかした。

「このくそ野郎！　ふざけんな！」

リディアが火を消して慌ててパーシーに駆け寄り、マヤが手振りで止めた。

「嚙みつくかも。デイジーに任せて」

マヤが口笛を吹くと、デイジーがとぐろを解いて巨大な口を開き、パーシーをひと吞みにした。腹の中で仮死状態にすることで失血を防ぐためだ。

「ろくでもない悪知恵を働かせるやつだ。能力《ギフト》を失ったあとも何をやらかすかわからないぞ。このドブの底で死なせたほうがいい」

リディアが提案し、デビルが同意するというように低く唸ったが、どちらもシルフィードに、じろっと見つめ返された。ハンターの指示とは違うというのだ。

「言いたかっただけだ。こいつらは生かしてハンターに渡す。それでいいだろ」

リディアがすぐに折れた。デビルも不満そうに鼻息をついたものの、シルフィードと張り合うことはしないというように顔を背《そむ》けた。

「早くここから出ましょう。まだカーチスが残ってるわ」

マヤが言い、二人と三頭は、下水路を迷わず戻っていった。

デイジーの腹に閉じ込められたパーシーは、意識を失ってのち夢の中でカーチスだけでも無事に逃げられますようにと祈っていた。彼女が、自分以外の誰かを気遣うのは希有《けう》なことだ。あの純粋な坊やが、本当の姿を追求し始めたばかりで、試行錯誤の最中だったことを思うと、我がことのように口惜しかった。せめてこの先も、カーチスが究極の自分自身に出会うすべを失わずにいられることを、パーシーは心から願った。

32

愛しのパーシーが自分のために祈ってくれているとは知りもしないカーチスは、鋭い槍のような四肢を駆使して住宅相談所の中を駆け回っていた。

当初は、屋内でトーイやジョン・ダンプと合流してともに地下へ行き、パーシーやタウンリーと協力し合って〈魔女〉を始末するつもりだった。そのようにしろとマクスウェルから命じられたとジョン・ダンプが言っていたのだ。

だがトーイもジョン・ダンプも沈黙していて、どこにいるかもわからず、カーチス一人で地下へ行こうにも、オーキッドに加え、白馬のリリーに乗るミランダまで追ってくるせいで、むしろ建物の上階へ追いやられる始末だった。

隠れてやり過ごすこともできなかった。オーキッドは心音など内臓がたてる音をもとらえるため、息を止めて静かにするという程度ではすぐに発見される。

リリーの八つの目は、赤外線から紫外線まで全てのスペクトルを認識する。視覚的な温度センサーとして機能するだけでなく、手や足の跡が、どれくらい前のものであるかも見て取るのだ。そのうえ、蹄は精密な振動センサーであり、ターゲットがどこにいて、どちらへ移動しているかを感知してしまう。

しかも屋内に逃げたにもかかわらず、ミランダの雹に襲われっぱなしだった。空から降る雹同士がぶつかり、合体しながら角度を変え、あらゆる窓から飛び込んでくるのだ。

その雹の塊はどういうわけか壁や床、あるいはカーチスの体に叩き込まれるなり、例外なく激しく破裂した。氷でできた爆弾のようだった。それが破裂するたび、大量の氷の破片が棘のようにカーチスの頑丈な体に突き刺さり、新鮮な痛みをもたらした。

逃げ回っても、じわじわ体力を削られて追い詰められてしまう。カーチスはオーキッドとリリーのセンサーから逃れるため、まず今いる階の男子トイレのドアを蹴破って中に飛び込み、槍の穂先のような手足を振るって視界にある水道管を全て切断した。

冷たい水が勢いよく溢れ出して音をたて、かつカーチスの体温を下げてくれた。

さらにカーチスはあえてトイレの窓を蹴破り、そこから逃げ出すふりをした。思った通り、すぐに雹の塊が飛んできてカーチスの胸に激突し、盛大に破裂した。

カーチスは氷の破片を全身に浴びながら水浸しの床にぶっ倒れると、溢れ出す水とともに、物音に気をつけながら這って体の上半分だけ通路に出た。

トイレでは雨のように水が音をたてており、カーチスの体の表面は水と氷を浴びて冷たい石のようになっている。これでオーキッドの音響探査と、リリーの体温センサーをある程度はごまかせるだろう。上手くいけば死んだと思ってくれるかもしれない。

だが万全とは思えなかったので、カーチスは通路の真ん中に出て、体表を硬化させた。なるべく体表を厚く、色を濃くして透けないようにし、身を縮小させると、ずるりと背から脱皮しながら身を起こした。

その皮をひっくり返して背の裂け目を隠し、空っぽであることをごまかすと、水が溢れる床に身を伏せて後ろ向きに戻り、出入り口の陰に四つん這いになって隠れた。

脱いだ皮は少しばかり水に流され、通路の壁に当たって動かなくなった。ちょうど雹を撃ち込めない位置だ。仰向けになった皮の胸元にはびっしりと氷の破片が突き刺さっており、上手い具合に、雹が致命傷になって死んだように見えた。

さらにカーチスは肉体に可能な限り活動を止めることを命じた。体温が低下するに任せ、意思の力で呼吸と心臓の搏動の回数を減らし、仮死状態へとおのれを導いた。

薄れゆく意識のどこかで、カーチスは蹄の音を聞いた。リリーが階段をのぼってくるのだ。オーキッドの足音はなかった。音響探査が封じられたため、リリーに乗ってミランダが偵察に来たのだろう。

カーチスには実に好都合だった。リリーを仕留められれば脱出の可能性は一気に高まる。

可能であればミランダごと串刺しにしてやりたいが、欲を出せばそれだけ逃げるチャンスを失うだろう。リリーの首を貫いて殺し、窓から出て、壁を這って逃げる。雹が降り注ぐだろうが、リリーの補佐なしでは狙いは正確ではないはずだ。

道路へ降り、マンホールから地下へ逃げ込む。パーシーが呼びかけてくれた通り、遠くへ逃げて様子を見る。何なら島を出て、ほとぼりが冷めた頃に戻ればいいのだ。

カーチスは血流が停滞した脳の片隅でぼんやりとこれからの行動を組み立てた。もはや人間らしい意識はなく、自分が冷血動物か昆虫になった気分だった。それこそ脱皮に備えるトカゲか、サナギになろうとする芋虫に。その気分のおかげで、カーチスはまったく無意識に、おのれの肉体を変化させていた。

頭部は山羊ではなく雄牛の頭蓋骨のようになった。全身の筋肉が膨れ上がり、皮膚には小さな鋭い棘がびっしりと生えた。左右二本ずつあった腕が一本に合体し、太腿と同じ太さになった。槍の穂先のような手はひとまわり大きくなり、肘にも同様の鋭い穂先が現れた。いびつだった腰骨が太く滑らかになり、聴覚器官であった羽のような組織はより洗練された形状となって鉤爪を生やした。

一分前のカーチスに比べ、ずっと逞しく、強靭で、恐ろしげだった。奇怪さでは前のカーチスが上だが、新カーチスには、それまでにないものが備わっていた。

威厳だった。創意工夫で恐怖をもたらすのではなく、存在自体が恐怖となる威厳をたたえていた。ああ、これが本当の自分だ。仮死状態の静けさの中、カーチスは、まことのおのれが目覚めたことを知った。安らかな思いとともに蹄の音が迫るのを聞いた。

リリーが警戒しながら水浸しの通路を進み、カーチスの皮を踏んだ。本人かどうか確かめたのだ。ぐしゃりと皮が潰れる音がした。

刹那、カーチスの肉体が一気に息を吹き返した。心臓が鼓動を上げ、ひとまわり逞しくなった肉体が、伏せていた状態から難なく跳躍していた。

リリーがたてた音の位置からして、カーチスは、馬体の斜め後ろから跳びかかれると確信した。今の自分なら、ミランダの胴体ごとリリーの馬首を容易に串刺しにできる。そういう強い自信をみなぎらせて宙に躍り出たカーチスは、鋭い槍の穂先のような右手を振りかぶり、だがしかし、ミランダとは似ても似つかぬ者の背に視線を奪われていた。

リリーが背に乗せているのは、ミランダだけではなかった。その後ろに、なんとオーキッドも乗せていた。オーキッドは、カーチスがトイレから飛び出すさまを背を向けたまま察知し、左手で抜いた銃を右腋下へ回し、一瞬で六発の弾丸を放った。

弾丸は全てカーチスの顔面に命中し、激しい火花と熱と衝撃で視界が失われたが、構わずそこにいるはずのミランダとリリーを貫こうとした。

次の瞬間、カーチスの胸元に途方もない衝撃が来た。先ほど受けた雹の塊よりも強烈で重い一撃だった。

どうやらリリーの後ろ肢で蹴られたらしい、とカーチスが理解したのは、宙をすっ飛び、先ほど出るふりをしたトイレの窓から、建物の外へと吹っ飛ばされた後だ。

壁を這い降りるのとは異なり、身の自由が利かない状態だったが、首尾よく脱出できたとも言えた。自分がいたのが三階だったか四階だったか覚えていないが大差なかった。カーチスは四肢を折りたたみ、分厚くなった肉体の頑健さを信じ、弧を描いて道路に落下した。衝撃でアスファルトが抉られたが、果たして本人はぴんぴんしていた。

まさか気位の高い〈魔女〉が、他のグループの男と相乗りになるなど予想もしなかったし、おかげで仕留められなかったのは残念だが、またいずれ機会が得られるだろう。カーチスはとことん強気にそう考えて身を起こし、手近なマンホールの蓋を探した。

次の瞬間、強烈な衝撃に弾き飛ばされ、カーチスはまたしても高々と宙を舞った。

襲ってきたのは一台の車輛だった。黒い砂鉄で覆われ、運転席のエリクソンと一体化した、生ける装甲車だ。

エリクソンは、カーチスを宙に撥ね飛ばすと、すぐに装甲車をバックさせた。起き上がろうとするカーチスの四肢を、途方もない重量を持つタイヤと車体がめりめりと音をたてて轢き潰し、押さえ込んだ。

カーチスは屈辱に怒り狂いながら脱皮し、潰された四肢を捨てて逃げようとした。だが車体を覆う砂鉄が変形し、カーチスの首や胴体を縛《いまし》める太い鎖と化した。さらに鎖が車体を滑るように移動し、カーチスの手足が千切れるのも構わず、荷台に縛りつけた。そこでは、意識を失ったジョン・ダンプとトーイが同じように縛められていた。カーチスは報復を誓う憤怒の咆哮を放った。鎖がその口と首に巻きつき、声を封じたうえに、カーチスが気絶するまで締め上げた。

トイレの窓から見おろしていたオーキッドとミランダが、これでひと仕事終わった、というように肩をすくめ合った。

「君のパートナーの背に乗せてもらった御礼に、何をしたらいい？」

オーキッドが、通路で大人しく待つリリーへ親指を向けた。

「気にしないで。リリーが乗せたんだもの。あなたがいれば私が安全だと思ったのよ」

「こちらの足音を消すため、君を囮にした。貸しはそのままにしておきたくない」

「あら。だったら、あなたにランチを奢ってもらうというのは、いかが？」

ミランダがにっこり返した。オーキッドは恭しくカウボーイハットを脱いで胸に当て、ミランダとリリーの両方へ会釈した。

「馬を連れて行ける店を探しておこう」

33

偉人《ザ・マン》の一人を自称するサディアス・ガッターは、〈Mの子たち《チルドレン・オブ・M》〉の司祭たる威厳を保つため、中型ボートの船室のシートを独占していた。儀式用の白いローブの布をシート上に可能な限り広げるという、小動物が威嚇のために体の一部を拡大するさまを彷彿とさせる姿で、テーブルに並べられたいくつもの使い捨て携帯電話を満足そうに眺めていた。その全てから、例外なく彼の勝利と将来を約束する報せが届けられたのだ。

「我々の全面的な勝利と言うべきだな」

サディアスは、揺れる船室で立ったまま転倒防止用のバーにしがみついている、マルセル島警察の制服に身を包んだ年配の男性警官へ微笑みかけた。

「え？　あー、そのようですね」

警官が、あまり興味がなさそうな調子で返した。彼らの頭上では別の男性警官がボートを操縦しており、船室で立たされているほうの警官はそちらへ行きたそうにちらちらドアを見ていたが、サディアスは構わず続けた。

「ハンターに従うどのグループも、意外なほど統制がとれていなかった。私たちのように固く結束することができなかった。ハンターですら、道理のわからぬ者たちが自滅するのを止められなかった。マクスウェルと私が巧みにそう仕向けたとはいえ、私たちとて同様の危機に陥らぬよう、いっそう気を引き締めねばならない」

警官の上着の中で携帯電話が鳴った。警官はサディアスの長広舌を中断させられてほっとした顔でそれを取り出して耳に当て、「わかりました」と短く返して通話を切った。

「マクスウェルも、ボートハウスに来るそうです」

「なんと。つまりそれは、かの偉人《ザ・マン》が勝利し、ハンターの身柄を確保したうえで、私のもとにわざわざ足を運んでくれるということを意味するではないか」

黒目がちな双眸《そうぼう》を見開き、鼻の穴を膨らませるサディアスへ、警官が携帯電話をしまって肩をすくめてみせた。

「まあ、詳しくはわかりませんが、おおかた始末がついたんじゃないですかね」

サディアスは両手をすり合わせながら立ち上がると、窓ガラスを鏡代わりにして、悠然と会釈をする練習をし始めた。マクスウェルとハンターに敬意を表しつつも、卑屈にならず、むしろ互いに対等であることを暗に主張するためだ。

自分の姿に夢中になるサディアスを眺めさせられた警官は、うんざりした顔にならないよう口を引き結んだ。喜ばしいことに、ボートを操縦するほうの警官が船内スピーカーを通して《間もなく到着します》と告げた。

「船を停める準備をしてきます」

警官が言った。サディアスが窓に映る自分を見ながら、ひらひら手を振った。警官は、暖かな船室から喜んで出て行き、冷え冷えとしたデッキでロープの束を抱えた。

到着したのは観光客向けのこぢんまりとしたボートハウスだった。客はおらず、狭い駐車場には所狭しと何台ものバスがアイドリングしていた。キャリアーと呼ばれる労働者移送用のバスだ。車内は真っ暗で人がいるのかも定かではない。

ボートが固定されると、サディアスが船を降りた。バスが何台も停まっているのはマクスウェルが来ているからだとみて疑問を抱かず、警官二人を引き連れて悠然と桟橋を進み、ボートハウスのドアを開いて中に入った。

受付カウンターで卓上ライトが一つともるだけの薄暗いそこに、マクスウェルが佇んでいた。サディアスは船内で練習した通りに会釈しようとしたが、相手の姿に驚くあまり棒立ちになってしまった。

マクスウェルは、なぜかマルセル島警察の制服を着て、右袖をだらりと垂らし、ボートハウスに入ってくる者を待ち構える位置で立って待っていた。奥に食堂や待機所、土産売り場があるが、そちらが無人らしいことにもサディアスはひどく面食らった。

「偉人《ザ・マン》よ、なぜそのような出で立ちでいるのですか？」

まずその点を質《ただ》すサディアスを、マクスウェルが、昏い目でじろりと見返した。

「今このあたりで目立たずにいるには、まことに都合のいい出で立ちだからだ」

サディアスはまったく納得していない顔で目を瞬かせ、あたりを見回した。

「私たちを守る警官はどこへ行ったのです？」

「バスの中だ。ＤＣＦの労働者たちとともに、ぐっすり眠っている」

「そんな馬鹿な」

サディアスは反射的に言い返してしまった。彼の能力が効果を発揮している限り、ぐっすり眠ることなどできはしないのだ。しかしマクスウェルに対して失礼な態度であったため、サディアスは顔を引き締めて謝罪した。

「大変失礼しました。偉人《ザ・マン》よ、どうか説明してください。いったい何が起こっているのです？　私はてっきり、あなたがハンターとともにいるものと思っておりました」

「ハンターはゆくべきところへゆく。勝利の栄光とともに歩む。だが、サディアス・ガッター、お前はしくじったのだ」

「なんですと？　何もかも、あなたの言うとおりにしたではありませんか」

「リック・トゥームが〈スネークハント〉に見つかる前から、お前はしくじっていた」

「お待ちください。リック・トゥームは健在です。先ほども、〈白い要塞《ホワイト・キープ》〉を自由に動かせるようになったと彼から連絡があったばかりですぞ」

「それは本当にお前が知る者の声だったか？　偽物ではないと断言できるか？」

サディアスは絶句し、唇をひくひくさせた。

「お前はリックがまだ健在なうちに、ハンターを追うべきだった。ハンターが差し向けたグループを分散させたら、ただちに〈ハウス〉へ戦力を集中させねばならなかった。奇襲のチャンスは一度きりしかなく、失敗したときは島から逃げるしかない。だがお前は、このとおりすっかり孤立してくれているのだから、私にとってありがたいことこのうえないの。他に説明してほしいことはあるかしら、サディアス？」

マクスウェルだった者の声は途中から不思議に変化し、男とも女ともつかぬものとなった。顔かたちも肌の色も髪も体格も万華鏡のように千変万化し、消えていた右腕がいつの間にか袖の中に現れていた。

「ヨナ・クレイ!?」

のけぞって叫ぶサディアスの両腕を、二人の警官がしっかりとつかみながら姿を変えた。一人は偽の皮膚をゴムマスクのように剝がし、別の男の顔になった。一人は肌そのものをホログラフの投映装置としていたのをやめ、褐色の肌の女になった。

「お前たち、〈クライドスコープ〉のトーディとスコーピィだったのか!?」

「こいつがやっと黙るときがきたかと思うと、本当にほっとするよ」

「同感。これ以上、いかれた言葉を聞かされたらおかしくなるわ」

トーディとスコーピィが口々に言うのをよそに、サディアスは抵抗して暴れることなく、怪訝そうに眉をひそめて姿を変え続けるヨナ・クレイを見つめた。

「わざわざこの私に近づくとは。そんなにも私の能力《ギフト》を味わいたいのか？」

「お前の、人から眠りを奪う能力《ギフト》は、効果が現れるまでに何日もかかる。自分でもわかっているでしょう？　脅しても無駄よ。ホスピタルに頼むまでもなく、お前の能力《ギフト》の効果を消すすべはある。外のバスに乗っている者たちで、しっかり試したもの」

「嘘を言うな。どのような治療も無意味だ」

ヨナ・クレイが、大小様々に変貌する指を、ぱちりと鳴らした。

「おいで、ポピー」

奥の食堂の片隅で、ぬっと巨大なものが身を起こした。全身に色とりどりの菌糸をまとう不気味なグリズリーが現れ、サディアスを凝然とさせた。

「エンハンスメント動物か？　言っておくが私の能力《ギフト》はあらゆる動物に効くのだぞ」

「脳まで半分キノコの生き物を不眠症にさせられるなら、やって御覧なさい」

ヨナ・クレイが脇へどいて顎をしゃくると、トーディとスコーピィが息を合わせてサディアスの両腕を引っ張り、食堂のほうへ勢いをつけて放り出した。

サディアスは、滑らかなローブのせいでリノリウムの床をホッケーのパックのように滑ってゆき、ポピーの鼻先で止まった。サディアスが顔を上げると、目の前にポピーの巨大な顔があった。その眼球も、鼻口の内側も、牙や爪さえも、肉体のありとあらゆる箇所が菌糸と一体化したグリズリーが、にわかに咆哮をあげた。吹きつけられる息のあまりの激しさに、サディアスは目を開けていられず、息が詰まり、その長い髪を激しくはためかせながら、両手を前に突き出して身を守ろうとした。

だがポピーは長々と咆哮しただけで、それ以上は何もしなかった。肉食動物の口から溢れ出したとはとても思えない、かぐわしい香りが、無数の胞子とともに漂っていた。

サディアスが目を開き、しゃっくりした。その面貌が溶けるように虚脱し、目と瞼の隙間や、鼻と耳の穴から、白いキノコの枝が生えていった。

けほん、とサディアスが子どもがするように咳をした。その口から、ぱっと胞子が舞い出た。その口内も舌も菌糸に覆われていた。

「なんだか、すっごく、いいにおいがするねえ」

サディアスが舌っ足らずの声をあげた。

ヨナ・クレイが歩み寄り、ポピーの首を撫でながらサディアスを見下ろして微笑んだ。

「ハンターに頼んで、お前の能力《ギフト》も私たちのものにするつもりよ。二重能力《ダブル・ギフト》は危険ではなさそうだし、ここのギャングや警官を従わせるには実際便利でしょうから」

「ふうん。ねえ、ぼくねむい。おねんねちたい」

「眠りなさい。お前が汚染した人間はみな元に戻すわ。この島の住民をさんざん辱《はずかし》めてくれたけれど、お前たちがいた痕跡は残らず消える。Mの文字が何かを意味することもなくなるし、おかしな衣裳も小道具も、リディアが綺麗に焼き払ってくれる」

サディアスは、ヨナ・クレイの言葉を最後まで聞くことができず、幼児のように手足をたたんでうつ伏せになると、床に頬を押しつけてすやすやと寝息をたて始めた。

34

「ホー！ ホー！ ホー！ 当機は間もなく着陸態勢に入ります！」

激烈な弾丸の雨をものともせず、アンドレが〈ハウス〉を驀進させながら陽気な声で告げた。タイヤも車体も強固な防弾仕様であるとはいえ、追いすがるバスやピックアップトラックから、拳銃、ショットガン、ライフル、サブマシンガンといった多種多様な銃撃を受け続け、車体のあらゆる場所が傷だらけだ。

それでもアンドレのハンドルさばきに問題は生じなかった。マクスウェルが、実弾ではなく厄介な弾丸を配下の男たちに使用させたときも、しごく冷静だった。

厄介な弾丸とは、低致死性のペッパー弾やペイント弾だった。目や呼吸器系を強烈に刺激する粉末と、逃げる者を目立たせて追跡を容易にするための蛍光塗料を、〈ハウス〉のフロントウィンドウに撃ち込ませたのだ。蛍光塗料に加えて粉末がはりついてアンドレの視界をひどく妨げ、もし粉末が運転席に侵入すれば運転どころではなくなる。

アンドレはただちに空気の入れ換え機能をオフにし、おかげで少々息苦しいような気分だが、大した問題ではなかった。彼の心配ごとは、バイクで追ってくるレザーとラフィだった。片方は、壁にはりついて移動できる能力《ギフト》の持ち主だという。そんな相手に飛びつかれ、車体に対戦車地雷でも仕掛けられたら万事休すとなる。

どんな兵器の使用も厭わない〈プラトゥーン〉らしい心配ごとだが、大勢が銃撃に夢中で、むしろレザーとラフィが〈ハウス〉への接近を防いでくれたのでひと安心だ。視界を塞がれた分は、頭に叩き込んだ道路図を頼ればいい。速度と時間が距離を教えてくれるし、道路の状態は背と尻に伝わる振動で手に取るようにわかる。そうした技能はもちろん能力《ギフト》ではなく、アンドレ・ザ・〈ジェットコースター《ビッグディッパー》〉の才能と訓練のたまものだ。

そのアンドレの確かな運転によって〈ハウス〉はアンクル・ベイ・パークを横目に北上し、ブーツ形の島の足首にあたるアンクル・ストリートを猛然と右折した。激しい摩擦でタイヤが白煙を上げ、いよいよ加速しながら、バス・ロータリーとガススタンドに挟まれた地点に来た。〈シャドウズ〉と〈モーターマン〉が襲撃を避け、墓地へ向かうことになった場所だ。そこを越えると、島を南北に通るティビア・アヴェニューとの交差点に入る。その一画にはノルビ・トラッシュたちが使ったマンホールがある。

追いすがるマクスウェルたちからすると、ここで〈ハウス〉が南北と東のどのルートに入るかは重要ではなかった。交差点から先へは、どこにも行かせてはならないのだ。南はリデンプション教会があって〈クインテット〉や〈魔女〉が、北はウォーターズ・ハウスがあって〈プラトゥーン〉が合流してしまう。東へ直進すれば橋を渡ってイースト・ファクトリー・アイランドへ入り、湾岸道路を走れば島から逃げられる。

そのためアンクル・ストリートに入ったところでマクスウェルもピックアップトラック

の荷台の上で銃撃に加わり、激しく回転する〈ハウス〉の左後輪の一点にのみ弾丸を当て続けるという、まさに彼ならではの神業を披露した。

マクスウェルがそのまま銃撃を続けていれば、いずれタイヤに小さな穴をあけていただろう。小さかろうが大きかろうが穴があけばタイヤは用をなさなくなる。

だがその前に、〈ハウス〉はティビア・アヴェニューとの交差点を左折し、北上しようとした拍子に、タイヤが横滑りしたかと思うと激しくスピンしてしまった。長大な車体がぐるぐると回転しながら交差点を横切り、バス・ロータリーの向かいの信号機にフロントを激突させてなぎ倒し、歩道に乗り上げて消防用の水栓を吹っ飛ばした。たちまち水柱が高々と上がり、煙を上げて動きを止めた〈ハウス〉に降り注いだ。

男たちが歓声をあげた。マクスウェルの指示で、バスとピックアップトラックが、交差点を占拠するように扇状に停められた。レザーとラフィも、マクスウェルが乗るピックアップトラックの横で、バイクを停めた。

《ホッホー！　当機は無事に着陸いたしました。またのご利用をお待ちしております》

アンドレはそうハンターたちに通達すると、運転席のドアを開き、両手を挙げて道路に立った。多数の目と銃口がアンドレに向けられた。マクスウェルはすぐには撃たせず、ピックアップトラックの屋根に左腕を置き、昏い目でアンドレを見つめた。アンドレを銃撃で木っ端微塵にすれば、車内にいる者たちが恐れて閉じ籠もることになるだろう。それにアンドレは〈プラトゥーン〉の一員で、殺せばブロンと事を構えることになる。となれば銃の仕入れ先に支障が出る、というのがマクスウェルの思案だった。

そうしてアンドレが僅かな時間を稼ぐ間、〈ハウス〉の車内では速やかに脱出策が講じられた。バジルが後部座席のシートを引っ剝《ぺ》がし、床に設けられたメンテナンス用のハッチのロックを解除してスライドさせ、ヘンリーを振り返った。

「頼むぜ、〈穴掘り人《ディガーマン》〉。いつかのときみたいに、出口を作ってくれ」

「お任せください。敵の領土を、今こそ我々のものにして御覧に入れましょう」

ヘンリーはそう言うと、わざわざシャツのボタンを引きちぎって胸をはだけた。そこらじゅうに飛び散るボタンに、ケイト＝マクスウェルが呆気にとられるのをよそに、ヘンリーは能力《ギフト》を発揮させた。長いこと刑務所の一角で日に当たらず過ごしたというような、いやに色白の肌をした、細マッチョという表現がぴったりの体軀や、禿頭の顔から、銀色の根が生え始めたのだ。ヘンリーがハッチに屈み込むと、代謝性の金属繊維が急激に生長し、まさに植物の根そのものといった様子で道路のアスファルトを這い、僅かな窪みや隙間から入り込んで広がっていった。アスファルトがあっという間に割れて引き剝がされ、根が束になって土に侵入した。ヘンリーの体はすっかり根の束に覆われ、水に沈むように土へ潜り込んでいった。根は土を掘っては穴の外に運ぶだけでなく、土中のミネラルを吸い上げ、次々に新たな根を生やしている。一部の根はヘンリーの体から切り離されると急速に枯れて固くなり、穴が崩れないよう支える役を担った。

真下ではなく、斜めに傾斜する穴があっという間に掘られ、下水路の壁が破壊された。

下水路に出たことをヘンリーが告げると、まずハンターが身を屈めて穴を降りた。ジェミニが、マクスウェルの人格のままのケイトが、とっくにトランス状態から覚醒していたバリー・ギャレットが続いた。最後に、スクリュウの腕をつかんで立たせたバジルが、他方の手で運転席との間の仕切り板を、どん、と叩いてから穴を降りた。

車外ではアンドレが相変わらず両手を挙げていたが、バジルがたてた音を耳にするや、すぐさま運転席のドアを閉めてロックした。

マクスウェルが眉をひそめ、アンドレがきびすを返して後部座席のドアに手を伸ばすのを見るや、「撃て」と命じた。たちまち多数の弾丸がアンドレの頭や背に浴びせられた。

そのシャツとジャケットが穴だらけになったが、アンドレ本人には届かなかった。弾丸は全て、急激にたるんだアンドレの皮膚の上を滑って軌道を逸らされ、車体や道路上で火花を散らした。ラーテルやブルドッグなどがそうであるように、分厚くたるんだ皮膚が、鋭く突き刺さろうとするものへの防御となるのだ。しかもアンドレの皮膚は、瞬時にあらゆる凹凸をミクロレベルでなくしてしまう。ただたるむだけでなく、摩擦係数を激減させることで、弾丸も刃物も、つるつるの体の表面を滑らせてしまうのだ。

アンドレは顔まですっかりたるんだ皮膚に覆われながら後部座席のドアを開くと、マクスウェルに手を振ってみせながら車内に入り、さっとドアを閉めた。

「もういい。撃つな」

マクスウェルが荷台から道路に降りた。頭上では多数のカラスが飛び交い、ギャアギャアと鳴き声を交わしている。マクスウェルはそちらを険しい顔で一瞥し、〈ハウス〉へ歩み寄った。レザーとラフィがバイクを降りてマクスウェルについていった。他の者たちも道路に降りて〈ハウス〉の周囲に集まった。

マクスウェルは、銃撃の熱で焼け焦げ、純白とは言い難くなった車体の周囲をぐるりと回った。金庫なみに頑丈なドアを男たちにこじ開けさせるなどという無駄なことはしなかった。膝をついて車体の下を覗き込み、そこにあけられた穴を見つけた。

「〈ファウンテン〉からヘンリーを連れて来ていたか。招けども現れず、こちらが追えば招かれざる客となってテリトリーに入り込む。さすがだ、ハンター。だが私の手の届くところにいることに変わりないのだぞ」

マクスウェルは穴に向かってそうささやくと、男たちに命じてバスで〈ハウス〉の車体を押しのけさせた。それから全ての銃がしっかり装塡されていることを確認させると、マクスウェルもまた道路にぽっかりあいた穴へ降りていった。

それはハンターが、〈クインテット〉とともに、悪名高い五つのグループを同士討ちさせる際に逃げ込んだ下水路を思わせた。だが三頭の猟犬以外に頼る相手がなかったときと違い、頼れる者たちに囲まれ、かつ下水路の構造に従う必要すらなかった。

いったん全ての根を切り離したヘンリーは、ある地点まで来ると、今度は下水路の壁を破壊して地上へ続く穴を掘った。五分とかからず出ることができたそこは、島の北東にあるトレーラーハウス・パークの裏手の一画だった。

木々と茂みが野放図に生え、冬の冷たい潮風を浴びて葉や蔦《つた》を枯らせている。頭上をカラスの群が追ってきたが、大ガラスのハザウェイが警戒を促すこともなかった。敵はおらず、北に徒歩で十分ほどのところにネルソン・フリート議員がいる施設があった。

「チェスで言えば、あと数手で相手のキングを奪えます、ハンター」

上半身裸のヘンリーが、寒い夜空の下でも平気そうに微笑んだ。

「すぐにあちらの駒が追ってくるだろう。頼んだぞ、バジル」

ハンターが言った。バジルは「ああ」と返し、スクリュウをバリーに任せた。

そうして、ハンター、ジェミニ、アンドレ、ケイト、ヘンリー、バリー、スクリュウが暗がりへ去るのを、バジルが一人残って見送った。頭上ではカラスの群が一斉に移動し、何羽かが見張りとして残った。

バジルは静かに佇み続けた。崖下から潮騒が届き、冷たい風に吹かれて木々の枝がざわめき、枯葉が地面でかさかさ音をたてた。侘《わび》しさばかりかき立てられるその場所へ、やがてヘンリーが掘った穴を通って、殺気立った男たちが銃を構えながら現れた。

彼らは、悠然と立つバジルの前で左右へ広がった。マクスウェルがレザーとラフィを連れて現れ、意外そうにバジルを見つめた。

「お前一人とは。ハンターに置いて行かれたか？」

「お前らごとき、おれ一人で十分だろうが」

バジルが両手を持ち上げると、それぞれの袖から電線が滑り出てきて、足元で蛇のようにとぐろを巻き、鎌首をもたげるようにした。

マクスウェルも左手を同じような形にして持ち上げ、眼球をせり出させてカマキリのような銀色の擬瞳孔のものへ変化させた。

「一戦交えたかったぞ、バジル。どちらがハンターという王者の傍らに立つにふさわしいか教えてやるべきだと思っていたからな。それはともかく、ハンターはどこだ？」

問いながら、マクスウェルの見えざる右手が腰の銃を抜き、装填された全ての弾丸を二秒で放った。だがバジルの電線が鞭のように跳ね、その被覆素材を灼《や》かれながら、全ての弾丸を受け弾いて軌道を変えてのけた。

マクスウェルが、空《から》の銃を地面に捨てた。男たちの一人がすぐに、銃撃で熱くなったそれを拾い、せっせと弾込めをした。別の一人が新たな銃を背後から差し出し、マクスウェルは左手でそれを受け取って右腰のホルスターに収めた。

マクスウェルが無言で歩を進めた。装塡役の二人がついていった。十メートルほどあったバジルとの距離を、半分にまで縮めたところでマクスウェルたちが足を止めた。

「この距離でも防げるか？」

「さてな。試してみな」

マクスウェルの右腰のホルスターから、ふっと銃が消え、神速の銃撃が放たれた。バジルの眼前で電線が乱舞し、弾丸がいくつか肩口をかすめて飛んでいった。マクスウェルは撃ち終えた銃を捨て、差し出された銃を見えざる右手で構え、間髪を容れずに撃った。僅か数秒で二十発近い弾丸を真っ向から浴びせられながら、バジルは一歩たりと動かなかった。電線は全て受け弾いてみせたが、そのせいでぼろぼろになり、一つは千切れてしまった。

バジルは両袖から新たに二本の電線を現し、足元に追加して身を守らせた。

マクスウェルがさらに一歩前に出て、左手を上げた。男たちが動き、マクスウェルを中心として、バジルに十字砲火を浴びせるべく隊列を整えた。その後方では、レザーが斧を、ラフィが軍刀《サーベル》を肩に担ぎ、処刑を執り行う銃殺隊のような男たちを眺めている。

「なかなかのものだと言ってやりたいが、お前の能力《ギフト》では私に届かず、我が聖なる銃撃を防ぎ続けることもできない。つまるところ時間稼ぎしかできん男というわけだ。お前自身の道具で吊るし、思い上がった者の末路をハンターに見せてやるとしよう」

マクスウェルは言い終えるなり、弾込めされて差し出された銃を、見えざる右手で構えた。ワイヤー・ワームのみで構成されたその手が、人の目では認識できない神速の射撃を繰り出す一方、途方もない異変が生じていた。

風に揺れる木々の枝や、舞い転がる枯葉の下の雑草が、バジルを取り囲む男たちに襲いかかったのだ。いや、そのように見えていた。実際のところそれらは風で木々や枯葉が動くたびに少しずつ男たちに接近していた、何百という数の大量の電線だった。

それらが頭上の枝から、あるいは枯葉の下から突如として跳ね現れ、男たちの手足を縛り、木に吊るし、はたまた木の幹に縛りつけた。電線はいつの間にかレザーとラフィの足元にも迫っており、二人の手足を武器ごと縛って地面に倒した。そして電線の一部が、ただちに彼らの首に絡みつき、頸動脈を絞めて気を失わせた。

マクスウェルに対しては、より容赦がなかった。その右足の周囲で、ちょうど輪を作っていた電線が、即座に輪を閉じたのだ。衝撃で右足首の骨が粉砕され、マクスウェルは呻いて膝をつき、それでもバジルに向かって銃撃を放った。

だが正確に狙えたのは最初の三発だけで、いずれもバジルの足元にいた電線に弾かれた。

そしてマクスウェルは、周囲に忍び寄っていた電線に銃と左腕と両脚を拘束され、装填された残りの弾丸を全て地面に向かって撃つという、彼にとってこのうえない屈辱にまみれることとなった。

かくして、一歩も動かずに、自分を取り囲んでいた男たちをすっかり拘束してのけたバジルは、マクスウェルに向かって噛んで含めるように言い放った。

「お前は、ゆっくりとしか動かねえものに弱いんだよ、マクスウェル。遅く動くものほど目に映らなくなるんだ。そういうカェルとかワニみてえにな」

マクスウェルは苦痛と怒りで銀色の眼球をぎらつかせ、蛇の巣のごとく大量の電線が這い回るさまを睨みつけた。

「いつだ？　いったいいつ、これだけのものを島に運び込んだ？」

「いつ？　〈M〉の連中を島に配置すると決まったときからだ。危なっかしい連中を使うんだ。手札を仕込むに決まってるだろうが。〈M〉のでたらめぶりはずっと監視してたし、お前が企んでることもずっと前からわかってたさ」

マクスウェルの体が電線に引っ張られ、胴を縛られた格好で木に吊るされた。あまりの屈辱にマクスウェルが銀色にぬめつく巨大な舌をだらりと垂らし、怨嗟の絶叫を迸らせた。精密きわまりない感覚器官で脱出と反撃のすべを探し求めたが、彼が認識しうる限り、そんなものはなかった。

「お前やフェニックス先輩みてえなハジキ屋どもときたら、なんでもかんでも速けりゃいいいのか？　確実に誰かを始末するなら、ゆっくりやるべきだろうが？　カタツムリが這うみてえに、誰にも気づかれず、絞め上げるほうが断然賢いんじゃないか？」

バジルは、吊られたマクスウェルへ歩み寄ると、右拳を大きく振りかぶり、相手の頬を思い切りぶん殴って一発で気絶させた。

「首を吊るしてやりてえが、そうはしねえよ」

バジルは呟き、あたりを見回して、誰か気絶したふりをしていないか、隙を見て逃げようとしていないかチェックした。電線を操るワイヤー・ワームがセンサーとして働き、誰もそうしていないことをバジルに教えてくれた。うっかり殺しでもしたら厄介なことになるレザーとラフィも、大人しく気を失っている。

バジルは満足し、ぐったりするマクスウェルの肩を叩いて言った。

「殺さない、殺させない、殺されないってのは、いいモットーだぜ。お前がやらかすような馬鹿な殺しが減るからな。くそ澄まし顔のフェニックス先輩に自慢してやれるネタをありがとうよ、マクスウェル」

36

マルセル島の北西端の広大な敷地を有する〈マルセル乗馬クラブ〉のゲストハウスには、

警備のために六人の警察官が配置されていた。抗争の規模からすれば少数だが、六人ともリバーサイド警察から呼び寄せた強盗課の腕利き、かつこわもての刑事たちだ。

彼らは強盗事件を捜査する傍ら、証拠である盗品をさばき、賄賂の受け取りや中継を担い、リバーサイド・ギャングや〈ウォーターズ〉に対して元締めのように振る舞う。

マルドゥック市にとって「最大の労働者の供給源」であるマルセル島と、「有数の観光資源」であるリバーサイドの両方にまたがって人脈を築き、影響力を持つ数少ない組織だ。〈M〉も、リバーサイド警察とその強盗課に渡す賄賂を惜しまなかった。そうすることでリバーサイド・ギャングと争わず島を支配できるからだ。リバーサイドの観光資源を掌握するフリート家と観光協会から目をつけられ、周辺地域の警察組織が合同捜査本部を作って荒らしに来るといったことも防げる。

そういう悪徳刑事たちが六人もいるのだから、何十人ものギャングに敷地をうろつかせるより頼もしかった。何より六人ともカネは十分あるので、着ている服も上等で落ち着いている。ぎらぎらした安っぽい出で立ちの男女が、由緒ある乗馬クラブに出入りするのを、実質的なあるじであるネルソン・フリート議員が嫌ったのだ。

六人が、ゴム弾を発射する暴動鎮圧用のライフルとテーザー銃を持つのも、ネルソンが流血を嫌うからだった。とはいえ殺すなとは命じられておらず、侵入者があればゴム弾と電撃で気絶させて敷地から連れ出し、改めて実弾を装填した銃で殺すだけだ。

そんなわけで綺麗に刈られた芝生を堂々と横切ってゲストハウスへ近づくアンドレを見た刑事の一人は、ただちに狙い澄ましてゴム弾を発射した。ときに骨折や内臓破裂をもたらすゴム弾が、アンドレのつるつるした分厚い肌を滑ってどこかへ飛んでいった。アンドレは、啞然となるその刑事に大股で歩み寄り、殴りつけてライフルを奪うと、相手の額に一発撃ち込んで気絶させた。アンドレはそいつから予備のゴム弾と拳銃を手に入れ、ゲストハウスへ向かった。玄関を守る二人の刑事の前に堂々と姿を現し、拳銃を頭上に向けて引き金を引いた。轟く発砲音が、裏手にいる二人の刑事を呼び寄せ、アンドレは彼ら全員と嬉々として一方的な撃ち合いを始めた。

ゲストハウスの広々とした暖炉付きメインルームでは、ネルソンがただちに廊下で待機する刑事を呼んで叱りつけた。

「誰が撃った？　私がいるときに撃つなと何度言えばわかるんだ？　ニュース沙汰になったらお前たちに責任がとれるのか？　広報チームにいくら払うと思ってる？」

刑事に何が起こったか確かめてくるよう命じると、ネルソンは暖炉の火に照らされる革張りのソファに、ヴィクトル・メーノン市長とマルコム・アクセルロッド連邦捜査官と向かい合って座った。二人とも実際はそこにおらず、シザースの能力《ギフト》によってつながり合うメーソンが、首を傾げてネルソンを覗き込んだ。

「〈ザ・サム〉の一人よ。お前に与えた三人ものスクリュウが、今なおつながりを断ったままでいるというのは、当然だが、憂慮すべきことだ」

マルコムが、ふんぞり返ってこうべを巡らせ、どこかにいるマクスウェルの気配を探ったが、何の気配もつかむことはできなかった。

「ノーマが〈ティアードド〉になったときと同じだ。ハンターは女王のゆらぎを手に入れたに違いない。女王の分身がまた一つ現れた。我々に敵意を抱く、女王の影が」

ネルソンは、胸の前で左右の手の甲を交互に撫で、深々とうなずいた。

「マクスウェルとサディアスが圧倒的に優勢だという情報はフェイクだ。ハンターが一枚上手《うわて》だった。私はリバーサイドに戻り、刑事たちに状況を調べさせて出直す。〈ザ・ハンド〉よ、その名においてシザースの柄を握る〈フィンガーズ〉を招集し、ハンターに同胞を奪われないよう守りを固めることを進言する」

メーソンが目を細めて宙を見つめ、「まさにノーマと同じだな」と呟いたとき、彼らの目の前で異変が起こった。毛皮を模したラグマットがいきなり凹み、床に呑み込まれるようにして消えたのだ。ついでメーソンとマルコムが座っていたソファが同様に沈み、銀色の根の束が床を突き破って現れた。根がものの数秒で全て枯れ果てると、あとにはぽっかりと開いた穴が残された。

メーソンとマルコムは一瞬で壁際に移動し、立って穴を見ている。ネルソンが慌てて立って、ソファの後ろへ回り込みながら大声で刑事たちを呼んだが、誰も来なかった。

穴から現れたのは、ハンターとジェミニだった。ついで、スクリュウの腕をつかむバリー、元の人格に戻ったケイト、そしてヘンリーが地下から出てきた。

部屋のドアが開き、両手にゴム弾用ライフルを握るアンドレが現れ、ネルソンに向かってウィンクし、口を一方の端に寄せて、ちっちっ、と舌を鳴らした。

ハンターが部屋を見回し、壁際に立つメーソンとマルコムの姿をすぐさまとらえた。

「夜分に失礼する、ネルソン・フリート議員。どうやら市長や連邦捜査官と、暖炉の火で温まりながら何やら語らっていたと見える。ぜひおれにも参加させてほしい」

メーソンが額に手を当てて溜め息をついた。

「ネルソン、お前を守るすべがない。お前を虚無の海に流すか、女王の宮殿に閉ざす」

マルコムが顔をしかめ、ハンターを睨みつけた。

「吐き気を催すほどの罰当たりが。ノーマと同じけだものめ。お前が我々を切り裂く分だけ、お前もまた切り裂かれると予言するぞ」

ネルソンがソファの背もたれに手を置き、淡々とハンターに話しかけた。

「私の家族を惨殺するかね？　モーモントの家族やシルバー社のモデルたちのように」

ハンターはかぶりを振りながらネルソンの傍らへ歩み寄った。

「おれの目的は、あなたを均一化《イコライズ》し、政治的、経済的な基盤を手に入れることだ。当然、あなたの親族と懇意になることを望み、無駄に死者を増やそうとは思わない」

「信じるぞ、ハンター」

「シザースにとっても家族は重要らしい。それともそういうふりをしているのか？」

「もちろん重要だ」

「家族全員をシザースにしようとは考えないのか？」

「ときが来ればそうなる。私も一つ、消える前に予言しよう。お前ははるか高みに至り、そしてその高みがお前を破滅させる。お前はそうなるためだけに天国《マルドゥック》への階段をのぼる。あとにはシザースが栄え、お前やノーマの存在は忘れ去られる」

「謹んで聞こう。そしてその予言が実現しないことを証明してみせよう」

ハンターとネルソンの間に、あるものが現れた。

古びた青と白のクーラーボックスだ。その蓋のロックが解除される音を、その場にいる全員が聞いていた。そこにクーラーボックスが現れていることも認識した。その蓋が弾けるように開かれ、雷鳴轟かす黒雲を立ちのぼらせた。

「おれが送り込む！　虚無の海と女王の宮殿、どっちだ⁉」

マルコムが叫び、ネルソンが短く答えた。

「宮殿に」

刹那、バリーに腕をつかまれた男が、「キィーヤァーアァァーア！」と甲高い叫び声をあげ、黒雲がネルソンを呑み込んだ。

37

バジルは、トレーラーハウス・パークから、北の乗馬クラブへ直通するケーフ・アヴェニューの路肩に立って草をくわえ、速度制限表示板のポールに身をもたせていた。

背後には拘束されて意識を失った十数人の男が一列に並べられている。マクスウェルの右足首は電線と木の枝で応急処置をしてやっていた。

レザーとラフィはいない。携帯電話でハンターに確認したところ、目覚めれば勝手に住み処に帰るとのことだった。それで拘束を解くと、しばらくして二人とも動き出し、無言で穴に戻っていった。どこかに置いてきたバイクに乗って帰ったのだろう。

やがて南から、〈ガーディアンズ〉のバスが、〈ビリークラブ〉の車三台に護衛されて現れた。バスの運転席からストレッチャーが、車の運転席からは〈ビリークラブ〉三人が、バジルへ手を振ってみせた。

バジルも軽く手を上げ返し、彼らが乗馬クラブへ向かうのを見送った。

続いてシルヴィアの乗る車が法定測度を超えるスピードでやって来て、目の前で停まった。その運転席からシルヴィアとナイトメアが飛び出すように現れ、バジルをぎょっとさせた。シルヴィアの服が、ずたずただったからだ。能力《ギフト》のおかげで傷一つないが、ブラジャーも捨てた半裸に等しい姿に、バジルは大いに狼狽《うろた》えた。共感《シンパシー》の波によってシルヴィアも彼の驚きをはっきり感じ取っていたが、彼女はむしろその反応を快く受け取り、構わずバジルを抱きしめた。

これまでの彼女からは考えられないような行動に、バジルはますます動揺した。シルヴィアのほうは、このハンターに次ぐナンバーツーの男が心の底でほしがっているご褒美を与えることに何の抵抗も覚えず、嬉しさを込めて彼の両頬にキスをし、それから思い切り唇にキスをした。

「おいおい、シルヴィア？」

バジルは、慌ててシルヴィアの両肩をつかんで大人しくさせようとした。ハンターの勝利にシルヴィアが舞い上がっているのだと思った。しかし共感《シンパシー》の波を通して伝わるのは、バジルの勝利に対する喜びだった。シルヴィアは、バジルがマクスウェルを見事に制したことを心から誇りに思っていた。

「絶対にあなたが勝つと思ってたわ。ハンターも、あなたがいるから勝てるのよ」

ナイトメアが、シルヴィアに同意するように軽くひと吠えした。

バジルもようやく称賛を受け入れてシルヴィアの柔らかな身を抱きしめた。勝利のご褒美を味わうだけでなく、彼女の身に異変が生じていないか心配して顔を覗き込んだ。

「二重能力《ダブル・ギフト》を使ったんだな？」

「トレヴァーになったわ。体重を自由に変えられるって、思ってた以上に最高かも。あなたの好みの女性は、体重三十キロから二百キロの間のどのへんかしら？」

「今のお前でいい」

バジルは苦笑し、シルヴィアの顔の傷痕に、そっと指を滑らせた。

「ひと目にさらされるのは嫌じゃなかったのか？」

「今は、どんな私を見られても構わないって気分。特にあなたになら」

バジルはうなずいてシルヴィアとまたキスをした。

そこへ、真っ赤なスポーツカーを運転するリディア、その助手席に座るデビル、後部座席に大きな白蛇とともに座るマヤ、そして白馬に乗るミランダが現れた。

リディアが口笛を吹き、マヤが黒いヴェールの下で頬をほころばせ、バジルとシルヴィアを賑やかにはやし立てた。さすがにバジルが苦い顔になるのをよそに、シルヴィアは彼の腰に腕を回して朗らかに〈魔女〉たちに見せつけてやった。なんとも激しい変わりようのシルヴィアへ、リディアがまた口笛を吹いてから、バジルに言った。

「あんたは実際、大したもんだ、バジル。マクスウェルはまだ生きてるのか？」

「無駄な殺しはしねえよ」

ぶっきらぼうに返すバジルに、リディアが肩をすくめてみせた。〈魔女〉は今回の抗争で〈プラトゥーン〉に劣らず、容赦なく敵を殺して回ったのだ。

「先に行ってるぞ」

リディアが言って、スポーツカーを発進させた。

「ごゆっくり」

ミランダが、シルヴィアへウィンクし、リリーを駆けさせた。

そのあとすぐ、クラクションの音が、バジルとシルヴィアを振り返らせた。

ラスティの車を先頭に、〈クインテット〉とその配下が車列を作っていた。エリクソンが一体化を解いた四輪駆動車の荷台では、意識を失ったトーイ、ジョン・ダンプ、カーチスが相変わらず拘束されており、その後方に、オーキッドと〈ロッジタワー〉が乗るバイク、〈ダガーズ〉が乗る車が並んでいる。みなナンバーツーに敬意を表して、遠巻きに眺めるにとどめたのだ。

バジルは顔をしかめてジャケットを脱ぎ、シルヴィアの肩にかけた。これ以上ひと目に触れさせることに抵抗を覚える彼の心を、シルヴィアも感じ取ってうなずいた。

「どこかで替えの服を手に入れるわ」

シルヴィアはバジルの胸元に名残惜しげに頭を押しつけてから、ナイトメアとともに車に戻り、微笑みをかわしつつ車を出した。

それでようやくラスティを先頭にした車列がバジルの前に来た。

「いつになったら声かけられんのかと思ったぜ」

ラスティが運転席の窓を開いて、ふてくされたように言った。

「遠慮なくかけりゃいいだろうが」

ふてぶてしく返すバジルのそばに、バイクを降りたオーキッドが歩み寄った。

「無事で何よりだ、バジル」

「互いにな。エリクソンの車に、マクスウェルも乗せろ。まとめて刑務所に送る」

「マクスウェルだけか？　他の連中は？」

「解放する。エンハンサーはいねえし、サディアスに操られてただけだ」

「わかった」

オーキッドが〈ロッジタワー〉に命じ、拘束されてぐったりするマクスウェルを、エリクソンの四輪駆動車の荷台に運ばせた。

エリクソンが運転席の窓から身を乗り出し、オーキッドへ言った。

「バジルとシルヴィア、じれったい二人だったが、やっと一緒に暮らすとかしそうだ」

オーキッドが、エリクソンの太い腕を叩いて同意した。

「これから見せつけられるぞ。覚悟しておけ」

バジルは、ラスティの車の助手席に乗り、後部座席のシルフィードの背を撫でて言った。

「よく働いたな、ラスティ、シルフィード」

「てっきりシルヴィアの車に乗るんだと思ってたぜ」

「余計なこと言ってねえで、さっさと出しな」

バジルが行儀悪く足をダッシュボードに載せ、カーナビを操作し、ラジオ放送による軽快な音楽を流し始めた。ラスティが首をすくめて車を出した。

「機嫌がよすぎて怖えよ」

38

乗馬クラブのゲストハウスには、ハンター側の参戦者が続々と集まってきた。

メインルームのど真ん中にはヘンリーが掘った穴がぽっかりあいており、のちに隠し脱出路としてリフォームされるだろうが、今は転落の危険があるのと下水路の臭いが立ちこめてくることから、キッチンのテーブルを逆さに置いて蓋をしていた。

勝者を称える場所としてはいささか間の抜けた光景であるため、根っからのもてなし上手であるヘンリーが、別の集合場所をあつらえた。裏庭の暖房兼バーベキューグリル付きのブースを中心として、テーブルと椅子と暖房器具を並べ、キッチンで手早く作ったミニサンドイッチやカナッペと、巨大な冷蔵庫から持ち出したミネラルウォーターのボトルで簡単なビュッフェを用意した。

戦闘がまだ続くかもしれず、捕らえた者たちの移送という仕事も残っているため、アルコールが出されることはなかった。だが激しい戦闘を終えたばかりの者たちにとって、ヘンリーのもてなしは望外の大盤振る舞いであり、みなが感謝した。

最初に到着したのは〈プラトゥーン〉四名、〈ビッグ・ショップ〉十名、そしてジェイクとトミーだ。多くが、切り傷や火傷、防弾スーツ越しに撃たれた打撲などで負傷していたが、いずれも軽度だった。仲間を待っていたアンドレが、腕を叩きつけ合い、ぴょんと跳んで胸板を激突させ合うなど、彼らならではの再会の挨拶を交わした。

感覚器官である角を引っ込めたオズボーン。漂うのをやめて宙から降りたキャンドル。透明化した武器を事故防止のため可視化してからピックアップトラックの荷台に積み直したドハティとパートナーのファングアス。普段は物悲しげに目を細めてばかりいるブロンも、戦闘の昂揚のせいか毅然とした顔つきで、アンドレと絞め殺し合いに見えるほど熱い抱擁を交わした。

意気軒昂な彼らとは対照的に、〈シャドウズ〉のトミーは暗い顔だった。

ジェイクが真っ先にハンターとジュミニ、物言わぬスクリュウがいるブースへ行き、こう言ったからだ。

「ハンター、話したいことがある」

だがハンターは手を上げ、ジェイクが胸の内を口にする必要はないことを示した。

「お前の決意は、共感《シンパシー》を通しておれに伝わっている。結束する仲間をいたずらに不如意な目に遭わせはしない。お前のみそぎは、おれたちを助けるすべともなる」

「どういうことだ？」

「刑務所でしてもらうことがある」

ジェイクは感謝を込めてうなずき返し、こう言い加えた。

「倒れた仲間を野ざらしのまんまにしたくないんだ」

「オーキッドと〈モーターマン〉が対処中だ。遺体は〈ガーディアンズ〉が処置する。後日の葬儀に、お前も出席できるようにしよう」

「何から何まで、すまねえ。ありがとうよ、ハンター」

「お前とは今後も結束し合えると信じている、ジェイク」

ハンターが差し出す手をしっかり握ってから、ジェイクは涙を浮かべるトミーのもとへ行き、互いに腕を肩に回して額を押しつけ、彼らの絆が不変であることを誓い合った。

同じとき、バリーは、アランとミッチェルを迎え、無事を喜び合っていた。

「リック・トゥームは、ミッチェルの虫に脳を食い尽くされた。哀れなやつだ」

アランが、まったく同情した様子を見せずに言った。

「脳と大事なところとか、いろんな意味で使い物にならないけど、何させんの？」

ミッチェルがけろっと口にし、バリーがそんなさまは想像もしたくないというように顔をしかめてこう返した。

「〈白い要塞《ホワイト・キープ》〉の一部にすると、ハンターは言っていた。昔、

「〈イースターズ・オフィス〉の前身でもある0《オー》9《ナイン》法案成立初期のナームで、植物状態の元軍人がトランストラッカーとして働いていた。それと同じように使うんだろう」

「生きた端末か。哀れだが、いい考えだとしか言いようがないな」

アランが、やはりいささかも同情を示さず肩をすくめた。

ハンターは、ヘンリーから〈ガーディアンズ〉と〈ビリークラブ〉、〈白い要塞《ホワイト・キープ》〉と〈マリーン〉の到着を報されると、ジェミニを連れてブースを出た。

まず駐車場へ行き、三台の車に護衛された〈ガーディアンズ〉のバスへ歩み寄った。

バスから最初に降りてきたのは〈シャドウズ〉のビリーだった。顔じゅうに包帯を巻かれ、右目と口だけが露出していた。ノルビの毒で腫れていた顔と首はだいぶ元に戻ったが、まだ赤黒く浮腫《む》んでいる。

「ハンター……、申し訳ない、おれたち、しくじっちまって……」

「今は治癒されたことを喜べ、ビリー・モーリス。ジェイクとトミーが待っている」

ビリーは恐縮した様子でぎくしゃくと礼を述べてゲストハウスへ向かい、続いて降りてくるホスピタルへ、ハンターが言った。

「負傷者の治癒のみならず、〈ビリークラブ〉のバトンの救助に向かい、ノルビ・トラッシュたちを捕らえたと聞いた。我々の守護者に厚く感謝する」

「ありがとう、ハンター。でも、申し訳ありません。バトンは救えませんでした」

そこへメイプルが来て、寂しげな笑みを浮かべた。

「バトンは助からなかった。しばらく仲間たちだけで、ここにいさせてほしい」

「おれも、偉大な戦士に直接礼を述べたい」

ハンターはそう言ってジェミニとともにバスに入った。消毒液と止血剤と血の臭いがない混ざって鼻をついた。野戦病院と化したバスの中で何人も治療を受けたのだ。

ベッドの一つでは、巨体が顔まで毛布をかけられて横たわり、傍らにモルチャリーとストレッチャーがいた。

「処置は無事に済みました」

モルチャリーが、〈ビリークラブ〉に遠慮して小声でハンターに告げた。バトンの能力《ギフト》を司る器官が死んでしまう前に、摘出したということだ。

ハンターはうなずき返し、手を伸ばしてバトンの顔から毛布をどかした。

瞼も鼻も溶けた顔と、白く濁った眼球があらわになった。いかにも無惨な状態だが、死に顔そのものは苦痛を訴えておらず、穏やかなものに思われた。

「半世紀も戦いを生業《なりわい》としてきた戦士の生き様を胸に刻もう」

ハンターは恭しく毛布をバトンの顔にかけ直し、その分厚い胸に手を当てて瞑目した。

それから入って来たメイプル、スピン、チェリーへ、こう告げた。

「〈ビリークラブ〉の不屈さと忠実さは、常に本物であると証明されてきた。その働きは認められてしかるべきだ。お前たちさえよければ、〈評議会《カウンセル》〉に席を用意したい」

メイプルが、力強い笑みで応じた。

「喜んで承《うけたまわ》るよ、ハンター。あたしらには珍しく、報われる言葉だ。ありがたいよ」

ハンターは、三人と握手をして、場を譲った。

「バトンときたら、ずいぶんハンサムになっちまってさ」

目に浮かぶ涙の膜を瞬きして追い払いながらメイプルが言った。

「命を燃やし尽くした。悲しいことはないさ。これでこいつも、ゆっくり休める」

スピンが、労《ねぎら》うように死せるバトンの肩をぽんぽんと叩いた。

「家族には私から伝える。葬儀の日が決まったら教えるわ」

チェリーが愛しそうに毛布越しにバトンの手の甲を撫でながら言った。

彼らを置いてハンターとジェミニがバスの外に出た。モルチャリーとストレッチャーもついてきたが、バスから降りず、ハンターとホスピタルの会話を見守った。

「捕らえたエンハンサー全員に、速やかに処置を行ってもらわねばならない」

「はい。ここと〈白い要塞《ホワイト・キープ》〉で行い、朝までには全て終わらせます」

「無理は禁物だ。お前たちを疲弊させては、全員が窮地に陥りかねないのだから」

「いつ糸が切れるかわからないほど疲れてはいません。むしろ充実しています」

ホスピタルが、彼女には珍しい、潑剌として挑戦的な笑みを返して言った。

「信じよう。これからも〈ガーディアンズ〉には大きな務めを担ってもらう」

モルチャリーが意気込んで目を見開き、ストレッチャーと視線を交わした。

ついでハンターはジェミニとともに桟橋へ行き、タラップをのぼって〈白い要塞《ホワイト・キープ》〉の甲板に上がった。すぐにショーンと〈マリーン〉の五人が船内から出て来た。

ハンターは、沖へ去るフローレス・ダイヤモンドの輝きを眺め、トロイたちへ言った。

「貴い海の女神と、戦士たちの助力に感謝する」

「お安い御用だ。こちらの要望を覚えておいでなら、という意味だが」

「南北マルセル港でビジネスを任せ、〈評議会《カウンセル》〉に席を用意する。応じてくれるか？」

これに、トロイ、アスター、ディロン、バンクス、アーチボルトのみならず、ショーンまでもが喜びの声をあげた。

「要望以上の光栄だ。もちろん招かれるとあれば、応じないわけにはいかないな」

「頼もしい限りだ。お前たちと〈白い要塞《ホワイト・キープ》〉は、今後の結束のあり方を教えてくれた。この船に住まう者たちは今後も〈マリーン〉と積極的に連携することに同意するか？」

ショーンが目を丸くし、ひゅう、と口笛を吹き、船内に声をかけた。

「いいだろ、プッティ？」

「おもちろおおおーーーい！」

「同意するってさ、ハンター」

ハンターはうなずき、彼ら全員と握手をしてから言った。

「あちらの建物でヘンリーが食事を振る舞ってくれる」

トロイはかぶりを振って辞退した。

「我々はここでけっこうだ。こんな格好だし、リバーサイドの連中がおかしなことをしないとも限らない。〈白い要塞《ホワイト・キープ》〉にもしものことがないよう護衛に徹する」

「では、料理と飲み物を運ばせよう」

「配慮に感謝する、ハンター」

トロイが両手を合わせてハンターを拝むようにした。

ハンターはジェミニとともにタラップを降りた。ゲストハウスと馬の訓練場の間では、カラスの群が飛び交っていた。柵にはびっしりと黒い鳥たちが並んで周囲を見回し、新しく入り込んだ土地の居心地を確かめている様子だ。

大ガラスのハザウェイは、ゲストハウスの裏庭のフェンスに留まっており、そのすぐ下では、ケイトが、リディア、マヤ、ミランダ、そして彼女らのパートナーである、デビル、デイジー、リリーを順番に抱擁していた。

「ウォーターズ・ハウスの次に火で浄《きよ》めたい場所だ。島の女たちがここに連れてこられてどんな目に遭ったか」

憎々しげにあたりを見回すリディアを、ミランダがたしなめた。

「焼かないでちょうだい。悪党は追い払ったんだし。リリーを休ませるには、うってつけの場所なんだから」

リディアがデビルと一緒に忌々しげに唸ったところで、ハンターとジェミニがやって来るのに気づき、そちらへ向き直って手を上げてみせた。

「ハイ、ハンター。ちょうどあんたを探そうとしてたところだ。話がある」

「用件を聞く前に、お前たちの今夜の働きに感謝させてもらおう。〈戦魔女《ウォーウィッチ》〉の勇敢な戦いが勝利に導いてくれた。エンハンサー二名は、その麗しき白蛇の腹の中か？」

「ええ。二人とも仮死状態にしています」

マヤが答え、人間をひと呑みにできるほど巨大なデイジーの背を撫でた。

「二人を〈ガーディアンズ〉に引き渡し、処置を任せろ。ヨナ・クレイと〈クライドスコープ〉がサディアスを捕らえたと聞いたが、彼らは今どこにいる？」

「あたしらが、あんたと話をしたあとで、〈クライドスコープ〉にサディアスをここへ運ばせる。そうヨナ・クレイは言っている」

リディアが強情な交渉役であろうとする態度を見せるや、ミランダが割って入った。

「サディアスの能力《ギフト》はここにいる全員にとって危険なものでしょう？　連れてくるにしてもヨナ・クレイのほうで処置すべきことがあれば、そうするってことが言いたいの」

だがハンターは、共感《シンパシー》の波を通して彼女たちの意図を早くも察した。

「ここの路上生活者収容《コンテインメント》ファシリティ同様、サディアスの能力《ギフト》も管理したいのだな」

ずばりと言われて口ごもるリディアに代わり、ケイトが前へ出て言った。

「労働者たちを支配する、警察とギャングへの対処が必要です。〈M〉を真似るつもりはありませんが、サディアスは効果的に能力《ギフト》を用いていました」

「憎き敵の優れた点は踏襲するという態度は評価する。だが能力《ギフト》の管理は〈評議会《カウンセル》〉で話し合われるべきものとなる。手中に収めるべきファシリティはまだいくつもあり、今すぐ手の届くものに目を向けすぎないことだ」

ケイトはこれに反論せず、仲間たちを見回した。誰もハンターに返せる言葉がないようだった。ケイトも、ここでごり押しすることを避けて言った。

「ヨナ・クレイにそう伝えます、ハンター。すぐにサディアスが運ばれてくるでしょう。ただ、ヨナ・クレイ本人はここには来ません」

「あるいはすでに、いるのかもしれないが、どこにいようと千の顔を持つ魔女の自由だと伝えてくれ。お前たちも負傷したなら〈ガーディアンズ〉に治療してもらうといい」

リディアが、きつく態度を硬化させてこう言った。

「正直に言うよ、ハンター。あたしらは〈ガーディアンズ〉の野心を警戒してる。次に大きな問題を起こすとしたら、あいつらじゃないかって気がするくらいにね」

だがハンターは、どのようなグループでもそうした可能性はあると彼自身が考えていることを共感《シンパシー》の波で伝えながら返した。

「リディア・マーヴェリックの言葉を肝に銘じよう。マクスウェルの離反を察知したお前たちの主張を、正しく受け入れられなかったことは事実なのだから。ただし、おれたちは均一化《イコライズ》という究極の野心を追求している。市《シティ》で成功を求める者たち同様、ときに問題に直面するだろう。だがまだおれたちは何も手に入れていないに等しく、一丸となって結束すべきだ。おれたちが足を載せるべき天国《マルドゥック》への階段は、はるか高みにある」

こう言われてようやく、リディアが表情を和らげて笑みを浮かべた。

「あんたのその都市一番の野心で、私たち程度の小さな野心を残らず均一化《イコライズ》してくれるんなら安心さ、ハンター」

「約束しよう。今は勝利を喜び、死者を悼《いた》み、食事を摂って活力を保て」

彼女とパートナーたちはその言葉に従い、裏庭のテーブルへ向かった。

ハンターとジェミニは、ゲストハウスの玄関前に立ち、最も信頼する者たちを待った。

やがてバジルを先頭に、シルヴィア、ラスティ、オーキッド、エリクソン、ナイトメア、シルフィードがやって来た。ハンターと彼らに限っては、勝利を称え合う言葉は不要だった。強烈なまでの共感《シンパシー》の波によって、どんなグループにも勝る結束の念で満たされ、ただ視線を交わすだけで、ともに光に包まれるような感覚を味わうことができた。

また、バジルの傍らに、彼のジャケットと、今いる施設で手に入れた乗馬用のズボンという出で立ちのシルヴィアが立ち、二人が手の甲を触れさせていることを、誰も意外だと思っていなかった。二人がそうして心を許し合うことがいっそう結束につながることを、誰よりもハンターが確信していた。

ハンターは、そうして無言のまま三頭の猟犬と五人の腹心を連れて裏庭に戻った。〈プラトゥーン〉、〈シャドウズ〉、〈スネークハント〉、〈魔女〉たちが、ハンターたちだけでなく、ゲストハウスから出て来た男にも注目していた。

ネルソンが軽快な様子でハンターに歩み寄り、固く握手したのだ。

「ようこそ、当クラブへ。リバーサイド観光協会の代表として君を歓迎する、ハンター。君こそ私の後継者だ。私が市長選に打って出るためにも、支持基盤を受け継ぎ、市議会議員になってくれ。私は君に支えられ、市長となるためベストを尽くすと約束しよう」

この光景に誰もが驚喜し、拍手を送った。ハンターは獰猛な光を目にたたえてネルソンを見つめ、今やその人格を完全に支配し、いかようにも操れることを確かめた。

「ありがとう、ネルソン・フリート議員」

「ネルソンと呼んでくれ。有権者に、長年親しい間柄だというふうに見せたいからね」

ネルソンが笑って手を離し、その場にいる人々にも顔を売ろうというように、テーブルを回って片っ端からグループのメンバーに話しかけていった。

「まんまとフリート家を手に入れたな」

ブースに座るスクリュウが、ドクター・ホィールの声を発した。その膝にいつの間にか古ぼけたクーラーボックスを抱えている。

「今夜、君は新たに三人ものスクリュウを手に入れた。うち一人は〈イースターズ・オフィス〉のメンバーだ。使い道をいろいろと試すといいぞ。いずれノーマに匹敵する〈ティアードド〉となるためにね。では私はこれで失礼するが、またいつでも呼んでくれ。君がシザースの真の女王を迎え、シザースの王になる日を楽しみにしている」

最後にウィンクし、ドクター・ホィールとクーラーボックスが消えた。あとには虚脱したスクリュウが残された。〈クインテット〉のメンバーも、たった今、ハンターが何者かの言葉を聞いたことを察していた。具体的な内容はわからずとも、それが今後のハンターの指針を示すものであるということも。

ハンターは海の向こう、リバーサイドと都市のきらびやかな明かりへ視線を向け、燃えるような緑の目を持つ少女の姿を脳裏《のうり》に描きながら、仲間たちへ告げた。

「議員の次に見つけ出すべきは、ナタリア・ボイルドという名の少女だ。シザースの女王の住み処を探し当てることが、シザースに勝利する決定的な一手となる」

39

刑務所の面会室では、バロットとイースターがジェイクを聴取し始めてから、あっという間に一時間以上が過ぎていた。話を聞けば聞くほど、バロットの頭の中のホワイトボードには「？」のマークが増えていった。

ジェイクの偽証は、しごく単純で、二つしかなかった。

一つは、「ハンターはマルセル島の抗争を主導しておらず、むしろ抗争を繰り広げたジェイクやマクスウェルを止めようとした」という嘘を、延々と繰り返していた。

それに「自分は能力《ギフト》を失っており、この刑務所で殺されないよう保護してくれ」という別の嘘を、執拗《しつよう》に付け加えるのだ。

前者を否定できる材料は今のところない。驚くべきことだが、ハンターの犯罪隠しは、犯罪行為そのものより大規模で巧妙化していた。マルセル島警察とリバーサイド警察がハンターに抱き込まれたのは明らかだが、それを証明するすべとてないのが現実だ。

後者は、オフィスの検診と、刑務所の所長への聴取で、真偽を確かめることができる。

イースターがその点を入念に確認したが、ジェイクは、自分が検診を受けることにも、施設管理者への聴取にも、臆することなく同意した。まるで決して嘘がばれないと確信しているように。あるいは嘘だとばれても何の問題もないというようでもあった。

「おれは保護されて当然だろう？　ひと晩かけて殺し合ったあと、丸腰で敵と一緒にこんな場所にいるんだ。ここには、おれを恨むやつが大勢いるんだぜ」

「君の言わんとするところは、よくわかるよ。能力《ギフト》を失った経緯を、もう一度説明してくれるかい？　かなりの人数が能力《ギフト》どころか正気を失ってしまった原因が知りたい」

「詳しく説明してやりたいが、おれも全部を見たわけじゃねえし、何がどうなったか半分も理解できてねえんだ。わかるのは、ゴールド兄弟と〈ウォーターズ〉どもを殺して回ったとき、麻薬を作るための化学物質がまき散らされたこと、そしてサディアスやノルビみたいな毒をばらまく能力《ギフト》の持ち主がいたってことだ」

「通称ウォーターズ・ハウスと呼ばれる豪邸でのことだね？」

「そうだ。とんでもねえほど広くて贅沢な建物だ」

「そこに、抗争の主体となった者たちが集まったんだね？」

「ああ。マクスウェルや〈M〉の連中、やつらの側のエンハンサーが大勢いた」

何度か訊ねたことであり、ジェイクが同じ答えを繰り返すので、ウフコックもわざわざ嘘であることを指摘しなかった。バロットは軽い徒労感だけでなく眠気を味わわされたが、ウフコックやイースター同様、しいてジェイクを注意深く観察し続けた。

「その場にいたエンハンサーが例外なく能力《ギフト》を失った。どうやって？」

「おれにわかるのは、いきなり人がばたばた倒れ始めたことだ。おれも頭がぼうっとして立っていられなくなった。あたりは変な臭いでいっぱいだった。おれは何とか建物から這い出たところを島の警察に逮捕されたが、そのときには能力《ギフト》が使えなくなってた」

もし事実なら、〈楽園〉の開発に先駆けて能力殺し《ギフト・キラー》の効果をもたらす何かが、偶然生まれたことになる。だがウフコックはこのジェイクの言葉に真っ赤な嘘の匂いを嗅ぎ取っていた。ある言葉を除いて。

《能力《ギフト》が使えないというのは本当だ。人が何かを禁じられたときの匂いがする》

ウフコックは、バロットとイースターにそう注釈した。もしハンターから厳命されて自ら能力《ギフト》の行使を禁じているのなら話が早い。だがもし肉体的なものであれば、ハンターには能力《ギフト》を封印する手段があることを意味した。

「君や、この刑務所にいるエンハンサーたち――君の言葉を信じるなら、元エンハンサーたちに検診を受けてもらえば、原因がわかるかもしれないな」

「ぜひ、そうなってほしいが、あんたたちがのんびり原因追及とやらに取りかかっている間に、おれは殺されるかもしれないんだ」

「そうならないよう、万全を尽くすよ」

イースターがにっこり告げた。相手を安心させるというより、お前の魂胆はわかっているぞというように。だが今のところ何もわかってはいなかった。

「おれを、あんたらの保護証人ってやつにしてくれるんだな？」

ジェイクが手錠の鎖をじゃらじゃら鳴らして身を乗り出した。

「要件を満たす相手を突っぱねられないからね。君も知っていると思うけど」

「小難しい法律のことはまるでわかんねえが、おれは安心していいんだな？」

「ぜひ安心してほしい。もし実際に少しでも不安があるなら、ね」

「不安でたまらないさ。いつ殺されるかわからないんだから。頼りにしてるぜ」

ジェイクはそう言って座り直し、イースターとバロットへウィンクしてみせた。不安を抱いた者の仕草とは、とても思えなかった。

聴取はそれで終わりだった。バロットはイースターとともに、ジェイクを置いて別の棟へ向かった。特殊障害監房と呼ばれる独房が並ぶ、極度に正気を失っていたり、脳の障害などで行動を自制できない者が、一時的に収容される場所だ。そこに入れられた者の多くは、経過観察ののち専門の病院に移されることになる。

刑務官の案内で、バロットはイースターのあとについて、独房のドアにもうけられた針金入りの強化ガラス越しに、新たに収容された者たちの様子を見ていった。

まずマクスウェルが、右足にギプスをつけ、パジャマのような白い囚人服を着た姿で床に座り、左手だけで、角の丸いプラスチック製の積み木用ブロックで遊んでいた。小さな子どもがそうするように、ひたすらブロックを高く積み上げることに、幸福を覚えて笑みが止まらないといった様子だ。いったい何がその身に起こったにせよ、苛烈な銃撃勝負を繰り広げたバロットからすれば、ショックを覚える姿だった。

異様という点では、バロットがそこで初めて見る人々の誰もが大差なかった。サディアス・ガッターはクレヨンを使ってのお絵かきに、ノルビ・トラッシュはタブレットを抱えて子供用のカートゥーン番組に夢中だった。

ベン・ドームは粘土で不格好な塔のようなものを作っており、クライル・コヒーは蜂の真似をして跳び回っていた。刑務所の診察医の報告によれば、ベン・ドームは体に蟻塚を、クライル・コヒーは蜂の巣を有していたらしいが、運び込まれる前から虫は一匹も体内におらず、胴体にあいていた無数の穴も短時間で全て自然に塞がったらしい。

痩せぎすの目ばかり大きな青年のカーチス・ツェリンガーは昆虫の図鑑をしげしげと眺め、対照的におそろしく恰幅のいいジョン・ダンプは口をぽかんと開いて新聞をくしゃくしゃにして遊んでいた。

女性も収容されており、長身のすらりとしたパーシー・スカムは両手にはめた犬と猫のハンドパペットの口をぱくぱく動かして遊び、まだ十代の女の子である自称タウンリー・ジョナサンこと本名カリラ・メイは隅で膝を抱えて微動だにしない。

ジェイクの証言では、四人とも肉体を異様な形状にすることができるシェイプシフターだそうだが、バロットには、どこにでもいる普通の人間に見えた。

みな正気を失ったというより、知能が幼児なみに低下している様子だ。能力《ギフト》を行使できないのか、行使する知恵を失ったのかは不明だが、ウフコックも《誰一人として演技をしていない》と断定し、《みな驚くほど思考の匂いが希薄だ》と告げた。

いかなる化学物質が彼らをそのような目に遭わせたのか、観察ではわからず、イースター とバロットは図体の大きな幼児だらけの空間から早々に退散し、駐車場に停めたオープンカーに戻った。

「大仕事だな。ジェイク・オウルをふくめて、十人も検診することになるんだから」

イースターが、鼻息をつきながらシートベルトを締めた。

「彼の仲間が二人、死亡している。そちらの検視をふくめれば十二名だ」

ウフコックが、バロットのチョーカー姿のまま指摘し、イースターに嘆息させた。

「何が能力《ギフト》を失わせたんだと思う？」

バロットがチョーカーに手を当てて訊ねた。

「何が、ではない。誰が、と考えるべきだ。ジェイク・オウルは意図的に能力《ギフト》喪失の原因を『何か』だと主張していた。『誰か』からこちらの目を逸らすために」

ウフコックがきっぱりと言った。ハンター配下のホスピタルと呼ばれる女性のことが念頭にあるのだとバロットにもすぐにわかった。あるいはその女性のように治療や検診を可能とする能力《ギフト》の持ち主がいるのだと。

イースターは車を出しつつ、ウフコックの言葉を吟味するように左右に首を傾げた。

「能力《ギフト》を封印する能力《ギフト》か。そうした措置は難しいものじゃないが、個人差が大きいエンハンサー十人全員に施すのはそれこそ大仕事だ。〈楽園〉がほしがりそうな人材だな」

バロットはふと、もしハンターがライムに対し、能力《ギフト》を消してやるからオフィスに協力するのをやめろと交渉を持ちかけたら、ライムはどう返答するだろう、と思った。

オフィスとしては、ぜひ断ってほしいところだが、〈楽園〉に頼らずに済むとライムも考えるかもしれない。ただ現実問題、ハンターとその配下が暗躍する限り、ライムも身の安全のため能力《ギフト》を保持する考えであることはバロットもイースターから聞いている。

だが今の思案にバロットは引っかかるものを感じた。ジェイクの背後にいるハンターの意図を炙り出すためのヒントがひそんでいる気がしたのだ。しかし、そのときはまだ頭の中の「?」が多すぎて、はっきりこうだと言えないまま帰路につくしかなかった。

その直感が正しかったことは、早々に判明した。

翌日、オフィス主催のミーティングが開かれた際、集団訴訟を担うクローバー教授が、ライム、フォックスヘイル市警察委員長、クレア刑事、ネヴィル検事補、シルバー、アダム・ネイルズ、レイ・ヒューズ、ケネス・C・Oといった他のメンバーの目の前で、イースターとバロット、そしてタブレットの一つに変身《ターン》して姿を見せないウフコックを、さんざん叱りつけたのだった。

「いったいどうしてこの程度のことが読み取れないのだね？　まったく先が思いやられるではないか？　せっかく敵対する弁護士と裁判官の結託を阻止し、開始確実となった集団訴訟を、始めると同時に崩壊させる気だとしか思えないではないか？」

クローバー教授の剣幕に、バロットとケネスを除く全員が鼻白んだ。みな、この教授が学生やインターンや同僚、そして法廷にいる誰も彼もを、どれほど厳しく責め立てるかを知らないのだ。とはいえバロットも、いつものことと受け流すわけにはいかなかった。クローバー教授が指摘するところによると、ハンターは明らかにオクトーバー社側の利益のため、集団訴訟に干渉する役を担っているというのだ。

「これは、ロビー・アタックの最初の一手だ。ロビイストたちによる工作を促し、議会を使い、民事裁判に対する立法面での攻撃を行わせる常套《じょうとう》手段ではないか」

クローバー教授はまくし立てたが、誰もすぐには理屈を呑み込むことができなかった。それはあまりに遠回しで複雑な、法廷外戦術《アウト・オブ・コート・タクティクス》だった。

「仕方ない。君たちにもわかるよう、なるべく簡略化して述べよう。いいかね？　私が言わんとしているのは、こういうことだ。まずマルセル島で抗争を行って〝能力《ギフト》を失った元エンハンサー〟を〈イースターズ・オフィス〉に保護させる」

クローバー教授は、〝能力《ギフト》を失った元エンハンサー〟のところで左右の人差し指と中指を曲げてみせた。信用ならない偽証だろうが受け入れざるを得ないという意味だ。

「続いて議会に〈アサイラム・エデン〉不要論をぶち上げる。なぜなら連邦政府が〈楽園〉に要請した、エンハンサーの収容と能力《ギフト》の封印という要件が、他ならぬ〈イースターズ・オフィス〉によって満たされてしまったからだ。この攻撃の目的は〈楽園〉から連邦予算を奪うことであり、ひいては集団訴訟においてきわめて重要な研究に予算を回せなくさせることにある。トリプルXをオリジナルとする何百何千もの異なる化学式を持つ鎮痛薬と臨床データの分析は、〈楽園〉が莫大な予算を与えられることで初めて可能となるのだ。敵が、我々のこの急所を突いてくると、なぜ予見できない？」

クローバー教授は、今や全員を叱責し、誰の反論も許さず、さらにこう続けた。

「我々は〈楽園〉の有用性を訴える必要に迫られる。そこで行われるのは市議会および法廷での証人喚問だ。具体的には、〈楽園〉の管理者、トリプルXの開発と多数の人間のエンハンスメントに関わった我々の側の保護証人、そしてエンハンスメントを施された人間の犯罪行為を目撃した〈イースターズ・オフィス〉のメンバーだ」

プロフェッサー・フェイスマン、ビル・シールズ博士、そしてウフコックというわけだ。

この三者が次々に喚問される光景を、その場にいる全員が想像し、呻くような吐息がほうぼうでこぼれた。バロットも、なぜそのことに思い至らなかったのかと自分を責めたい気持ちにさせられていた。

「ミズ・フェニックスには以前説明したが、失礼を承知で言わせてもらう。議会の参加者も、傍聴者も、法廷の陪審員も、フリークショーが始まったと思うだろう。首しかない人間、多数の人体実験を行ったマッドサイエンティスト、エンハンスメントを施された姿なき存在。敵は、これら証人の異常さを強調し、科学的に正しいか否かという論点を封じるべく、倫理的に許容できるか否か、という論点を持ち出すだろう」

これに、ネヴィル検事補が真っ先にうなずいて同意を示した。風見鶏らしい敏感さで、危険信号を察知したのだ。

「まさに教授の仰《おつしや》るとおり、ジェイク・オウルの保護要請は、〈楽園〉を撤退させると同時に、訴訟の信頼を貶《おとし》める攻撃につなげる手でしょう。しかも09《オー・ナイン》法案が存在する限り、〈イースターズ・オフィス〉は要請に応じねばならない」

フォックス市警察委員長が厳しい顔で、握り合わせた自分の手を見つめて言った。

「敵が法廷外戦術を繰り出してくるなら、政治家が必要だ。我々の側で戦い、議会での敵の活動を阻んでくれる政治家が」

クレアが申し訳なさそうに目を伏せた。

「以前は、モーモント議員が、積極的に協力してくれていましたが……」

シルバーが、電動車椅子のレバーを前後に倒し、行儀悪く体を揺らした。

「まさにうってつけの男だが、立ち直ってくれるかはわからんな」

イースターも、無念そうにクレアとシルバーへうなずきかけた。

「モーモント議員は、まだ療養中だ。今も惨殺された妻子が夢に出るそうだよ」

レイ・ヒューズが、クローバー教授に遠慮がちにこう質問した。

「込み入った企みだが、オクトーバー社は具体的に、どの政治家を動かすだろう？」

「困ったものだ」

クローバー教授が、どうしてそんな質問が出るのだと言いたげに呟き、ケネスに目配せし、「わかるかね？」と訊ねた。完全にディベートのクラスと化した会合で、ケネスが頭をかきながらクローバー教授の問いに答えた。

「まさに立候補した人物がいます。リバーサイド観光協会の代表理事でもあるネルソン・フリート議員の後釜として予備候補選に出馬した人物が。そもそもオクトーバー社の厚い庇護を受けていた市長候補がフリート議員ですから、その後継者が集団訴訟の妨害を担うのは当然でしょうね」

「あー、他に六人も立候補してるし、ニュースじゃ今のところ接戦だって話だ。ハンターが勝てるとは限らないって気もするんだが……」

アダムが、レイ・ヒューズと同じく遠慮がちに言った。クローバー教授はこれにもまともに答えず、ぞんざいに手で煙を払う真似をした。現実を見ろと言うのだ。

眉をひそめて不満を示すアダムに、ライムがこう述べた。

「接戦に見えるだけだ。ああいう大物政治家が後釜を作るときは、裏で泡沫候補を立てて、対抗馬の票を分散しにかかるからな。フリート議員の基盤である組織票が上乗せされるのはもう少しあとだ。おれはハンターが勝つと思う。そしてクローバー教授が言うようなことを、もっと容赦ないやり方でやる気がする」

クローバー教授が、ここに優秀な生徒がいるぞ、というようにライムを指さした。

「そうだ。ハンターという男は、オクトーバー社の利益のため、我々の訴訟を潰す尖兵となるに違いない。壊滅的な敗北を免れたければ、ありとあらゆる楽観をゴミ箱に放り込みたまえ。過去、この都市で最も優れたロビイストであり科学者であり改革者であったクリストファー・ロビンプラント・オクトーバーであれば、そうしたように」

40

それはただの勝利ではなかった。まさに圧倒的な勝利だった。

マルドゥック市議会議員の補欠選挙に立候補したハンターことウィリアム・ハント・パラフェルナーは、他の立候補者の追随をまったく許さず当選した。

クローバー教授やライムが言ったとおりだった。あまりに易々とハンターは勝利してのけた。バロットはつい、〈クインテット〉がギャンググループを総動員して投票させたのだろうかと思った。だがその程度で議員になれるのであれば、とっくに元ギャングの政治家が何人も議席を獲得しているだろう。

「なーんで、あんなやつが政治家なんかになれるわけ？　わっけわっかんなーい！」

アビーは、バロットとベル・ウィングと一緒に、ハンター当選のニュースをテレビで見ながら、何度もそうわめいた。

ニュースでは、植物状態から奇跡の復活を遂げた元負傷兵が、市の福祉政策の建て直しを主張して票を集めた、と解説された。一般市民からもある程度の支持を得たのは事実だろう。だがハンターが手に入れたのは、それよりもはるかに強固な基盤だった。

フリート家の人脈、選挙プランナー、組織的な支持、ロータリークラブやカントリークラブといった超富裕層たちから寄付と献金を募る場所へのアクセス。そういったものを、ほぼ一夜にして手に入れたと言ってよかった。むろん、組織的な支持にはオクトーバー社とその眷属である政財界の大物たちもふくまれる。

バロットが気懸かりだったのは、ハンターが集団訴訟に対し、実際にどのような攻撃を繰り出してくるかだ。いや、その攻撃の対象として本当にウフコックがふくまれるかどうかだった。具体的にどう攻撃するのかは、あらゆる可能性が考えられるためクローバー教授もあらかじめ断定することはできずにいた。

このことについてウフコックは、心配するバロットにこう告げた。

「ライムの言うとおり、ハンターは最も容赦ない方法を選ぶだろう。だがそれは、あの男の意図を嗅ぎ取るチャンスでもあるんだ。マルセル島での抗争は本当は何のためだったのか？　フリート議員がハンターを選んだ理由は何なのか？　そうしたことがわかることで、

「これからのおれたちの戦い方が決まるんだ」

ウフコックは、バロットが驚くほど冷静で、堂々としていた。覚悟を決めている、という言い方がしっくりくる態度だった。しかもバロットと話しているというのに、しばしばその赤いつぶらな目は、何もない場所へ向けられた。ウフコックにしか見えない何かを見ているのだ。ハンターの針をあえて体内に残すことで認識しうる、共感《シンパシー》の核心を担う幻影を。ウフコックはそれを「クーラーボックスだ」と説明するが、バロットにはなんでそんなものが共感《シンパシー》の核心になるのかさっぱりわからなかった。

なんであれウフコックは、もうすでに戦っているのだ、とバロットはようやく理解した。ハンターが水面下で暗躍している間も、ウフコックは常にその気配を察し、意図を嗅ぎ取ろうとし続けていた。

遅ればせながらバロットもその戦いを支援したかった。とはいえアソシエートとして集団訴訟に関わることは相変わらずバロットにとっては激務の一言だし、「議員となったハンター」という重要なファクターが加わったものの、クローバー教授だけでなく、オリヴィア・ロータス弁護士も、ウフコックと同様の態度でいた。

「ベースボールで言えば、今はこちらがバッターボックスに立たされているってわけ。相手がボールを投げる前にバットを振ることはできないし、さっさと投げろ、とわめいても仕方ないでしょ？　相手がボールを投げた瞬間、その角度から相手の意図を正確に読み解き、素早く打ち返すのよ」

オリヴィアの態度に倣《なら》い、バロットは、落ち着いて自分たちが攻撃されるのを待つという、実に落ち着かない日々を送ることを受け入れようとした。

だが実際にハンターがボールを投げるまでに、それほど日を要しなかった。ハンターはとっくに攻撃の用意を調え、その効果が最大に発揮されるタイミングを見据えていたのだ。彼が議会に登場するときを。

バロットは、やはりアビーとベル・ウィングとともにリビングに座り、ニュースを通して、ハンターの攻撃開始を知った。

「私はこの都市の福祉政策が危機に瀕していることを知っている。ゆえにファイブ・ファシリティ構想をもって、多くの市民の生活を再生させることを訴えている。また、そうした立場から、私は党や派閥を超え、この議会に問いたい。それはかつて『禁忌の議論』と呼ばれた問いだ。その議論が何を生み出したか？　ここにおられる方々なら誰もが知る、この都市に固有の、きわめてユニークと称される、09《オー・ナイン》法案だ。今、この法案を改めて見直すべきではないだろうか？　生命保全プログラムに基づく人命保護を理由に、あまりに危険な科学技術が使用されていないか？　保護と補償のために、あまりに多額の予算が費やされていないか？　特異な法手続きによって、あまりに法務局そのものが濫用されていないか？　私はこれらの疑問を、当議会および関係機関、そして関連する訴訟等の主体の全てに投げかけたい」

意味がわからず呆気にとられるアビーとベル・ウィングの横で、バロットは大急ぎで携帯電話を使い、ハンターが言うファイブ・ファシリティ構想とやらを調べた。

ハンターの選挙事務所による公式声明では、孤児養護《オーファネッジ》、高齢者介護《ナーシングホーム》、中毒者更生《リハビリテーション》、路上生活者収容《コンテインメント》、障害者支援《ハンディキャップ》の五つの福祉事業を柱とした、関連する組織や施設の運営を通した社会貢献を意味していた。それらあらゆる施設と事業が、不適切な予算の使用、暴力、種々の不法行為に「汚染」されており、それらをクリーンにして「再生」させることが自分の使命である、とハンターは言っていた。

そしてどうしたことか、ハンターはすでにマルセル島の収容施設であるDCF、すなわち〈ダンデリオン・路上生活者収容《コンテインメント》・ファシリティ〉の運営に着手しており、多額の寄付を支えに、範囲を拡大していく計画であるとのことだった。

ハンターがマルセル島で抗争を起こした理由が、これでわかった。あくまで目的達成のための初期段階に過ぎないことも。もし最終段階が実現したとき、ハンターが何を手に入れるかを悟って、バロットは血の気が引く思いでソファに身を沈めた。その様子を心配するアビーとベル・ウィングに、バロットは今しがた悟ったことを話した。

「ハンターは、施設や事業を批判することで、全て自分のものにしようとしてる。生命保全プログラムを自分が自由にできる立場になるために攻撃してる」

それは、生命保全プログラムに基づいて活動する〈イースターズ・オフィス〉のような組織の有用性に、疑問を表明するといった生易しいものでさえなかった。それが有用かどうかを、ハンター個人ないし一部の判断で決めてしまえるだけの権力《パワー》を手に入れようとしているのだ。ウフコックを廃棄処分にすべきかどうかさえ、ハンターの思惑一つで決定してしまえるような立場を。

クローバー教授やライムが予期していた通り、敵ながら見事な、そして途方もなく脅威的な、法廷外戦術だった。

当然、０９法案の見直し議論が進めば、証人喚問が行われるだろう。禁じられた科学技術が生み出された場所である〈楽園〉の管理者や、エンハンスメント技術に詳しい研究者や、実際にその技術を施された存在を、白日の下にさらし、その有用性を攻撃する気なのだ。プロフェッサー・フェイスマンや、ビル・シールズ博士や、ウフコックを。

ハンターは、彼らをおのれの支配下に置くためにあらゆることをするだろう。そんなハンターに追随して利益を得ようとする他の議員が現れることも容易に想像できた。

かつてクリストファー・オクトーバーが０９法案の成立を主導したときに真っ先にしたことは、そうした権力志向の人々を遠ざけ、利益を得るべき者にのみ与えられるようにすることだったのだから。

確かに、政治家が必要だった。議会でハンターの試みを阻止してくれる誰かが。ハンターの政治基盤を突き崩し、その活動に支障をきたすよう仕向けることができる人物が。ハンターという巨大な利益追求者たちの尖兵が、何もかもを破壊し、そして支配することを止めてくれる誰かがいることを、バロットは心から祈るほかなかった。

41

「当選すると思っていたわ。おめでとう、タフガイさん」

ノーマが微笑んで言った。ぴったりとした夜会用ドレスに身を包み、電動車椅子の上でゆったりと寛ぎながら朝食を摂っていた。彼女の身体的な事情から、夜はほぼ治療を受ける時間であるため、朝からそうした格好をして周囲にも付き合わせるのだ。

三つ揃いのスーツを着て向かい合うハンターへ、ノーマは相変わらず冷徹に値踏みする視線を送り、目の前の男が自分に逆らったときの殺意と、支配することへの欲情とをあらわにするような、一種異様な気配を漂わせている。つまるところ、いつもの彼女に対し、ハンターはいささかも臆さず微笑み返した。

「昇格《プロモーション》は、キングからの褒美であると理解している。いっそうの働きをしてみせねばならないと気を引き締めているところだ」

「なら、まずは無事に生き残りなさい」

「殺し合いのゲームでそうしたように？」

「あなたはもう、そういったゲームも、十万ドルや百万ドル程度を奪い合うマネー・ゲームも卒業したの。次に来るのは、この都市の権力《パワー》を巡る、最後の、そして永遠に続くゲーム。シザースが奪い去ったものを、奪い返すだけじゃない。奪おうとする者全てから、奪い尽くさねばならない」

「あなたがそうしてきたように」

「そう。あらゆる人間が、私のものである株を、土地を、建物を、社員を、コネクションを、権利を、どうにかして奪おうとしてきた。契約書の一行に、明細の一箇所に、財務計画書のほんの一部に、巧みに毒を仕掛けようとした。でも私は、そいつらの全てを逆に奪い尽くしてきた。心にとどめなさい。資本は、あなたたちがカネと呼んでいるものとは違う。それがカネを生み出し、権力《パワー》を引き寄せるのは、信用と欲望が管理されている間だけ。信用は裏切りを、欲望は幻想を招く。もし管理に失敗すれば、資本はファストフードを買うためのカネよりずっと早く消えてなくなる」

「熾烈なゲームの勝者であるキングの忠告を胸に刻み、日々、学びを重ねよう」

「身をもってね。政財界というジャングルにようこそ。新しいゲームに早く慣れて、ついてこられない者は切り捨てなさい。ゲームを理解できない者をそばに置けば、それがあなたの弱みになる。あなたから権力《パワー》を奪おうと企む者は、あなたの弱みを突いてくる。あなたが思うよりも、ずっと素早く、容赦なくそうするでしょうから」

バジルは、その日のクラスを終え、テキストを抱えて講堂から出た。同じクラスにいたバロットが足早に追ってくると、意外とは思わず、立ち止まってにやっとした。

「ディベートのクラスで顔を見るのは久しぶりだな、フェニックス先輩。なんとか訴訟の下働きで、めちゃくちゃ大変な目に遭ってるって噂だぜ」

「大変ですが、とてもやり甲斐があります」

「そりゃよかったな。頑張ってくれ」

「あなたも、マルセル島にいたのでは？」

「なんだって？」

「ジェイク・オウルが抗争に参加しているとき、あの島にいたのではないですか？」

「馬鹿な連中が騒いだだけだろう。なんでおれが付き合わなきゃならない？」

「マクスウェルという人物を知っていますか？」

「ニュースで見た。モーモント議員の家族とシルバー社のモデルを殺した主犯格だ」

「彼の右足首の骨折は、ロープ状の何かで締めつけられたことによるものだそうです」

「へえ」

「あなたがマクスウェルを捕まえて警察に引き渡したのですか？」

バジルは、相手が敵愾心から質問しているのだと、うっかり思い込まないよう十分に気をつけていたので、自慢したいがために「そうだ」と答える愚は犯さなかった。そんな誘導に引っかかるために大学に通っているわけではないのだ。代わりにバジルは肩をすくめ、さりげなくテキストを抱えた手を銃の形にして言った。

「何のことかわからねえよ。人殺しのワルを逮捕して警察に引き渡すなんてのは、銃が得意なフェニックス先輩の仕事だろう」

バロットは真面目な顔でうなずき、こちらも手を銃の形にして、バジルの足元へ向けた。お前のこともいずれそうするぞと言うように。

バジルはその程度の挑発には乗らず、足元に何発か銃弾を撃ち込まれたというように、左右の足を上げ下げして怖じ気づいたふりをしてやった。

「用事はそれだけか？」

「禁忌の議論戦術は通用しません」

だしぬけにバロットが言った。バジルは危うく言葉を返しそうになった。つくづく、相手の隙を突いて反応を引き出すテクニックが巧みな娘だと感心させられた。

「急に難しいことを言うなよ。まだ政治学のテキストを読んでねえんだ」

「しっかり読んでおいたほうがいいでしょう。そうハンターにお伝えください」

バジルはまた小さく肩をすくめ、それ以上余計な反応は示さず、きびすを返した。建物を出て、敷地の外の通りを渡り、路肩に停められた車の助手席に乗り込んだ。運転席に座るシルヴィアがにこやかに顔を寄せ、バジルにキスをして言った。

「学園生活は順調？」

「どうにか単位は取れそうだ」

バジルが微笑んで告げ、その目がシルヴィアの背後へ向けられた。シルヴィアが視線を察して振り返ると、通りの反対側で、バロットが目を丸くして彼らを見ていた。

「いつかの子ね。何かあったの？」

「マルセル島の件と、ハンターがやってる0 9《オー・ナイン》法案叩きの件で、突っついてきただけだ。あれでプレッシャーをかけてるつもりらしいな」

「今の私なら、あの子に勝てるんじゃないかしら」

「かもしれんが、そんな必要はねえよ。法律があいつらを死ぬほど締め上げてくれる。昔からのやり方は――」

「マルセル島で最後だって言うんでしょ。私だって根っからのギャングってわけじゃないのよ」

「わかってる。お前を信用してないってんじゃない」

「あら、どうかしら」

「デカいビジネスを任されてるだろうが。おれが反対したか？」

「一緒に住む家を探すのも、私に任せっきりですものね」

「今日の会合が終わったら一緒にやる。押しつける気はねえんだ、悪かった」

「冗談よ。なんでも文句を聞いてくれて嬉しいだけ。ありがとう」

そうして長々とキスを交わし、シルヴィアが車を出した。あとには、バジルとシルヴィアの様子に面食らって棒立ちになるバロットが残された。


その日の会合は、〈クインテット〉のメンバーとホスピタルだけが参加を許されていた。〈ファウンテン〉のメインリビングで、ヘンリーのもてなしを受けながら、ハンターと自分たちが得たものと、これから得るべきものを話し合うはずだった。

だがアンドレが運転する〈ハウス〉が到着すると、ハンターと三頭の猟犬のみならず、ルシウス・オクトーバーが姿を現していた。

「なんで〈円卓〉のボンボンが来るんだよ」

ラスティがガラス戸越しに、こざっぱりとした出で立ちのルシウスを睨みつけた。

「ハンターが招いたんでしょう。選挙事務所のアドバイザーでもあるんですから」

ホスピタルが、なんでもないだろう、という調子で言った。

「これからのビジネスの仕方を教わるためだろう。桁違いのな」

オーキッドが、自分は興味津々だというように口にし、

「どれくらい桁が違うのか楽しみだな」

同調するエリクソンに、シルヴィアがラスティ同様、競争心をあらわにした。

「カネはカネよ。桁に目がくらまなければ、どうってことないわ」

そのシルヴィアの肩に、バジルが手を回した。

「おれたちのビジネスに嚙ませるわけじゃねえ。知恵だけもらって上手くやるさ」

だがラスティはなおも鼻息を鳴らし、「分け前がほしいだけだぜ、あいつ」とくさしたが、ハンターたちが入ってくると、みなと一緒に口をつぐんだ。

「揃っているな。さっそくだが、こちらのルシウスから良いニュースがある」

ハンターがそう言いながら所定の席に座り、猟犬たちをはべらせた。するとルシウスが当然のようにその隣に腰を下ろし、親しげにハンターの腕を叩いた。そうするのが当然というような馴れ馴れしさに、給仕役のヘンリーをふくむ全員が、ぴりっとした反感を覚えた。ハンターに対して敬意ではなく好意を示すだけで何でも許されると思っている態度は、彼らにとって途方もなく腹立たしいものなのだ。

とはいえ、ここでルシウスへ積極的に敵意を抱く者はいなかった。所詮は無害なカネづるに過ぎないとみなしているからだ。

「ハンターが言うニュースというのはウォーターズ運送の件だ。例のクラブハウス〈マーフィー〉で食中毒の憂き目に遭った人々が、無事、ウォーターズ運送と、飲食物のすり替え、で儲けていたあそこの社員を訴えてくれた。おかげで、あの会社の株が急落したところを、複数のルートで買い込めた。フェンダーエンターテインメント株とセットでね」

ルシウスはそう言うと、〈クインテット〉のメンバーとホスピタルに向かって拍手をしてみせた。まるで忠実に働いてくれた社員を労うようだった。そのことにルシウス自身が気づいたか、手を叩くのをやめ、いかにも誠実そうな笑顔を振りまいた。

「これはお互いの資産だ。投資家は揃って株価が下がることに期待するショートポジションについた。銀行とも話がついている。ロックウェル兄弟の銀行の他にもね。我々は事実上、ウォーターズ運送を買い取ったも同然だが、重要なのはフェンダーエンターテインメント株のかなりの割合が手に入り、再びカジノ業界最大手として復活させる筋道をつけることができるということなんだ。先は長いが、これは大きな一歩だよ」

「カジノのビジネスなら、もうやってるけど」

ラスティが、ぼそっと遮った。ルシウスはきょとんとし、すぐ横のハンターを見つめ、それから信じがたいというように目を見開いてその場にいる面々を見回した。

「まさか、リバーサイドのボートカジノの話じゃないだろうな？　観光業にうかつに手を出せば、観光協会という厄介な存在を相手にすることになると警告したはずだ」

「その厄介な相手から、好意的な反応があったのよ」

シルヴィアが、苛立たしげに腕組みして言った。

「なんだって？」

「観光協会だけじゃねえよ。カジノ協会からもだぜ。出資したいってんだ。リバーサイドでのおれたちのビジネスにさ」

ラスティがふんぞり返って告げた。ルシウスは息を呑み、それまでとは打って変わり、うかつな言葉を口にして全員の怒りを買うことを恐れるように顔を青ざめさせた。

「何かアドバイスがあれば聞こう、ルシウス」

ハンターが促したが、ルシウスはかぶりを振った。

「いや、ない。ああ、私はそろそろ戻らねばならないんだが」

「〈ハウス〉まで送ろう。話したいことがあれば遠慮なく話してくれ」

「ああ、わかった。じゃ、お邪魔したよ」

ルシウスがそそくさと立って、ハンターとともに出て行った。その様子を眺めるラスティからは、ざまあみろ、お前などに頼るものか、という強い思いが共感《シンパシー》の波を通してみなに伝わっていた。

他方でルシウスは、敷石を踏んで庭側に出ると、ささやくようにこう口にした。

「察するに、もう出資を始めてしまったんだろう。ボートカジノの発注を済ませない限り、二つの協会が揃って君たちに声をかけるはずがないからな」

「懸念すべきことがあるようだ。ここでおれに言う気はあるか？」

ルシウスは両唇をくわえ込み、こくこくとうなずいた。言いたくないが、言わねばならず、しかしそのせいで相手に憤激されるのは嫌だという顔だった。

「君とこうして本格的にビジネスを開始した直後だというのに、少し距離を置かねばならなくなったようだ。君たちが、どれほどのダメージを受けるか正確に判明してからでないと、この先のことを相談するわけにはいかない」

ハンターは憤激せず、むしろ冷静そのものの態度で、こう訊き返した。

「最悪の場合、どれほどのダメージになると予想している？」

ルシウスは、意外そうにハンターを見つめると、両手で大きな円を描き、そしてその円が粉々に吹き飛ぶというように、ぱっと指を開いてみせた。

「持つ限りの全てが吹き飛ぶ。君たちが想像したこともない規模の損失になるだろう」

42

マルドゥック市のイーストリバーでの運航が計画されていたボートカジノである〈トレジャーカジノ〉は、ホテルと娯楽施設を合体させた魅力的なデザインを持つ大型船だった。風光明媚な川の景色とともに、二百以上ものテーブルでゲームに興じ、六百種類のスロットマシンをプレイすることができる。高級ショッピングモールの他、プールやジム、美容や保養のための各種施設をも備えた、複合クルーズ船だ。

船体の基礎は何年も前に建造され、トレジャーカジノ株式会社が保有していたが、完成には至っておらず、当然まだ一度も運航されたことがなかった。

どんなカジノも、マルドゥック市観光協会とリバーサイド観光協会という、異なる組織が設けた複雑な基準をクリアする必要があり、そのためには何年もかかる。また、市の観光課、庶務課、宅地建設課、土地開発区画整理課、環境保護課といった窓口での各種届出が必要だが、ここでも長々とした審査が待ち受けている。

しかも、こうした審査に合格するには、カジノ協会とその協賛企業によるカジノ審査委員会からのお墨付きが必要だ。審査委員会は、カジノを経営しようとする人物を徹底的に調べ、少しでも違法性が疑われれば、経営権を与えるべきでないと市に警告する。

こうした仕組みがあることから、かつて〈クインテット〉が壊滅させた、マディソン・ブラッドやキング・ベイツといったアンダーグラウンドの大物たちも、自分たちではカジノを経営できなかった。そのため様々な窓口を通しての出資という形で、マネーロンダリングを行っていたが、その多額のカネも、〈クインテット〉の登場によってむしろカジノ協会から違法性があると判断され、市に没収されてしまった。

ベンヴェリオ・クォーツを支配してなお、ハンター配下の誰も、リバーサイド・カジノそのものを所有したり、ましてや経営することができないでいるのも、経営権の委譲に多くの審査が設けられているせいだ。

これほど高いハードルを越えることは困難というより不可能と言うべきだが、ハンターがネルソン・フリート前議員を支配したことで状況は一変した。ネルソンを通してリバーサイド観光協会内部にアクセスするだけで、多くの審査をクリアすることができるのだ。〈クインテット〉がその強みを活かし、さっそく自分たちがカジノオーナーとなって経営するか、誰かに経営させることを考えたのも当然だった。

その計画を任されたのは、盗品さばきから合法的な美術品売買へとビジネスを移行させることに成功したシルヴィアと、市のフェンス事業を行うサンダース工務店の経営者の一人となっていたラスティだった。

二人は、ハンターとともにフリート家の社交ネットワークに入り込み、きわめて短期間のうちに、望外のビジネスにありついた。トレジャーカジノ株式会社の経営陣から、共同経営を持ちかけられたのだ。

彼らは、フリート家の後ろ盾を持つ、野心的な事業家を求めていた。リバーサイド観光協会のお墨付きを得るためだ。トレジャーカジノ株式会社が建造中のボートカジノは、市の観光協会とカジノ協会の審査はクリアしたものの、リバーサイド観光協会という最後の城壁を越えられずにいる状態だった。

それでも彼らは幸運だと言った。カジノという富を生み出す宝石箱を手に入れるため、どこに通じるかもわからない迷宮をさまようのが普通なのに、あと一歩のところまで来たのだと。その一歩をともに越えてくれ、とシルヴィアとラスティは懇願された。

シルヴィアとラスティは驚喜して、この話に乗る許可をハンターと〈クインテット〉に求めた。誰も反対しなかった。二人の確信と熱意をみなが信じた。〈ファウンテン〉における〈評議会《カウンセル》〉でも反対者はいなかった。反対しようにもできなかった。規模も仕組みも、多くの者にとって想像がつかないものだった。

もちろん自分たちだけで全てを決める気はなかった。ハンターを通して、フラワー法律事務所に専門家を紹介してもらい、どこかまずいところはないか入念にチェックさせた。問題は何も見つからなかった。

実際に建造中のボートも見学しに行った。それは見るからに美しく荘厳で巨大だった。まさに成功の象徴としか思われなかった。ボートの中でそこだけ装飾工事が終わっているマネージャー・ルームに案内された二人は、豪邸の一画みたいな部屋で働く自分たちの姿を鮮やかに思い描いた。

そして、これまでの表と裏のビジネスで〈クインテット〉が得たカネを、トレジャーカジノ株式会社に注ぎ込んだ。追加のカネを求められるたび、思い切って支払った。

二人はその後、大量のペーパーワークに見舞われた。多種多様な書類にサインした。フラワー法律事務所の専門家も、問題ないと請け合ってくれた。

それらがひと段落したある日、シルヴィアが、トレジャーカジノ株式会社から、法務局のカンファレンス・ルームに来るよう連絡を受けた。ボートカジノの運航開始に関する最後の審査報告が行われるとのことだった。

シルヴィアはラスティとともにカンファレンス・ルームに向かった。そのドアを開くまで、二人が感じていたのは強い達成感だった。想像もしなかった成功をつかんだのだという感覚は、しかし部屋に入った瞬間、幻のようにいともたやすく消え去った。

部屋にいたのは、トレジャーカジノ株式会社の経営陣ではなかった。

カジノ協会の、アダム・ネイルズ、ベンジャミン・ネイルズ、アシュレイ・ハーヴェストだった。かつて〈クインテット〉との抗争で死を偽装した髭面の男二人が、赤い瞳と白い肌を持つアダムの左右で行儀良く座り、握り合わせた手をテーブルに置いていた。

テーブルにはいくつもの書類が綺麗に並べられていた。入って来たシルヴィアとラスティが読めるように。シルヴィアはそれらを読む前から、危険を感じた。書類が自分たちに向けられた銃口に思えた。

アダムが、立ったまま凍りつく二人へ、ぱちぱちと拍手した。

「でっかいボートカジノを手に入れたあんたらに、おめでとうを言わせてくれ。カジノ協会は、このボートカジノが全ての審査をクリアしたことを保証するってよ」

それでラスティがいっぺんに緊張を解いた。ボートカジノのビジネスに加わりたいがために、カジノ協会のほうから和解を持ちかけてきたのだと思ったのだ。

しかしシルヴィアは危険を感じたままだった。三人は、自分たちを知っているはずだった。激しく敵対し、カジノ協会幹部を二人も死なせた側の人間であることを。

「ただし、市はその限りではないようだ」

果たしてアシュレイが重々しく言った。また険しくなるラスティの顔を面白そうに見つめ、書類の一つに向かって顎をしゃくった。

「ボートの設計、内装、運航計画などは問題ない。ただ、環境保護課が示す条件通りにしか、運航は許可されない」

「条件って何だよ？」

怒りよりも不安で苛《いら》つくラスティへ、ベンジャミンがこう告げた。

「この船だが、エンジンを搭載する許可は下りないそうだ」

呆気にとられて言葉を失うシルヴィアとラスティに、ベンジャミンは構わず述べた。

「船を完成させる許可は下りた。それを河に浮かべる許可も。船にカジノを作る許可も。だが、船にエンジンを搭載するための環境保全法による禁止事項に抵触しているため、この船はエンジンなしで河に浮かべる必要がある」

「何言ってんだお前ら⁉ 馬鹿でかい船を手で漕げってのか⁉」

ラスティがわめいたが、ベンジャミンは聞こえなかったように続けた。

「運航の責任はあんたらにある。また、トレジャーカジノ株式会社がボートを運航できなかった場合の事業補償の責任も、あんたらが負ってる。さらに実現不可能な事業への投資勧誘をしたことで罰金も科される。カジノ協会への違約金もある。投資分もふくめて、あんたらがこうむる損失は、三、四千万ドルってところだな」

「ち、ちくしょう!! お、お、おれたちを騙しやがったな!!」

声を震わせて叫ぶラスティへ、アシュレイが表情を消して厳然と言った。

「知らなかったのか? カジノとは、合法的に金を巻き上げることができる場所だ」

「野郎! ぶっ殺してやる!」

「ラスティ、やめなさい!」

シルヴィアがラスティの肩をつかんで押さえたとき、ふいにドアが開いた。

まず一人の男が大股で入って来た。スーツの襟に市議会議員バッジをつけ、青ざめた顔にぎらぎらとした怒りをたたえながら、アダムたちがいるほうへ行き、シルヴィアとラスティに向き直って二人をじっくり見た。

さらには〈イースターズ・オフィス〉のメンバーであるミラー、レザー、スティール、そしてレイ・ヒューズが入って来て、二人を取り囲んだ。

シルヴィアもラスティも完全に罠にはまったことを悟ったが何もできなかった。ただ議員バッジをつけた男が、こう告げるのを聞くしかなかった。

「私はベルスター・モーモント、お前たちに文字通り愛する家族を引き裂かれた市議会議員だ。私を覚えているか？　それとも私のことなどとっくに忘れたか？」

「家族？　おい、そりゃ、おれたちのやったことじゃねえだろ！」

「ラスティ！」

叫び返すラスティの肩を、シルヴィアが再び引き寄せて下がらせようとした。

「射殺されたミスター・ペリーとミズ・ジョーダンのことは？　焼き殺されたオックス市警察委員のことは？　お前たちが惨殺したシルバー社のモデルのことは？」

「知るかよ、騙しやがって！　カネを返しやがれ！　返さねえなら全員ぶっ殺す！」

ラスティが爆発した。両手に赤錆を浮かばせ、顔を溶解液を吐くための形状に変えようとしたところで、シルヴィアが、ばしっ、とその頬を激しく叩いた。

「やめて、ラスティ。お願いだから」

シルヴィアが懇願すると、ラスティがうつむいて錆を消し、顔を元に戻した。

モーモントは、相手が能力《ギフト》を行使しかけたことにも臆さず言った。

「法務局にいることも忘れたらしい。違法エンハンサーとして、君たちの周りにいるつわものたちに逮捕されたくなければ大人しくしていることだ」

「お願い、モーモント議員。話をさせて」

シルヴィアが請うたが、モーモントは取り合わなかった。

「あの男をニュースで見たことで、私は復活した。お前たちがアンダーグラウンドを這い回っている限り、私には手が出せなかっただろう。だがお前たちは身の程知らずにも私がいる世界に入ってきた。ここでなら私はお前たちを引き裂くことができる。愛する妻と子らが受けた苦痛と屈辱を、別の形でお前たちに味わわせることができる。お前たちがどのようなビジネスを考え出そうとも、全て潰してやる。ハンターという男は、私に食い殺されるためだけに議員バッジをつけたのだと教えてやる。お前たちのようなゴミはゴミにふさわしい場所にしかいられないと思い知らせてやる」

モーモントが苛烈に復讐を宣言すると、背後にいたアダムたちが席を立った。四人とも、絶句するシルヴィアとラスティを置いて、部屋を出ていった。オフィスのメンバーとレイ・ヒューズも無言で去り、あとにはシルヴィアとラスティが残された。

二人とも虚脱して座り込みそうになったが、しいてテーブルの上の書類を集めた。何がどうなっているのか、フラワー法律事務所の専門家に聞かねばならなかった。

車に戻り、シルヴィアがエンジンをかけながら、

「叩いたりして、ごめんなさい」

と小声で詫びた。ラスティはかぶりを振り、虚ろな顔をウィンドウに向けた。

「なあ……ハンターと兄貴に、なんて言う？」

ぽつんとラスティが訊いた。シルヴィアはハンドルを両手で握ったまま答えなかった。

ふいに彼女の口から嗚咽《おえつ》がこぼれ、すぐにその声が大きくなった。うつむくシルヴィアの顔を美しい赤髪が覆い隠したが、ラスティは彼女の泣き顔を見ないよう振り返らずにいた。視線の先には法務局前に置かれた巨大な螺旋階段のオブジェがあった。ラスティは輝ける天国への階段《マルドゥック》をぼうっと眺め、どこまでも高くのぼり詰めると信じたその階段から、呆気なく落下する自分たちを想像した。裸にされて路上に放り出されたような途方もない心細さを覚え、何もかも失ったのだということが胸に迫った。

43

「手ひどくやられたな。あちこちで噂になっている」

ルシウスが〈ハウス〉に乗り込むなり言った。ハンターはうなずいた。車内には彼と三頭の猟犬しかいなかった。ルシウスがシートに腰を下ろしても、〈ハウス〉はグランタワーの地下駐車場から動かず、盗聴の心配のない会合場所を二人に提供していた。

「最初は二十万ドルの出資という話だったそうだ」

「そしてどんどん吊り上げる。常套手段だ。書類を見たが、保証責任つきの起業計画書を作成し、法務局に提出してしまっている。取り返しはつかない」

「損失額は？」

「可能な限り相殺しても、三千万ドルに及ぶだろう。ただちに企業破産手続きと事業再生法と各種の救済法の申請手続きをしなければ、借金を二人が背負うことになる。そうなれば個人破産手続きになり、救済手続きに支障をきたす」

「救済手続きと並行して、可能な限り支払いを行う。メリル・ジレットが残した財産のマネーロンダリングを急ぐ。〈サンダース工務店〉や〈マーフィー〉といった合法的なビジネスも売却する。〈円卓〉のロックウェルの銀行に融資を頼む。それで埋め合わせられるだろうとフラワーは言っている」

ルシウスが、感心して目をみはった。

「自力で立ち直るしかないとアドバイスするつもりだったが、すでにその気なんだな」

「ファシリティ構想は守り抜く。そちらは、おれと距離を置きたいと言っていたが？」

「君たちとはね。だが君とはそうではない。身内に足を引っ張られる経験は私にもあるし、君は、なんというか、不屈だ。この程度の困難はどうってことないと思わせる何かがある。そして今はそんな君に、私が借りを作れる数少ないチャンスだ」

「では、あなたに対し、おれの能力《ギフト》は決して行使しないと約束しよう」

ハンターが手を差し出して言った。ルシウスは肩をすくめ、その手を握った。

「ぜひよろしく頼む、パートナー」

「共感《シンパシー》が消えてしまいそうなの。あなたやハンターとの共感《シンパシー》が、どんどん薄れていくのがわかる。そのことを、あなたも感じているはずよ」

悲しげにささやくシルヴィアを、バジルの腕が背後から抱きしめていた。

シルヴィアが住まう部屋のベッドに二人して横たわり、バジルは彼女が受けた苦しみが少しでも癒えるよう、じっと寄り添った。

「精神的なもんだろうって、ホスピタルも言ってたろ。ちょいとショックなことがあったから、それで参ってるんだ。しっかり休めば元通りになる」

「そうかしら。あれだけの失敗をしたのよ。〈評議会《カウンセル》〉でも白い目で見られるでしょう。それ以前に、私の席なんてもうないのかもしれないけど」

「そんなことはねえ。ハンターがお前やラスティを見捨てるわけがねえし、おれが絶対にそうさせねえよ」

「なんで気づけなかったの……あなたやハンターならきっと騙されなかったのに……」

シルヴィアが声を震わせ、バジルはいっそう強く彼女の身を抱きしめた。

「相手が一枚上手だったってだけだ。手口を読むためには仕方なかった。これからはもっと上手くやれる。高慢ちきな金持ちどもをやっつけてやれるさ」

バジルは、すすり泣くシルヴィアを励まし続けた。彼女が眠ってもしばらくそばにいた。

やがて大学に行く時間になるとシルヴィアの頬にキスをし、そっとベッドを出た。

バジルがいなくなったあともシルヴィアは眠り続けたが、携帯電話のコール音で目を覚ました。バジルが心配してかけてきたのかと思ったが違った。ラスティからだった。シルヴィアは電話に出た。苦悩を分かち合いたいのだろうと思ったが、それも違った。

《しくじって階段から落っことされた落とし前をつけようぜ》

ラスティは具体的に何をする気かを告げ、シルヴィアに一緒に来るか訊ねた。シルヴィアは迷った。バジルなら止めるだろうと思った。だが落とし前をつけるべきだという考えから逃れることはできなかった。さもなくば自分たちが〈クインテット〉で居場所を失うという恐怖に勝てなかった。共感《シンパシー》を失うことへの恐怖に。

「私も行くわ」

シルヴィアはそう応じた。法務局でモーモント議員から痛烈に罵られて以来、初めて気力がわいていた。ラスティの提案は、昔ながらの流儀にのっとっていた。政財界の奇怪なルールなどではなく、自分たちがまだ何も持っていなかった頃の行動原理だった。

シルヴィアはシャワーを浴びて支度をした。三十分後には住まいであるアパートメントを出て、ラスティの車の助手席に乗り込んでいた。

「ハイ、シルヴィア。二重能力《ダブル・ギフト》のせいで体がおかしくなってたりしないよな？」

「ええ。ホスピタルの検診でも問題ないって言われたわ」

「いきなり脳卒中《ストローク》や、心臓麻痺《ハートアタック》を食らったりしちゃ馬鹿馬鹿しいからな。連中に一撃《ストローク》を食わせて急所を潰してやらなきゃ」

ラスティはそう言うと、小さな瓶をジャケットのポケットから取り出し、中のカプセルを一つ手に落とし、口の中に放り込んだ。

「何を飲んだの？」

「上等の多幸剤《ヒロイック・ピル》だ。シルヴィアもどうだ？　今のおれたちには気つけが必要だろ」

シルヴィアはまた迷ったが、ラスティの勧めにしたがってカプセルを一つ飲んだ。

すぐに効果があり、確かに今の自分には必要だと思った。幸福感とともに上手くいく、いくはずだという前向きな思いを取り戻すことができていた。粉々に砕け散って二度と味わえそうになかった思いを。

「カネを使ってるつもりが、それ以上のものに手を出してた。それでしくじったんだ。でもよ、人間の命だけは、どんなに理屈をこねても同じだ。殺せばそいつは生き返らない。あの博士をどろどろに溶かしてぶっ殺せば、あのオクトーバー社が抱えてて、ハンターがどうにかしなきゃいけないっていう、なんたら裁判も消えてなくなるだろ。カジノでしくじった落とし前をつけるには、そんくらいのことはしねえとな」

明らかに多幸剤《ヒロイック・ピル》の影響で饒舌《じょうぜつ》になったラスティへ、シルヴィアが注釈して言った。

「ビル・シールズ博士。あと、トリプルX訴訟よ。過去最大の集団訴訟ですって」

「なんだっていいさ。これからぶっ潰すんだから。一緒にやるんだな？」

「ええ、やるわ」

ラスティは、右手の平に左拳をばしっと叩きつけ、そしてハンドルを握った。

「よーし、じゃあ行こうぜ、〈楽園〉に」

44

「公正な扱い《イン・ジャスティス》を!」

ハンターがひときわ大きな声で叫び、拳を掲げると、ウィスティリア葬儀社の会場に歓声がわいた。その様子を記者が撮影し、ほうぼうでフラッシュが輝いた。

その輝きを一身に浴びながら、ハンターがつと、大きな遺影のほうを向いた。

赤く美しい髪に飾られた美貌といっていい顔立ちに、潑剌とした笑顔を浮かべる女性の遺影だ。きっとバジルが撮影したものだろうとバロットは思った。髪がちょうど顔の傷を覆っているところを撮ったのは、撮影者の優しさゆえだろうし、彼女の笑顔が幸せそうに輝いていることから、撮影者への信頼と愛情の深さがうかがえるからだ。

「シルヴィア・フューリー」

ハンターがおのれの胸に手を当て、遺影へ呼びかけた。

今もなお生きているかのような態度を示すことで、かえって聴衆に彼女の死を意識させ、その理不尽さを訴えようとしているのだ。

「ともに歩んでくれた同胞であるお前の魂に誓おう。我々はお前の声なき声に耳を傾け、その無念を決して忘れず、必ずや犯人を見つけ出すと」

バロットは、ハンターのその演技にいささかも心動かされなかった。それよりも胸に迫るのは、最前列に座り、優しく遺影を見つめるバジルの態度だった。いったいどれほど強靭な自制心で、愛する女性の死を受け入れているのだろう。彼女の死が政治利用されているにもかかわらず、その愛情にはまったく曇りがないことが感じられた。

バロットは以前、バジルとシルヴィアが車の中でキスをしていたときのことを思い出し、胸が痛んだ。あのときは、なんて幸せそうなのだろうと思い、ありとあらゆる面で対決せねばならない相手だということをすっかり忘れて見つめてしまったものだ。

だが彼女の笑顔はもう遺影の中でしか見られず、ハンターはその傍らに立って再び聴衆に向き直ると、しばしば彼が議会でそうするように、急に声を鋭くさせて言った。

「もちろん容疑者も公正に扱われねばならない。彼女に最後に会い、殺人の容疑をかけられた者をここに迎えたことは、我々の公正がいかに寛容であるか物語っている」

たちまち、あらゆる方向からバロットへ視線が浴びせられた。容疑という点ではアビーも一緒なのだが、バロットがトリプルX薬害集団訴訟のアソシエートをしていることがニュースに出たせいで、バロットばかりが注目されるようになったのだ。

バロットは、自分も政治利用されることを、とっくに予期していた。だからハンターがこう続けても、驚愕して狼狽えることはなかった。

「ミズ・ルーン・フェニックス。この棺の中で眠るシルヴィアのため、今ここ、この場で、君に問おう。あるオフィスが、君に生命保全プログラムを与えた。殺さない、殺されない、殺させない、というモットーを掲げるオフィスが。そのような高尚なモットーがあってさえ、シルヴィアの生命は守られなかった。どうか教えてくれ。君は不幸にも、たまたまシルヴィアと最後に会ったことで、殺害の容疑をかけられたのか？　それとも彼女の死について何か知っているのか？　どうかお願いだ。話すべきことが、君から何か言うべきことがあるなら、ここに立ってみなに聞かせてほしい」

バロットは、アビーとベル・ウィングが差し伸べる手を軽く握り返し、二人に大丈夫だと示して、静かに立ち上がった。そしてまごつくことなく、きびきびと椅子の列から離れ、シルヴィアの遺影と、ハンターが待ち受ける場所へ歩んでいった。

誰も何も言わなかった。バロットに野次を飛ばすこともなかった。メディアの人々が放つフラッシュが音をたて、歩みゆくバロットの足元に濃い影を浮かび上がらせる他は、会場全体が沈黙の中にあった。

バロットは壇上にのぼり、シルヴィアの遺影を黙って見つめた。それからハンターに小さくうなずきかけ、話すべきことがあると示した。ハンターが手を演壇へ差し伸べるようにした。バロットはそちらに歩み、聴衆を見渡した。バジルの静かな視線や、ラスティの憎々しげな眼差しを、淡々と受け入れた。険しい目をする者たち、興味津々の者たちの前で、何も言わず佇み、そこが自分の領土となるのを待っていた。

途方もない沈黙が降り、それが言い知れぬ圧力となって人々に降りかかった。人々が訝しみ、焦れ、目の前にいる娘を腹立たしく思うようになっていった。それこそバロットにとって、最も巧みに、粘り強く、激しく戦える自信のある領土だった。

バロットは、ただ静かに、死せる女性の遺影を背に立ち続けることで、居並ぶ人々を、沈黙という領土に引きずり込んでいった。

（九巻につづく）

本書はSFマガジン二〇二二年四月号から二〇二三年四月号に
連載された作品を、大幅に加筆修正したものです。

マルドゥック・ヴェロシティ〔新装版〕（全3巻）

冲方 丁

戦地において友軍への誤爆という罪を犯し、軍研究所に収容されたディムズデイル＝ボイルド。彼は、約束の地への墜落のビジョンに苛まれていた。そんなボイルドを救済したのは、知能を持つ万能兵器にして、無垢の良心たるネズミ・ウフコックだった。だが、やがて戦争は終結、彼らを〝廃棄〟するための部隊が研究所に迫っていた……『マルドゥック・スクランブル』以前を描く、虚無と良心の訣別の物語。

ハヤカワ文庫

マルドゥック・ストーリーズ

冲方 丁／早川書房編集部・編

冲方丁作品の二次創作による新人賞「冲方塾」。その小説部門に応募されたマルドゥック・シリーズを題材とした短篇の中から、優秀作品を精選――ボイルドの誤爆を目撃した男の物語、疑似重力の謎に挑む二人の刑事、クルツとオセロットの日常などマルドゥック・シリーズの世界を自由に解釈し、想像力を広げた十一篇に、冲方自身が書き下ろした二次創作短篇「オーガストの命日」を併録した初の公式アンソロジー。

ハヤカワ文庫

OUT OF CONTROL

冲方　丁

日本ＳＦ大賞受賞作『マルドゥック・スクランブル』から時代小説まで、ジャンルを問わずエンタテインメントの最前線で活躍し続ける著者の最新短篇集。本屋大賞受賞作『天地明察』の原型短篇「日本改暦事情」、親から子供への普遍的な愛情をＳＦ設定の中で描いた「メトセラとプラスチックと太陽の臓器」、著者自身を思わせる作家の一夜を疾走感溢れる筆致で綴る異色の表題作など全７篇を収録

虐殺器官〔新版〕

伊藤計劃

9・11以降、〝テロとの戦い〟は転機を迎えていた。先進諸国は徹底的な管理体制に移行しテロを一掃したが、後進諸国では内戦や大規模虐殺が急激に増加した。米軍大尉クラヴィス・シェパードは、混乱の陰に常に存在が囁かれる謎の男、ジョン・ポールを追ってチェコへと向かう……彼の目的とはいったい？　大量殺戮を引き起こす〝虐殺の器官〟とは？　ゼロ年代最高のフィクションついにアニメ化

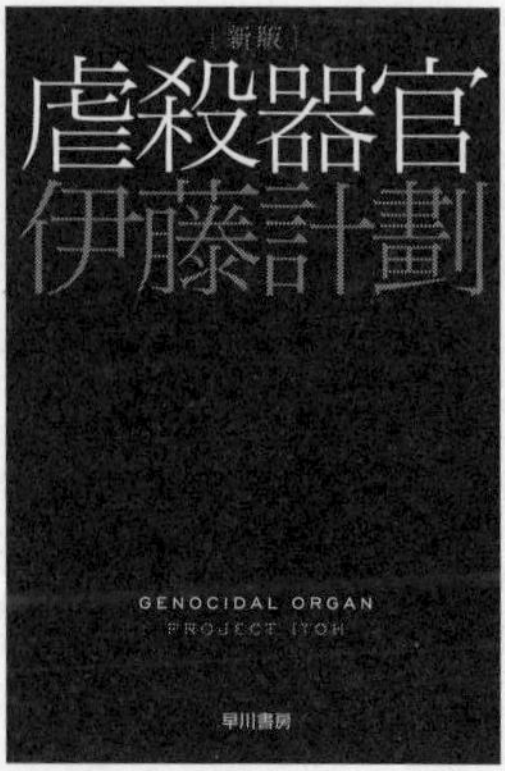

Cover Illustration redjuice

ハヤカワ文庫

ハーモニー〔新版〕

伊藤計劃

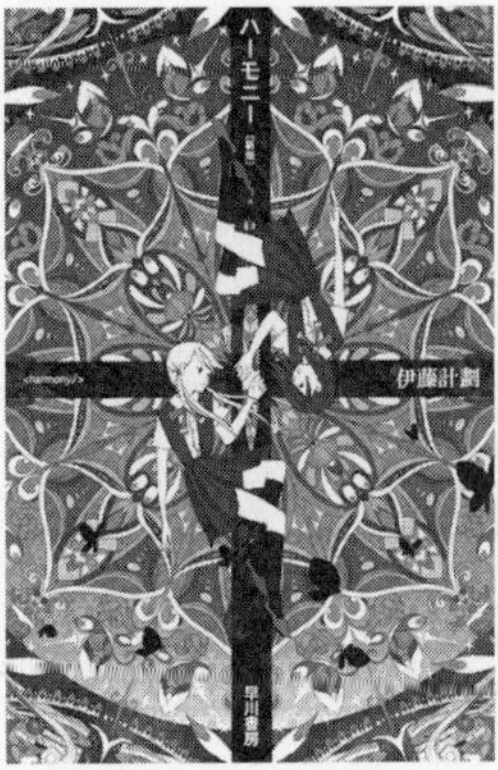

二一世紀後半、人類は大規模な福祉厚生社会を築きあげていた。医療分子の発達により病気がほぼ放逐され、見せかけの優しさや倫理が横溢する〝ユートピア〟。そんな社会に倦んだ三人の少女は餓死することを選択した——それから十三年。死ねなかった少女・霧慧トァンは、世界を襲う大混乱の陰に、ただひとり死んだはずの少女の影を見る——『虐殺器官』の著者が描く、ユートピアの臨界点。

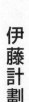

The Indifference Engine

伊藤計劃

ぼくは、ぼく自身の戦争をどう終わらせたらいいのだろう――戦争が残した傷跡から回復できないアフリカの少年兵の姿を生々しく描いた表題作をはじめ、盟友である円城塔が書き継いで完成させた『屍者の帝国』の冒頭部分、影響を受けた小島秀夫監督にオマージュを捧げた二短篇、そして漫画や、円城塔と合作した「解説」まで、ゼロ年代最高の作家がその活動期間に遺したフィクションを集成。

新・航空宇宙軍史

コロンビア・ゼロ

谷 甲州

〔日本SF大賞受賞作〕外惑星連合が航空宇宙軍に降伏した第一次外惑星動乱から四十年。タイタン、ガニメデ、木星大気圏など太陽系各地では、新たなる戦乱の予兆が胎動していた——。第二次外惑星動乱の開戦までを描く全七篇を収録した、宇宙ハードSFシリーズの金字塔、二十二年ぶりの最新作。解説／吉田隆一

華竜の宮（上・下）

上田早夕里

海底隆起で多くの陸地が水没した25世紀。陸上民はわずかな土地と海上都市で高度な情報社会を維持し、海上民は〈魚舟〉と呼ばれる生物船を駆り生活していた。青澄誠司は日本の外交官としてさまざまな組織と共存するために交渉を重ねてきたが、この星が近い将来再度もたらす過酷な試練は、彼の理念とあらゆる生命の運命を根底から脅かす——。第32回日本SF大賞受賞作。　解説／渡邊利道

ハヤカワ文庫

深紅の碑文（上・下）

上田早夕里

陸地の大部分が水没した二五世紀。人類は僅かな土地で暮らす陸上民と、生物船〈魚舟〉とともに海で生きる海上民に分かれ共存していた。だが地球規模の環境変動〈大異変〉が迫り、両者の対立は深刻化。頻発する武力衝突を憂う救援団体理事長の青澄誠司は、海の反社会勢力〈ラブカ〉の指導者ザフィールに和解を持ちかけるが……日本ＳＦ大賞受賞作『華竜の宮』に続く、比類なき海洋ＳＦ長篇

オービタル・クラウド（上・下）

藤井太洋

二〇二〇年、流れ星の発生を予測するウェブサイトを運営する木村和海は、イランが打ち上げたロケットブースターの二段目〈サフィール３〉が、大気圏内に落下することなく高度を上げていることに気づく。シェアオフィス仲間である天才的ＩＴエンジニア沼田明利の協力を得て〈サフィール３〉のデータを解析する和海は、世界を揺るがすスペーステロ計画に巻き込まれる。日本ＳＦ大賞受賞作。

著者略歴　1977年岐阜県生，作家『マルドゥック・スクランブル』で日本ＳＦ大賞受賞，『天地明察』で吉川英治文学新人賞および本屋大賞，『光圀伝』で山田風太郎賞を受賞

HM=Hayakawa Mystery
SF=Science Fiction
JA=Japanese Author
NV=Novel
NF=Nonfiction
FT=Fantasy

マルドゥック・アノニマス８

〈JA1549〉

二〇二三年五月二十日　印刷
二〇二三年五月二十五日　発行

（定価はカバーに表示してあります）

著者　冲《うぶ》方《かた》丁《とう》
発行者　早川浩
印刷者　西村文孝
発行所　株式会社　早川書房
郵便番号　一〇一 - 〇〇四六
東京都千代田区神田多町二ノ二
電話　〇三 - 三二五二 - 三一一一（大代表）
振替　〇〇一六〇 - 三 - 四七七九九
http://www.hayakawa-online.co.jp

乱丁・落丁本は小社制作部宛お送り下さい。送料小社負担にてお取りかえいたします。

印刷・精文堂印刷株式会社　製本・株式会社フォーネット社

ISBN978-4-15-031549-8 C0193

本書は活字が大きく読みやすい〈トールサイズ〉です。